VERLAG ANTJE
KUNSTMANN

Neel Mukherjee

DAS LEBEN IN EINEM ATEMZUG

Roman

Aus dem Englischen von
Giovanni und Ditte Bandini

Verlag Antje Kunstmann

Christopher

Schließlich formen wir uns nach den Vorstellungen, die wir von unseren Möglichkeiten haben.

V. S. NAIPAUL, *An der Biegung des großen Flusses*

»Migranten? Wir sind keine Migranten! Wir sind Gespenster, genau das sind wir, Gespenster.«

Syrischer Flüchtling an der österreichischen Grenze, August 2015

EINS

ALS ER VERSUCHTE, die Rechnung zu prüfen, bevor er sie beglich – eine alte, ihm von seinem Vater eingeimpfte Angewohnheit, jede Rechnung kurz zu überfliegen, um sicherzugehen, dass er nicht übervorteilt worden war –, erkannte er, dass er die simple Aufgabe, die einzelnen Posten und die Steuer zu addieren, nicht mehr bewältigen konnte. Er stand an der Rezeption und versuchte es immer wieder. Dann holte er seine Brieftasche heraus und versuchte, die Rupien- und US-Dollar-Scheine zusammenzuzählen, die sich darin befanden; es gelang ihm nicht. Ein so elementares geistiges Vermögen wie das Zählen war ihm abhandengekommen. An den Rändern seines Gesichtsfelds konnte er schon eine kleine, wachsende Schar von Schaulustigen ausmachen. Die Nachricht hatte sich herumgesprochen. Da brach er zusammen und weinte um seinen Sohn.

Er hatte gezögert, mit dem Jungen gleich nach ihrer mittäglichen Besichtigung des Taj Mahal nach Fatehpur Sikri zu fahren; zwei bedeutende Mogul-Denkmäler an einem Nachmittag konnten übertrieben erscheinen. Andererseits, sagte er sich, war es eine Fahrt von nicht einmal einer Stunde, und es war gang und gäbe, die zwei Stätten an einem Tag abzuhaken. Sie konnten am späten Nachmittag wieder in ihrem Hotel in Agra sein, und nach einem kurzen Abend mit Fernsehen und Zimmerservice am folgenden Morgen ausgeruht nach Delhi aufbrechen. Der zweite Gedanke setzte sich durch.

Als er gegenüber dem Fahrer seines Mietwagens einen Teil dieses Plans erwähnte, fasste der junge Mann (ziemlich langes Haar und goldene Halskette, goldenes Armband und klobige Uhr) es als verhüllten Befehl auf, die Sache in Rekordzeit hinter sich zu bringen. Er genoss die Gelegenheit, die staubige, mit Kratern übersäte Nebenstraße nach Fatehpur Sikri in einem Organe erschütternden Tempo entlangzufahren, gelegentlich, wenn ein Hindernis auftauchte, abrupt auf die Bremse zu steigen und dann ebenso unvermittelt wieder loszubrausen. Sie passierten eine Reihe von schäbigen Esslokalen, Teebuden, Zigaretten-und-Imbiss-Ständen am Straßenrand. Die größeren prunkten mit eigenen Schildern und Namen. Wie zu erwarten, gab es einen »*Akbar*«, »*Shahjahan*«, »*Shahenshah*«, eine »*Jodha Bai*«, sogar einen »*Tansen*«, der »100% VAGETARIAN« war. Davor hatte bereits ein Schild vor zu schnellem Fahren gewarnt: »Batter late than never«. Nicht zum ersten Mal wunderte er sich darüber, wie in einem von einer solch sinneverwirrenden Fülle von Schildern heimgesuchten Land deren Orthografie so uneinheitlich sein konnte. Eine Coca-Cola-Reklame zierte das Dach eines kleinen Ladens, Markenname und Werbeslogan in Hindi-Schrift.

»Coca-Cola«, sagte der Junge, der zwar nicht die Schrift, wohl aber das Markenzeichen, die universelle Welle, lesen konnte.

»Wir können eine trinken, wenn wir mit der Besichtigung fertig sind«, sagte er, in Gedanken mit der Frage beschäftigt, ob eine zusätzliche Anweisung an den Fahrer – etwas vom Gas zu gehen, damit dem Jungen nicht schlecht wurde – als mutwilliger Selbstwiderspruch aufgefasst werden könnte; solche Überlegungen machten ihm immer zu schaffen.

Der Junge wirkte zurückgenommen; den Schritt vom bloßen Erkennen der vertrauten Marke zum Verlangen danach vollzog er nicht. Normalerweise hätte er wie besessen die englisch geschriebenen Namen auf den Plakatwänden und an den Geschäften buchstabiert und zu lesen versucht. So dankbar er für die untypische Gemütsruhe seines Sohnes auch war, fragte er sich doch, ob er einem Sechsjährigen nicht vielleicht zu viel zumutete, wenn er ihn von einer historischen Stätte zur nächsten schleppte. Jetzt las er aus der Schweigsamkeit des Jungen so etwas wie höfliche Nachsicht heraus, den Versuch, ihm zu verstehen zu geben, dass diese Art von Tourismus zwar völlig außerhalb seiner Interessensphäre lag, er es aber dulden würde, dass sein Vater ihr frönte. Im Taj Mahal waren seine anfangs enthusiastischen, bald zur reinen Formsache heruntergebrannten Fragen – »Baba, was ist ein Moh-soh-lie-amm?«, »Liegt Mum-taz unter diesem Haus?«, »Lief sie da rum und machte irgendwas und redete, während Schädschi-hahn das über sie drüber gebaut hat?« – schließlich vollends verstummt. Hatte ihn Erstaunen zum Schweigen gebracht oder Langeweile? Er hatte versucht, die Aufmerksamkeit des Jungen mit Geschichten wachzuhalten, die die Vorstellungskraft des Jungen, wie er hoffte, beflügeln würden: »Siehst du, wie weiß das Gebäude ist? Weißt du, dass der Kaiser, der es hat bauen lassen, Shah Jahan, in Vollmondnächten auf der Terrasse Bankette veranstaltete, bei denen alles ganz weiß war? Das Mondlicht, die Kleider, die die Höflinge und Gäste trugen, die Blumen, das Essen – alles war weiß, damit es zum Weiß des Marmors und dem weißen Licht des Mondes passte.« Der Junge hatte genickt und die Information offenbar aufgenommen, hatte aber keine weitergehende Neugier gezeigt.

Jetzt fragte er sich, ob sein Sohn dieses ganze Gerede von Gräbern und ewiger Trauer und zum Andenken Verstorbener errichteter Bauten nicht als makaber, verstörend empfand. Sein Sohn war Amerikaner, er wuchs also ohne den Fundus von Geistergeschichten auf, die er selbst als Kind in Kalkutta erst, auf dem Schoß von Dienern und Tanten sitzend, gehört und später, als er etwas älter war, in Kinderbüchern gelesen hatte. Insofern konnte er sich nicht so recht vorstellen, was im Kopf des Kindes vor sich gehen mochte, wenn er von so Unerhörtem erfuhr wie von einer erdachten Realität, die *un-*

ter der sichtbaren Welt existierte und ebenso lebendig wie die wirkliche war. Wenn sie in Fatehpur Sikri wären, nahm er sich vor, würde er sich ausschließlich auf historische Fakten beschränken.

Oder konnte es an dem furchtbaren Unfall liegen, den sie gestern, als sie bei ihrem Hotel ankamen, um ein Haar hätten mitansehen müssen? Auf der anderen Straßenseite, direkt gegenüber, wurde ein riesiges Gebäude errichtet, und ein Bauarbeiter war offenbar gerade in dem Moment zu Tode gestürzt, als ihr Auto in die Hotelauffahrt einbog. Während sie in der Schlange von Fahrzeugen warteten, waren Menschen aus allen Richtungen angelaufen gekommen und hatten sich an einer Stelle versammelt, etwa zwanzig Meter von ihnen und den Autos entfernt. Irgendetwas an der Gehetztheit dieses Gewimmels und an dem unbeschreiblichen Getön, das von dem rasch anwachsenden Menschenpfropf ausging, einem gespannten Geräusch zwischen Summen und aufsässigem Murren, vermittelte augenblicklich die Gewissheit, dass ein Unglück geschehen war. Wie sonst wäre das Kind auf die Idee gekommen zu fragen: »Baba, guck, da rennen Leute. Was ist da los?« Und wie sonst hätte der Fahrer, glücklicherweise auf Hindi, antworten können: »Ein Mann ist gerade von dem Hochhaus runtergefallen, das sie da drüben am Bauen sind. Ein *mazduur*. War gleich tot, *bechaara*.«

Er hatte sich geweigert, das zu übersetzen. Er hatte versucht, seinen Sohn vom Fenster wegzuziehen, aber als sich die Autoschlange in Bewegung setzte und sie weiterfuhren, sah er durch eine zufällige Öffnung in der Traube von Menschen, die sich um den Tod gebildet hatte, für einen Sekundenbruchteil einen Fleck staubiger Erde, von der Farbe alten Schorfs, getränkt von dem Blut, das sie durstig aufgesogen hatte. Dann schloss sich der Spalt wieder, der Wagen kroch zollweise weiter, und die Vision war vorbei. Er sah, dass sein Sohn den Kopf wendete, um weiter auf die Stelle zu starren. Aber hatte der Junge die Erde wirklich so schwären sehen, oder hatte er es sich nur eingebildet? Ihn danach zu fragen war ausgeschlossen. Befürchtungen stürmten wie eine kopflose Herde heran: Hatte das Kind es gesehen? Würde es ihm schaden? Wie konnte er sich Gewissheit verschaffen, ohne den Jungen selbst auf den Gedanken zu bringen? Die ganze letzte Nacht lang war sein Bewusstsein von diesen bohrenden Fragen gequält worden, bis er schließlich eingeschlafen war.

Von der unnatürlichen Schweigsamkeit des Jungen wachgerufen, kehrten die Fragen jetzt wieder zurück. Als sie am Agra Gate ausstiegen, nachdem sie die Fahrzeit um ganze zehn Minuten verkürzt hatten, sah der Junge entschieden käsig aus, und er selbst spürte, dass sein Lunch aufbegehrte und sich irgendwo hinter seinem Brustbein verschanzt hatte. Der Fahrer grinste: Seine aufleuchtende Selbstzufriedenheit hatte genau den richtigen Hauch von Widersetzlichkeit.

Mehr als zwanzig in den akademischen Kreisen der amerikanischen Ostküste verlebte Jahre hatten ihn der jedem Inder angeborenen Fähigkeit beraubt, gemeinhin als Dienstboten geltende Leute wie Dreck zu behandeln, also schluckte er zusätzlich zu seinem Ärger auch noch die Absicht hinunter, dem Fahrer nahezulegen, es auf dem Rückweg gemächlicher angehen zu lassen, für den Fall, dass er seinen Ton nicht mäßigen konnte und seine Bitte als strikter Befehl ausgelegt werden würde. Stattdessen sagte er auf Hindi: »Wir bleiben nicht länger als eine Stunde.«

Der Fahrer sagte: »Okay, Sir«, und nickte energisch. »Ich bin dann hier.«

Er sah im Wagen nach, ob er alles mitgenommen hatte – eine Flasche Wasser, Brieftasche und Pass, den Reiseführer, seinen kleinen Rucksack, sein Handy, das Ränzchen seines Sohnes –, dann schloss er die Autotür und streckte die Hand aus. Das duldsame Schweigen des Jungen machte ihm zu schaffen. Wo war das gewohnte Feuerwerk aus Geplapper und zappliger Energie geblieben, die beständige Tonspur seines Lebendigseins?

Er kniete sich hin, um mit dem Jungen auf gleicher Höhe zu

sein, und fragte zärtlich: »Bist du müde? Möchtest du ins Hotel zurück? Wir brauchen uns das hier nicht anzusehen.«

Der Junge schüttelte den Kopf.

»Möchtest du einen Parle's Orange Kream?«, fragte er, wobei er die Augen aufriss und rollte, um die verführerische Wirkung nachzuahmen, die der Keks in der Werbung auf jeden ausübte.

Wieder schüttelte der Junge den Kopf.

Hinter ihm huschte ein Wiedehopf über einen Grasstreifen. Er sagte: »Guck mal!«, und drehte den Jungen herum.

Gehorsam guckte der Junge, fragte aber nicht, was das war.

»Das ist ein Wiedehopf.« Er lieferte die Antwort gleich unaufgefordert mit. »Den Vogel bekommst du in New York nicht zu sehen.«

Der Junge fragte: »Ist das ein Moss-o-mäll-lum?«

»Nein, Schätzchen«, lachte sein Vater, »das ist kein Mausoleum. Das ist ein Palast. Du weißt doch, was ein Palast ist? Ein sehr guter und mächtiger König wohnte einmal hier. Sein Name war Akbar. Ich habe dir gestern Abend von ihm erzählt, weißt du noch?«

»Das war Schädschi-hahn, der einen großen, großen Marmorstein auf seine Frau draufgebaut hat, und sie ist gestorben, und er war sehr traurig und hat die ganze Zeit geweint.«

Jedes Mal, wenn der Junge den Mund aufmachte und er den amerikanischen Akzent hörte, wurde dem Vater ganz klebrig zumute.

»Nein, das hier ist was anderes. Akbar war sein Großvater. Komm, wir sehen es uns an. Es hat eine andere Farbe, siehst du? Überall Rot und Braun und Orange, nicht das Weiß, das wir gestern gesehen haben.«

Sie passierten verfallene Arkaden, dann ein solide restauriertes zweites, dreibogiges Tor und, ein Stückchen dahinter, einen großen Kuppelbau, dessen Restaurierung noch ausstand. Schlepper, die den Mann und den kleinen Jungen aus dem Wagen hatten aussteigen sehen, fielen über sie her.

»Führer, Sir, Führer? *Good English*, Sir. *Full history*, nicht wie in Buch.« Keine einzelne Stimme, sondern ein ganzer Chor.

Mannigfaltig verkrüppelte Bettler tauchten aus dem Nichts auf. Von der einfachsten Bittgebärde, einer wiederholt an den Mund geführten Hand, die Hunger signalisieren sollte, bis hin zur grässlichen Zurschaustellung von amputierten und bandagierten Gliedmaßen, sogar ein regloser, auf einer Planke mit Rädern präsentierter lebendiger Rumpf ohne Arme oder Beine – dieses äußerste Ende des Spektrums menschlichen Elends erfüllte ihn mit Grauen, Scham, Mitleid, Verlegenheit, Abscheu, aber vor allem mit dem Drang, seinen Sohn vor dem Anblick zu bewahren. Wie konnten all die anderen Leute, die an ihm vorbeischlenderten, so gänzlich in Blindheit und Desinteresse gehüllt sein? Oder waren sie innerlich genauso aufgewühlt? Tatsache war, begriff er, dass er kein richtiger Inder mehr war; ein behagliches Leben im plüschgepolsterten Westen hatte ihn so dünnhäutig wie einen braven, behüteten Erste-Welt-Linksliberalen werden lassen. Er war jetzt ein Tourist im eigenen Lande; im nicht mehr »eigenen Lande«, korrigierte er sich pedantisch. Er unterdrückte den Impuls, dem Jungen die Augen mit den Händen zuzuhalten, und sagte ungeduldig: »Schätzchen, könnten wir bitte ein bisschen schneller gehen.« Es kam als Kommando heraus, ganz ohne Fragezeichen.

Jetzt nahten Männer mit Ansichtskarten-Ziehharmonikas, Stadtplänen, Reiseführern, Zeitschriften, Fotos, Spielsachen, Raubdrucken von aktuellen Bestsellern, Snacks, Rasseln, Getränken, Süßigkeiten, Rauschgoldgirlanden, Puppen, Plastiknachbildungen von historischen Bauwerken, Büchern, Trillerpfeifen, Flöten … Er schüttelte immer nur stoisch den Kopf, ein verkniffenes Fast-Lächeln auf den Lippen, und zog seinen Jungen durchs Gedränge.

Bald von einem Tablett voll Specksteinfigurinen, dann von einer knallig-kruden nachgemachten aufblasbaren Superhelden-Puppe abgelenkt, blieb der Junge immer wieder staunend stehen.

»Baba, Baba, guck!«

»Ja, ich weiß. Gehen wir weiter.« Er war so erleichtert – und dankbar – darüber, dass die billigen Spielsachen die Aufmerksamkeit des Jungen vom Gestank und vom Elend abzogen, dass er fast von der Marschrichtung abwich, um irgendeinen Tand zu kaufen.

Diese minimale Bekundung von Interesse genügte schon. Die lockere, verstreute Versammlung von Schleppern und fliegenden Händlern zog sich jetzt zu einem entschlossenen Kreis zusammen.

»*Babu*, mein Kind hat Hunger, hat seit vier Tagen nichts gegessen.« Das ausgemergelte Mädchen mit verfilzten Haaren, das die Frau in den Armen hielt, sah wie der leibhaftige Tod aus; es hatte keine Kraft oder keinen Antrieb, die Fliegen zu verscheuchen, die sich um seinen wunden Mundwinkel drängten.

»Hier, schauen Sie, *Babu*, *babu-sa'ab*, schauen Sie …« Ein Knopfdruck, und ein Spielzeug erwachte zu mechanischem Leben und gab blecherne Spielhallen-Schussgeräusche von sich, während es vorwärtswankte.

Ein Mann kam unangenehm nah heran und fächerte mit der Fingerfertigkeit eines erfahrenen Falschspielers einen Stoß von sepiafarbenen Reproduktionen berühmter historischer Bauwerke und Tempel auseinander. Das Bild einer nackten Frau erschien und verschwand so schnell wieder, dass es ebenso gut eine vom Taschenspieler erzeugte Illusion gewesen sein konnte. Er war schockiert; sah der Mann denn nicht, dass er ein kleines Kind bei sich hatte? Oder war es ihm egal?

Die – nach indischen Maßstäben gut gepflegten – Gartenanlagen ringsum schimmerten im weiß-goldenen Licht des Januarnachmittags, doch von Nahem betrachtet konnten die Orgien von Pfeilwurz und Ringelblumen und geometrischen Rasenflächen ihre unrettbar öffentlich-dienstlichen Seelen nicht verbergen. Da war diese typische Schlampigkeit – ausgefranste Ränder, Linien, die nicht gerade bleiben wollten, eine gewisse Löcherigkeit der Bepflanzung, die die Glatze des Bodens durch die schüttere Vegetation hindurchscheinen ließ, die unbezähmbare Aufsässigkeit der Natur gegen die methodisch ordnende Menschenhand … und hinter all diesen dilettantischen Versuchen, Ordnung und Schönheit durchzusetzen, war der Kampf zu erahnen, nein, fast zu *sehen*, den es bedeutete, die jetzt feuchte und dunkle Erde davon abzuhalten, in der alles austilgenden Sommerglut der nordindischen Tiefebene wieder zu rotem Staub zu zerfallen. Er kaufte Tickets und betrat den gewaltigen Hof des *Diwan-e-Am*. Die Welt verwandelte sich – im polierten Gold der Wintersonne wirkte der umbrarote Sandstein, der für den gesamten Komplex von Fatehpur Sikri verwendet worden war, wie behauenes Feuer, wie etwas, was die Sonne aus dem roten Erdreich nach ihrem gemeinsamen Bild und Gleichnis hervorgezaubert hatte.

Er blickte seinen Sohn in der Erwartung an, einen Widerschein seines eigenen Erstaunens auf dessen Gesicht zu erblicken, aber alles, was er in der weitgehend undurchdringlichen Miene ausmachen konnte, war … ja, was? Langeweile? Hinter einem weiteren Innenhof lagen, ganz loderndes Kupfer in diesem Licht, die Palastgebäude. Er ging wieder zurück, um den in einen Steinblock eingravierten Plan der Anlage zu konsultieren, aber ohne einen Bezugspunkt, der einem gezeigt hätte: »Sie sind hier«, fand er sich nicht zurecht.

Während er die Kamera und den Reiseführer aus seinem Rucksack holte, sagte er zu seinem Sohn: »Bleib einen Augenblick stehen, lauf nicht weg. Wir gehen gleich zu all diesen schönen kleinen Palästen da drüben, siehst du?« Er hatte sich kaum die Kamera umgehängt und den Führer an der richtigen Seite aufgeschlagen, als er bemerkte, wie sehr der Junge darauf brannte, über die weite Fläche des Hofs zu rennen. Er versuchte, ihn im Auge zu behalten, während er die betreffende Seite überflog. Ja, er hatte es gefunden – das musste der Mahal-i-Khas sein, Akbars Privatpalast. Sein Kopf ruckte, wie der eines Vogels auf Futtersuche, fortwährend von der Buchseite zur Umgebung und zurück. Als er zur zweifelsfreien Gewissheit gelangt war, dass das – von einem Hauch des Unvollendeten umwehte – zweieinhalbstöckige Bauwerk zur Linken tatsächlich Akbars Privatgemächer beherbergte, nahm er seinen Sohn an der Hand und machte Anstalten, auf das Gebäude zuzugehen.

Aber er war beim Durchblättern des Führers beobachtet, seine momentane Orientierungslosigkeit listig durchschaut worden. Ein Mann tauchte hinter ihm auf und begann zu reden, als steckte er mitten in einem schon länger andauernden Vortrag. »Die Nischen, die Sie im Erdgeschoss sehen werden, waren für seine Bücher und Papiere und Dokumente bestimmt ...«

Er fuhr herum. Die Sonne stach ihm in die Augen und blendete ihn. Alles, was er ausmachen konnte, war ein dunkles, fast schwarzes, spitz zulaufendes Gesicht, ein Menschengesicht auf dem besten Weg, zu einer Fuchsschnauze zu mutieren; oder war es andersherum?

»Wenn Sie ins Obergeschoss zu seinem Schlafgemach hinaufsteigen, dem *khwabgah*«, fuhr der Mann fort, »werden Sie entlang des Wandelgangs zu den Frauengemächern, dem Harem, sehr schöne Fensterfüllungen aus durchbrochenem Stein sehen. Diese sogenannten *jalis* beschützten die Frauen vor den Blicken der Öffentlichkeit, während sie im *khwabgah* ein und aus gingen.«

Der Mann sprach mit geübter Geläufigkeit. Falls er versuchte, sich als fähiger Fremdenführer zu empfehlen, in der Hoffnung, vielleicht angeheuert zu werden, verriet nichts an seinem Verhalten oder seiner Rede diese Zielsetzung. Im Gegenteil schien der Mann sich seiner Anwesenheit und der seines Kindes fast gar nicht bewusst zu sein.

Die Sonne hatte ihn geblendet, also wandte er sich ab, sowohl um seinen Sohn anzusehen, den er nicht wagte, auch nur für einen Moment aus den Augen zu lassen, als auch um dem Mann zu signalisieren, dass er seine Dienste nicht in Anspruch nehmen würde.

Die Gebäude, die im schrägen Schatten lagen, waren von einem erdigen matten Rosa. Dort, wo er noch Sonne abbekam, glühte der rote Sandstein dagegen wie kupferhaltiges Gold. Als er sich umdrehte, um festzustellen, ob er den Schlepper abgeschüttelt hatte, war niemand mehr zu sehen.

In den Erdgeschossräumen des kaiserlichen Privatpalasts ließen ihn die – Blumen und Laubwerk darstellenden – abblätternden Wandmalereien innehalten; diese verblassten Gespenster schafften es noch immer, etwas von ihrer ursprünglichen Lebendigkeit zu vermitteln. Sie waren nachgebessert, restauriert worden, aber mit dem Feingefühl eines Grobschmieds. Vom Hof aus betrachtet, hatte der Innenraum beengt und stockdunkel gewirkt, und er hatte sich gefragt, wie klein die Zimmer und dementsprechend kleinwüchsig diese Menschen des 16. Jahrhunderts gewesen sein mochten: Mussten sie sich dort drinnen drängen und gebückt stehen? War es dort tagsüber überhaupt so hell, dass man etwas sehen konnte? Warum gab es keine Türen und Fenster? Was machten die Leute, wenn sie ungestört sein wollten? Und schließlich, die krönende Frage: Konnte es sein, dass er einfach zu wenig über die Architektur und die Lebensgewohnheiten der Moguln wusste?

Jetzt, wo sie drinnen waren, ließ das Gefühl von Enge ein wenig nach, aber der Eindruck, dass die Räume dunkel waren oder sein konnten, dauerte an. Hatte er etwas an den Augen, oder lag es nur daran, dass er gerade aus der Helligkeit hereingekommen war? Er blinzelte mehrmals. Der Innenraum schien zu schrumpfen, sich auszudehnen und dann wieder zu schrumpfen, als befänden er und sein Sohn sich im fast unmerklich pulsierenden Bauch eines riesigen Tieres. Die Wände des Dachpavillons, in dem Akbar zu schlafen pflegte, waren mit verblassten Fresken bedeckt, an denen die Zeit mit langsamer, aber hartnäckiger Gefräßigkeit genagt hatte. Aber die verbliebenen Fragmente schienen mit irgendetwas überzogen zu sein; vielleicht mit einem schützenden Firnis, der allerdings bewirkte, dass die Farben wie durch einen milchigen Schleier getrübt wurden. Ein geflügeltes Wesen, das vor einer Felsenhöhle einen Säugling in den Armen hielt, blickte von oberhalb eines Türsturzes auf ihn herab. Es sah aus, als wäre es aus großen, ehemals farbigen Kopfschuppen zusammengesetzt worden. Sein Herz rüttelte an den Gitterstäben seines Brustkorbs.

»Baba, guck, ein Engel!«, sagte das Kind.

Er schloss die Augen, umklammerte die Hand seines Sohnes, wandte das Gesicht ab, dann wieder hin und öffnete die Augen. Der Engel starrte ihn unverändert an. Es lag Vorsatz in diesen Augen und der allererste Anflug eines Lächelns in ihren zart aufwärts gerichteten Winkeln, als ob persische Künstler einen chinesischen Engel geschaffen hätten. Er schloss die Augen erneut; das Gesicht des Fuchs-Fremdenführers zog, von rieselnden Ketten von Glaskörpertrübungen begleitet, flimmernd über seine Netzhaut.

Draußen auf dem Hof, der groß genug war, um als Hauptplatz einer Großstadt zu dienen, auf dem sich die Volksmenge zum Auftakt einer Revolution versammelt, standen verstreute Grüppchen bunt gekleideter Besucher. Die lanzenstarrende Phalanx von roter Pfeilwurz loderte in den Rabatten. Ein quadratisches steinernes Podest erhob sich, von einer Brüstung aus *jalis* umgeben, aus der Mitte eines quadratischen Teichs voll von abgestandenem, vor Algen giftgrünem Wasser. Vier schmale erhöhte Laufstege führten, jede Seite des Quadrats halbierend, zum Podest. Wieder verblüffte ihn die musikalische Strenge, die die Moguln der Quadratform verliehen hatten; er blätterte in seinem Führer, um etwas Erhellendes über diesen »Unübertroffenen Teich«, Anup Talao, zu erfahren.

»Baba, können wir in die Mitte gehen? Da sind Wege«, sagte der Junge.

»Ich glaube nicht, dass wir das dürfen«, sagte er und versuchte ihn dann mit einer Zusammenfassung der wenigen Zeilen zum Thema abzulenken: »Pass auf, hier steht, dass dort, auf diesem Podest in der Mitte, früher Musiker saßen und für den Kaiser und seinen Hofstaat Konzerte gaben.« Nach ein paar Takten Schweigen fügte er hinzu: »Ist das nicht interessant?«, und hörte selbst, wie sein Bedürfnis, den Jungen bei der Sache zu halten, erste Erschöpfungserscheinungen zeigte.

»Und warum dürfen wir das nicht?«

»Na ja«, er dachte ein, zwei Sekunden lang nach, »wenn man das dürfte, würden wir jetzt einen Haufen Touristen sehen, die da hin- und herlaufen, sich auf dem Podest in Pose stellen, Fotos schießen … aber es ist nichts davon zu sehen, siehst du?«

Draußen war es besser – die relative Dunkelheit drinnen hatte ihm seltsamerweise zu schaffen gemacht. Aber der touristische Leistungsdruck war gnadenlos, despotisch. Sie waren doch wohl nicht den ganzen langen Weg hierhergekommen, bloß um in der Sonne herumzustehen und sich hübsche Gebäude von Weitem anzusehen, wenn sie auch drinnen sein, Details studieren, jeden einzelnen Raum jedes einzelnen Palasts betreten und alles, was der Reiseführer darüber zu sagen hatte, in sich aufnehmen konnten, um dann alles, mit neuem Wissen gewappnet, noch einmal zu betrachten?

Beim seltsamen, schönen fünfgeschossigen Panch Mahal war jedes höhere Geschoss kleiner als das vorhergehende, bis das Ganze oben mit einem einzigen kleinen kuppelbekrönten Kiosk abschloss. Es gab jeweils vierundachtzig, sechsundfünfzig, zwanzig, zwölf und vier Säulen oder Pfeiler pro Ebene, teilte ihm sein Reiseführer mit – zwischen den Säulen sich spannende Bogen anstelle von Wänden –, und er war froh über das Licht und die Brise gewesen, die ungehindert hereingelangten.

Wieder im Freien, bemerkte er die zwei auf dem Hof markierten, sich kreuzenden Reihen von Quadraten, in deren Schnittpunkt sich, wie das Mittelfeld eines gleichschenkligen Kreuzes, ein erhöhter steinerner Sitz befand, und er machte seinen Sohn darauf aufmerksam. »Siehst du die Quadrate in den vier Richtungen, die die

Arme eines großen Pluszeichens bilden?«, fragte er, wobei er ein paar von ihnen abschritt und mit ausgestreckter Hand auf die übrigen hinwies. »Hier und hier und das … siehst du sie?«

Der Junge nickte.

»Dann zeig mir das Pluszeichen«, bat er.

Das Kind tanzte umher, stampfte mit dem Fuß auf jedes Feld und wiederholte dabei das »hier … und hier, und dieses …« seines Vaters.

»Gut«, sagte er. »Weißt du, wozu die da sind?«

»Auf diesem Quadrat ist ein X, und auf diesem«, sagte der Junge und hüpfte von einem auf das andere.

»Ja, so ist es. Und weißt du, wozu die Felder da sind?«

Der Junge schüttelte den Kopf und sah ihn erwartungsvoll an.

»Für ein Brettspiel, wie Ludo oder Schach. Es heißt *pachisi*. Anstelle eines kleinen Spielbretts in der Mitte, um das nur ein paar Spieler sitzen können, hatten sie hier ein riesiges dauerhaft auf dem Hof eingezeichnet.«

Der Junge starrte schweigend vor sich hin, als verarbeitete er die Information.

»Aber weißt du, warum es so riesig ist? Ich meine, so viel größer als ein Ludo- oder Schachbrett?« Er hoffte, dass der Junge nicht gleich fragen würde, was Ludo war: Warum sollte das omnipräsente Brettspiel der endlosen Nachmittage und Abende seiner Kalkuttaer Kindheit auch einem amerikanischen Jungen etwas sagen? Die abgedroschene Frage der fehlenden Beziehung seines Sohnes zur väterlichen Kultur regte sich wieder einmal, aber nur matt. Er hielt sie problemlos in Schach und beantwortete seine Frage selbst, indem er einen Auszug aus einem Buch des 19. Jahrhunderts vorlas, der in seinem Reiseführer abgedruckt war: »*Pachisi* spielte Akbar auf wahrhaft fürstliche Weise, indem der Palasthof selbst, in rote und weiße Quadrate unterteilt, das Spielbrett abgab und ein auf vier Füßen ruhender riesiger Stein den Mittelpunkt darstellte. Hier spielten Akbar und seine Höflinge das Spiel; sechzehn junge Haremssklaven, jeweils in den Farben der vier Spieler gekleidet, stellten die Spielsteine dar und bewegten sich auf den Feldern je nachdem, wie die Würfel fielen. Es heißt, der Kaiser habe solchen Geschmack daran gefunden, dass er in jedem seiner Paläste einen *pachisi*-Hof anlegen ließ …«

Wieder dieser Ausdruck großäugiger Leere im Gesicht des Jungen. Darum bemüht, einen Funken Interesse in ihm zu entfachen, erklärte er die zitierte Passage langsam, mit einfachen Worten, und zeigte dabei auf die Felder und die steinerne Sitzbank. Das Gesicht des Jungen leuchtete für einen Augenblick auf. Er hüpfte von einem Feld zum nächsten, dann zu einem anderen, ließ sich schließlich auf einem im Schneidersitz nieder und piepste: »Bin ich jetzt ein Spielstein?«

»Du könntest einer sein, ja!«, lachte er.

»Was passiert, wenn du den Würfel wirfst? Bekomme ich dann den Kopf abgehackt? Mit einem einzigen Hieb?«

Bevor er antworten konnte, gellte hinter ihm eine Stimme: »Nehmen Sie das Kind runter von dem Feld!«

Er fuhr herum. Es war der Mann mit dem Fuchsgesicht. Seine Augen funkelten. Auch der Schnurrbart sah nach Tier aus.

»Wissen Sie nicht, dass es Unglück bringt, Kinder auf diesen Feldern sitzen zu lassen? Wissen Sie nicht, was hier passiert ist? Kennen Sie die Geschichten nicht?«

Er ärgerte sich hinlänglich über den Kommandoton des Mannes, um zu protestieren: »Zeigen Sie mir ein Schild, auf dem steht, dass Kinder nicht auf dieses Spielbrett dürfen! Es ist Teil des Palasthofs, jeder kann darüberlaufen! Und wer sind Sie überhaupt?«

»Sehen Sie sich um – sehen Sie irgendwelche Kinder?«

Fast unwillkürlich drehte er sich um: zu seiner Rechten die außergewöhnliche Symmetrie des frei stehenden *Diwan-e-Khas*; hinter ihm das Schmuckkästchen des Hauses der türkischen Sultanin;

und auf dem ganzen riesigen Hof, auf dem diese Bauten standen, nicht ein einziges Kind. Die vielen farbenfroh gekleideten Touristen, die er zuvor gesehen hatte, schienen sich in Luft aufgelöst zu haben. Ein, zwei konnte man unter den formschönen Bogen von Gebäuden oder überdachten Wandelgängen ausmachen, aber auf dem Hof selbst war niemand, und ganz gewiss kein Kind. Ungläubig drehte er sich einmal im Kreis herum, um sicherzugehen, dass er nichts übersehen hatte. Nein, keine Kinder. Der Mann war ebenfalls verschwunden. In seiner Brust entstand plötzlich ein Vakuum; dann verflog die Empfindung wieder.

»H-hast du den … den Mann gesehen, der gerade hier war? Wo ist er hin?«, fragte er seinen Sohn.

Der Junge schüttelte den Kopf.

»Aber … aber du hast ihn doch gesehen, wie er mit mir gesprochen hat, oder?« Jetzt schrie er beinah.

»Gesprochen? Was denn?«, fragte der Junge.

Natürlich, das Kind konnte kein Wort verstanden haben; der Mann hatte auf Hindi gesprochen.

Er streckte die Hand nach seinem Sohn aus, umschloss dessen warme kleine Finger und Handfläche und hatte das Bedürfnis, sich an ihnen festzuhalten, und gleichzeitig, sie zu zerquetschen: So heftig war die Woge von Liebe und Panik, die ihn plötzlich aus dem Gleichgewicht zu werfen drohte. Er nahm den Jungen und rannte in das Haus der türkischen Sultanin, blieb aber blind für die Kunst, mit der Handwerker jede verfügbare Oberfläche mit skulptierten Gärten, Bäumen, Blättern, Blumen, geometrischen Figuren, Vögeln, Tieren, abstrakten Mustern, dicht an dicht, überzogen und dadurch zu wimmelndem Leben hatten erblühen lassen. Zu einer anderen Zeit wäre er staunend wie festgewurzelt stehen geblieben, doch jetzt waren seine Sinne von ihm abgekoppelt und fern, und alles, was er sah, war das erstarrte Werk von Steinmetzen und ihren Werkzeugen. In einem der unteren Felder waren den in Bäumen sitzenden Paradiesvögeln die Köpfe abgeschlagen worden. Ein Tier, das darunter kauerte, war ebenfalls entstellt worden, wodurch es jetzt eine große Ähnlichkeit mit der unteren Hälfte eines menschlichen Kindes aufwies, das im Moment des Sichsetzens enthauptet worden war; es ließ an ein Ritualopfer denken. Ein kleiner Schauder des Ekels durchfuhr ihn. Die verstümmelten Skulpturen gemahnten an die Fabelwesen, die Boschs kranker Fantasie entsprungen waren; hätte man sie unangetastet gelassen, wären sie einfach nur schön gewesen. Dann begann das Halbdunkel, seiner Wahrnehmung tückische Streiche zu spielen. Formen und Farben verselbstständigten sich und flossen dann wieder zu neuen Konfigurationen zusammen. Es war so, als stellte man fest, dass ein aus Wolken am Himmel gebildetes, Pfeife rauchendes Kamel sich sacht in ein krabbelndes Baby verwandelte, das ein Elefant in der Wiege seines Rüssels hielt – nur dass hier keine Bewegung, keinerlei Veränderung der äußeren Form stattfand, die dafür hätte gesorgt haben können, dass ein Ding zu einem anderen wurde.

Er zwang sich, ein paar Zeilen des entsprechenden Abschnitts seines Reiseführers zu lesen, aber auch sie blieben hermetisch verschlossen; Zeichen ohne Bedeutung. Er fragte seinen Sohn: »Gefällt dir, was du siehst? Kannst du mir sagen, was das alles ist?« Es gelang ihm nicht, seinen Worten Enthusiasmus zu verleihen.

Der Junge schüttelte den Kopf.

»Also gut, gehen wir uns etwas anderes ansehen.« Kein noch so starkes Aufgebot von Schönheit vermochte dem ständigen Dämmer der Innenräume etwas entgegenzusetzen.

Die Billardtuch-Rasen und die Begonienstauden verstrahlten Licht wie eine unbarmherzige Waffe. Eine Kräuselung strich durch den lodernden Sträucher-Schaum, als ob die Vegetation in seiner Gegenwart erschauderte. Seinen Sohn fast hinter sich herschleifend, lief er auf ein kleines Gebäude von vollkommener Gestalt zu und blieb in der Bahn von Schatten stehen, die es auf die scheckigen

Steine des Hofes warf. Mariams Haus, stand im Reiseführer. Es hatte die Farbe von etwas, das in ferner Vergangenheit unaustilgbar mit Blut getränkt worden war. Unter dem steinernen Vordach auf drei Viertel seiner Höhe sahen die Lüftungsöffnungen – für Fenster waren sie doch wohl zu klein? – wie geblendete Augen aus, dennoch machte das Haus einen wachsamen Eindruck. Plötzlich hatte er das Gefühl, dass alle Wände und Steine und Kuppeln und Höfe zusammen, als ein einziger Organismus, ihn und seinen Sohn beobachteten.

Und etwas beobachtete sie tatsächlich: ein weiterer Engel über einem Eingang. Kaum noch erkennbar infolge der langsamen, farblosen Selbstauflösung, zu der die Zeit und der gut gemeinte, aber ungeeignete Schutzfirnis ihn mit vereinten Kräften gezwungen hatten, brachte er es kraft einer unerklärlichen Auferstehung fertig, ihn mit seinem Auge zu fixieren. Es war, als blickte man uraltem Licht ins Gesicht, das im Anfang der Zeit seinen Ursprung hatte.

Er packte die Hand seines Sohnes und machte sich, so schnell, wie es mit einem an ihm hängenden Sechsjährigen möglich war, auf den Weg zurück zum Auto. Die größere Hälfte der Stätte blieb unbesichtigt; ihm reichte es. Selbst die Luft des Ortes wirkte verstört, als sei sie unversehens auf eine Bahn geraten, auf der sie dem Druck der gewöhnlichen Zeit und gewöhnlichen Umstände nicht mehr ausgesetzt war. Dann wusste er, erkannte er mit wachsender Beklemmung, was als Nächstes geschehen würde, und es geschah: Aus dem dunklen Inneren eines quadratischen Gebäudes kam der Fuchsmann heraus und stellte sich unter die kuppelförmige Überdachung des Podests an der einen Ecke des Gebäudes. Er sah den Mann so deutlich, so nah, als wäre der ganze Abstand zwischen ihnen, die ganze Breite des Hofes, zu nichts in sich zusammengeschoben worden. Dann zog sich der Mann wieder ins Dunkel zurück. Er hatte die genaue Abfolge der Ereignisse im Voraus gewusst, selbst um die Krümmung des räumlichen Abstands gewusst, die erfolgen würde, ja hatte sogar gewusst, dass das überdachte Podest, auf dem der Mann gestanden hatte, »der Astrologensitz« hieß, obwohl er diesen Bereich des großen Palasthofs gar nicht besichtigt hatte. Sie liefen denselben Weg zurück, den sie zum und durch den Palastkomplex gegangen waren, und er hatte dabei das Gefühl, dass der Ort ihn verfolgte.

Während sie auf den Wagen warteten, wagte er es, nach oben zu sehen: Der Himmel war eine unermessliche Leinwand, in Rot und Orange getaucht – nicht von der untergehenden Sonne, wie ihm schien, sondern vom roten Sandstein, der, ohne dabei an Substanz zu verlieren, unter ihr brannte. Alles stand in Flammen.

Auf dem Rückweg brachte ein endloser, langsamer Umzug von Hunderten über Hunderten grölender Männer, der aus der Richtung kam, in die sie fuhren, den ganzen Verkehr zum Erliegen. Sofort wurden die Wagenfenster hochgekurbelt; die Demonstranten waren keine Armlänge entfernt. Die gigantische kriechende Schlange schien eine Wahlkampfkundgebung zu sein, aber er konnte diesbezüglich nur raten – die Schilder waren alle in Urdu beschriftet und somit für ihn nicht zu entziffern, und aus den Sprechchören konnte er kein einziges verständliches Wort heraushören. Sie hätten ebenso gut in einem völlig fremden Land sein können. Der Junge presste seine Nase gegen die Scheibe; so etwas hatte er noch nie gesehen.

»Wir brauchen nur zu warten, bis sie durch sind, nicht?«, fragte er den Fahrer. Eine sinnlose Frage. Der Fahrer zuckte mit den Schultern.

In diesem Land floss die Zeit anders als in der übrigen Welt. Es war derselbe Fluss, der ihn vor langer Zeit getragen hatte, als er ein Junge war und in Kalkutta aufwuchs, aber jetzt konnte er nicht mehr in ihn steigen: Er war zu einem Touristen in seinem eigenen Land geworden.

Der Umzug schien kein Ende zu nehmen. Gelegentlich blieb er vollends stehen. Nachdem sie vierzig Minuten lang im Wagen gesessen hatten, sagte der Fahrer: »Es geht weiter.«

Ein mutiges Taxi an der Spitze der Kolonne hatte beschlossen, auf eine schmale Nebenspur linker Hand der Straße auszuweichen – eigentlich nur ein Pfad aus Staub und zottigem verdorrtem Gras –, um nach Möglichkeit an einem Punkt wieder auf die Hauptroute zu stoßen, den der Umzug schon passiert haben würde. Wie mechanische Schafe begannen Autos die Fahrbahn zu verlassen und sich in diese Nebenspur einzufädeln. Ihr Fahrer war schnell – er kurbelte mit manischer Energie am Lenkrad und schaffte es, den Pfad zu erreichen, bevor der eigentliche Ansturm begann und im völligen Kollaps endete. Aber er hatte noch immer ein paar Fahrzeuge vor sich, und das rumpelnde Stopp-und-los-stopp-und-los-stopp-und-los ihrer Fortbewegung entlang des ungeschotterten Weges war die moderne Entsprechung eines Spießrutenlaufs. Bald kamen sie vollends zum Stillstand. Die Kundgebung schien, weit hinter ihnen, noch immer in vollem Gange zu sein, aber zumindest waren sie jetzt dem Strom von etwas Entzündlichem und Unberechenbarem entronnen.

Er musste eingenickt sein. Als Nächstes nahm er einen Schatten wahr, der im Wageninneren erblühte, während er zeitgleich ein zaghaftes, trippelndes Klopfen am Fenster neben dem Jungen hörte. Aufrecht auf den Hinterbeinen stehend, schaute ein Bär herein, die Schnauze fast gegen die Scheibe gepresst. Auf dem Glas formte sich ein unregelmäßiger Dunstfleck, der im Takt mit dem Atem des Tieres seine Form veränderte. Dessen Fell war ein dunkel schiefergrauer Hirtenteppich aus Staub und winzigen Insekten und Schnipseln von Stroh und von Gras. Von Nahem sahen die Fellhaare grob und dick aus, ein bisschen wie die Stacheln eines Igels. Hinter ihm streckte ein Mann seinen Arm nach vorn und klopfte mit seinen schwarzen Fingernägeln gegen die Scheibe. Das Kind schob sich auf seinen Handballen zurück, immer weiter, und versuchte, sich in den Schoß seines Vaters zu vergraben, konnte das gebannte Gesicht aber nicht abwenden. Der Mann draußen kam ihm auf unheimliche Weise vertraut vor – er hatte das vorspringende, spitze Gesicht einer Ratte und einen Schnurrbart, der lebendig zu sein schien. Er träumte doch wohl? Sie standen noch immer auf dem Feldweg, und das Terrakotta des Abendlichts war zu aschener Dämmerung geworden, aber dieser … dieser Mann am Wagenfenster … Er hatte das Gefühl, dass die Umdrehung der Erde ihn wie die Kugel im Fach eines Rouletterads transportierte und ihn zu Zielen beförderte, die unendlich wiederholbar waren, ein jedes nur minimal von dem anderen verschieden, alle mehr oder weniger gleich.

Vom unverwandten Blick von Vater und Sohn ermutigt, klopfte der Bär-*wala* noch einmal an die Scheibe und machte aus seiner hohlen Hand eine Bettelschale. Die glitzernden schuppenumrandeten Augen verrieten eine Krankheit, die ihn bald töten würde. Er war innerlich zu sehr erstarrt, um auch nur den Kopf abweisend zu schütteln. Auf ein Zeichen seines Wärters hin hob der Bär seine Tatze und ahmte die bettelnde Geste des Menschen nach. Die Kette, die am Tier befestigt war und durch die Lücke zwischen zwei seiner Zehen herabhing, spielte klimpernd mit. Er sah den Kopf eines riesigen durch die Tatze geschlagenen Eisennagels – oder war es eine Schwiele? Die Klauen waren offene Klammern aus schmutzigem Eisenguss. Diese Pranke konnte spielend das Fenster zertrümmern und dem Kind die Eingeweide herausreißen. Er versuchte, den Fahrer aufzufordern, den Mann zu verscheuchen, aber er brachte keinen einzigen Ton heraus. Er versuchte es noch einmal.

»Fahrer, sagen Sie ihm, dass sie weitergehen sollen«, sagte er in einer Art heiserem Flüsterton. Er schaffte es nicht, den Arm zu heben, um dem Bettler ein »Verschwinde!« zu bedeuten.

Der Fahrer ließ sein Fenster herunter und bellte: »Ey, zisch ab.«

Der Mann achtete nicht darauf; beide bettelten sie weiter. Wahrscheinlich auf ein neues Zeichen des Mannes hin nickte der Bär und grinste dann. Zu den Zähnen hin war das Zahnfleisch leuchtend rosa, aber weiter oben hatte es die Farbe gekochter Leber mit einem Stich ins Violette. Klebrige Speichelfäden hoben sich weißlich schimmernd von all dem schmutzigen Elfenbein und rohen Fleisch ab. Dann fing das Tier an zu zittern, als habe es einen Anfall von Malaria. Der Junge stieß einen Schrei aus, dann noch einen.

Er brüllte: »Fahrer, warum verschwindet er nicht? Sagen Sie's ihm noch einmal, jetzt. Machen Sie schon!«

Der Fahrer gehorchte, und diesmal erging sein Befehl mit größerem Nachdruck. Der Stau löste sich auf. Als ihr Wagen ins Rollen kam, schien der durchdringende Blick dieser schuppigen Augen, die immer weiter zurückfielen, zu einem festen, unzerfaserbaren Strick geworden zu sein. Bis Fortbewegung und zunehmendes Dunkel ihn kappten.

Der Junge hustete die ganze Nacht und hielt ihn wach. Gelegentlich schrie er im Schlaf so laut auf, dass er die Nachttischlampe einschaltete, von seinem Bett aufstand und an das seines Sohnes trat, um nachzusehen, was er hatte, um seine Albträume sanft zu verscheuchen.

Gegen Ende der Nacht erwachte das Kind mit einem regelrechten Aufheulen und weinte dann mit einer Hingabe weiter, die an die unerklärlichen und scheinbar nicht enden wollenden Schreiattacken seiner frühen Kindheit erinnerte. Jetzt, während dieses Anfalls, konnte er nicht erkennen, ob der Junge noch immer in seiner Traumwelt gefangen war, oder ob etwas in der wirklichen Welt, eine Kolik oder ein Unwohlsein, oder eine sich anbahnende Krankheit, ihn so schreien ließ. Fragen hatten nichts erbracht.

Sollte er den Zimmerservice rufen und nach einem Arzt verlangen? Ein Hotel dieser Kategorie würde doch wohl einen parat haben! Stirn und Nacken des Jungen waren aber nicht heiß.

»Was ist denn? Sag mir, was hast du?«, fragte er wieder und wieder, der Wut, die am anderen Ende seiner Ohnmacht lauerte, schon bedenklich nah.

Dann eine winzige Bresche in dieser Wand aus Wiederholungen. »Ich hab Angst«, gelang es dem Jungen herauszubringen.

Ein Schwall der Erleichterung katapultierte ihn an die Luft. »Angst?«, fragte er. »Angst wovor? Du brauchst keine Angst zu haben, ich bin hier bei dir. Komm, ich leg mich zu dir ins Bett und halte dich fest. Es wird schon alles wieder gut.«

Aber das Kind hörte und hörte nicht auf. Er nahm im Blick seines Sohnes etwas wahr, ein kurzes Sichscharfstellen der Augen auf etwas hinter seiner Schulter, so als hätte er dort etwas gesehen, etwas, das ihn lauter heulen ließ, bevor sein Blick wieder verschwamm.

Er sah hinter sich. Draußen vor der Fensterwand konnte nichts sein – sie waren im sechzehnten Stock des Hotels. Das dunkle Glas warf ihm eine dramatisch in Licht und Schwarz getauchte Szene zurück: sein starrendes Gesicht auf dem verdrehten Stängel seines Halses; sein Sohn auf dem Bett, den Mund in einer Grimasse des Grauens und der Qual aufgerissen; das weiße Bettzeug verdreht und verknäuelt und aufgeworfen durch das heftige Toben, das sich in ihm abspielte; das ganze Tableau in die Dunkelheit abgeschattet, die es umrahmte. Als sein Blick über diesen scharf gezeichneten Chiaroscuro-Vordergrund der Spiegelung hinausging, konnte er im Streulicht des Hotelgeländes das Skelett des Wolkenkratzers auf der anderen Straßenseite erkennen. An den obersten Stockwerken machte er das Baugerüst aus – war es noch immer die Bambus-und-Kokosseil-Konstruktion seiner Kindheit, oder waren sie mittlerweile zu etwas Stabilerem und Fortschrittlicherem avanciert? – und die flatternden Bahnen von Sackleinen, Kunststoff oder was auch immer, die die Arbeiter dort ausgespannt hatten. Er fragte sich, nicht zum ersten Mal, welchem Zweck diese Planen wohl dienten.

Als Sicherheitsnetz? Sie hatten jedenfalls nicht verhindert, dass einer von ihnen gestern ein schreckliches Ende genommen hatte.

In den frühen Stunden, nicht mehr lang vor der Dämmerung, fiel sein Sohn in einen Schlaf der Erschöpfung. Auch er dämmerte hinüber, einen Arm um den Jungen gelegt. Das Licht weckte ihn; er hatte am Abend vergessen, die Vorhänge zuzuziehen. An seiner Seite das Kind war tot.

ZWEI

DENKE ICH AN SIE – was, bevor ich dies hier zu schreiben begann, zugegeben nicht häufig geschah –, sehe ich als Erstes immer das Bild eines Abends im Juli. In der Nacht davor hatte es geregnet, wie ich mir immer vorgestellt hatte, dass es in erdgeschichtlichen Epochen, etwa im Pleistozän oder in der Trias, geregnet haben muss. Es brachte meine Kindheit zurück, wie ich auch damals wach lag, dem Geräusch von unerbittlich fallenden Wasserströmen lauschte, mir einen niedrigen roten vorzeitlichen Himmel vorstellte, fremdartige Vegetation und furchterregende Kreaturen und gefährliche Landschaften, prasselnd unter einem endlosen Wolkenbruch, der eher einer Naturkatastrophe glich als simplem heftigem Regen. Es brachte sogar Erinnerungen an Bibelstunden in der Schule zurück, daran, wie alle Brunnen der großen Tiefe aufbrachen und sich die Fenster des Himmels auftaten und ein Regen auf Erden kam vierzig Tage und vierzig Nächte.

Am Morgen darauf bedeckten dunkle Regenwolken den größten Teil des Himmels, aber zumindest hatte der Regen für eine Weile nachgelassen. Das Wohnzimmer meiner Eltern, im ersten Stock eines Mehrfamilienhauses in Bombay, hatte einen ungehinderten Blick auf das Meer, das nur ein paar Meter entfernt lag, gleich hinter dem Band Stand in Bandra, wo zur Zeit der Briten die Kapelle sich jeden Nachmittag versammelte und aufspielte. Jetzt verlief zwischen dem Fenster und dem Meer eine Straße, die sich an unserem Ende bei einem schmalen dreieckigen Stückchen Grün gabelte, an dessen Scheitel zwei massiv aussehende, schwere Metallplastiken standen, Konglomerate von klotzigen Quadern und rechtwinkligen Massen und geraden Kanten – was sich irgendeine städtische Behörde eben unter kubistischem Primitivismus vorstellen mochte. Der Sockel, auf dem die Figuren standen, trug die Inschrift: *Die Zeit ist / Zu säumig für den Wartenden / Zu geschwind für den Ängstlichen / Zu lang für den Trauernden / Zu kurz für den Glücklichen / Aber dem Liebenden / Ist die Zeit gleich der Ewigkeit.*

Gleichsam als Reaktion darauf wurden der Band Stand und die meilenlange, in regelmäßigen Abständen mit Betonbänken und *Barringtonias* gesprenkelte Meerespromenade jeden Nachmittag und Abend zur Hauptanlaufstelle für Pärchen.

Das Arabische Meer, während des größten Teils des Jahres ein beschaulicher Teich, wurde während des Monsuns – im Rahmen seiner bescheidenen Möglichkeiten – rau und aufgewühlt, und an diesem Morgen sah es für seine Verhältnisse stürmisch aus, mit weißen Brechern, die einer nach dem anderen am schwarzen felsigen Ufer zerschellten, das jetzt fast völlig unter Wasser stand, weil das Meer angeschwollen war und die Oberkante der Ufermauer erreicht hatte. Der Horizont war eine tintige Wolkenbank. In der Ferne konnte ich den rot bemalten Rumpf eines Fischerkahns ausmachen. Er sah aus wie die Papierkonstruktion eines Kindes, die sich auf der stürmischen schiefergrauen Fläche, die es trug und, fast rhythmisch wie eine Wippe, immer wieder emporwarf, bald auflösen würde.

Ich hatte um zehn eine Besprechung in Colaba, was bedeutete, dass ich früh aufbrechen musste, wollte ich dem berüchtigten Morgenverkehr entgehen. Das war noch die Zeit vor dem *Bandra-Worli Sea Link*, weswegen eine Fahrt von zwanzig Kilometern ohne Weiteres zwei Stunden erfordern konnte – und gelegentlich wirklich erforderte. In ein paar Jahren würde der Sea Link eröffnet werden und jeden damit schockieren, dass etwas, das sich nominell seit einem Jahrzehnt im Bau befunden und nicht mehr vorzuweisen gehabt hatte als ein paar Stümpfe, die wie Fäuste aus der Oberfläche der Reclamation (»Landgewinnung«, wie die offizielle Bezeichnung der Bucht lautete) ragten, so schnell hatte fertiggestellt werden können. Welchen Druck mochte die Weltbank, als Hauptinvestor des Projekts, auf den festgefahrenen, verrosteten Riesenapparat aus korrupten Politikern, Bürokraten und Bauunternehmern ausgeübt haben, um ihn wieder in Gang zu bekommen?

Der Regen von letzter Nacht würde überflutete Straßen und Staunässe bedeuten, also schien eine lange, immer wieder stockende Fahrt in die Stadt fast unausweichlich. Ich ging kurz nach acht aus dem Haus. Amit, der Fahrer meines Vaters, meldete sich gewöhnlich etwas später zum Dienst, aber er war angewiesen worden, an diesem Morgen früh da zu sein. Der Wagen hatte kaum Mahim erreicht, als sich die Himmelsschleusen schon wieder öffneten. Obwohl die Scheibenwischer wie wild geworden hin- und herjagten, konnte ich nach vorn kaum etwas und gleich gar nichts durch die streifige Wasserwand am Beifahrerfenster sehen. Die ganze Welt schien sich zu verflüssigen. Nach vielleicht zwanzig Minuten ließ das Strafgericht etwas nach, doch der Regen hielt an; es stellte sich wieder eine Art von Sicht ein; durch die herabrinnende Flüssigkeit wurde die Welt impressionistisch. Im obligatorischen Vollstau bei *Haji Ali* sah ich, dass der lange Dammweg zur vorgelagerten Moschee durch die Gischt fast nicht mehr zu sehen war, sodass das Heiligtum, von Dunstschleiern umgeben, so wirkte, als schwebte es in der Luft, losgelöst von seiner Nabelschnur, die es mit dem Festland verband. Normalerweise wäre der Dammweg eine Spießrutengasse von bettelnden Verstümmelten, Krüppeln und Kranken, eine brodelnde Doppelbahn von Menschen auf dem Weg in die oder aus der Moschee gewesen. Ich war von dem märchenhaften Traumschloss, in das sie sich verwandelt hatte, zu fasziniert, um der darüber hinausgehenden Vision einer Hilfe suchenden, gepeinigten Menschheit allzu große Beachtung zu schenken. Dann schaltete die Ampel auf Grün, die Jungen, die, selbst bei dem Wetter unterwegs, Raubdrucke von Bestsellern, Selbsthilfebücher und Hochglanzmagazine verkauften, zerstreuten sich, und der Wagen verließ diesen Schauplatz zufälliger Verzauberung.

Am Spätnachmittag, gegen sechs, als Baba und ich gerade debattierten, ob wir unseren üblichen vorabendlichen Umtrunk – ein paar Whisky Sodas für jeden – um eine halbe Stunde auf halb sieben vorverlegen sollten, klingelte es an der Tür.

»Wer kann das sein?«, sagte Ma, wie zu sich selbst. »Für Renu ist es doch noch zu früh …« Renu war die Köchin.

Ich stand auf, ging an die Tür und öffnete. Renu stand gleich jenseits der Schwelle. »Stand« trifft es nicht ganz; sie hatte eine Hand ausgestreckt und stützte sich am Türpfosten ab, während sie auf den Fußballen hin- und herschwankte. Ihre Augen schwammen blutunterlaufen in ihrem ausgedörrten Gesicht. Ihr Haar, normalerweise geölt und glatt an die Kopfhaut geklebt und im Nacken zu einem lockeren Knoten gebunden, war trocken und elektrisch und stand überall in widerspenstigen Flusen ab.

»Alles in Ordnung?«, fragte ich sie, sah mich dann nach meiner Mutter um, die schon auf halbem Weg zur Eingangstür war, und sagte: »Es ist Koch-Tantchen.« Ich brachte es nie über mich, Renu bei ihrem Namen zu nennen und daran ein Suffix wie *di*, »ältere Schwester«, oder *mashi*, »Tantchen«, anzuhängen, was beides die erwartete oder übliche Vorgehensweise gewesen wäre.

»Ich hab letzte Nacht kein Auge zugetan«, begann Renu. »Die Polizei ist in Transportern gekommen und hat uns befohlen, unsere Zimmer zu räumen. Das Meer war wegen dem Regen am Steigen, sie sagten, wir müssten da raus, sie dachten, unsere *jhopri* würde vom Wasser verschluckt werden.«

Sie konnte sich kaum aufrecht halten.

»Kein Auge zugetan«, wiederholte sie. »Um zehn haben sie uns rausgejagt, gegen Mitternacht sollten wir wieder rein, dann sind sie noch einmal um zwei gekommen und haben uns rausgescheucht.

Ich musste heute nach einer Nacht ohne Schlaf den ganzen Tag arbeiten … Mir fallen andauernd die Augen zu. Also dachte ich, ich weiß, dass es früh ist, aber wenn ich jetzt anfange und schnell was koche … dann … könnte ich …«

Ihr unbeugsames Pflichtbewusstsein ging mir durch und durch. »Nichts da. Du gehst augenblicklich nach Haus, du brauchst heute Abend nicht zu kochen. Du gehst und legst dich schlafen.«

Ma stimmte ein: »Ja, Renu, mach dir keine Gedanken wegen heute Abend, geh du nur nach Haus.«

Renu zögerte. Selbst noch in diesem Zustand äußerster Erschöpfung fühlte sie sich verpflichtet, etwas so leichthin Gewährtes abzulehnen – es war nicht richtig, es lief der gewohnten Ordnung zuwider, dass Herrschaften unausgesprochene Bitten von Dienstboten errieten und dann auch noch erfüllten. Und dennoch konnte ich in ihrem Gesicht eine Erleichterung erkennen, die alle Professionalität bei Weitem überwog.

Bevor sie einen weiteren schwachen Versuch unternehmen konnte – nicht weil sie unaufrichtig gewesen wäre, sondern weil ihr die Kraft dazu fehlte –, kam ich ihr zuvor und wiederholte: »Still, kein Wort mehr. Wir sehen dich dann morgen früh. Du brauchst Schlaf. Geh.«

Sie war kein Mensch, der viel lächelte oder sonstige positiven Gefühle zeigte, aber der Ausdruck von Dankbarkeit in ihrem ausgelaugten Gesicht war unübersehbar, wie bei einem belichteten Film, der in seinem chemischen Bad allmählich die Züge des Bildes annahm.

Ich fragte: »Wo seid ihr denn alle hin, als ihr aus dem Haus musstet?«

»Wir haben uns auf die Straße gesetzt, hier, gleich hier«, sagte sie und zeigte vage in westliche Richtung.

»Du meinst am Band Stand? Gleich vor unserem Haus?«

»Ja, dort.«

»Aber es goss doch in Strömen …«

Sie neigte den Kopf zur Seite, eine Weise, Ja zu sagen, die zugleich ihr Los stoisch abtat.

Ich sagte: »Hör zu, wenn das wieder passiert, kommt ihr schnurstracks hierher und klingelt. Ich sage den Wachleuten unten Bescheid, dass ihr vielleicht mitten in der Nacht kommt und sie euch reinlassen sollen. Ihr könnt herkommen und im Wohnzimmer schlafen, wenn ihr wieder aus eurem Haus gescheucht werdet.«

Ma sagte: »Oder in der Küche. Ihr könnt in der Küche schlafen.«

Ich war versucht, mich etwas zur Seite zu drehen und Ma einen entsprechenden Blick zuzuwerfen, beherrschte mich aber. Es war ein uralter Zwist zwischen uns, und sie hatte mir gerade, ganz behutsam, zu verstehen gegeben, dass er, wenn auch unter den Teppich gekehrt, noch immer fortbestand und nur darauf wartete, wieder hervorgeholt zu werden.

Also sah ich stattdessen weiter Koch-Tantchen an und sagte mit Nachdruck: »Im Wohnzimmer ist viel mehr Platz. Kommt und schlaft hier, wenn es nötig wird.« Ein bisschen zu nachdrücklich.

Sie winkte ab, was gleichzeitig eine Abschiedsgeste abgab, während sie sich schon wieder zur Treppe wandte – »*Achchha, achchha*, wir werden sehen, aber es ist nicht nötig, heute Nacht soll es nicht so stark regnen.« Weiter würde sie in Richtung Lächeln nicht gehen.

Ich wollte ihr noch so viele Fragen stellen: Wo genau im Slum sie wohnten, wie viele Leute aus dem Bett gezerrt und gezwungen worden waren, draußen im peitschenden Regen auszuharren, damit es keine Überschwemmungstoten gäbe, wie nah am Wasser der Slum gebaut war … aber sie war schon verschwunden.

* * *

Koch-Tantchen lernte ich im Jahr vor diesem Zwischenfall kennen, während meines gewohnten Januar-Besuchs in Bombay.

Es wurde bald deutlich, dass sie mich nicht mochte. Sie war die neue Köchin meiner Eltern, und sie war erst seit ein paar Monaten bei ihnen. Sie hatten eine bengalische Köchin gewollt; mit besonderer Betonung auf die geografische Herkunft, nachdem sich die Kochkunst ihrer Vorgängerin, einer maharashtrischen Frau aus der Fischerkaste, den Kolis, als zu limitiert – und ohne Zweifel zu fremdartig für ihre verwöhnten bengalischen Gaumen – erwiesen hatte. Mein Vater ging auf die sechzig zu, meine Mutter war fast achtundfünfzig; zu spät für sie, um noch mit regionalen indischen Küchen zu experimentieren, insbesondere in Anbetracht der Tatsache, dass sie Bengalen waren, ein Volk, das nicht gerade dafür berühmt ist, irgendetwas anderes als seine eigene Kultur – sei es auf dem Gebiet der Küche, der Literatur, Sprache, Kunst oder was auch immer – für seiner Beachtung würdig zu erachten.

Während eines unserer vierzehntäglichen Telefonate erklärte meine Mutter mir, dass es zwar schwierig sei, in Bombay eine gute Köchin zu finden, sie aber jetzt, nach einmonatiger Suche, glaube, eine gefunden zu haben, die den Anforderungen entsprach. »Sie arbeitet für sechs Haushalte, aber sie hat gerade einen davon verloren«, sagte Ma. »Sie wird versuchen, das Loch zu stopfen. Mit etwas Glück kann ich sie mir schnappen.«

»Sechs Haushalte?«, sagte ich. »Das ist eine Menge. Wie bringt sie die alle unter? Sie muss wenigstens zwölf, wenn nicht vierzehn Stunden am Tag arbeiten.«

Als ich meine Mutter das nächste Mal anrief, arbeitete Renu bereits für sie. Das war, soweit ich mich erinnere, im Juli oder August, also würde es noch fünf bis sechs Monate dauern, bis ich sie kennenlernen würde.

Mein Job als Designer in London war flexibel. Ich arbeitete für eine progressive, unkonventionelle, trendige Truppe, die Sorte Firma, die in Publikationen wie *Wallflower**, *i-D* oder *Wired* als die Zukunft sowohl der Arbeit als auch des Arbeitsumfelds gehandelt wurde, und so war es mir möglich, meinen gesamten mir zustehenden Urlaub im Januar zu nehmen und den ganzen Monat in Indien zu verbringen.

In den Monaten vor meinem Besuch hatte ich Ma ein paarmal nach ihrer neuen Köchin gefragt, und sie hatte verhalten erfreut geklungen. Ich hatte noch nie erlebt, dass meine Mutter sich überschwänglich über das Hauspersonal geäußert hätte, also fasste ich es als ein halbwegs gutes Zeichen auf, als sie sagte – und ich füge hier mehrere disparate Gesprächsfetzen aneinander: »Sie ist ganz in Ordnung. Sie hat allerdings fast ausschließlich außerhalb von Bengalen gearbeitet, darum hat sie die traditionelle bengalische Küche entweder verlernt oder überhaupt nie beherrscht. Ich muss ihr alles erklären. Ich habe sie einmal dabei erwischt, wie sie in einen leichten Fischcurry Zwiebeln und Knoblauch geben wollte! Und sie tut überall *hing* rein, kannst du dir das vorstellen? Ich weiß wirklich nicht, wo sie so kochen gelernt hat. Offensichtlich in nicht-bengalischen Haushalten.«

Also alles bestens; Mäkeln war bei meiner Mutter eine Form von Lob.

Ich muss ein paar Worte über mein Interesse an Essen verlieren, weil es unsere Geschichte, wenn auch nur peripher, berührt. In London kochte ich natürlich für mich selbst und hatte oft Freunde und Arbeitskollegen zu Gast, aber meine Beziehung zum Essen ging weit über reine Zweckmäßigkeit hinaus. Ich aß für mein Leben gern, verbrachte viel Zeit damit, über Kochen und Rezepte und verschiedene Kochkulturen nachzudenken, und einer meiner laufenden Aufträge war – vielleicht weil diese Passion von mir weithin bekannt war –, ein ganzes Buch zu schreiben und zu gestalten, das ausschließlich dem Frühstück in den indischen Regionalküchen, Bundesstaat für Bundesstaat, gewidmet sein sollte. Ein junger Lektor bei einem Imprint, das auf schön ausgestattete Kochbücher spezialisiert war, hatte einen Blog über internationale Frühstückssitten entdeckt und ihn bei einem Dinner mit Freunden von Freunden beiläufig erwähnt. Jemand in dieser Kette von glücklichen Fügungen war der Meinung gewesen, ich sei so etwas wie eine Autorität in Sachen indische Küche, und ein Projekt war geboren – ein opulentes und gehaltvolles Buch am Schnittpunkt von Koch- und Reiseliteratur. Es war weder Neuland noch wenig erforschtes Gebiet, aber wir waren voller Enthusiasmus, und alle waren sich einig, dass das Buch seinen Mangel an Originalität durch Inhalt, visuelle Haptik und hochwertige Ausstattung wettmachen würde.

Es gab Arbeit, die machte man auf professionelle, notgedrungene, erwerbsorientierte Weise, und Arbeit, die die zundertrockenen und leicht entflammbaren Partien der eigenen Leidenschaft erfasste und eine langsame, lang anhaltende, gleichmäßige Verbrennung in Gang setzte; dieses Buch gehörte zu letzterer Sorte. Das Recherchieren und Beschaffen von Rezepten war der einfache Teil. Ich bat meine Mutter ständig um Rezepte der klassischen bengalischen Küche, insbesondere um solche, die innerhalb von Familien über Generationen hinweg weitergegeben worden waren, wobei sich jede Familie ein traditionelles Gericht nach und nach so zurechtbog, dass es zu etwas Neuem, ganz anderem wurde. Meine Mutter zum Beispiel ließ zu der Zeit, als sie noch kochte oder zumindest die verschiedenen Personen instruierte, die über die Jahre zum Kochen angestellt waren, nur zwei Zubereitungsweisen für *kalai dal* (in unserer Familie »*biuli*« und praktisch überall sonst in Indien »*urid dal*« genannt) gelten: Bei der einen wurden die gekochten Bohnen mit Fenchelsamen und Ingwer-Julienne gewürzt; bei der anderen wurden die Bohnen zuerst geröstet, dann geschmort und zuletzt mit in sehr heißem Öl angebratenen ganzen roten Chilis und *hing* gewürzt. Beide Methoden hatte sie von ihrer Mutter gelernt. Aber im Haus meiner Großeltern väterlicherseits, erzählte mir meine Mutter einmal, bereiteten sie die gleichen Bohnen auf eine vollkommen andre Weise zu: jede Menge fein gehackter Knoblauch, ganze getrocknete rote Chilis und diese urbengalische Gewürzmischung, *panchphoron* – zu gleichen Teilen Fenchel, Kreuzkümmel, Bockshornklee, Schwarzkümmel und Senfsamen – wurden kurz in rauchend heißem Senföl angebraten und dann zu den gerösteten und geschmorten Bohnen gegeben. »Der Einfluss irgendeines alten orissischen Kochs, keine Frage«, hatte Ma verächtlich hinzugefügt.

Jetzt dachte ich, ich könnte aus dem Repertoire der neuen Köchin meiner Eltern ein paar Dinge dazulernen. Das würde meinem diesjährigen Besuch einen zusätzlichen Kick verleihen.

Gegen Mittag des Tages nach meiner Ankunft in Bombay saß ich in Babas und Mas lang gestrecktem, spärlich eingerichtetem Wohnzimmer am Fenster und sah hinaus auf ein durch nichts aus der Ruhe zu bringendes Meer unter einem klaren, sonnigen Himmel. Es war Ebbe, und die weite Fläche von irrwitzig zerklüftetem und pockennarbigem schwarzem Fels, die hier den Strand darstellte, lag, wie der Schwanz eines gigantischen mythischen Meeresbewohners, glitzernd zutage. Der Aufschluss war mit Männern übersät, die ihren morgendlichen Waschungen nachgingen: Ein paar badeten in den Gezeitentümpeln; etliche wuschen ihre Wäsche, indem sie zunächst ihre Laken und Tücher und Unterhemden auf der Felsfläche ausbreiteten und mit einem Stück Seife energisch bearbeiteten, so als rieben sie eine Karotte, dann die eingeseiften Wäschestücke auf die rauen Felsen droschen, um den Schmutz herauszubekommen, und sie zuletzt ausspülten … um manche dieser Männer hatten sich cremige Ringe von Schaum gebildet. Etwas weiter draußen, zum meerseitigen Ende der Felsfläche hin, standen drei oder vier Männer, jeder an einer Stelle, die er für ausreichend abseits von den anderen erachtete, und pissten ins Meer. Zwei Jungen tauchten auf der Promenadenmauer auf, mit Plastiktüten voller Blumen in den Armen, wohl dem Kehricht aus einem Tempel oder muslimischen Heiligtum, hüpften von Fels zu Fels bis ans Wasser und warfen ihre ganze Fracht ins Meer. Ich konnte die orangegelben Ringelblumen und vertrockneten Blätter und anderen pflanzlichen und sonstigen Abfälle sich zu einer weiten Girlande ausbreiten sehen, die nach und nach, je größer ihr Umfang wurde, aus der Form geriet.

Ma ging ihrer Lieblingsbeschäftigung nach, mich diensteifrig zu umschwirren: »Möchtest du noch etwas Tee?«, »Warum isst du nichts von dem Obst? Die Papaya ist sehr gut«, »Sag mir, wenn ich dir das *upma* aufwärmen soll.« Sie hatte keinen anderen Wunsch, als mich zu bedienen. Am ersten Tag fühlte es sich heimelig an, als sei ich wieder zum Kind geworden. Aber nach drei Wochen dachte ich mit einer solchen Sehnsucht an meine einsamen Londoner Morgen zurück, dass ich sie oft anschnauzte, sie möge mich in Ruhe lassen. Manchmal fiel ihr Gesicht in sich zusammen, und sie verstummte. Zu anderen Gelegenheiten schlug sie zurück: »*Ruhe, Ruhe*«, brummelte sie dann, »das hast du also vom Leben im Ausland gelernt, du hast jeden Sinn für Familie und Herzlichkeit verloren und vergessen, wie man unter Menschen lebt und weniger selbstbezogen ist.«

Auf dem Esstisch standen, unter einer geräumigen feinmaschigen Fliegenschutzhaube, kleine Schälchen mit Stücken von Papaya, blanken Granatapfel-Rubinen, halbierten Guaven; sowie eine mit einem Teller abgedeckte große Schüssel voll *upma*, grobkörnigem, mit Senfsamen und Curryblättern und Zwiebeln gegartem Grießbrei. Manchmal kamen auch gebratene Cashew- oder Erdnüsse oder eine kleine Handvoll Erbsen hinein. Es war ein südindisches Frühstück, und meine Mutter wusste, dass ich es besonders gern aß, deswegen hatte sie am Morgen der Köchin aufgetragen, es zuzubereiten. Als ich aufgestanden war, hatte die Köchin das Haus bereits wieder verlassen.

Das *upma* war köstlich. Ich wusste selbst nicht, warum, aber es war eines der Dinge, die ich mir in London nie kochte, obwohl es ganz einfach und schnell zubereitet war. Vielleicht war es so, dass ich mir in diesem geteilten Leben, das sich in zwei Ländern, gesondert und in strenger Aufeinanderfolge, abspielte, ein paar Dinge als lediglich zu dem einen oder dem anderen gehörig aufgespart hatte, ohne einen Übergang zwischen den beiden zuzulassen.

Während Ma und ich plauderten, ging die junge Frau, die den Abwasch erledigte und putzte, ihrer Arbeit nach.

»Ist sie neu?«, fragte ich und zeigte auf sie, sicher, dass sie kein Bengali verstand.

»Nein, sie ist seit fast einem Jahr bei uns«, sagte Ma und sprach dann die Frau auf Hindi an: »Milly, das ist mein Sohn. Er wohnt im Ausland. Er ist für einen Monat zu Besuch.«

Meine Mutter sprach ein mehr als passables Hindi; ungewöhnlich für eine bengalische Frau, aber andererseits hatte sie fast zwanzig Jahre in Bombay verbracht, weil der Beruf meines Vaters die beiden schon Mitte der Achtzigerjahre hierher geführt hatte. Die Idee war gewesen, dass sie nach der Pensionierung meines Vaters nach Kalkutta (inzwischen Kolkata) zurückkehren würden, aber der Fairness halber muss man sagen, dass sie Bombay – wie die Stadt damals hieß, und wie ich sie nach wie vor nenne – nicht unsympathisch gefunden und ihre Energie und ihren urbanen, unprovinziellen Charakter mehr und mehr schätzen gelernt hatten.

Die Vorstellung war eher eine Kundgebung mütterlichen Stolzes als eine höfliche Geste gegenüber einem Hausmädchen gewesen, und Milly verstand sie wahrscheinlich auch richtig: Sie vermied es entschlossen, mich anzusehen, mir zuzulächeln oder zuzunicken, oder was auch immer zu tun, was sie in solchen Situationen zu tun pflegte, und wandte stattdessen, wie in einer bewusst gegensätzlichen Reaktion, das Gesicht ab und wischte weiter Staub.

»Äußerst freundlich«, sagte ich auf Englisch.

»*Achchha*, das reicht«, fügte Ma hastig hinzu und bedeutete mir mit einer Geste, dass ich aufhören sollte, Millys Verhalten offen zu kritisieren.

»Aber sie versteht doch gar nicht, was ich sage«, beharrte ich aus purer Sturheit.

»Ach, hör jetzt auf, ja?« Meine Mutter klang richtig verärgert. Ich war überrascht, nahm aber an, dass sie es mir später erklären würde, also hielt ich den Mund. Ich hob pflichtbewusst die Füße, während Milly den Fußboden kehrte, dann noch einmal, als sie ihn, auf allen vieren, mit einem Lappen, den sie wiederholt in Wasser tauchte und auswrang, mit weit ausholenden bogenförmigen Bewegungen wischte. Das Zimmer füllte sich mit dem Duft von Zitronengrasöl.

Als Milly in die Küche ging, sagte meine Mutter in atemlosem Sottovoce: »Sie kommt aus Jharkhand, sie ist konvertierte Christin, sie sagt, sie versteht Bengali und Englisch«, dann entschwand sie in die Küche, um Milly zu beaufsichtigen.

Jharkhand. Das war einer der neuesten indischen Bundesstaaten, erst vor drei, vier Jahren aus dem südlichen und östlichen Teil von Bihar herausoperiert, nachdem Stammesangehörige und zurückgebliebene Klassen – sie trugen diese verhasste Bezeichnung, das Brandeisen eines Akronyms: OBC, Other Backward Classes – jahrzehntelang mit Agitation und Aktivismus für einen eigenständigen Staat gekämpft hatten, in dem ihre Interessen und ihr Wohlergehen nicht mehr ignoriert werden würden. Er war auch einer der am meisten von Unruhen erschütterten Bundesstaaten, mit einer starken maoistischen Präsenz und, infolgedessen, einer brutalen staatlich gesponserten Repression. Er verfügte über gewaltige Bodenschätze, und die Staatsregierung hatte nicht vor, sich von einer Bande dahergelaufener Untergrundkämpfer und entbehrlicher Stammesleute, die von irgendwelchen alten Rechten an Grund und Boden faselten, diesen Reichtum streitig machen zu lassen.

Vielleicht gehörte Milly ja zu einem dieser Stämme, die von raffgierigen Bergbaugesellschaften von ihrem Land vertrieben worden waren. Vielleicht hatte ihr das Leben dort nicht viel zu bieten gehabt: Von Jharkhand nach Bombay war es ein weiter Weg für sie gewesen, bloß um eine Stelle als Haushaltshilfe zu bekommen. (Die Generation meiner Mutter nannte solche Leute nach wie vor Diener. Meine politisch korrekte Bezeichnung besaß keinerlei Korrelation zu ihrem tatsächlichen Status: Ihre soziale oder wirtschaftliche Stellung innerhalb der indischen Gesellschaft hatte sich nie geändert.)

Ich ging in die Küche, um Milly meinen leeren Napf und Löffel zum Abspülen zu bringen, und entdeckte sie, wie sie, in der Ecke zwischen Kühlschrank und Schrank, mit gekreuzten Beinen auf dem Fußboden saß, auf dem Schoß einen vollgehäuften Teller, und zu Mittag aß. In den wenigen peinlichen Sekunden, die ich da war und mir wünschte, ich wäre nicht in ihre Mittagspause hineingeplatzt, strömten allerlei Kindheitserinnerungen von Verboten, Dienern beim Essen zuzuschauen, gepaart mit einem neuartigen Unbehagen, auf mich ein.

Milly sah nicht auf. Ich floh.

Nachdem Milly gegangen war, setzte mich Ma im Laufe des Tages nach und nach über ihre Lebensumstände ins Bild, während ich ziellos herumschlenderte, überhaupt nichts tat und das Faulenzen genoss. Ich schenkte sogar Mas immer wieder einsetzendem Geplapper – Geplauder über ihre Freundinnen und Nachbarinnen, Hochglanzmagazinen entnommenem Klatsch über Promis und Bollywood-Stars – eine Art passive Aufmerksamkeit. Wie sich herausstellte, war es sogar Ma aufgefallen, dass Milly mit Männern nicht redete, ja sie nicht einmal ansah, weswegen sie zu dem Schluss gelangt war, dass sie als junges Mädchen unangenehme Erfahrungen mit ihnen gemacht haben musste, und nicht weiter nachgebohrt hatte. Stattdessen hatte sie die junge Frau während der Stunden, die sie im Haus arbeitete, immer wieder in Gespräche verwickelt und sich auf diese Weise nach und nach eine Art Oberflächennarrativ ihres Lebens zusammengestückelt.

Es lautete in etwa folgendermaßen: Milly war mit einem Mann aus Jharkhand verheiratet, der in einem billigen Restaurant in Bandra als Koch arbeitete. Sie hatten eine drei- oder vierjährige Tochter und einen Sohn, der nicht ganz ein Jahr alt war. Als sie anfing, für meine Eltern zu arbeiten, war Milly schwanger, also beschloss Ma, ihr jeden Tag eine gehaltvolle Mahlzeit vorzusetzen. Wie ich zu meiner Freude feststellte, wurde der löbliche Brauch noch immer aufrechterhalten, obwohl Milly, wie ich annahm, mittlerweile abgestillt haben musste.

»Aber wo lässt sie denn die Kinder, wenn sie arbeiten geht?«, fragte ich.

»Bei ihrem Mann natürlich«, antwortete Ma. »Im Restaurant arbeitet er in der Spätschicht.«

»Hat sie es weit hierher?«

»Nein, nein, sie wohnt gleich um die Ecke, in dem Slum an der Ufermauer, dort drüben«, sagte sie und deutete in Richtung des Taj Lands End, des Luxushotels an der Spitze dieses zentral-westlichen »Fingers« von Bombay, der weit ins Meer hinausragt und den oberen Abschnitt der Kurve bildet, in die sich die Mahim Bay schmiegt.

»Da gibt's einen Slum?«, fragte ich; das war mir neu. »Aber wo? Ich dachte, hinter der Mauer wäre nur noch das Meer.«

»Wirf mal einen Blick rüber, wenn du dort deinen Morgenspaziergang machst«, sagte sie.

Gegen sieben erschien Renu, um das Abendessen zu kochen. Sie war klein und dunkel und hätte ebenso vierzig wie fünfundfünfzig sein können. So wie sie den Sari trug, nach bengalischer Manier, mit über die Schulter nach hinten geworfenem *aanchol*, aber unbedecktem Kopf, sah sie noch unförmiger aus, als sie schon war. Meine Mutter machte uns miteinander bekannt. Ohne mich anzusehen, nickte Renu, fast unmerklich, Ma zu und fragte sie: »Was soll ich kochen?« Das, schloss ich, war der übliche Ablauf – sie kam, fragte, kaum über die Schwelle, meine Mutter, was sie zum Abendessen haben wollte, und dann ging sie in die Küche und machte sich ans Werk.

Ma zeigte auf mich und sagte: »Solange er hier ist, wird er sich um diese Dinge kümmern. Ich bin jetzt im Urlaub. Dass eines klar ist: Er ist ein sehr guter Koch. Und er isst für sein Leben gern.« Sie versuchte, witzig zu klingen, als ermunterte sie Renu auf eine scherzhafte, verschmitzte Weise dazu, sich für den Sohn-auf-Besuch extra viel Mühe zu geben.

Mit teilnahmsloser und unbeeindruckter Miene verriet Renu durch nichts, dass sie den humoristischen Ton auch nur registriert hatte, und wandte sich wieder an Ma: »Sagen Sie mir, rasch rasch, was Sie gekocht haben wollen. Ich muss um halb acht weg, nach einer halben Stunde drehen die das Wasser wieder ab, ich kann nicht den ganzen Tag hier rumstehen.« Sie machte eine Geste, deutete sogar ein gezwungenes Lächeln an, das ihren ungeduldigen Worten gleichfalls einen Stich ins Scherzhafte verlieh; ihre implizite Widersetzlichkeit wäre andernfalls nicht zu dulden gewesen.

Ma wiederholte: »Er wird's dir sagen.«

Renu fixierte meine Mutter entschlossen weiter.

Ihre Stimme klang wie eine von einem Dilettanten konstruierte Kinderblechflöte, bei der jeder Griff eine falsche Frequenz erzeugte. Sie erinnerte mich an Fingernägel, die über eine Schultafel kratzten, oder an jenes spezifische schrille Kreischen von Metall auf Metall, das scheinbar keinen anderen Daseinszweck besaß, als die unisolierten Nervenenden zu zermürben. Diese Stimme war ihr hervorstechendstes Merkmal und nicht zu ignorieren.

Ich sagte betont höflich: »Gehen wir doch, Sie und ich, in die Küche und sehen wir nach, was da ist …«

Solche Dinge lassen sich nur schwer mit hieb- und stichfesten Beweisen untermauern, aber ich spürte, dass ich ihr nicht sympathisch war. Es war, als hätte sie ein unsichtbares Kraftfeld um sich aufgebaut. Sie schien von Natur aus mürrisch – sogar impertinent – zu sein, aber mein Unbehagen stand irgendwie in keinem Verhältnis zur Schroffheit ihres Verhaltens. Was daran machte mir wirklich so zu schaffen?

»Zeigen Sie mir, was im Kühlschrank ist«, sagte ich, »und dann können wir entscheiden. *Achchha*, das *upma* von heute Morgen war köstlich, ich habe noch nie ein so gutes *upma* gegessen. Das können Sie gern wieder kochen. Was, denken Sie, sind Ihre besten Gerichte? Wir könnten heute Abend eines davon essen.«

Ich faselte weiter; die bloße Erinnerung daran bereitet mir selbst jetzt noch Bauchschmerzen. Anstatt meine Frage zu beantworten, leerte sie den Inhalt des Gemüsefachs auf Fußboden und Arbeitsfläche und zählte dabei die einzelnen Sachen auf: »Hier. Grüne Bananen. Spinat. Grüne Papaya. Blumenkohl. Weißkohl. *Brinjal*. Karotten. Frühlingszwiebeln …«

Wenngleich als Bengali erkennbar, wies ihre Sprache gewisse Anzeichen von Hybridisierung auf – sie hatte vorher den Hindi-Ausdruck für »rasch rasch« verwendet, jetzt sagte sie *palak* für »Spinat«.

»Wie wär's mit Grüne-Bananen-*koftas*?«, schlug ich vor.

»Nein«, sagte sie kategorisch. »Wenn Sie *koftas* essen wollen, sagen Sie es mir am Tag davor – die machen einen Haufen Arbeit und brauchen Zeit.«

Ein tief sitzender, fast ins Genom eingeschriebener Kulturmechanismus setzte Empörung – eine Dienerin gab Widerworte! – in meinem Organismus frei. Aber kaum hatte sie sich manifestiert, schnappte die aufgeklärt-liberale Reaktion auf die rückschrittliche Natur der anfänglichen Regung zu und unterdrückte sie sofort. Ich war auf den Grund meines Unbehagens gestoßen. Die Einsicht war beschämend. Der ganze Erkenntnisprozess hatte nur den Bruchteil einer Sekunde beansprucht.

»Ja, ja, natürlich sind *koftas* eine langwierige Sache«, plapperte ich, »das ist wahr, absolut wahr. Also gut, wie wär's dann mit *brinjal-bharta*? Und grüne Papaya mit Krabben? Gibt's Krabben im Gefrierschrank? Schauen wir doch mal, was es im Gefrierschrank an Fisch gibt.«

Meine Mutter, die vom Wohnzimmer aus mitgehört haben musste, rief: »Ja, dein Vater hat letztes Wochenende auf dem Fischmarkt viel eingekauft. Der Gefrierschrank ist voll.«

Das war eines der bengalischen Rituale, an denen meine Eltern festgehalten hatten: Der Mann, zu beschäftigt oder zu erhaben, um sich in die Niederungen des täglichen oder auch nur wöchentlichen Lebensmitteleinkaufs hinabziehen zu lassen, machte beim Fischeinkauf eine Ausnahme, weil Fisch in der bengalischen Küche eine besondere Rolle spielte und nur ein Mann die frischesten und besten Exemplare erkennen konnte. Baba ging jeden Samstagmorgen in die große Fischmarkthalle, um für den wöchentlichen Nachschub zu sorgen.

Jetzt holte Renu flache Tupperdosen aus dem Gefrierschrank, stemmte die Deckel auf und rasselte die Namen der jeweils enthaltenen Fische herunter: »*Rui. Pomfret*« – den englischen Namen der Seebrasse sprach sie »Pom-plet« aus – »*Rawas. Bombil* ...«

Bombil. Hier stoppte ich sie. Es wäre nur eine leichte Übertreibung zu behaupten, dass dieser – im Englischen *Bombay duck* genannte – Fisch einer der Hauptgründe für mich war, diese Stadt wenigstens einmal im Jahr zu besuchen. Auf dem Betontisch der Fischfrauen ausgelegt, sah der frisch gefangene Fisch aus wie rosa überhauchter gerinnender grauer Nasenrotz, auf der Verfestigungsskala nur einen Strich über Flüssig. Leicht in Grieß gewendet und gebraten oder mit einem scharfen grünen Koriander-Chili-Chutney farciert und anschließend gebraten war er, in den Worten meiner Freundin Ankita, »lebensverändernd«. Man begriff, dass die fast völlige Unfähigkeit seines Fleisches, die Form zu behalten, einen höheren Sinn besaß – gerade diese amorphe Beschaffenheit wandelte sich durch das Garen in den charakteristischen butterigen Schmelz.

Ich bat sie, ein paar *bombils* zu braten. »Das dürfte doch genügen, nicht?«, fragte ich, um eine demokratische Haltung bemüht. »Grüne Papaya, Auberginenpüree, gebratener *bombil*.«

Renu nickte und begann mit ihren Vorbereitungen. Sie schien dabei von einem rastlosen Wind angetrieben zu werden. Ein halbes Dutzend Dinge wurden gleichzeitig in Angriff genommen: Der Behälter mit der gefrorenen »Bombay-Ente« kam zum Auftauen unter laufendes Wasser in die Spüle; Töpfe und Pfannen wurden hervorgeholt; das Gemüse, das nicht benötigt wurde, wanderte wieder in den Kühlschrank; ein Schneidbrett und ein Messer erschienen ... sie schien zehn Hände zu haben.

Ohne mich anzusehen, fragte sie: »Reis oder *chapatis*? Und möchten Sie *dal*?«

Ich nahm zur Kenntnis, dass auch sie die höflichste der drei im Bengali möglichen Anredeformen verwendete; außerdem, dass ihre Ausdrucksweise leicht geschraubt klang – wörtlich übersetzt, hätte ihre Frage gelautet: »Werden Sie etwas *dal* nehmen?«

»*Chapatis*«, antwortete ich. »*Dal* ... ja ...« Ich zögerte.

»*Jaldi jaldi*, wenn die den Hahn zudrehen, bevor ich drankomme, sitze ich in der Klemme«, wiederholte sie. Diesmal ohne mildernde Geste oder Lächeln.

Ich sagte kurz angebunden: »Entscheiden Sie selbst, was für eine *dal* am besten zu *chapatis* passt«, verließ die Küche und zog die Schiebetür, die sie vom Wohnzimmer trennte, hinter mir zu.

Mit gedämpfter Stimme sagte ich: »Tja, eine Persönlichkeit wie gutes Senföl – steigt einem direkt in die Nase.« Ich bemühte mich, es scherzhaft klingen zu lassen.

Meine Mutter gab mir durch Zeichen und flüsternd zu verstehen, dass wir darüber erst sprechen sollten, wenn Renu gegangen wäre.

»Aber was ist das für eine Geschichte mit dem Hahn, den sie rechtzeitig erreichen muss?«, fragte ich, noch immer leise.

»Sie muss ihr Wasser an einer der städtischen Zapfstellen holen«, sagte Ma. »Die unentgeltliche Wasserversorgung ist auf bestimmte Zeiten beschränkt, also muss sie während dieser Zeiten da am Hahn sein, sonst hat sie den ganzen Tag kein Wasser.«

»Aber was denn für Wasser?« Ich verstand immer noch nicht.

»Wasser für den täglichen Gebrauch – zum Duschen und Wäschewaschen, Putzen …«

»Hat sie da, wo sie wohnt, denn kein Wasser?«

»Sie wohnt im Slum dort drüben« – wieder dieses Deuten in westliche Richtung –, »da gibt's kein fließendes Wasser.«

»Du meinst, im selben Slum, wo auch Milly wohnt?«

Ma nickte. Dann fügte sie hinzu: »Renu kann sie nicht ausstehen.«

»Wen, Milly?«

»Ja. Ich erzähl's dir später.«

Eine halbe Stunde später kam Renu aus der Küche, ging mit den Worten »Ich bin gleich wieder da« zur Wohnungstür und verschwand.

Ma sagte zu mir: »In ein paar Minuten kannst du sie sehen, wenn du dich ans Fenster stellst.«

Ja, ich konnte sie ausmachen, wie sie mit zwei Eimern und einer Art Industriekanister aus Plastik in einer kurzen Schlange stand. Die Promenade war voll von Menschen – Spaziergängern, Liebespärchen, Kindern – und die Fahrbahn wimmelte von Bussen, Motorrädern, Autorikschas. Die Snack-Verkäufer waren in voller Mannschaftsstärke unterwegs und machten mit dem Abendpublikum gute Geschäfte. Das ganze Leben und sämtliche Bewegungen und Geräusche und Energien des Lebens schienen sich dort zu konzentrieren. In der Insel von Grün, wo sich der Wasserhahn befand, waren drei alte Männer auf einer roten Steinbank, drei, vier

Straßenhunde und ein halbes Dutzend herumrennende Kinder zu sehen. Die hohen Bäume, die sie umgaben, sperrten das orangegelbe Licht der Natriumdampflampen aus und hielten fast das ganze Areal im Schatten. Sie regten sich in der sanften Meeresbrise und versetzten die gesprenkelte Masse aus orangegelbem Licht und schwarzem Schatten in wallende Bewegung.

Baba kehrte von der Arbeit heim, und ich ging in die Küche, um uns Drinks zu machen. Die Küche sah aus wie ein chaotisches, vollgestopftes Stillleben, das allerdings nicht ganz still war. Der Dampfdrucktopf, in dem sich vermutlich die Linsen befanden, stand auf dem abgeschalteten Kochfeld und gab ersterbende Stakkatopfiffe von sich. Auf einem Edelstahlteller lagen die mit Salz und Kurkuma bestäubten *bombils*. Auf einem anderen ruhte der riesige flockige Klops einer über der Herdflamme angekohlten Aubergine. Die Arbeitsfläche zwischen Herd und Spüle war vollständig bedeckt mit Zwiebelschalen, Gemüseabfällen, welken Korianderstängeln, Knoblauchhäuten, Mehlstaub, achtlos verstreuten grünen Chilis und einem verwachsenen Ingwer-Finger. In einer großen stählernen Rührschüssel wartete fertig gekneteter Teig. In einem anderen, kleineren Behälter weichte Reis unter ein paar Fingerbreit Wasser. Ich fand kaum eine freie Stelle, wo ich unsere Gläser abstellen konnte, um Whisky und Eiswürfel hineinzugeben.

»Die Küche ist ein einziges Chaos«, sagte ich und reichte Baba seinen Drink.

»Keine Sorge, sie macht alles wieder sauber, bevor sie geht«, sagte Ma.

»Jetzt erzähl mir, warum sie Milly nicht ausstehen kann.«

Ma begann: »Renu ist ein schwieriger Mensch, wie du gemerkt hast. Sie hat ein freches Mundwerk –«

Baba unterbrach uns. »Ich kann nicht glauben, dass ihr beiden dasitzt und über Dienstboten tratscht«, sagte er mit leichtem Widerwillen.

Ma wandte sich zu mir und sagte, fast im Flüsterton: »Später.« Sie gab meinem Vater immer nach.

Ich war nicht in der Stimmung, eine Diskussion mit Baba anzufangen; über das Thema Herren und Diener waren wir schon mehrmals aneinandergeraten, und es wäre diesmal nicht minder verlorene Liebesmüh gewesen. Während ich die Worte hinunterschluckte, mit denen ich ihn hätte herausfordern können, tauchte plötzlich klar und scharf umrissen eine Erinnerung aus meiner frühen Jugend auf.

* * *

Es war das Jahr, bevor wir von Kalkutta nach Bombay umzogen, und es muss entweder während der Sommerferien oder an einem Donnerstag oder Sonntag gewesen sein, da ich tagsüber zu Hause war. Es war Hochsommer, Juni oder Juli, gegen ein Uhr Mittag, wo die Sonne am mörderischsten ist. Die Temperatur muss die vierzig Grad erreicht, wenn nicht sogar leicht überschritten haben, denn der Teer auf den Straßen war ganz weich und nachgiebig geworden. Baba schickte unser Dienstmädchen, eine Kleine namens Nisha, die nicht viel älter als elf oder zwölf gewesen sein kann und bei uns im Haus wohnte, zum Gemischtwarenhändler auf dem Hauptbazar, der stramme fünfzehn Minuten Fußweg entfernt lag, ein paar Batterien kaufen. Nach einer knappen halben Stunde kam Nisha zurück, aber mit den falschen Batterien. Baba schnauzte sie an und schickte sie umgehend wieder los. Geknickt machte sie sich zum zweiten Mal auf den Weg. Diesmal brauchte sie ein bisschen länger als eine halbe Stunde.

»Wieder die falschen Batterien!«, brüllte Baba und schleuderte das Päckchen gegen die Wand. Nisha duckte sich. Ihr Gesicht sah aus wie zusammengeschrumpft. Meine Mutter tauchte auf, aber auch sie sah verängstigt aus.

»Hast du gar nichts im Kopf?«, wütete Baba gegen das Mädchen.

»Ich habe dir gesagt, du sollst nach den kleinen roten verlangen, nicht den großen. Klein, KLEIN, geht das endlich in deinen Schädel?«

Mein Herz tobte in seinem Rippenkäfig.

Ma sagte: »Warum schreibst du es ihr nicht auf? Sie kann dem Ladenbesitzer den Zettel zeigen.«

»Aber der Ladenbesitzer kann nicht lesen!«, sagte Baba. Er wandte sich zu Nisha und bellte: »Geh jetzt! Sag, du willst die kleinen roten Batterien. Die kleinen! Los, los!«

Ich konnte ihr Kinn zittern sehen, aber sie flitzte. Wie hätte sie, oder überhaupt jemand ihres Standes, auch Widerworte geben können? Sie machte den Weg jetzt zum dritten Mal, bei einer Temperatur, die sich so anfühlte, als könnte sie einen Menschen binnen weniger Minuten verdunsten lassen, und sie hatte keine Gelegenheit gehabt, sich zu setzen, ein wenig auszuruhen und etwas zu trinken, bevor sie wieder losgeschickt wurde. Ich lief auf die vordere Veranda, um ihrer winzigen Gestalt hinterherzusehen; sie ging nicht, sie rannte, immer kleiner und kleiner werdend, bis sie das Ende unserer langen ruhigen Wohnstraße erreichte und um die Ecke bog. In dieser Hitze war kein Mensch zu sehen, nicht mal ein Straßenköter oder eine Katze, nicht einmal die allgegenwärtigen Krähen. Die Häuser standen träumend da, vollkommen regungslos, auf einer Seite schattenschwer, auf der anderen von sengendem Licht gehäutet. Es wunderte mich, dass sie rannte; wäre es nicht kühler und weniger gefährlich gewesen zu gehen?

Als sie zurückkam, hatte sie wieder die falschen Batterien. Baba warf einen Blick darauf, stieß einen Laut aus, nicht ganz Knurren, nicht ganz Stöhnen, verzerrte sein Gesicht und bleckte die Zähne zu einer Miene, die halb Mordlust, halb Verzweiflung suggerierte. Er versuchte, etwas zu sagen, aber es kam nicht heraus. Mit erschütterter Miene stellte sich Ma wie ein menschlicher Schutzwall zwischen Baba und Nisha.

Nisha verzog den Mund, öffnete ihn; sie konnte die Tränen

nicht länger zurückhalten. Alle Dämme brachen – sie weinte hemmungslos, schluchzend und hicksend. Ihre Knie knickten ein, und ich hätte nicht sagen können, ob sie sich hinsetzen wollte, weil es einfacher wäre, im Sitzen zu weinen, oder ob sie vorhatte, sich meiner Mutter oder meinem Vater zu Füßen zu werfen und sie anzuflehen, sie nicht wieder hinauszuschicken. Ich konnte mein Blut wütend rauschen hören. Vielleicht zitterte ich mittlerweile sogar. Mein einziger Gedanke war, dass das Mädchen ohne Essen oder Wasser hatte durch die Gegend laufen müssen, denn ihr Frühstück musste schon eine ganze Weile zurückliegen, und die Mittagessenszeit war längst vorbei. Sie war reif für einen Hitzschlag.

Dann fiel mein Blick auf ihre Füße. An ihren Sohlen hafteten, in Klümpchen und einzeln, hier und da – ein Archipel auf einer Landkarte – kleine schwarze Steinsplitter, wie sie für Straßenbelag verwendet wurden. Plötzlich begriff ich: Sie hatte ihre Schlappen ausgezogen, weil sie ständig an der durch die Hitze leicht klebrig gewordenen Straße hängen blieben und sie auf ihrem Fußmarsch zum Laden und zurück behinderten; aber die Straße war zu heiß für ihre bloßen Füße, also war sie gezwungen gewesen zu rennen, um sich keine Brandblasen zu holen. Der angeschmolzene Teer hatte wie Kleister zwischen ihren Fußsohlen und dem Splitt gewirkt, wodurch etliche Steinsplitter sich von der Straße gelöst hatten und an ihren Füßen kleben geblieben waren.

In mir schnappte ein Schalter um. Ich wandte mich zu meinem Vater und sagte mit der ganzen kalten Wut, die ich in meine Stimme legen konnte: »Schämst du dich nicht, das kleine Mädchen so oft in diese Hitze hinauszujagen? Sie ist die ganze Zeit hin- und hergerannt, ohne auch nur einen Schluck Wasser zu trinken … Und du, ein großer, kräftiger, verwöhnter Mann, stehst da und kommandierst dieses halbe Portiönchen herum …«

Ich ballte meine Faust so fest ich konnte und holte damit aus, als wollte ich ihn schlagen. Meine Mutter schrie auf.

Das war ein Wendepunkt, und das wussten sowohl meine Eltern wie ich. Zwischen uns war ein Riss entstanden, und er würde sich von nun an jedes Mal wieder bemerkbar machen, wenn das Thema Hausangestellte zur Sprache kam.

Später erkannte ich, dass es mehr als alles andere meine Parteinahme gewesen war, was meine Eltern verblüfft hatte: Ich war unbegreiflicherweise zur falschen Seite der Ungleichung »Wir gegen die« übergelaufen. Jahre später hatte mein Vater in einer ähnlichen Situation gespottet: »Bist ja ein richtiger Gandhi geworden, was? In dem teuren Studium, das ich finanziere, lernst du offenbar nur, dich in alle möglichen schicken Posen zu werfen.« Das hatte damals mein Blut in Wallung gebracht; es war noch immer imstande, es zum Simmern zu bringen, wenn ich auch nur einen Augenblick lang daran zurückdachte.

* * *

Babas Bemerkung, wir würden über Dienstboten tratschen, rief diese Erinnerung wach, aber jetzt war nicht der Zeitpunkt, uns drei dazu zu zwingen, ihre Präsenz anzuerkennen – nicht am zweiten Tag meines einmonatigen Besuchs, also ließ ich die Eiswürfel in meinem Glas klimpern, während Baba verschwand, um in seine Hauskleidung zu schlüpfen, und Ma und ich über Belangloses plauderten. Ich war Welten von den beiden entfernt, doch ich konnte mich dafür entscheiden – und tat es auch meistens –, diese zeitweilige Außerkraftsetzung meines Londoner Daseins als Kokon der Geborgenheit zu empfinden, so als hätte ich mich ins Alter der Verantwortungslosigkeit zurückgeflüchtet.

Koch-Tantchen kam zurück und begab sich schnurstracks in die Küche. Eine Stunde später stellte sie das Essen in abgedeckten Schüsseln und Serviertellern auf den Esstisch, deckte für uns, sagte, schon an der Wohnungstür, zu niemand bestimmtem »Bye« und war weg.

»Sie sagt doch nie ›Bye‹. Was ist denn in sie gefahren?«, sagte Baba – Baba, der Hausangestellte normalerweise gar nicht beachtete oder sich sonst wie, außer dass er ihre Löhne bezahlte, mit ihnen befasste.

»Vielleicht findet sie es spannend, einen *shaheb* im Haus zu haben und für ihn zu kochen«, scherzte Ma.

Ich ging in die Küche, um uns noch einen Drink einzuschenken. Sie war makellos.

Die Konversation mäanderte auf eine gemütliche Weise ziellos dahin und streifte mäßig interessante Themen, die weder dringlich noch sonderlich wichtig waren. Es war alles sehr angenehm, wenngleich ich glaube, dass meine Mutter und ich gleichermaßen peinlich bemüht waren, einen Bogen um das Thema »Details aus dem Leben der Diener«, wie mein Vater es zu nennen pflegte, zu machen – jedenfalls in seiner Anwesenheit. Aber meine Neugier war nun einmal geweckt, und ich wollte Ma bitten, mir ein bisschen mehr über Renu zu erzählen; sie wirkte so bewusst widerspenstig, etwas völlig Untypisches für eine Köchin, dass ich fest entschlossen war, Begebenheiten und Ursachen zu finden, die tiefgründiger wären als die simple Erklärung »Charakter«.

Über ein kryptisches »Eifersucht«, mit dem meine Mutter meine Frage »Warum kann Renu Milly nicht ausstehen?« beantwortete, kamen wir bei diesem Thema nicht hinaus. Das Essen war schlicht und perfekt, wie aus dem Lehrbuch. Der grammatikalische Fehler beim Würzen, wenn man so sagen will, den meine Mutter in Koch-Tantchens Essen so anstößig fand und den sie bei ihr für chronisch hielt, ließ sich nirgends herausschmecken: Die Krabben mit grüner Papaya waren mit Kreuzkümmel und Lorbeerblättern gewürzt worden, und ganz zum Schluss noch mit *garam masala* und *ghee*; die Auberginen waren eine samtweiche tomatige Melange, von karamellisierten Zwiebeln und Ingwer durchzogen und funkelnd von frischem Koriander und rohen grünen Chilis. Es war, als weise

Renu damit einen Vorwurf erfolgreich zurück, der ihr unausgesprochen – und auch weniger unausgesprochen – gemacht worden war und an dessen Bürde sie im Haus meiner Eltern schwer zu tragen hatte.

»Alles ist genau so, wie es sein soll«, sagte ich zu meiner Mutter. »Warum hast du gesagt, sie hätte von den traditionellen Regeln des Würzens keine Ahnung?«

Ma schnitt eine Grimasse und sagte: »Ja, das hier hat sie nicht verpatzt, aber wart nur ab. Das hängt bei ihr alles von der Laune ab.« Dann wiederholte sie: »Es liegt daran, dass du da bist.«

In meinem Kopf nahm eine Idee langsam Kontur und Gestalt an. Ich wollte sie zusammen mit meiner Mutter abklopfen. Sie wusste von meinem aktuellen Projekt, dem Regional-Indischen Kochbuch. In gewisser Weise hatte sie den Keim dazu in mir gelegt: Vor Jahren hatte sie mir einen Band aus einer Serie geschickt, die bei Penguin erschien – *The Calcutta Cookbook*. Das Buch war grauenvoll gedruckt und undurchdacht, das Register die reine Katastrophe; ganz offensichtlich hatten die Macher keine Ahnung, wie man ein Kochbuch auf die Beine stellte. Aber die Serie – ein assamesisches Kochbuch, ein goanisches Kochbuch, ein parsisches Kochbuch und so weiter – war eine geniale Idee, und trotz jammervoller Umsetzung und Gestaltung barg sie hier und da manch eine Perle. *The Calcutta Cookbook* zum Beispiel enthielt jede Menge brillante Rezepte, darunter Dinge, von denen ich dauernd reden hörte, die ich aber selbst noch nie gegessen hatte, wie etwa ein Rote-Bete-und-Eier-Gericht, *khagina*, und eine *dal* aus gerösteten Mungbohnen mit Mangoingwer. Erstaunlicherweise verzeichnete es auch den Streetfood-Renner der Achtziger, Chow Mein. Die Inder haben schon immer gewusst, dass es so etwas wie eine »indische Küche« gar nicht gibt, nur verschiedene – mitunter auf ungemein spannende Weise verschiedene – Regionalküchen. Eine Tatsache, die im Westen weitgehend glatt gebügelt worden ist. Würde es sich vielleicht lohnen, und wenn auch nur für die Macher meines Buches, etwas zu produzieren, das sich wie eine überschaubare Tour durch diese Regionalküchen lesen ließ?

Von der Idee angeregt, fragte ich Ma also: »Glaubst du, Renu könnte uns Rezepte aus … aus ihrer Ecke von Bengalen geben?« Ich hatte keine Ahnung, wo genau sie herkam.

Meine Mutter schnaubte mit unverhohlener Verachtung. »Wozu willst du Rezepte aus *Medinipur?* Was haben die da schon für Spezialitäten? Warum nicht lieber eine Auswahl von ganz generell bengalischen Gerichten? Die Rezepte dazu kannst du von mir haben.«

Ich wusste, dass ihr Ego eine kleine Delle abbekommen hatte – warum sollte ihr Sohn eine dahergelaufene Köchin nach authentischen bengalischen Rezepten fragen, wenn sie mir selbst jede Menge davon, und bessere dazu, geben konnte? –, aber mit ihrem Einwand hatte sie absolut recht. Es reichte, dem Leser eine Vorstellung von den Unterschieden zwischen einzelnen indischen Bundesstaaten zu geben, ohne in Mikrodetails wie die Besonderheiten einzelner Distrikte zu gehen. Schließlich sollte es ein Kochbuch werden, vielleicht sogar ein Coffee-table Book, und keine soziologisch-historische Abhandlung.

Während der nächsten paar Tage dachte ich über die Idee nach, rief verschiedene Freunde an, die an den richtigen Stellen saßen, um mir bei dem Buch zu helfen, oder ihrerseits Freunde in den Bundesstaaten hatten, die ich zu Recherchezwecken aufsuchen würde. Ich faulenzte, las, verplemperte Zeit im Internet, dezimierte die erlesene und scheinbar unerschöpfliche Sammlung von Single Malts meines Vaters und, dies vor allem, aß ein paar Gerichte, die Ankita mit Sicherheit als »lebensverändernd« oder, wörtlich aus dem Bengali übersetzt, »eine Lebenswende verursachend« bezeichnet hätte.

Milly kam immer gegen Mittag, und einmal, als meine Mutter außer Haus war, servierte ich ihr ihren Lunch, sämtliche Gerichte auf einem Teller arrangiert, und erklärte ihr, was sie da im Einzelnen bekam. Es waren alles Reste vom vorigen Abend oder sogar noch von dem Abend davor, und Renu hatte hervorragende Arbeit geleistet. Ich musste in meinem eingerosteten Hindi nach den richtigen Wörtern für Gewürze oder Gemüsesorten kramen, von denen ich immer nur den bengalischen und englischen Namen gewusst hatte, und ein, zwei Mal musste ich Milly fragen, ob mein Wort nun stimmte oder nicht. Es war qualvoll, mit anzusehen, wie sie vor Schüchternheit oder Gehemmtheit, oder was auch immer es war, erstarrte, also verließ ich bald die Küche und fällte den Entschluss, ihr nie wieder zu erläutern, was sich auf ihrem Teller befand.

Eines Tages, als Milly gerade in der Küche ihren Lunch aß, klingelte es an der Tür. Ich öffnete; es war Renu, mit einer Plastiktüte voll Gemüse und Kräutern. Ihre Morgenschicht hatte sie schon hinter sich, sie sollte eigentlich erst am Abend wiederkommen. Bevor ich »Kommen Sie herein« sagen konnte, stürzte sie sich in eine Erklärung für ihr vorzeitiges Erscheinen.

»Gemüse für heut Abend«, sagte sie. »Keine grünen Bananen, Koriander, Curryblätter, Chilis, Kürbis im *phiij* … also dachte ich, ich kauf was ein, weil ich sowieso in die Richtung musste« – sie zeigte in Richtung Gemüsemarkt –, »und Sie brauchen nicht aus dem Haus zu gehen.«

Ihre Schlappen hatte sie vor der Türschwelle ausgezogen.

»Ich räum alles ein, keine Sorge«, sagte sie und rannte in die Küche. Ich hörte, wie der Kühlschrank geöffnet wurde, Gemüsefächer herausgezogen, wieder hineingeschoben und Plastiktüten zerknüllt wurden, aber kein einziges Wort zwischen Renu und Milly. Dann kam Renu heraus und verließ die Wohnung, in einer einzigen raschen Bewegung, wie ein plötzlicher Windstoß. Sie sah nicht ins Wohnzimmer, wo ich saß, sagte nicht »Bye« oder »Bis heute Abend«, zog nur die Tür von außen zu und war weg.

Um halb sieben kam sie zurück, um das Abendessen zu kochen.

Mittlerweile wusste ich, wie der Hase lief, und so hatte ich das Menü – Weißkohl-*thoran*, ein tamilisches Kürbisgericht mit Tamarinde und Senfpaste und *Hühnchen Chettinad* – schon parat, und dazu die Rezepte für zwei der Gerichte, die Renu noch nie zuvor gekocht hatte: den Kürbis und das Huhn. Ihre Ruppigkeit überraschte mich inzwischen nicht mehr, aber was mir an dem Abend geboten wurde, grenzte entschieden ans Rüpelhafte. Sie sah mich kein einziges Mal an, sprach nur in Notfällen (und dann nur mit äußerster Knappheit) und blaffte mich gleich zweimal an, als ich beim Vorlesen der Rezepte innehielt, weil ich sehen konnte, dass sie gerade mit drei Dingen gleichzeitig beschäftigt war – das Gemüse aus dem Kühlschrank holen, das zerteilte Huhn zum Waschen in die Spüle legen, Töpfe und Wok aus einem Schrank holen – und es vielleicht vorgezogen hätte, wenn ich erst dann weiterlas, wenn sie besser aufpassen konnte.

»*Aree*, lesen Sie, lesen Sie, ich hab nicht ewig Zeit!«, sagte sie.

»Ich hatte darauf gewartet, dass Sie zuhören. So viele Anweisungen auf einmal, Sie könnten leicht vergessen, was wann wo hineinkommt –«

Sie unterbrach mich mit einem sehr bengalischen Ausdruck der Geringschätzung – »*Aree, dhur*« – und wiederholte dann: »Lesen Sie, lesen Sie! Ich merk's mir schon.«

Ich war sprachlos. Bei jedem anderen hätte ich nach dem Grund für einen so grantigen Ton gefragt oder wäre leicht eingeschnappt, aber unser Standesunterschied hinderte mich an beidem. Wie in aller Welt reagierten »echte« Inder auf sie – Leute, für die es unvorstellbar war, sich von Menschen, die sie als gesellschaftlich unter ihnen stehend betrachteten, die kleinste Frechheit gefallen zu lassen? Oder ließ sie sich nur bei meinen Eltern gehen, weil meine Mutter nicht der so geheiligten indischen Praxis frönte, Dienstboten anzuschnauzen – jedenfalls nicht in meiner Anwesenheit? Ich las die zwei Rezepte eines nach dem anderen vor, entschied mich gegen die Frage »Können Sie sich das auch alles merken?« und den Zusatz »Fragen Sie mich ruhig, wenn Ihnen etwas nicht mehr einfällt« und verzog mich ins Wohnzimmer.

Ich sah meine Mutter an, hob die Augenbrauen und sagte, leise, auf Englisch: »Schlechte Stimmung heute. Besser in Ruhe lassen.«

Gleichfalls ins Englische wechselnd, fragte Ma: »Was war denn los?« Offensichtlich hatte sie den kurzen Wortwechsel nicht mitgehört; im Übrigen war auch nicht viel zu hören gewesen – die Sache hatte sich größtenteils in Ton, Haltung und Mimik abgespielt. »Soll ich sie ausschimpfen?«

»Nein«, sagte ich bestimmt. »Unter gar keinen Umständen. Sie hat heute Abend einfach eine ihrer Launen.«

»So langsam sind wir ihre Launen leid. Sie benimmt sich manchmal völlig unmöglich.«

Das Gespräch hätte leicht auf ein Minenfeld führen können, das für Dienstboten »angemessene« Verhalten, also versuchte ich hastig und energisch, uns vom Thema wegzusteuern. Es klappte, oder vielmehr überlegte meine Mutter es sich noch einmal, und ich war erleichtert, dass wir eine Dissonanz umschifft hatten. Dachte ich jedenfalls; denn als wir uns später zu Tisch setzten und aßen, was Renu zubereitet hatte, brach alles mit erneuter Wucht wieder hervor.

Jedes einzelne Gericht, das sie gekocht hatte, war missraten. Sie hatte die – nach Mas Credo – unverzeihliche Todsünde begangen, Asant in das *thoran* zu geben. Der Kürbis schmeckte nach nichts, obwohl er zwei der geschmacksintensivsten Zutaten der indischen Küche enthielt: Tamarinde und frische Senfpaste. Was dem Huhn fehlte, hätte ich im ersten Moment nicht sagen können – es war nicht schlecht; es war nur nicht das, was es hätte sein sollen –, dann aber erkannte ich, dass sie die Aromastoffe weggelassen hatte: Kardamom, Nelke und Zimt, die sie ganz zu Anfang in heißem Öl hätte anbraten müssen. Es war mir klar, dass sie sich weder die lange

Liste von Zutaten für nicht eines, sondern sogar zwei verschiedene Gerichte noch die anschließend erforderlichen (im Falle von *Hühnchen Chettinad* nicht ganz unkomplizierten) Schritte bei der Zubereitung der beiden hatte merken können – und wer hätte das, nach nur einmaligem Hören, schon gekonnt?

Mein Vater blieb gelassen, aber meine Mutter schäumte vor Wut und triumphierte zugleich: Hier hatten wir den Beweis für die Richtigkeit ihrer These, Renu koche auf gut Glück, weil es ihr an einer gründlichen Kenntnis der elementaren Grammatik und Syntax der Kochkunst mangle. Ich befürchtete schon, dass wir in Kürze wieder beim Schlechtmachen der Diener angelangt wären – einer quälend unersprießlichen Beschäftigung. Ma beschwerte sich ausführlich, und mein Unbehagen wuchs, wuchs so weit, dass sich gewisse Beschützerinstinkte in mir regten und ich anfing, Koch-Tantchen zu verteidigen.

»*Hing* ist keine gänzlich instinktlose Zugabe zum *thoran*, findet ihr nicht auch?«, plädierte ich. »Wenn schon Senfsamen, Curryblätter und Kokosnuss beisammen sind, erscheint mir *hing* wie eine ganz organische Ergänzung.«

Ma blieb skeptisch. Baba, und das ehrte ihn, fügte hinzu: »Das Hühnchen ist wirklich wunderbar. Ich weiß nicht, wie es in seiner vollkommenen Inkarnation schmecken sollte, aber das hier ist hervorragend.«

Ich hätte ihn glatt umarmen können – was in meiner Familie ein absolutes Tabu war und wahrscheinlich als frivoles westliches Getue gewertet worden wäre.

Ma verzog das Gesicht, widersprach aber nicht. Stattdessen sagte sie: »Und mit diesen ständigen Launen müssen wir uns abfinden. Anfangs sagte ich mir: ›Du erträgst die Tritte der Kuh, die dir Milch gibt.‹ Aber in letzter Zeit scheint es schlimmer geworden zu sein.«

Da machte es in mir klick. »Sie ist heute Milly begegnet, als sie das Gemüse vorbeigebracht hat«, sagte ich.

»Aha. Das muss der Auslöser gewesen sein«, sagte Ma.

»Aber ich verstehe nicht, wieso«, sagte ich aufrichtig verblüfft. »Du sagst, es sei Eifersucht, aber Eifersucht worauf?« So unwohl mir auch dabei war, mich diesem heiklen Thema zu nähern, bereitete ich mich doch innerlich darauf vor, mich in diesem Fall gegen Baba durchzusetzen; ich war zu neugierig, um die Gelegenheit verstreichen zu lassen.

»Das weiß ich auch nicht genau«, sagte Ma. »Vielleicht ist irgendwann etwas passiert, wovon wir nichts wissen – sie wohnen schließlich beide im selben Slum. Oder es könnte auch daran liegen, dass Milly einen Mann hat, zwei Kinder ... Ich könnte mir schon vorstellen, dass das Renu zu schaffen macht.«

»Hat sie denn keine Kinder?«, fragte ich.

»Ich glaube, sie hat eine Tochter, hat mit ihr aber nicht viel zu tun.«

»Was meinst du damit, du ›glaubst‹? Entweder du weißt es, oder du weißt es nicht.«

»Ich erinnere mich dunkel, vor einer Weile etwas in der Art von ihr gehört zu haben. An ihre genauen Worte erinnere ich mich nicht, aber es muss etwas in der Richtung gewesen sein, dass sie jung verheiratet wurde, eine Tochter bekam, möglicherweise von ihrem Mann verprügelt wurde, weswegen sie dann ja auch wegging. Ich erinnere mich nicht, ob sie auch die Tochter zurückließ.«

»Und das Ganze passierte in Medinipur?« Ich war fasziniert.

»Ja. Wie das Dorf heißt, weiß ich nicht.«

»Meinst du, ich könnte sie fragen?«

Ma geriet sichtlich in Panik. »Nein, nein, das ist wirklich nicht nötig. Es gibt keinen Grund, sie noch mehr aufzuregen.«

Baba sagte: »Geht das schon wieder los«, und stand vom Tisch auf.

»Bitte, stell ihr keine solchen Fragen«, sagte Ma noch einmal. »Es gibt keinen Grund, sie auf Augenhöhe zu behandeln, sie würde es als eine Art Freibrief verstehen und sich nur noch mehr herausnehmen. Am besten ist es, mit Dienstboten nicht persönlich zu werden, man muss immer einen gewissen Abstand zu ihnen wahren.«

Riff voraus, dachte ich und zwang mich, ruhig zu bleiben; sie hatte sich nichts dabei gedacht.

Am nächsten Morgen war Renu wieder da, und ich beschloss, kein Gespräch mit ihr anzufangen. Gewöhnlich machte ich ihr Komplimente wegen des Essens vom Vorabend – sie sagte nie etwas dazu, aber ich hatte das Gefühl, dass sie sich insgeheim über das Lob freute –, doch heute hielt ich mich mit entsprechenden Kommentaren zurück. Stattdessen ging ich aus dem Haus, um mir einen ersten Eindruck vom Slum zu verschaffen.

Ich überquerte die Straße und stieg die drei Stufen zur gepflasterten Fläche hinunter, die das eine Ende der Promenade bildete. Jenseits des Pflasters begannen die schwarzen Felsen und das Meer. Ein schmaler Pfad verlief, an die allerletzten Reifenläden und Teestände und Imbissbuden geklammert, entlang dem einen Ende einer Mauer (die ich erst jetzt überhaupt als solche erkannte), gegen die das Meer klatschte. Der Pfad beschrieb eine Kurve hinter den Läden, Bäumen und dem winzigen Spielfeld, die ich vom Wohnzimmerfenster meiner Eltern aus erkennen konnte, alles von dieser Mauer gesäumt, wodurch der Pfad, der dort entlang verlief, nicht auszumachen war. Jetzt stand ich auf ihm. Er war so schmal, dass, wenn zwei Personen dort nebeneinander entlanggelaufen wären, die auf der Seite zum Meer hin ständig riskiert hätte hineinzufallen. Das Wasser stand kaum mehr als eine Handbreit unter der Mauerkrone. Der Pfad war schlammig, mit fußabdruckförmigen Pfützen übersät. Stand er bei Flut unter Wasser? Ich betrachtete den Slum, der linker Hand vor mir ausgebreitet lag. Er sah aus wie der Rücken eines riesigen schwarzen Untiers, das sich unsichtbar machte, an den Boden geschmiegt, vielleicht schlafend, an zwei Enden gegen das Meer gestemmt, befiedert mit den Plastikplanen der Dächer, größtenteils schwarz, hier und da knallblau gescheckt. Als die Brise auffrischte, sah es so aus, als sträubte das Untier sein Gefieder. Ich drückte mich platt gegen Rückwände von Häusern, wie ich vermutete, damit Leute, die hinter mir kamen, vorbeigehen konnten. Ich folgte ihnen, nicht ohne gewisse Bedenken, mir peinlich bewusst, wie sehr ich als Fremdkörper ins Auge sprang. Zu meiner großen Erleichterung nahmen mich die Leute zwar zur Kenntnis, aber ohne jederlei Aufhebens; sie starrten mich nicht an, gaben auch keine Kommentare ab, ja sie wirkten nicht einmal neugierig oder auch nur interessiert.

Ich begriff, dass der Pfad die meerzugewandte Seite des Slums begrenzte und dass davon abgehende, noch schmalere Gassen ins Innere führten. Ich schlug eine davon ein. Zu beiden Seiten quetschte sich ein Raum an den anderen. Ich hatte das Gefühl, dass ich, hätte ich die Arme wie Flügel ausgebreitet, mit den Fingerspitzen gerade eben an beide Häuserfronten gestoßen wäre. Kammer neben Kammer neben Kammer, dann eine weitere Gasse, wegen ihrer Enge und der Dichte der Bebauung leicht zu übersehen. Tatsächlich musste man schon sehr genau hinsehen, um überhaupt einen der Durchgänge auszumachen, die sich zwischen den Häusern schlängelten, denn sie waren oft eher eine Gewohnheit als eine physische Gegebenheit; die Leute quetschten sich noch durch die schmalsten Lücken vor, neben, hinter den Häusern entlang; ein Weg war einfach das, was Leute zu beschreiten beschlossen. Überall waren Menschen, die gingen, saßen, standen, nichts Bestimmtes taten, Räume betraten oder verließen. Das Innere der einzelnen Kammern war so dunkel, dass ich kaum etwas ausmachen konnte, vielleicht die Ecke einer Pritsche, oder einfach ein Stück Fußboden, einen Teil eines Plastikstuhls. Eine Frau fächelte vor ihrer Tür einem brennenden Ofen Luft zu, damit das Holz endlich Feuer fing. Ein kleiner Trupp Kinder rannte ziellos herum; vielleicht war das irgendein Spiel. Vor ei-

Am Abend erklärte ich ihr Schritt für Schritt die – kurze und sehr einfache – Zubereitung der zwei Gerichte. Eine halbe Stunde später schob sie die Küchentür auf, spähte zu uns heraus und sagte: »Ich kann die Nampa nicht finden.«

»Hast du auch gründlich gesucht?«, fragte Ma. »Sie steht in dem rechten Schrank, da, wo die Gläser sind. Du weißt es doch.«

»Ja, ich hab sie selbst da hingetan. Sie ist vor zwei Tagen gekommen. Sie haben sie mir gezeigt.«

»Erinnerst du dich auch, wie sie aussieht?«

»*Oi to*, eine kleine Flasche, schwarzer Deckel.«

»Bist du sicher, dass sie nicht da ist? Lass mich mal nachsehen.«

Ma stand auf und ging in die Küche. Nach ein paar Minuten kam sie wieder heraus. »Ich kann sie nicht finden. Ich habe an allen möglichen Stellen nachgesehen.«

»Sie kann nicht weggelaufen sein«, sagte ich. »Ich sehe auch mal nach.«

In der Küche öffnete ich jede Schublade, jeden Schrank, sah in den überfüllten Kühlschrank und holte jedes prähistorische Glas Senf, Oliven, *kasundi*, Austernsauce und Pickles einzeln aus der Tür. Wie es aussah, besaß das Kühlschrank-Gesetz universale, kultur- und kontinentübergreifende Geltung: Dinge wanderten hinein, um dort langsam zu sterben und dem Vergessen anheimzufallen. Aber nein; keine *Nam Pla* im Kühlschrank, andererseits hätte eine ungeöffnete Flasche dort auch nichts verloren gehabt. Ich stellte die üblichen Fragen – wer hatte an dem Tag die Einkäufe eingeräumt, gab es ein ungeschriebenes Gesetz, wo was genau hinkam (gab es natürlich) – und erhielt vorhersehbare Antworten. Ich durchsuchte die Schränke unter der Arbeitsfläche, die Fächer, in denen Mehl und Kartoffeln und Zwiebeln gelagert wurden, und das Fach für Mixgerät, Gewürzmühle und Rollholz, sogar den Schrank für die Plastiktüten und die Schublade für die Tupperdosen. Nichts.

Mittlerweile hatte das Jagdfieber alle gepackt. Sogar Baba machte Vorschläge – Habt ihr hier gesucht, oder dort, oder was ist mit der Stelle da drüben … Eine halbe Stunde lang war unser ganzes Sinnen und Trachten auf die Auffindung einer Flasche Fischsauce ausgerichtet; absurd und erbärmlich.

Wir gaben es auf. Ich blieb mit Koch-Tantchen allein in der Küche zurück. Ich sah, dass alle übrigen Zutaten für die zwei Gerichte fix und fertig bereitlagen – das Hühnerfleisch gewürfelt, der Knoblauch und die Chilis fein gehackt, die Bohnen geschnippelt, das Schweinehack aufgetaut. Ich überlegte gerade, ob ich eine Autorikscha nehmen, zum Laden bei den Mehboob Studios fahren und eine neue Flasche *Nam Pla* kaufen sollte, als Renu sagte: »Dieser Mensch hat die mitgenommen, garantiert.«

»Wer?« Ich hatte keine Ahnung, von wem sie redete.

»*Oi je*, die, die putzen kommt.« Die Worte wurden von der zeigend-wegwerfenden Bewegung der Hände begleitet, die mir allmählich vertraut zu werden begann.

Es dauerte ein paar Augenblicke, bis es bei mir angekommen war. »Milly? Aber warum in aller Welt sollte sie das tun?« Ich war ehrlich verwundert.

»Ich sag's Ihnen«, beharrte sie.

»Aber warum?«

»Weil sie eben so ist.«

»Wie, ›so‹?« Ich war ärgerlich. Das würde ich nicht auf sich beruhen lassen.

»Ich sag's Ihnen«, wiederholte sie.

»Und ich frage Sie: Was sollte sie denn damit anfangen? Wissen Sie überhaupt, ob sie die zum Kochen verwenden würde? Warum sollte sie so etwas mitnehmen?«

»Nein, nicht zum Kochen. Sie hat die einfach nur so mitgenommen. Sie guckt sie sich an, zeigt sie den Leuten. Die ist so, sag ich Ihnen.«

Ich sagte: »Das glaube ich nicht«, und war bemüht zu verhindern, dass mein Ärger meine Worte, meinen Tonfall oder meine Miene in irgendeiner Weise beeinflusste. »Das klingt mir nicht überzeugend.«

»Ich sag's Ihnen –«, fing sie wieder an, aber ich schnitt ihr das Wort ab.

»Nehmen Sie stattdessen Sojasauce«, sagte ich kurz angebunden und verließ die Küche.

Im Wohnzimmer fragte meine Mutter, ob wir sie gefunden hätten. Ich verneinte, brachte innerlich das, was mich ärgerte, entschlossen zum Schweigen und widmete mich dem Üblichen: Geplauder und Drinks. In Anwesenheit meines Vaters wollte ich kein Wort über die Sache verlieren, also wartete ich, bis wir gegessen hatten und er zu Bett gegangen war, und bat dann Ma, in mein Zimmer zu kommen.

»Hör mal«, sagte ich, »Renu glaubt, dass Milly die *Nam Pla* gestohlen hat. Ich war ein wenig perplex. Ich glaube ihr kein Wort, aber mir ist wirklich nicht klar, was da eigentlich abläuft.«

Ma war ebenfalls verblüfft. »Das hat sie zu dir gesagt? Hast du sie gefragt, wie sie darauf kommt? Ich meine, es ist nicht gerade das Naheliegendste, was man stehlen würde.«

»Beziehungsweise: was man jemandem unterstellen würde, gestohlen zu haben.«

»Ja, ja, das meinte ich.«

»Was läuft da ab, was glaubst du?«, fragte ich.

»Ich habe keine Ahnung. Es sei denn, sie hat eine solche Abneigung gegen Milly, dass sie versucht, Misstrauen zu säen …«

»Dann wäre es also möglich, dass Renu die *Nam Pla* versteckt hat, um Milly die Schuld daran zu geben?«

Ma nickte langsam, während sie die Puzzleteilchen zusammensetzte. »Mein Gott, wie niederträchtig von ihr. Auf einer früheren Stelle wurde sie des Diebstahls bezichtigt, also setzt sie das jetzt gegen jemand anderen ein … Allmählich wird mir alles klar.«

»Was meinst du damit: auf einer früheren Stelle des Diebstahls bezichtigt? Was für eine Stelle? Diebstahl wovon? Warum hast du mir davon nichts erzählt?«

»Auch das ist etwas, was ich gehört habe, ich weiß nicht mehr, von wem. Oder ich habe es mir zusammengereimt. Oder vielleicht war es so, dass, als Renu mir erzählte, sie hätte früher für die *ONGC*-Wohnungen in der Nähe der Reclamation gekocht – du hast diese hässlichen Kästen bestimmt schon viele, viele Male gesehen – und sie wäre da entlassen worden, ich mir das mit den falschen Anschuldigungen selbst zurechtgelegt habe.«

»Was denn für falsche Anschuldigungen? Hast du dir das einfach so ausgedacht?« Meine Verwirrung wuchs zusehends.

»Ich glaube, sie wurde des Diebstahls beschuldigt und wurde aus einem dieser Haushalte, für die sie kochte, hinausgeworfen. Aber sie ist sehr vertrauenswürdig. Ich habe mehrmals Geld und Schmuck unverschlossen herumliegen lassen, während sie hier allein war. Sie hat sogar die Wohnungsschlüssel gehabt, als wir einmal verreist waren. Ich würde ihr alles anvertrauen. Ich bin sicher, dass diese Beschuldigungen, sie habe gestohlen, in Bausch und Bogen erfunden waren … Du weißt ja, wie das hier ist: Egal, was verschwindet, der Erste, auf den der Verdacht fällt, ist der Diener, obwohl er durchaus unschuldig sein kann.«

Oh ja, das wusste ich nur zu gut. Ich erinnere mich, als Kind in Kalkutta mit angesehen zu haben, wie eben ein solcher Diener, beschuldigt, der Familie, für die er arbeitete, Geld und Schmuck gestohlen zu haben, öffentlich verprügelt wurde, damit er ein Geständnis ablegte. Ich war aus dem Haus gerannt, um mich dem Gedränge von Gaffern anzuschließen. Es waren nicht nur die Männer der bestohlenen Familie, die auf den Mann einprügelten; Nachbarn, Bewohner der Straße, entfernte Bekannte, selbst wildfremde Leute machten mit. Die Nachricht, dass ein Dieb erwischt worden war und verprügelt wurde, lockte eine riesige Menge von Schaulustigen an;

die Misshandlungen wurden immer extremer und grausamer. An einem Punkt, erinnere ich mich, packte ihn jemand bei den Fußknöcheln und wirbelte ihn im Kreis herum, und er kam bei jeder Umdrehung mit dem Kopf einem Haufen scharfkantiger, zerbrochener Ziegelsteine näher, bis er wiederholt dagegenknallte und sich Stirn und Hinterkopf aufriss. Er kreischte bei jedem Aufprall, und ich sah Blut an seinem Gesicht.

Ich konnte mich nicht mehr entsinnen, was ich als Kind bei diesem Anblick empfunden hatte: Erregung? Verständnis? Mitleid? Empörung? Der Mann heulte unentwegt: »*Babu*, ich hab nichts gestohlen, ich schwör's beim Leben meiner Kinder, ich hab nichts angerührt, bitte lassen Sie mich gehen, ich flehe Sie an, bitte!« Sehr deutlich hingegen konnte ich mich daran erinnern, dass meine Mutter aufgetaucht war und der fraglichen Familie gesagt hatte, sie sei gekommen, um gegen ihr barbarisches Verhalten zu protestieren. Und ich erinnerte mich an die Reaktion: Die Frau, die die Anklage führte und die Prügelnden und die Johlenden anstachelte, hatte Ma Kontra gegeben und hämisch gegrinst und gesagt: »Hätte man *Ihnen* Ihren Kram gestohlen, würden Sie dann auch so predigen? Ihren Edelmut können Sie sich sonst wohin stecken!« Dann hatte sie sich umgedreht und versucht, die Menge gegen meine Mutter aufzuwiegeln. Ma hatte mich bei der Hand gepackt und fortgeschleift. Ich konnte noch immer die – vulgären – bengalischen Entsprechungen der Schmährufe »Unschuld vom Lande« und »scheinheilige Kuh« hören, die man uns nachgeschleudert hatte.

Ich spielte kurz mit dem Gedanken, erst einmal herauszufinden, in welchen Wohnungen des *ONGC*-Komplexes Koch-Tantchen gearbeitet hatte, und dann in jeder davon Erkundigungen über die Begebenheit einzuziehen, gab die Idee aber bald als idiotisch auf.

Am folgenden Abend, mitten während des Kochens, steckte Renu den Kopf aus der Küchentür und verkündete: »Die Flasche Nampa ist wieder da.«

Meine Mutter sah zu Boden; ich stand auf und ging in die Küche – hauptsächlich, um Ma nicht in die Augen sehen zu müssen.

Renu legte im selben Augenblick los, als ich durch die Tür kam: »Da sehen Sie's, ich hatt's Ihnen ja gesagt, sie hat sie zurückgebracht, hab ich Ihnen doch gleich gesagt, sie hat sie mitgenommen, damit ihre Spielchen getrieben, und jetzt hat sie sie zurückgebracht! Hatte ich Ihnen doch gesagt!«

Diese schrille Stimme, die an meinen Nerven sägte; mit einem Stich begann sich ein Schmerz hinter meinem rechten Auge auszubreiten. Ich wusste nicht, was ich sagen sollte. Die Flasche stand auf der Arbeitsfläche. Sie war ungeöffnet.

Ich zwang mich zu fragen: »Wo haben Sie sie gefunden?«

»Im Schrank, wo sie hingehörte. Sie hat sie heute Morgen zurückgebracht, als sie putzen kam, und sie hier reingeschmuggelt. Ich weiß, wie sie vorgeht.«

Ich hatte den ganzen Tag keine Veranlassung gehabt, diesen bestimmten Schrank zu öffnen, also konnte ich sie nicht widerlegen. Außerdem war mir die Situation so quälend peinlich, dass ich einen unverbindlichen Laut von mir gab und die Küche verließ.

Das Abendessen war perfekt.

In meinen zwei verbleibenden Wochen in Bombay gelang es mir zunehmend, mit Renu ins Gespräch zu kommen; vor allem am Vormittag, weil da meine Eltern oft aushäusig waren, aber auch abends, in den Pausen zwischen meinen Kochanweisungen.

»Besorgen Sie mir Arbeit in Ihrem Land«, sagte sie oft, nur halb im Scherz.

Ich sagte dann immer: »Da, wo ich lebe, gibt's keine Privatköche. Nur Restaurants haben Köche oder Köchinnen.«

»Wie esst ihr denn, wenn ihr keinen habt, der kocht?«

»Wir machen uns selbst zu essen.«

»Hä, wie soll denn das gehen?«

»Wir lernen kochen. Jeder kann dort wenigstens ein paar Dinge kochen. Außerdem gibt es Geschäfte, wo man fertige Mahlzeiten kaufen kann. Man nimmt sie mit nach Haus und wärmt sie auf.«

Das brachte sie zum Schweigen. Dann meldete sie sich mit einer scheuen Frage zurück: »Und sind die so gut wie Tantes« – sie meinte natürlich sich selbst – »Gerichte?«

Darauf gab ich keine Antwort. Stattdessen sagte ich: »Außerdem, wo würden Sie da wohnen?«

»Wieso, haben Sie keinen Platz bei sich zu Hause?«

Einen Augenblick lang war ich versucht, ihr einen Vortrag über Einwanderung, Arbeitsmarkt, Lebenshaltungskosten, Hausmieten, Löhne, Klassenunterschiede zu halten; ich verlor fast augenblicklich den Mut.

Hoffnungsvoll stieß sie durch diese winzige Bresche vor: »Ich kann in der Küche schlafen.«

Bevor mir eine Notlüge als Ersatz für eine Erklärung – irgendetwas Linderndes – einfallen konnte, platzte ich heraus: »Das geht nicht!« Beschämt zog ich mich ins Wohnzimmer zurück und fürchtete, sie verletzt zu haben.

Ein anderes Mal: »Möchten Sie heute Abend *dal*?«

Ich sagte: »Nein, nicht nötig, es gibt schon so viel zu essen, ich möchte mir nicht den Magen verderben.«

»Ich bin Ihre Tante, und das Essen dieser Tante wird nie einen Magen verderben!«

Im Laufe der Wochen erzählte sie mir, dass sie aus Medinipur stammte, aus einer Familie von Reisbauern. Sie bebauten ihr eigenes Land, waren also nicht arm, jedenfalls war es nicht die Art von Armut, die man gemeinhin mit dem Begriff »indischer Bauer« assoziierte.

»Werden Sie einmal mein Dorf besuchen?«, fragte sie.

Ich erzeugte höfliche Geräusche. Sie erzählte mir von ihren Brüdern und ihrer verwitweten Mutter, und wie das Land nach dem Tod ihres Vaters unter die drei Kinder aufgeteilt worden war. Jetzt bewirtschafteten es die Brüder.

»Haben Sie denn keinen Anteil vom Land bekommen?«

»Doch, aber ich hab ihn meinen Brüdern verkauft. Wie könnte ich ihn selbst bebauen?«

»Sie haben nicht geheiratet?«

Ihre Miene machte dicht. »Och, das ist lang her.« Wieder diese wegwerfende Geste, diesmal ganz ohne die üblichen Beigaben. »Ein kleines Stück Land habe ich behalten, um mir darauf mein Haus zu bauen, wenn ich einmal aufhöre zu arbeiten und aus Bombay wegziehe.«

»Großartig. Wissen Sie schon, wann? Und Sie kehren zurück in Ihr Dorf? Nicht doch lieber in der Stadt bleiben?«

»*Naaa*, das hier ist nicht unser Land. Ich geh zurück, wenn ich genug Geld gespart hab, um mir ein Haus zu bauen. Mein eigenes Haus.«

Sie hatte also Ersparnisse. Ich wusste nicht, warum es mich überraschte – und erfreute. Ich hatte keine Ahnung, wie hoch ihre Ausgaben waren, aber wenn sie in sechs Haushalten arbeitete und in jedem davon irgendetwas zwischen vier- und sechstausend Rupien verdiente, war ihr Einkommen nicht unbeträchtlich. War das der Grund, warum sie in einem Slum wohnte … um zu verhindern, dass der Löwenanteil ihrer Einkünfte für eine – notorisch horrende – Bombayer Miete draufging? Ich merkte, dass ich seltsam großen Anteil an diesem Aspekt ihres Lebens nahm, dass ich es gern gesehen hätte, wenn sie länger, in mehr Haushalten gearbeitet, ein noch frugaleres Leben geführt hätte, um mehr sparen zu können, wünschte es mir so unbändig, dass ich mich dabei ertappte, wie ich die Zähne zusammenbiss und die Fäuste ballte, während ich mir vorstellte, wie sie ihre Anstrengungen intensivierte und sich das Guthaben auf ihrem Konto entsprechend erhöhte. Und ich fragte mich, wie sie ihr Arbeitsleben wohl empfinden mochte – ein Tag wie der andere, doch jeder geringfügig anders, immer wieder dieselben Tätigkeiten, doch bisweilen mit einer winzigen Aussicht auf Einmaligkeit.

»Sie fahren mal da hin und sehen sich mein altes Haus an und das Land, wo ich mir mein neues Zuhause bauen will«, sagte sie in einem Ton herzlicher, zwangloser Vertraulichkeit, ja Vertrautheit.

Wenn sie morgens kam, um Frühstück und Lunch zuzubereiten, bat ich sie oft, für genau zwei Personen, Ma und Baba, zu kochen, da der Kühlschrank vor Resten aus allen Nähten platzte. Ich liebte Reste und konnte sie mit Vergnügen jeden Tag zum Lunch essen, aber Baba legte Wert darauf, jeden Morgen etwas frisch Gekochtes mit auf die Arbeit nehmen zu können, etwas Schlichtes, wie Reis, ein Gemüse- und ein Fischgericht. Auch Ma hatte es, glaube ich, gern, mittags etwas anderes als am Vorabend zu essen, auch wenn es ihr etwas unangenehm war, das mir gegenüber zuzugeben. Oft kochte Renu, verständlicherweise, so viel, dass es für vier bis sechs gereicht hätte, da es einfacher war, als für nur eine Person zu kochen. Das Resultat war ein derartiger Überschuss an fertigem Essen, dass wir damit nur mühsam zurande kamen. Doch Ma erklärte: »Iss, was du magst, du brauchst dich nicht verpflichtet zu fühlen, alles aufzuessen. Wir können es jederzeit Milly geben. Sie freut sich immer auf die Schlaraffenwochen, wenn du zu Besuch bist, das sehe ich ihr an. Und was dann noch übrig bleibt, kann sie für ihre Kinder mitnehmen.«

An einem solchen Vormittag, gegen elf, als es für Renu allmählich Zeit wurde, zu ihrem nächsten Haushalt weiterzuziehen, kam sie aus dem Wohnzimmer und sagte zu mir (Ma war nicht da): »Der Kühlschrank ist voller Essen. Warum essen Sie nichts? Sie müssen die ganzen Sachen da drin aufessen, sonst werden sie schlecht und Ihre Mutter schimpft mit mir.« Sie sagte es in einem scherzhaft tadelnden Ton; sie nahm sich einige Freiheiten heraus und kam so manchen in Erz gegossenen Klassengrenzen gefährlich nahe; es zeigte, wie unbefangen sie mit mir umging und wie sehr ihre Zuneigung zu mir gewachsen war. Wir redeten uns nach wie vor mit dem höflichsten »Sie« an, das die bengalische Sprache zu bieten hatte.

»Warum nehmen Sie nicht etwas davon mit? Im Ernst. Es ist so viel da … Ich kann es Ihnen in eine *Tiffin-Box* einpacken«, sagte ich.

»*Naaa*, ich brauch's nicht, ich ess nur eine Mahlzeit am Tag, Reis und gekochtes Gemüse. Ich hab für alles das keine Verwendung.«

Hier war meine Gelegenheit, mich nach ihren Wohnverhältnissen zu erkundigen. Aber noch ehe ich den Mund aufmachen konnte, hatte sie eine vollkommen andere Tonlage angeschlagen: »Ich weiß es doch, Sie geben es diesem Menschen.« (Da das Bengalische kein grammatisches Geschlecht kennt, brauchte ich eine Weile, um darauf zu kommen, wen sie meinte.) »Neulich«, sagte sie, »hab ich sie in der Küche dabei erwischt, wie sie die Sachen aß, die ich koche. Ich koche die Sachen mit meinem Schweiß und mit Liebe – und Sie geben es *ihr*? Der ganze Körper hat mir gebrannt, wie ich sie gesehen habe! Wie kann sie es wagen?«

Sie war plötzlich zu einem Gewitter geworden, das jemand in ein Zimmer gesperrt hatte. Ihre hässliche Stimme hatte an Tonhöhe und Lautstärke zugelegt. »Die hat ihre Tricks raus – wie sie sich in das Leben Ihrer Mutter eingeschlichen hat … Warum mag Ihre Mutter sie bloß so? Diese Frau muss irgendeine Hexerei angestellt haben, irgend so 'ne Art Zauber. Sie ist genau der Typ dazu. Lässt ihre Kinder zu Hause und geht jeden Tag aus, was für eine Sorte Frau macht das schon? Ihr Mann arbeitet, da hätte sie's doch gar nicht nötig!«

»Genug!«, rief ich. Vielleicht hatte ich es nicht laut oder eindringlich genug gesagt – es sah jedenfalls nicht danach aus, als ob sie bald nachlassen würde, aber ihr Ton hatte von wütend zu flehentlich gewechselt.

»Kommen Sie heim aus der Fremde! Das Leben Ihrer Eltern ist leer ohne Sie. Ich weiß das, ich sehe sie jeden Tag. Bevor Sie kommen, reden sie nur über Sie. ›Renu, mein Sohn kommt, er isst gern dies, er isst gern das, du musst jeden Tag gut kochen‹, sagt Ihre Mutter. Ihr Vater zieht los und kauft diesen Haufen Fische – sie selbst essen nicht so viele Sorten, wenn Sie nicht da sind. Ich weiß, wie das ist, wenn der Augenstern in der Fremde lebt. Der Sohn meines Bruders, er lebt in einem fernen Land. Kommen Sie zurück, es ist nicht gut, dass Sie weg von Ihren Eltern sind. Sie werden beide langsam alt. Aber Sie sind ein junger Mann, wir finden Ihnen ein gutes Mädchen, Sie heiraten und bekommen Kinder. Ihre Eltern werden den Rest ihres Lebens in Glück und Freude verbringen. Dasselbe sag ich zu meinem Dulal auch immer, aber wer hört schon auf mich?«

Als sie zum Ende kam, hatte sich dieser leicht gezwungene muntere Ton bereits wieder eingestellt. Er war ihre Rückversicherung für den Fall, dass sie jemals bezichtigt werden sollte, in ihren Gesprächen mit Höhergestellten aus der Rolle gefallen zu sein. Ob das jetzt bedeutete, dass sie sich dessen bewusst war, sich ungebührliche Freiheiten herausgenommen zu haben, hätte ich nicht sagen können.

Es verging ein Jahr, ehe ich wieder nach Indien kam.

In der Zwischenzeit hatte das Buch im Zuge seiner Ausarbeitung in London eine grundlegende Änderung erfahren: Es war nicht mehr auf Frühstücksgerichte konzentriert; sein vollständiger Titel, *Echtes indisches Essen: Familienrezepte aus ganz Indien*, vermittelte einen zutreffenden Eindruck von seiner Natur und seinem Inhalt. Die Grundidee war nach wie vor, dass die Rezepte außerhalb von Indien nachkochbar sein sollten, ohne den Koch oder den schmökernden Leser mit ausgefallenen Zutaten und arbeitsintensiven Verfahren einzuschüchtern, und, für eine völlig andere Gattung von Leser und Koch, ohne dass irgendetwas verwässert, nicht authentisch wirkte und der erbitterten Puristenszene Veranlassung gab, jenen uralten Knüppel zu schwingen, mit dem so gern auf Auslandsinder eingeprügelt wird – der Behauptung, sie würden »alles für den zartbesaiteten westlichen Geschmack zurechtstutzen«.

Es kam die Zeit für meinen jährlichen Eltern-Besuch. Ich hatte bereits beschlossen, dass ich in vier oder fünf verschiedene größere und kleinere Städte reisen, mich mit Leuten treffen und bei ihnen wohnen, sie um Rezepte bitten und – dies vor allen Dingen – von ihrem Essen ausgiebig kosten würde. Mein Lektor scherzte, ich würde in die Fußstapfen von Matthew Forts *Eating Up Italy* treten; ich müsste darauf achten, dass unser Buch anders wurde.

Es war unvermeidlich, dass Kalkutta die erste Station auf meiner Route sein würde. Ich wohnte im Haus meiner Onkel in Shyambazar. Es war ein riesiges dreigeschossiges Haus: Jeder meiner zwei Onkel hatte eine ganze Etage für sich und seine Familie, das Erdgeschoss wurde vermietet. Der Koch, den ich immer nur als *Thakur* (die übliche bengalische Anrede für einen Koch) gekannt hatte, weil jeder ihn so nannte, war noch immer für die Verköstigung verantwortlich – wie schon seit der Zeit, bevor mein Vater mit meiner Mutter und mir nach Bombay gezogen war. Ich besuchte meine Onkel in Kalkutta nicht oft; tatsächlich war ich, seit ich in England lebte, lediglich fünf, sechs Mal bei ihnen gewesen. Dies gab stets Anlass zu ausgiebigem liebevollem, passiv-aggressivem Geplänkel (»Jetzt, wo du in London lebst, bist du dir natürlich zu fein, deine armen Verwandten zu besuchen«, usw.), das ich früher nervig gefunden, aber mit der Zeit gelernt hatte, gleichmütig über mich ergehen zu lassen. Eines aber machte die ganze Sache lohnend, trotz der Fütterungsfolter, die in bengalischen Familien unter der Bezeichnung Gastfreundlichkeit lief, und das war Thakurs Kochkunst.

(Meine Mutter litt unter der Tatsache, dass Thakur uns nicht nach Bombay begleitet, sondern es vorgezogen hatte, bei ihren Brüdern zu bleiben. In gewisser Weise war sie seitdem auf der unablässigen Suche nach einem Thakur, dem sie einen ewigen Platz in ihrem Leben einräumen könnte. Doch gemessen am Original musste jeder jämmerlich abschneiden; Renu hatte den Kampf verloren, noch ehe sie überhaupt in den Ring gestiegen war.)

Thakur übertraf sich wieder einmal selbst; zu exakt derselben Feststellung gelangte ich übrigens jedes Mal, wenn ich zu Besuch kam. Das Essen war nicht »elegant«; weit davon entfernt. Die Dinge schienen sich in seinen Händen ganz einfach alchimistisch zu verbinden, so, dass das Ergebnis stets weit mehr war als die Summe seiner Teile. Reismehlcrêpes, so hauchzart wie Musselintaschentücher, zum Frühstück mit Korianderchutney serviert; ein schlichtes Mittagsgericht aus Kartoffeln, Krabben und Frühlingszwiebeln; zum Tee ein Snack aus ganz kurz frittierten Reisflocken, serviert mit einer Beilage von gebratenen grünen Erbsen und Chilis – es fiel schwer, über diese Dinge zu reden, ohne verdächtige Vokabeln wie »magisch« zu verwenden. Wenn ich von ihm die Rezepte bekommen und sie an Renu in Bombay weitergeleitet hätte, wäre sie dann imstande gewesen, sie richtig umzusetzen? Sie hätte die Gerichte ohne Zweifel nachkochen können, vielleicht sogar exakt nachkochen, aber dieses Extra, das die Bengalen – statt »Händchen« – »Hand« nannten, würde eben fehlen – die schlichte Tatsache, dass sie nicht Thakur war, bedeutete, dass seine Gerichte, von ihr gekocht, nicht die Spur seiner »Hand« tragen würden.

Ich telefonierte jeden Abend mit Ma, und einmal, während ich ihr Neuigkeiten von ihren Brüdern und Schwägerinnen und Neffen und Nichten erzählte und natürlich eine detaillierte Schilderung dessen lieferte, was wir zum Frühstück, Lunch, Tee und Abendessen so serviert bekamen – »vier Mahlzeiten am Tag« war eine stehende bengalische Redewendung –, hörte ich jemanden im Hintergrund reden und Ma antworten: »*Achchha*, das reicht, du gehst jetzt in die Küche!«

»Was ist da los?«, fragte ich.

»Ach, Renu. Sie meint, du müsstest ihr Heimatdorf in Medinipur besuchen. Ich meine, *ernsthaft!*«

Warum eigentlich nicht? dachte ich. »Einverstanden. Warum bittest du sie nicht, ihren Bruder anzurufen und es ihm zu sagen? Wir können uns gleich auf ein Datum einigen.« Es war instinktiv, nicht durchdacht, aber plötzlich erschien es mir wie eine interessante Idee.

Ma war erst ungläubig, dann entsetzt. »Bist du von allen guten Geistern verlassen? Was willst du denn da?«

»Wieso? Ich bin hier doch im Urlaub, mehr oder weniger, und auf die Weise bekomme ich auch einen kleinen Eindruck vom dörflichen Indien. Das ist doch interessant, nicht?«

Es gelang mir nicht, Ma klarzumachen, dass ich bei meinem Besuch dort einem Tourismus der etwas anderen Art nachgehen würde, also keinem, der sich um schöne Aussichten oder berühmte Sehenswürdigkeiten drehte.

»Aber es wird da keinerlei Komfort geben!«, jammerte sie. »Wo willst du denn wohnen?«

»Na, in Koch-Tantchens Elternhaus!«

Ich wusste, was ihr zu schaffen machte – die Überschreitung von Klassengrenzen, das Unbehagen an der Auflösung gewisser undurchlässiger, trennender Membranen, die die Intimität der Situation mit sich brachte, dass ein Herrensohn im Elternhaus einer Dienerin wohnen würde. Das lockte den rebellischen Teenager in mir hervor; ich hielt dagegen.

Zwei Tage später sollte mich der Fahrer, der für meine Onkel arbeitete, Jishnu-*da*, nach Garhbeta bringen, wo uns Shankar, einer von Renus Neffen, vor einem stadtbekannten Süßwarenladen, Mouchak (»Der Bienenkorb«), erwarten und uns von dort zum Dorf, Putihari, dirigieren würde.

Nach der quälenden Fahrt durch den Distrikt Howrah und die trostlosen Städtchen von Medinipur fühlte sich alles gleich weniger schmutzig, weniger gequetscht und beklemmend an, je mehr wir uns von menschlichen Siedlungen entfernten. Die Straße verlief jetzt durch ausgedehnte Flächen von Landschaft, die über weite Strecken durch keinerlei Fremdkörper verunstaltet wurden. Ungefähr fünf oder sechs Kilometer vor dem Dorf mussten wir aussteigen; Shankar meinte, die enge Straße sei für Autos nicht geeignet; er hatte Leute organisiert, die mein Gepäck tragen sollten. Ich hatte lediglich einen kleinen Rucksack dabei; ich brauchte überhaupt keine Hilfe, aber Shankar blieb eisern. Ich wusste, ich musste mir diese vehemente Unterwürfigkeit, unter der man hier gastfreundliches Verhalten verstand, wohl oder übel gefallen lassen; in der bengalischen Kultur war der Gast ein Gott. Dabei hatte ich mich immer noch nicht von dem Augenblick erholt, als der Wagen angehalten hatte, um Shankar einsteigen zu lassen, und er sich mir zum *pranaam* zu Füßen geworfen hatte.

Jishnu-*da* würde am nächsten Tag wiederkommen, um mich nach Kalkutta zurückzufahren. Das Auto, ein unerhörter Anblick an einem solchen Ort, hatte Leute hervorgelockt, größtenteils Männer und Kinder, die jetzt herumstanden und mit unverhohlener Neugier gafften. Ein paar mutigere Kinder kamen näher, drängten sich dicht am Wagen aneinander und sahen mit starren Augen zu mir auf. Ein Mann an der Tür eines einstöckigen Backsteinhauses, ungefähr zwanzig Fuß von da, wo wir standen, rief Shankar etwas zu, was ich nicht verstand. Shankar sagte: »Nein, nein, das sind *pishis* Leute, er ist aus Kalkutta gekommen. Er wohnt in London.«

»Dulals Freund?«, fragte der Mann.

»*Aree, na, na!* Ich hab doch gesagt, er ist aus London.«

»Das ist sehr weit weg. Frag ihn, ob er per Schiff oder Flugzeug gekommen ist.«

Ich versuchte krampfhaft, Shankar nicht ins Gesicht zu sehen. Der Junge, den er aufgefordert hatte, mein Gepäck zu tragen – er konnte nicht älter als zwölf sein –, wurde mit meinem Rucksack vorausgeschickt. Ich ließ meine Miene zu einem, wie ich hoffte, milde wohlwollenden und interessierten Ausdruck erstarren und folgte Shankar. Ich konnte hören, wie die Jungen hinter uns ein wenig außer Rand und Band gerieten. Einer von ihnen brach in ein vollkommen unverständliches Geschnatter in einer Nichtsprache aus, die, wie ich später begriff, vermutlich nach Englisch klingen sollte. Zwei von ihnen fingen an, einen aktuellen Hindifilmsong zu singen, in dem ein teilweise englischer Satz vorkam – »Will you be my *chammak challo?*« –, aber anstelle der ersten vier Wörter sangen sie ein nur entfernt ähnlich klingendes Kauderwelsch. Sie wiederholten dann endlos »hello« und brachen immer wieder in Gekicher aus. Das Wort begann sich in meine Schläfe zu sägen, die ihrerseits angefangen hatte zu pochen.

Shankar musste es mir angesehen haben, denn er drehte sich um und verscheuchte die Jungen. Das erforderte einige Ausdauer; die Kinder ließen sich ein Stück weit zurückfallen, fuhren aber, in sicherer Entfernung, mit ihrem Gekasper fort, bis sie endlich doch die Lust verloren und sich zerstreuten.

Putihari entpuppte sich als eine erfreulich grüne Überraschung: Bäume, Sträucher, Ranken allüberall, saubere eingehegte Höfe mit strohgedeckten Lehmhütten, Teiche, blühende Bananenstauden, riesige stachlige Jackfrüchte, weit unten am Stamm, Dattelpalmen, hohe Kokos- und Betelnusspalmen, Bambushaine und Felder rings um das ganze Dorf, auf denen hier und da hüttenartige Konstruktionen zu sehen waren, gelegentlich sogar Backsteinhäuser, von denen aber viele entweder verlassen oder nur halb fertig aussahen. Die Wintersonne war herrlich. Ich sah *bori* in der Sonne trocknen und auf einer von blühendem rotem Hibiskus gesäumten Tenne, auf *kulos* ausgebreitet, rötlich-braunes Getreide oder Körner. Die Flächen, auf denen der Reis stand, hatten die Farbe von goldenem Sand in der Sonne. Andere Feldstücke schienen darauf zu warten, besät zu werden, oder waren in regelmäßigen Abständen mit Büscheln von harten, heuartigen Stoppeln gesprenkelt. Shankar plapperte unbeirrt auf mich ein und nannte mich dabei »sir«, obwohl ich ihn mehrmals darum bat, damit aufzuhören. Shankar konnte so gut wie kein Englisch, versteifte sich aber darauf, ein Wort hier, ein Wort da hervorzukramen und mir auf gut Glück an den Kopf zu werfen: »Flower«, meldete er etwa und zeigte auf einen *tagar*-Strauch, »duck«, als wir an einem grünen Tümpel vorbeikamen, »hen«, zu einem besonders prächtigen Hahn, der sich in der Sonne putzte. Er war offensichtlich auf die Schule gegangen und hatte ein paar Stunden Englisch gehabt. Ich vermied es nach wie vor, ihm in die Augen zu sehen.

Wann immer unser Weg an einer Hütte vorbeiführte, kamen Leute heraus, um zu gaffen. Shankar deutete auf ein niedriges L-förmiges Haus aus unverputztem Backstein mit Blechdach, rund zwanzig Meter vor uns, und sagte: »Wir sind fast da.« Das Haus stand am Rand eines riesigen Reisfelds, das von Erdwällen durchzogen war. Es war stückchenweise gebaut und um Räume aus Beton erweitert worden, wie und wann die Mittel es gerade erlaubt hatten. Der ungepflasterte Hof war makellos sauber, mit einem Saum von Blumen an dem einen Ende, zu Füßen einer niedrigen Mauer, und zwei Bäumen, die das Wohnhaus flankierten, einer Sauerpflaume und einem anderen, den ich nicht identifizieren konnte. Das Dach der vorderen Veranda wurde von Holzpfosten getragen. Ein Grünsittich hing in seinem Käfig an einem Querbalken und beäugte uns von der Seite. Wo der eine Arm des Ls endete und die niedrige Mauer begann, gab es ein – reichlich angerostetes – blau gestrichenes Blechtor. Dahinter lagen zwei gedrungene rechteckige, anscheinend nicht miteinander verbundene Gebäude, das eine mit einem Blechdach und Lüftungskreuzen im oberen Wandbereich, das andere strohgedeckt. Auch vom Hauptgebäude schienen sie durch eine freie Fläche getrennt zu sein; was sich darauf befand, konnte ich nicht sehen, weil mir der Ausblick versperrt war.

Ein ganzes Empfangskomitee erwartete uns; ganz wie ich befürchtet hatte. Es wurde von einem dunklen Mann mit ergrauendem Haar und Schnurrbart angeführt, den ich auf Mitte fünfzig schätzte. Er war drahtig, hatte aber einen Kugelbauch. Ein anderer Mann stand ein paar Schritte hinter ihm; fraglos sein jüngerer Bruder. Ich nahm jedenfalls an, dass sie Renus Brüder waren, wenngleich ich keinerlei Ähnlichkeit mit ihr feststellen konnte. Fünf Kinder, drei Jungen und zwei Mädchen, im Alter von schätzungsweise sechs bis zwölf, standen auf dem Hof beisammen und starrten uns an, ohne ein Mal zu blinzeln. Eine Frau, die in der Türöffnung stand, bedeckte sich rasch den Kopf mit ihrem *aanchol.* Zwei Männer in den Dreißigern oder Vierzigern standen auf dem Hof unter einem Baum, zwischen ihnen ein leerer Plastikstuhl. Der Junge, der mit unserem Gepäck vorausgeschickt worden war, offensichtlich der Haushaltsgehilfe, kam aus dem Backstein-L heraus, sah uns und entfloh.

Der dunkle drahtige Mann trat vor, die Hände zum *pranaam* gefaltet, den Kopf leicht gebeugt. »Kommen Sie, kommen Sie«, sagte er (*siezte* mich, obwohl ich fast ein Vierteljahrhundert jünger als er war!), »wie gütig von Ihnen, den Staub Ihrer Füße in die Hütte der Armen zu tragen …« Dann schlug sein Ton um, und er bellte, an die Kinder gewandt: »*Ey*, ihr Bälger, seht ihr nicht, wer da ist, berührt sofort seine Füße, er ist aus London gekommen!« Ich wich blitzschnell zurück, als hätte ich eine Schlange auf mich zukommen sehen, und schrie fast: »Nein, nein, nein, absolut nicht nötig, wirklich, nein, ich verbiete es euch, nein, NEIN!« Die Kinder hielten inne, sahen mir ins Gesicht, dann dem Mann, wie beim Pingpong.

Der ältere Mann war Raja, sein Bruder Ratan; Renu war die Mittlere. Die Frau, die ich an der Tür hatte stehen sehen, war Ratans Ehefrau, Mamoni. Rajas Frau, Lakshmi, war drinnen in der

Küche beschäftigt. Die Frauen wurden mir als »meine Frau« oder »meine Schwägerin« vorgestellt. Ihre Namen erfuhr ich erst später, als ich ihre Ehemänner nach ihnen rufen hörte.

Wir wurden in ein dunkles Zimmer geführt, um mit Raja und Ratans Mutter bekannt gemacht zu werden, einer zerbrechlichen Frau, die sehr alt aussah und offensichtlich sehr schlecht hörte. Raja-*da* brüllte: »Ma, er kommt aus London.« Sein Bengali, das war mir schon vorher aufgefallen, war dialektal gefärbt, aber anders als Renus, das, mit immer wieder eingestreuten Hindi-Brocken, eher einem Pidgin ähnelte.

»Nein, gekommen bin ich aus Kalkutta«, sagte ich, um mein Unbehagen zu überspielen, und fügte ein gezwungenes Lachen hinzu in der Hoffnung, meiner scheinbaren Zurechtweisung damit den Stachel zu nehmen.

Die Frau konnte weder hören noch verstehen, was vor sich ging; ihre tränenden Augen waren auf etwas anderes geheftet. Trotz des kühlen Nachmittags schwitzte ich. Als wir schon das Zimmer verließen, hörte ich sie krächzen: »Dulal, *eli naki?* – Dulal, bist du das?«

Ich hatte nicht genau hingehört, als Renu davon erzählt hatte, Dulal wäre ihr Ein und Alles, aber sein Name war im Lauf der letzten Stunde wiederholt gefallen. Mir graute so sehr vor der bevorstehenden Diskussion bezüglich meiner Unterbringung und vor dem Zustand des Aborts, den man uns gleich zeigen würde, dass die Frage nach Dulal in den Hintergrund gedrängt wurde.

Raja-*da* sagte: »Nehmen Sie etwas Tee? Möchten Sie sich zuerst Hände und Gesicht waschen? Gestatten Sie, dass ich Ihnen zeige, wo das Badezimmer ist.«

Ich folgte ihm durch das L. Es gab insgesamt nur drei Zimmer, wovon zwei jeweils von einem Bruder und dessen Familie bewohnt wurden; tatsächlich war das Zimmer, in dem die alte Frau im Sterben lag, zugleich dasjenige, das sich Raja mit seiner Frau und seinen zwei ältesten Kindern teilte, einem Jungen und einem Mädchen.

Das dritte Zimmer, in der Ecke, an der die zwei Arme des Ls rechtwinklig aneinanderstießen, hatte die Größe eines Schuhkartons und diente zweifellos einem Zweck, der sich mir allerdings nicht erschloss – als Speicher? Ein Raum im Stadium des Entstehens, dazu bestimmt, ein weiteres Schlafzimmer zu werden? Hier fiel mir zum ersten Mal auf, dass die Fußböden nicht aus Beton, sondern aus gestampfter Erde bestanden. Bildete ich mir den vagen Geruch nach Kuhdung nur ausgelöst durch diese Feststellung ein? Mir war unbegreiflich, wie Zimmer so kahl und gleichzeitig so beengt sein konnten: Es gab wenig Hausrat; der Kalkanstrich blätterte von den Wänden ab; an einem Nagel hing, schief, der Kalender eines Ladens in Garhbeta, Sri Bishwakarma Hard-Ware Co. & Sons; ein Gecko hatte sich an der Oberkante der Wand postiert, wo diese an das Blechdach stieß; das lange braune Diagramm eines Termitennests verlief im Zickzack in Richtung einer Zimmerecke. Es gab nirgendwo Platz, wo ich hätte übernachten können, andererseits gab es aber auch keinen gangbaren Weg, wie ich mich dafür hätte entschuldigen können, ihnen so viele Umstände – und, wie ich mir vorstellen konnte, Verlegenheit und Scham – zu bereiten, ohne sie mit der Nase darauf zu stoßen, wie deutlich mir ihre Bedürftigkeit ins Auge fiel. Da war es immer noch besser, mich für die Dauer der verbleibenden Stunden wie ein unsensibler privilegierter Unmensch zu fühlen, der gedankenlos durch ihr karges Leben trampelte. Nicht zum ersten Mal wünschte ich, ich hätte auf meine Mutter gehört; ich hatte mir einfach nicht vorstellen können, wie andere Leute lebten. Aber warum hatte Renu so darauf gedrängt, dass ich ihre Angehörigen besuchte, obwohl sie wusste – denn sie *musste* es gewusst haben –, dass dieser Besuch sich als ein wahres Minenfeld von vielfältigsten Peinlichkeiten und Misstönen gestalten würde?

Hinter dem kurzen Arm des Ls, an der Rückseite des Hauses, lagen ein großer Gemüsegarten und ein Tümpel. Der größere Teil des Tümpels wurde durch den niedrigen Backsteinkasten mit kreuzförmigen Fensteröffnungen verdeckt, den ich vom vorderen Hof aus gesehen hatte; das war also das Badezimmer. Es hatte eine ungestrichene, rostlöchrige Blechtür, die gute zwei bis drei Handbreit über dem Fußboden endete. Drinnen gab es ein Hockklo, drei Eimer und ein Blechfass, bis zum Rand mit Wasser gefüllt, und einen großen roten Schöpfbecher, der am Rand eines der Eimer eingehakt war. Wasserhähne gab es keine. Ein dünnes Kokosseil, mit Nägeln an gegenüberliegenden Wänden befestigt, hing in einer schlaffen Kurve durch die Breite des Badezimmers. Über diese Leine waren zwei dünne *gamchhas* geworfen.

Raja-*da* sagte: »Wir waschen uns im Teich. Wir haben die Eimer für Sie gefüllt, falls Sie keine Lust haben reinzuspringen. Können Sie schwimmen?«

Dann verstummte er und sah mich an und lachte auf, halb einladend, halb herausfordernd. »Möchten Sie es probieren?«

Ich zögerte.

Er sagte: »Es könnte zu kalt für Sie sein … schließlich haben wir den Monat *poush*. So oder so, die Eimer und Fässer sind für Sie gefüllt worden.«

Wir gingen zurück ins vordere Zimmer; ich würde dort schlafen, sagte er. »Ist das Bett groß genug für Sie? Sie werden da reinpassen, oder? Wenn nicht, können Sie auf dem Fußboden schlafen – wir haben genügend *shataranchis*, Steppdecken, Decken, Laken. Wir werden es Ihnen richtig gemütlich machen, machen Sie sich da keine Sorgen.«

»Nein, nein … ich bin ganz unbesorgt«, beeilte ich mich zu sagen.

»Betrachten Sie das als Ihr eigenes Zuhause, verstehen Sie? Das Haus Ihres Onkels, *maamar bari*. Sie nennen Renu ›Koch-Tantchen‹, also ist das hier Ihr *maamar bari*, richtig?« Er lachte über seine eigene geistreiche Bemerkung; er fühlte sich ebenso unwohl wie ich, vielleicht sogar noch unwohler.

Der Hausjunge, Chanchal, brachte Tee herein, und in seinem Gefolge kamen Mamoni und Lakshmi, die riesige Schüsseln voll Puffreis – sie sahen wie weiße Mittelgebirge aus – und einen gigantischen Teller frittierte Auberginen im Teigmantel vor sich hertrugen.

Lakshmi sagte: »Essen Sie die schnell, sonst werden sie kalt, sie sind gerade eben aus dem heißen Öl genommen worden. Es kommt noch mehr davon.«

Ich spielte mit dem Gedanken, das typisch bengalische Höflichkeits-Geziere aufzuführen, aber ich verwarf ihn, sobald er mir gekommen war; die Gier war zu mächtig.

»Essen Sie, essen Sie«, drängte Raja-*da*. »Die Sorte Essen bekommen Sie in London nicht, möchte ich wetten.«

Er hatte recht. Die Auberginen-Beignets waren in ihrer Art vollkommen. Die Knackigkeit des *kalonji*-gesprenkelten Teigmantels, die in die fast cremige Beschaffenheit der Aubergine überging, der Puffreis, der dem Bissen einen zusätzlichen, eigenen Knusper verlieh, die brennende Glut der scharfen grün-violetten stämmigen Dorf-Chilis …

»Schmeckt's?«, fragte Ratan-*da*. »Ich seh's Ihnen an, dass es schmeckt.«

Es war auch nicht zu übersehen: Ich aß gierig, mit geschlossenen Augen.

Ratan-*das* Kinder standen aufgereiht an der Wand und schauten uns zu, wie sie es bei einer packenden Zirkusnummer getan hätten: die Münder leicht geöffnet, die Augen rund und riesig wie von Eulen. Das Jüngste der Gruppe, ein furchtloses Mädchen von sechs, trat vor und überreichte mir etwas: eine Ansichtskarte. Ich drehte sie um und sah die deutsche Briefmarke, ehe mir bewusst wurde, dass es so aussehen könnte, als läse ich die Worte des Absenders, also drehte ich sie wieder um: ein Bild von einer alten, schönen Brücke über einen Fluss mit einem Schloss im Hintergrund und den

Worten »Heidelberg Old Bridge and Castle« in der linken unteren Ecke.

»Sag ihm schon, wer hat die geschickt?«, redete Raja-*da* ihr gut zu.

Doch das Mädchen hatte das Ende seiner Courage erreicht; es flitzte zu seinen zwei Brüdern zurück.

»Und, wer hat sie geschickt?«, fragte ich.

»Mein Ältester. Dulal. Er studiert in Deutschland, in Heidelberg.«

Ich hörte auf zu kauen und sah zu ihm auf. Machte er Witze?

»Er ist seit drei Jahren dort. Dieses *muri-beguni*, das Sie gerade essen, das ist sein Lieblingsgericht. Er isst es jeden Nachmittag, wenn er zu Besuch kommt.«

»Was studiert er denn?«, brachte ich mühsam heraus. Es klang heiser.

»*Oree baba*, jetzt haben Sie mich erwischt!«, lachte er. »Ich verstehe nichts von dem Kram, das geht alles über meinen Kopf. Wir sind dumme, ungebildete Bauersleute« – er verwendete einen geläufigen bengalischen Ausdruck, *mukhyu-shukyu chasha bhusha manush* –, »wie könnten wir Ihnen sagen, was er studiert?«

»Aber was ist sein Fach?«

»Phii-jiik, er studiert Phii-jiik, das ist alles, was ich sagen kann«, sagte er.

Ich ging davon aus, dass er Physik meinte.

»Mein jüngerer Sohn kann es Ihnen vielleicht besser erklären«, sagte er, dann brüllte er: »Khokon, *ey* Khokon, komm mal kurz her.« In der Zeit, die es dauerte, bis der Junge erschien, sagte Raja-*da*: »Er geht auch auf die Schule, dieselbe Schule, auf der Dulal gewesen ist, die Ramakrishna-Mission in Narendrapur.«

Es war eine renommierte Kalkuttaer Schule, mit einer blendenden akademischen Erfolgsbilanz und, wie man hörte, strengen Aufnahmeanforderungen. Bevor ich irgendwelche Fragen formulieren konnte – und ich wusste, ich würde dabei sehr vorsichtig vorgehen müssen –, kam Khokon herein.

»Sag ihm, was Dada studiert. Du weißt, dass ich von solchen Dingen nichts verstehe«, sagte sein Vater.

»Physik«, sagte der Junge. »Teilchenphysik. Er macht einen Ph. D. Wenn er damit fertig ist, wird er Doktor sein, aber kein Arzt.«

Er wurde förmlich größer, während er das sagte. Ich bildete mir sogar ein, dass seine Brust sich blähte. Schulbildung hatte den Akzent, den sein Vater und sein Onkel hatten, bei ihm teilweise herausgewaschen. Vielleicht würde auch er zum Studieren ins Ausland gehen oder ein richtiger Doktor werden, ein Arzt.

Wie es sich traf, brauchte ich überhaupt keine Fragen zu stellen; die Geschichte kam während des Abendessens ganz von allein ans Tageslicht. Sie konnten kaum aufhören, von ihm zu reden; alle, ausgenommen die Frauen. Dulals Mutter erwähnte ihn, während sie mir Essen servierte, zum ersten und zum letzten Mal: »Er ist mein Sohn, er wohnt so weit weg, mein Mutterherz ist rastlos und voller Angst. Ich kann nachts nicht schlafen. Ich sorge mich die ganze Zeit um ihn – isst er auch anständig? Gibt es jemanden, der auf ihn achtgibt? Was passiert, wenn er krank wird? So viele Sorgen in meinem Kopf. Schön und gut, dass er studiert, dass er sich einen Namen machen wird, aber ich wünsch mir nichts mehr, als dass er zurückkommt.«

Zum Essen setzten wir uns draußen auf die Veranda. Ein langes Laken war dicht an der Wand auf dem Fußboden ausgebreitet worden, sodass wir nicht auf dem kalten Boden sitzen mussten. Ich fragte mich, ob sie im Winter normalerweise im kahlen, engen Innenraum aßen, und ob sie das heutige Abendessen als eine Art Festzeremonie inszenierten – auch indem wir von Bananenblättern aßen anstatt von gewöhnlichen Tellern –, weil sie auf keinen Fall wollten, dass ihre eingeschränkten Verhältnisse meine Bequemlichkeit beeinträchtigten. Die Kinder und ich bekamen als Erste zu essen. Sie hörten nicht auf meine wiederholten Bitten, dass alle Erwachsenen gleichzeitig essen sollten; was in Wirklichkeit lediglich uns drei Männer bedeutete, da die Frauen ohnehin erst essen würden, wenn die Männer fertig waren; das war eine unverrückbare Regel. Auch das las ich als Gastfreundlichkeit und zugleich als ein Ablenkungsmanöver, das meine Aufmerksamkeit von der gewöhnlicheren Kost abziehen sollte, die die Familie essen würde, sobald der Gast das Beste bekommen hatte, was sie sich mit Müh und Not leisten konnten. Jeder einzelne Bissen blieb mir im Halse stecken.

Meine Mutter hätte das Menü als vulgär bezeichnet, aber mir ging es durch und durch: Unter Verletzung sämtlicher Regeln hatten sie Fisch (»aus unserem Teich«) und Eier gekocht, vielleicht weil Fleisch für sie völlig unerschwinglich war. Der Fisch war nichts Besonderes, und die Zubereitung alltäglich, wenig inspirierend. Ich schloss, dass Lakshmi und Mamoni zweckorientierte Köchinnen waren. Scham und Mitleid ließen meine Augen prickeln; ich stopfte mir noch mehr Essen in den Mund; alles war köstlicher, als ich mir hätte vorstellen können.

Raja-*da* sagte: »Wir Brüder sind auf unsere Dorf-*paathshaala* gegangen, wir haben nicht viel Bildung abbekommen. Ich war entschlossen, meine Jungen auf die Schule zu schicken, ich wollte, dass sie ein anderes Leben haben, ein besseres Leben. Dieses Leben als Bauer, Reis anbauen, ein bisschen Gemüse ziehen … es ist schwierig. Wir strampeln uns ab. Unsere Tage sind nicht einfach. Meine Jungen sollen es besser haben.«

»Geht auch Ihre Tochter in die Schule?«

»Nein, wir können es … können es uns nicht leisten, nachdem wir die zwei Jungen hingeschickt haben. Um Dulals Ausbildung hat sich Renu gekümmert. Sie liebt ihn über alles. Mehr als ihre eigene Tochter. Als Dulal geboren wurde, haben wir davon geträumt, dass er aufwachsen und sich einen Namen, Ruhm und Reichtum erwerben würde, und Renu sagte: Ich werde für seine Studien aufkommen, ich werde arbeiten und Geld verdienen und ihn durch die Schule bringen. Deswegen ist sie nach Bombay gegangen. Jemand hatte ihr gesagt, dass Köchinnen in Bombay einen Haufen Geld verdienen, Tausende von Rupien. Also sagte sie: Dada, ich werde nach Bombay gehen und Geld verdienen und sparen und Geld für Dulals Schule nach Hause schicken.«

Meine Hände zitterten. Ich schaffte es nicht, sie so ruhig zu halten, dass ich die Gräten aus dem Fisch zupfen, das Fischfleisch mit der Sauce und dem Reis vermengen, mit den Fingern einen Löffel bilden und damit die Mixtur an meinen Mund führen konnte.

Raja-*da* fuhr fort: »Inzwischen verdient sie viel Geld. Sie arbeitet in vielen Häusern, vier oder fünf, oder sechs. Auch bei Ihnen. Sparen ist für sie zur zweiten Natur geworden. Sie hat nur wenige Bedürfnisse, sie lebt sehr schlicht, gibt wenig aus. Sie legt alles beiseite. Und sie schickt Dulal Geld in das deutsche Land. Er hat ein Vollstipendium bekommen, aber das Flugzeugticket, die Kleider – das kostete alles einen Haufen Geld.«

Er verstummte, nachdenklich jetzt, als ob die Erinnerung an diese Summe eine ernüchternde Wirkung hätte. Er wischte sie beiseite und sagte: »Dieses ganze Geld, das hat Renu beschafft.«

Ich musste etwas sagen. Wenn ich nicht irgendetwas sagte, würde ich überhaupt nicht mehr den Mut aufbringen, in Anwesenheit meiner Gastgeber noch den Mund aufzumachen.

»Er muss ein außergewöhnlicher Student gewesen sein, um ein Vollstipendium für Heidelberg zu bekommen«, sagte ich.

»Ja, er ist sehr gescheit«, sagte Raja-*da*. Sein Gesicht leuchtete im trüben, gelben Licht der verrußten Sturmlaternen. »Er hat von der Ramakrishna-Mission ein Stipendium für das *IIT* in Kharagpur bekommen. Dann hat er als Bester abgeschlossen, eine Goldmedaille bekommen. Seine Lehrer am *IIT* sagten zu ihm: Du musst zum

Studieren in ein fremdes Land gehen. Alle Gebühren wurden vom *IIT* bezahlt, wir mussten nur für Essen und Kleider und Wohnheim und Transport bezahlen. Das hat alles Renu übernommen.«

Ein Starstudent an einer Eliteuni wie dem *IIT*. Irgendetwas in diesem kaputten Land funktionierte ganz offensichtlich. Ich war an einen erstaunlichen, wundersamen Ort gelangt. Der Sittich, von dem ich angenommen hatte, dass er schlief, begann auf seiner Stange hin- und herzurutschen. Ratan-*das* Sohn stand auf und fütterte ihn mit ganzen Chilis. Der Vogel machte ein Geräusch, das wie ein Mittelding zwischen Gurren und missbilligendem Schnalzen klang.

»Hat sie denn nicht geheiratet? Wo sind ihre Tochter und ihr Mann?«, fragte ich.

Aus Raja-*das* leichtem Stottern, als er zu einer Antwort ansetzte, und dem Blick, den seine Frau und seine Schwägerin tauschten, um dann die Augen zu Boden zu schlagen, gewann ich den Eindruck, dass ich ein heikles Thema angeschnitten hatte.

»Ja, sie hat geheiratet, aber ... aber sie ist mit ihrer Tochter weggezogen«, sagte Raja-*da*. »Der Mann war ... wie sich herausstellte ... n-nicht gut, er trank, spielte, also ist sie gegangen. Das Mädchen, Champa, haben wir großgezogen. Sie war fünf Jahre jünger als Dulal. Wir haben sie letztes Jahr verheiratet, sie ist mit ihrem Mann nach Muchipara gezogen. Renu wollte schon immer nach Bombay gehen und sich dort Arbeit suchen – das sagte ich ja schon. Sie dachte nur an Dulal, und daran, wie sie die Worte des Astrologen, der gekommen war, um sich den Jungen anzusehen, als er geboren wurde, wie sie seine Worte wahr werden lassen könnte. Der Astrologe hatte gesagt: ›Dieser Junge wird sich eines Tages einen großen Namen machen.‹ Die Worte gruben sich tief in Renus Herz ein.«

Mir fiel auf, dass, sobald das Gespräch wieder auf Dulal kam, die heitere Ungezwungenheit zurückkehrte. Ich hatte so viele Fragen über Renu, aber jetzt brachte ich keine einzige davon heraus.

Nachts, unter meiner leicht ölig riechenden, knolligen Steppdecke, konnte ich nicht aufhören, an dieser wunden Stelle zu rühren: Wie viel hatte es sie gekostet, und ich meine nicht nur an Geld, mich zu Gast zu haben? Musste meinetwegen in diesem Moment jemand ohne Steppdecke, vielleicht sogar ohne Bett auskommen? Wer schlief normalerweise in diesem Zimmer? Wo schliefen sie heute Nacht? Und dann beschämendere Gedanken. Der Reis war von der billigen grobkörnigen, rötlichen hiesigen Sorte gewesen. Das Essen war eine paradoxe Kombination von ölig und wässerig gewesen. Waren die Laken und Kopfkissenbezüge überhaupt sauber? Es gab kein fließendes Wasser, also waren sie im Teich gewaschen worden, in dem sie auch badeten, ihr Geschirr spülten und Gott weiß was sonst noch machten. Wie sollte ich dieses Badezimmer benutzen? Sie hatten keinen Strom – wie unerträglich wurde es im Sommer wohl unter einem Blechdach? Die Süßigkeiten zum Nachtisch – es hatte drei verschiedene Sorten gegeben – waren von schlechter Qualität gewesen, ranzig und schal, aus einem Süßigkeitenladen der untersten Kategorie. Warum hatten sie nicht den *sandesh* serviert, mit Dattelsirup der neuen Ernte zubereitet, den ich als Gastgeschenk für sie in einer der besten Konditoreien von Howrah gekauft hatte? Sosehr ich mich schämte, konnte ich nicht aufhören, diese kleinen gemeinen Gedanken zu denken; der Geist war wahrhaft die renitenteste und niederträchtigste aller menschlichen Eigenschaften.

Ich kehrte nach Kalkutta zurück, verbrachte dort noch einen Tag, fuhr dann für weitere Recherchen zu Freunden nach Bangalore und Kochi und kehrte schließlich nach Bombay zurück. Während eines unserer Telefonate hatte ich meiner Mutter kurz erzählt, was ich in Medinipur über Renu erfahren hatte, aber von den Fragen, die mir auf der Seele lagen, hatte ich Ma keine einzige gestellt. Jetzt sprudelten sie nur so heraus.

»Was ich nicht begreife, ist Folgendes: Müsste dieser nichtsnutzige Ehemann nicht Anspruch auf ihren Teil vom Land erhoben haben, nachdem Renu durchgebrannt war? Oder auf das Geld, das sie für Dulals Ausbildung nach Hause schickte? Er muss deswegen doch einen Mordskrawall geschlagen haben!«, fragte ich.

»Schwer zu sagen«, sagte Ma. »Vielleicht haben die Brüder gemeinsam Front gegen ihn gemacht. Vergiss nicht, sie brauchten Renus Geld, also lag es in ihrem Interesse, ihn zu vertreiben. Ich wäre nicht überrascht, wenn sie ihr sogar geholfen hätten, von ihm wegzulaufen.«

Ja, natürlich; darauf war ich gar nicht gekommen.

»Das könnte überhaupt der Grund gewesen sein, warum Renu ihr Stück Land an ihre Brüder verkaufte: damit der Mann keinen Anspruch darauf erheben konnte«, sagte Ma.

»Aber was ist mit der Tochter?«

»Wenn er ein Säufer und Taugenichts war, könnte es ihm sogar lieber gewesen sein, die Verantwortung für ein Kind, das versorgt und ernährt werden musste, abgenommen zu bekommen.«

»Nein, ich spreche von etwas anderem. Wie nahm es Champa auf, von ihren Onkeln aufgezogen zu werden, während ihre Mutter von irgendwo weit weg Geld für die Ausbildung ihres Cousins schickt? Es muss für sie doch offensichtlich gewesen sein, dass ihre Mutter Dulal ihr vorzog.«

»Du vergisst dabei etwas – sie ist ein Mädchen, sie hat keinerlei Erwartungen.«

Sie hatte recht; darauf konnte ich nichts entgegnen. Ich versuchte es anders: »Aber sie ist Renus Tochter, Dulal nur ihr Neffe. Heißt es nicht immer so schön, Blut sei dicker als Wasser?«

Ma machte ein Gesicht, als wollte sie sagen, dass hinter einem hochbegabten Jungen in der Familie alles zurückstehen musste, besonders wenn es eine arme Familie war. Sie sagte: »Wer weiß schon, was sie unter sich ausgemacht haben?«

»Und du glaubst nicht, dass ich Renu direkt danach fragen könnte?«

Ma schnaubte auf wie ein scheuendes Pferd. »Nein, nein, das verbiete ich dir kategorisch!«, sagte sie. »In ein paar Tagen verschwindest du wieder, und dann bin ich es, die sich mit ihr herumschlagen darf. Ich weigere mich, irgendwelche Konsequenzen aus der Tatsache auszubaden, dass du dich mit ihr anfreundest!«

»Aber was denn für Konsequenzen? Und was meinst du mit ›anfreunden‹? Ich will ihr nur ein paar Fragen über ihr Leben stellen. Sie könnte positiv reagieren, wenn jemand ernsthaftes Interesse zeigt. Die Leute behandeln ihre Haushaltshilfen weiß Gott nicht gerade wie ihresgleichen!«

»Ach, schon wieder dieser Gleichheitsquatsch! Du lebst im Ausland, du verstehst die hiesige Kultur nicht, du kannst nicht mit deinen neumodischen Ideen hier einfach so reintrampeln. Wir werden anschließend einiges wieder geraderücken müssen.«

»Du hast mir immer noch nicht erklärt, was genau dieser ›Geraderückung‹ eigentlich bedarf«, sagte ich hitzig.

Sie entgegnete ebenso gereizt: »Ich habe es dir schon mehrmals gesagt. Du würdest ja doch gleich wieder mit deinen Wortklaubereien anfangen und auf dein hohes Gleichheitsross steigen. Wir würden uns nur im Kreis bewegen!«

Damit verließ sie das Zimmer. Ich war zu geladen, um es auch von ihrer Seite sehen zu können.

Als Renu an dem Abend zum Kochen kam, meinte ich, eine Neugier in ihrem Gesicht zu erkennen, die ihm fast beinahe seine sonstige Starrheit nahm. Ich wusste aber, dass sie vor meinen Eltern nichts sagen würde; ihr war klar, dass zwischen ihr und mir eine andere, weniger förmliche, ja, freundlichere Dynamik herrschte, die Welten entfernt war von der Art ihrer Beziehung zu meinen Eltern oder überhaupt zu den Leuten, für die sie arbeitete.

Zwischen meiner Mutter und mir hatte sich eine gewisse Spannung aufgebaut. Ich ging in die Küche, zog die Schiebetür zu und sagte: »Es war herrlich! Sie haben mir zu essen gegeben, bis ich schier am Platzen war. Und so gutes Essen! Ich habe Fisch aus Ihrem Teich gegessen, Auberginen und Chilis und Blumenkohl aus Ihrem Gemüsegarten. Es war alles unglaublich köstlich! Ich habe Ihre Familie kennengelernt, Ihre Brüder, Ihre Schwägerinnen, Ihre Neffen und Nichten …« Mir war klar, dass ich schwafelte, aber ich konnte mich einfach nicht bremsen.

Renu quittierte alles, was ich sagte, mit einem gelegentlichen knappen Nicken oder einem »*achchha*«, aber ohne mir dabei auch nur ein Mal ins Gesicht zu sehen – sie war eifrig damit beschäftigt, Dinge aus dem Kühlschrank zu holen. Ich hatte den Eindruck, dass mein Wortschwall sie entweder in Verlegenheit brachte, oder aber dass sie ihn nicht einordnen konnte und daher auch nicht wusste, wie sie damit umgehen sollte. Oder redete ich überhaupt nur so viel, damit sie nicht dazu kam, irgendetwas zu sagen, was *mich* in Verlegenheit gebracht hätte?

»Schön, jetzt sagen Sie, was wollen Sie zum Abendessen?«, fragte sie.

Ich sagte: »Ich habe von Dulal erfahren.«

Sie sah abrupt auf.

»Warum haben Sie mir die ganze Zeit nichts von ihm erzählt?«, fragte ich.

Sie gab keine Antwort – sie hatte wieder angefangen, die Gemüseschublade des Kühlschranks umzuräumen. Danach wusste ich nicht, was ich noch sagen sollte, oder genauer gesagt, was ich *ihr* sagen sollte. Alles hätte platt, sentimental oder falsch geklungen – aber vielleicht doch nur in meinen Ohren und in ihren nicht?

Was bei dieser internen Debatte herauskam, klang zwar nicht weniger gekünstelt, aber ich meinte jedes Wort ernst: »Er studiert an einer der besten Hochschulen der Welt. Ich weiß, dass Sie alle sehr stolz auf ihn sind. Und dazu haben Sie auch allen Grund: Er hat Außergewöhnliches geleistet! Es hat mich sehr glücklich gemacht, das über ihn zu erfahren. Und auch sehr stolz. Und … und … es ist Ihr Verdienst!«

Sie tat das mit ihrer typischen Geste ab, dieser Inszenierung halb scherzhafter Ungeduld. »*Aree*, hören Sie damit auf, sagen Sie mir, *jaldi jaldi*, was wollen Sie zum Abendessen?«

Ich ging nicht darauf ein, sondern las ihre Worte und ihre Geste zur Abwechslung einmal, wie ich dachte, richtig. »Wissen Sie, was er tun wird, wenn er sein Studium abgeschlossen hat? Wird er zurückkommen?« Ich konnte mir für Dulal eine erfolgreiche Zukunft als Professor am *IIT* vorstellen, oder beim Tata Institute in der Grundlagenforschung, oder sogar am Bhabha Atomic Research Centre, aber da ich nun mal der war, der ich war, dachte ich insgeheim, dass es besser für ihn wäre, am CERN oder an zig beliebigen europäischen oder amerikanischen Universitäten zu arbeiten.

»Wer weiß schon, was er tun wird? Wir haben nie rauskriegen können, was ihm so durch den Kopf geht. Er sagt, dass er in zwei Jahren zurückkommt.« Pause. »Noch zwei Jahre lang Geld schicken«, sagte sie, nur um gleich darauf die Schwere dieser letzten Worte mithilfe ihrer üblichen wegwerfenden Geste zu verscheuchen.

»Ich hab zu ihm gesagt: Bleib so lange da, wie du brauchst, um fertig zu werden, ums Geld brauchst du dir keine Gedanken zu machen … Aber wer hört schon auf mich?« Der Ton wechselte diesmal in gespielte Nörgelei, eine altehrwürdige bengalische Weise, tiefe Zuneigung zum Ausdruck zu bringen.

Dann ein weiterer Tonartwechsel: »Er sagt, dass er zurückkommt und mir ein Haus baut. Wir werden ja sehen.« Sie sagte es schüchtern, fast verschämt, mit einem Anflug von Selbstgeringschätzung, als sei es seine eigene Schuld, wenn er ausgerechnet *sie* zur Nutznießerin seiner Großzügigkeit erwählte. Aber es war auch ein Körnchen Ungläubigkeit herauszuhören: Würde sie ein solches Glück haben, das wirklich und wahrhaftig zu erleben?

»Übermorgen fahre ich wieder nach Haus«, sagte ich.

Sie wandte das Gesicht ab, aber ich sah noch, wie es sich trübte.

Es herrschte lange Schweigen, ehe sie fragte: »Sie kommen wann zurück?«

»In einem Jahr. Vielleicht auch schon früher. Ich weiß es nicht. Soll ich Ihnen Ihr Geld schon jetzt geben?« Nach jedem Aufenthalt bei Ma und Baba ließ ich für sie, Milly und den Fahrer etwas Geld da.

Sie nickte; in Gelddingen hatte sie sich erfrischenderweise noch nie geziert. Ich holte zwei 500-Rupien-Scheine heraus und hielt sie ihr entgegen. Sie zeigte auf die große Blechdose mit dem Puffreis, die auf dem Kühlschrank stand, und sagte: »Legen Sie's grad da drunter, ich nehm es mit, wenn ich gehe.«

Sie kam am nächsten Tag wieder, an meinem letzten Abend in Bombay, und kochte unter völligem Schweigen, nachdem sie lediglich, während ich ihr meine gewohnten Instruktionen erteilte, gesagt hatte: »Kommen Sie wieder nach Haus. Das ist nichts, dieses ganze Weit-weg-Leben.«

Auf dem Weg nach draußen machte sie auf der Schwelle kehrt, sah mich an, sagte: »Gute Reise. *Dugga dugga*«, und zog die Tür hinter sich zu.

* * *

Ich rufe meine Mutter an einem windigen, nassen Novembernachmittag an. Wir plaudern eine Zeit lang über nichts Besonderes. Ich erzähle ihr Dinge aus meinem Leben in London, die sie interessant findet. Ich frage sie, was es bei ihnen zum Abendessen gab, was ich sie immer frage, wenn ich sie um diese Uhrzeit anrufe. Suppe, sagt sie; Hühnersuppe.

»Du hast Renu beigebracht, wie man Hühnersuppe kocht?«, frage ich. »Das ist eine reife Leistung!«

»Renu arbeitet nicht mehr hier.«

»Was?«

»Ich musste sie entlassen.«

Ich bringe kein Wort heraus; Ma ist anscheinend auch nicht zum Reden aufgelegt.

»Aber warum? Wann?«, frage ich endlich.

»Letzten Monat, kurz vor *Pujo*.«

Im Gegensatz zu ihrer sonstigen Art erzählt sie von sich aus nichts.

»Aber warum?«, wiederhole ich.

»Sie benahm sich mir gegenüber sehr schlecht.«

Schweigen. Ich muss ihr alles aus der Nase ziehen.

»Was meinst du damit, sie benahm sich schlecht?«

»Sie schrie mich dauernd an. Ich habe mir das eine ganze Weile gefallen lassen. Selbst bei dem minimalen Austausch, den ich mit ihr hatte – ihr sagen, was sie kochen und, manchmal, wie sie es kochen sollte … sie brachte es fertig, selbst dabei feindselig und unwirsch zu sein.«

»Herrje! Das ist ja unglaublich.«

»Eines Sonntags kam sie, um den Lunch zuzubereiten, und da ist bei ihr irgendetwas durchgebrannt, sie brüllte herum, ich hätte ihr den ganzen Tag vermasselt! Hat die ganzen Sachen aus dem Kühlschrank geholt und laut klirrend irgendwo abgesetzt, mit der Kühlschranktür geknallt … das war schon ein starkes Stück. Ich war sprachlos.«

»Aber warum?« Ich bin eine schadhafte Schallplatte, die Nadel springt ständig über einen Kratzer.

»Wer weiß? Vielleicht, weil ich sie gebeten hatte, ein bisschen später als sonst zu kommen? Ich war wirklich perplex. Und du kennst ja ihre Stimme … Da ist dein Baba aus dem Zimmer herausgekommen und … und hat sie einfach aufgefordert zu gehen, hat gesagt: Schön, wenn's dir hier nicht passt, dann geh – und zwar sofort!«

Meine Brust hämmert.

»Und?«

»Sie ist gegangen. Sie sah geschockt aus, als hätte man ihr ins Gesicht geschlagen. Damit hatte sie nicht gerechnet.«

»Und dann?«

»Was, dann?«

»Wie ging es dann weiter?«

»Gar nicht. Ich rief sie ein paar Tage später an, um ihr zu sagen, sie könnte sich ihren ausstehenden Lohn abholen, und sie hat nicht abgenommen. Ich habe Milly losgeschickt, damit sie es ihr ausrichtete … anscheinend hat Renu ihr die Tür vor der Nase zugeknallt.«

Ich merke Ma an, dass es ihr unangenehm ist, darüber zu sprechen. Ich frage mich, wie sie mein Schweigen wohl deutet. Ich kann es ihr ersparen. Ich sollte ihr das nicht zumuten. Ich wechsle das Thema: »Wie auch immer, passiert ist passiert, es hat keinen Wert, sich jetzt den Kopf darüber zu zerbrechen«, und rede über andere Dinge.

Aber sie ist es, die fragt: »Wie macht sich das Buch?«

Ich kann nicht antworten, aber ich muss irgendetwas sagen, reden. Der Novembernachmittag ist dunkler geworden, und ich muss das Licht einschalten.

DREI

KEINER WEISS, wo es hergekommen ist. Kinder entdecken es am Fuß des großen *burunsh*-Baums an der Biegung des Pfades, der hinter Sattus Haus einen Knick macht und schließlich zur asphaltierten Straße ins Tal führt.

– Guck, ein junger Hund, sagt jemand.

– Nein, das ist kein Hund, es ist zu groß, guck dir doch sein Gesicht an, sagt jemand anders.

– Guckt euch seine Tatzen an, ein anderer.

– Es fröstelt, sagt er. Nein, es ist nur noch zu jung zum Laufen, es hat noch nicht laufen gelernt.

Sie bewerfen es mit Steinen, Stöckchen und Ästchen, um zu sehen, was es dann macht, oder ob es weglaufen kann. Es fröstelt und sieht sie an, dann hektisch weg, nach links und nach rechts und nach vorn, als suchte es nach einem Ausweg. Seine Verwirrung belustigt die Jungen – sie lachen und johlen und werfen weitere Steine nach ihm. Es wackelt, rennt ein paar Spannen weit, bleibt dann stehen, rennt wieder ein paar Spannen weit, bleibt wieder stehen und fröstelt. Die Jungen lachen und lachen.

Sie heben es hoch – wird's beißen? wird's kratzen? – und bringen es zu Purans Vater, weil er bestimmt wissen wird, was das für eine Kreatur ist. Es zittert und wimmert und schwappt beinah aus der großen flachen Schüssel von Purans geschlossenen Armen.

Unterwegs sehen sie Lakshman den Pfad aus Deodham entlang ins Dorf zurückkommen, auf dem Rücken eine Tracht Anmachholz. Die Jungen haben einen Namen, das ganze Dorf hat einen Namen, für Lakshman und seinen Bruder Ramlal: *shyal jyonlya*, die Fuchszwillinge. Im Dorf geht das Gerücht, dass ihre Mutter – die längst tot ist, sie starb kurz nach der Niederkunft – eine Hexe war oder irgendwie unheilsamen Umgang mit Tieren pflegte, was der Grund dafür war, dass die Brüder wie spitzgesichtige Füchse aussahen.

– Was hast du da? fragt Lakshman Puran.

– Ein Tier. Wir wissen nicht, was es ist.

– Lass mich sehen, lass mich sehen.

– Es ist ein Welpe, sagt er.

– Aber es hat sehr große Krallen, sagt ein Junge.

Lakshman erkennt, dass sie völlig anders aussehen als alle Hündchenkrallen, die er je gesehen hat. Die Klauen sind riesig und gebogen, wie Miniatursäbel, aber vom Gesicht her könnte es ein Hundejunges sein. Oder sogar ein Kalb, aber es ist kleiner als ein neugeborenes Kalb. Dann fällt ihm ein – könnte es ein Bärenjunges sein? Er ist so überrascht, dass er es laut denkt.

Die Jungen sind wie vom Donner gerührt. *Bhaalu?* sagen sie immer wieder.

– Wo habt ihr es gefunden? Im Wald? fragt Lakshman. – Komm, gib es mir, sagt er, indem er die Tracht Anmachholz absetzt.

Das zitternde, blinzelnde Geschöpf ist etwas größer und massiger als ein dicker Hund. Das Fell ist dunkelgrau und kurz, glatt anliegend. Die Schnauze ist weiß, durchgehend bis zum Stirnansatz. Das Tier will einfach nicht aufhören zu quieken, trotz der beruhigenden Geräusche, die Lakshman macht.

Ein Hund mit einem Schwanz wie ein Wimpel kommt angekläfft und umkreist Lakshman, die Schnauze nach oben gerichtet, mit immer besessenerem Gekläff. Er kennt diese Hündin – sie heißt Jhumru, und sie gehört den Leuten, die das neue Gästehaus auf ihrem Grundstück gebaut haben, von ihrem eigenen Haus durch einen Streifen terrassiertes Land getrennt. Sie verbringen den größten Teil des Jahres in Morabadi, wo sie ein weiteres Haus haben. Er befiehlt der Hündin, mit dem Bellen aufzuhören, aber der Geruch des Bärenjungen ist stärker als ein menschlicher Anschnauzer. Er nimmt einen Stock und droht ihr, aber sie weicht nur ein halbes Dutzend Schritte zurück, dabei unablässig weiterbellend. Dann folgt sie Lakshman, mit ein paar Schritten Abstand.

Die Jungen galoppieren davon, um das Nahen von etwas zu verkündigen, was ihr gewohntes Leben sonst nicht zu bieten hat. Minuten später erreicht Lakshman den alten *baanj*, der das Zentrum des Dorfes darzustellen versucht; dort haben sich bereits ein rundes Dutzend Leute eingefunden, und weitere kommen hinzu, sobald das Tierjunge abgesetzt wird. Zwei weitere Hunde gesellen sich zu Jhumru, und im Chor wird das Gebell unerträglich. Er muss sie mehrmals verscheuchen, aber sie postieren sich außerhalb des Kreises von Menschen und bellen weiter. Meinungen, Fragen, Kommentare fliegen hin und her.

– *Haan, haan, bhaalu hai*. Ich weiß das, ich hab so einen vor ein paar Jahren schon mal gesehen.

– Wo kommt er her? Wir sind hier zu hoch in den Bergen für diese Tiere.

– Wo ist seine Mutter? Er ist so klein … glaubt ihr, sie hat ihn verloren?

Eins der Kinder bricht von Lakshmans Reisigbündel ein Stöckchen ab und pikst damit wiederholt auf das Tierjunge ein. Die anderen Jungen greifen sofort die Idee auf und steuern auf Lakshmans Stapel zu, aber er brüllt und scheucht sie weg. Das Tierjunge miaut ein bisschen, versucht sich umzudrehen, gibt dann beides auf.

– Glaubt ihr, seine Mutter sucht nach ihm? Wird sie in der Nacht kommen, um es zu holen?

– Es miaut wie eine Katze. Das ist eine Katze, die so tut, als wär sie ein Bär, ha ha ha ha …

– Wie hat es bloß die Nacht überlebt? Wie kommt's, dass nicht ein Panther es sich geholt hat?

– Wir haben es in der Nähe von Surajs Haus gefunden, gleich draußen, meldet sich einer der Jungen zu Wort, in der Hoffnung, damit den anderen bei der Beantwortung der großen Frage zu helfen.

– Ein Bär ist ein gutes Vorzeichen, nicht? Das ist ein Geschenk von Golu.

– Es hat bestimmt Hunger. Gebt ihm was zu essen.

Keiner kann etwas für das Tier erübrigen. Endlich treibt jemand irgendwo eine trockene *chapati* auf, zerpflückt sie in kleine Stückchen und wirft sie dem Tierjungen vor. Es zeigt keine Reaktion. Das ist für einen der Jungen das Signal, es wieder mit einem Stock anzustupsen und dabei mit den wiederholten Worten – Friss, friss – auf die Brotstückchen zu zeigen. Das Tierjunge bleibt, wo es ist, zittert, verrät kein Interesse an der angebotenen Nahrung.

Die Frau, die nach der Mutter gefragt hatte, sagt jetzt – Es ist noch zu klein, um Brot zu fressen, es hat noch keine Zähne, es trinkt nur die Milch seiner Mutter.

– Dann vermanscht das Brot doch mit Wasser, schlägt jemand vor.

Damit haben die Jungen wieder etwas zu tun. Es findet sich ein Glas Wasser, die Fetzchen *roti* werden auf dem Boden zusammengeklaubt und mit Wasser begossen. Der Junge mit dem Stock benutzt diesen dazu, die Brotstückchen mit dem Wasser zu einem Brei zu verrühren. Aber die Erde hat das Wasser schon aufgesogen, und so ist das Ergebnis seiner Bemühungen lediglich eine schlammigere Version von *chapati*-Stückchen. Das Anstupsen des Tierjungen und das Mantra »Friss, friss« gehen wieder los.

– Du bist ein Dummkopf, schilt jemand den Jungen – das Vermanschen muss man in einer Schüssel machen. Wie soll das auf der Erde gehen? Jetzt hast du eine gute *roti* vergeudet!

Eine Frau befreit sich aus dem immer größer werdenden, locker verteilten Kreis von Zuschauern, ohrfeigt den Jungen und zerrt ihn hinaus, um ihn nach Hause zu führen. Ramlochans Sohn sammelt die beschmutzten Überreste der Brotstückchen zusammen und rennt weg, um sie auf die richtige Weise zu Brei zu machen. Weitere Betrachtungen werden angestellt.

– Der Bär könnte ein böses Vorzeichen sein. Ein verirrtes Junges, ohne eine Mutter weit und breit … das ist nicht gut.

Die Hunde versuchen, sich an den Menschenbeinen vorbei zur zentralen Lichtung vorzuschnüffeln. Dem Beharrlichsten von ihnen wird ein Tritt verabreicht; aufjaulend rennt das Tier davon.

– Was, wenn das Bärenjunge dem Dorf Unglück bringt?

– Wie sollte es Unglück bringen können? fragt Lakshman.

Ramlochans Sohn kommt zurück und setzt einen zerdellten Teller vor dem Bärenjungen ab. Darin eine dunkelgraue Pampe. Der kleine Bär wendet den Kopf ab. Der Junge wird nicht müde, den Kopf des Tieres zum Fressen zurückzudrehen, wobei er manchmal dessen Maul gewaltsam in die matschige Suppe auf dem Teller tunkt. Das Bärenjunge lässt es zu, dass seine Schnauze am Teller festgehalten wird – ihm bleibt keine andere Wahl –, doch es frisst nicht.

– Lass es los, es wird essen, wenn es will, sagt Lakshman.

Dann gibt es einen Durchbruch. Ramlochan sagt – Ein *qalandar* könnte es zurückgelassen haben.

– Ein *qalandar*? Es gibt hier in der Gegend doch gar keine *qalandars*.

– Vielleicht sind die Tierfänger, die für sie arbeiten, durch unser Dorf gekommen und haben aus Versehen ein gestohlenes Bärenjunges zurückgelassen.

Zu dieser Möglichkeit kann niemand etwas sagen, aber die Erwähnung der *qalandars* setzt in Lakshmans Kopf eine ganze Kette von Gedanken in Gang.

– Ich könnte es einem *qalandar* verkaufen. Wo finde ich einen?

– Die leben nicht in unserem Teil des Landes. Du wirst weit

laufen müssen, um einen zu finden. Runter in die Ebene, in die Städte.

Jemand sagt – Aber wir haben sie doch durch unser Dorf ziehen sehen, mit ihren Tanzbären. Ich weiß nicht mehr, wie lang es her ist. Diese Leute sind ständig unterwegs, so verdienen sie ja ihr Geld.

– Was willst du mit dem Bären machen, bis wir einen *qalandar* finden, der ihn dir abnimmt?

Lakshmans genialer Plan, aus dem Bären Geld zu schlagen, hat das Verbindungsstück zwischen jetzt und dieser Zukunft im Schatten gelassen: Wie sollte er sich den Unterhalt des Tieres leisten können, wenn er schon seine liebe Not damit hatte, seine Frau Gita und seine drei kleinen Kinder, Sudha, Munni und Ajay, zu ernähren, und neuerdings auch noch die Frau und die zwei Kinder seines Bruders, da Ramlal in die Ebene gegangen ist, um auf Baustellen Arbeit zu suchen? Es war Suraj aus dem Dorf gewesen, der den Brüdern diese Idee in den Kopf gesetzt hatte; nicht, dass es besondere Überzeugungsarbeit gekostet hätte, wo doch eine Handvoll Männer schon losgezogen waren, um anderswo, entweder in Bergstädtchen und -dörfern in der näheren Umgebung oder viel weiter unten, in den großen Städten der Ebene, Arbeit zu finden. Arbeit als Hausdiener oder Wachmann, Fahrer, Koch, und wenn nichts davon klappte, dann eben in der Baubranche. So hatte Suraj es ausgedrückt – ein Job in der Baubranche.

– In den Großstädten sind sie ständig am Bauen. Straßen, Häuser, Geschäfte, ununterbrochen wurde gebaut, eine Sache nach der anderen, da gab es immer etwas, es hörte niemals auf. Arbeit bekam man da immer, sogar während des Monsuns. Überall schossen Gebäude wie Pilze aus dem Boden, auf jedem verfügbaren freien Fleck, kein Grundstück blieb lange leer, der Durst nach Gebäuden war unstillbar. All die vielen Menschen, die konnte man gar nicht mehr zählen, das sprengte jede Vorstellung, und sie alle mussten ja irgendwo wohnen.

– Ganzjährig Arbeit? hatten Ramlal und Lakshman verwundert gefragt.

– Das ganze Jahr über, jahrein, jahraus. Es gibt so viel Geld zu verdienen, dass euer Bettelbeutel vom Gewicht reißen wird!

Keinen Monat später war Ramlal weg.

Das war jetzt zwei Jahre her. Während dieser Zeit war er kein Mal zurückgekommen, um seine Frau, Radha, und seine Kinder, Jivan und Mina, zu besuchen. Er hatte Geld geschickt – einmal zweihundertfünfzig Rupien, ein anderes Mal fünfhundert, dann wieder vierhundert, alle drei Male durch jemanden aus einem Nachbardorf auf der anderen Talseite, den Suraj kannte. Knapp über tausend Rupien in zwei Jahren – den Weg in die Großstadt hätte er sich sparen können, wenn er in der Zeit nicht mehr vorzuweisen hatte als dieses Säuglingsgepiesel. Und wie bitte schön sollte Lakshman mit fünfhundert Rupien im Jahr drei zusätzliche Mäuler stopfen?

Es gibt Zeiten, besonders bei Nacht, wo Lakshmans Jüngstes, Ajay, und Ramlal Jüngstes, Mina, die zwei Monate vor Ajay auf die Welt kam, alle paar Stunden loslegen, vor Hunger oder Schmerzen, oder was auch immer sie haben mögen, unfähig zu schlafen, und das dünne zornige Jammern, hartnäckig wie der Monsunregen, der tage- und tagelang nicht nachlässt, wird dann zu einer Faust, die auf Lakshman einschlägt und einschlägt, bis auch er nur noch schreien kann, Lunge und Kehle weißglühend vor Verlangen, diese Faust aus Geschrei zu stoppen, die auf ihn herabstößt und ihn platt macht, zu Spreu drischt. Dann schreit er Flüche und Verwünschungen an die Adresse Ramlals, weil er ihm das Joch zweier Familien aufgehalst hat, und wünscht ihm einen qualvollen Tod.

Lakshmans Kinder zeigen sich anfangs gleichgültig – keins von ihnen weiß, was ein Bär ist. Sein Ältestes, Sudha, fragt ihn, ob er ein Hund wird, wenn er erst mal groß ist. Seine zwei anderen Kinder starren die Kreatur eine Weile an, dann verlieren sie die Lust – sie tut irgendwie gar nichts. Ramlals Ältestes, der vierjährige Jivan, schmeißt alles, was er vom Boden aufklauben kann – Strohhalme, Blätter, abgebrochene Zweiglein – nach dem quiekenden Bärenjungen; die meisten Wurfgeschosse kommen nicht mal entfernt in seine Nähe.

Lakshmans Frau, Gita, fragt verzweifelt – Wo willst du es denn halten? Drinnen ist nicht mal für uns genug Platz!

Wie aufs Stichwort pisst das Bärenjunge – ein kurzes Gepiesel, schon vorbei, bevor jemand etwas sagen kann – und entlässt aus seinem Arsch einen ebenso kurzen Kotspritzer, der auf dem Fußboden landet und zerläuft. Die Kinder lachen schockiert und angeekelt.

Gita sagt – Tu es in eine Kiste und stell's nach draußen. Morgen können wir ein Seil besorgen, um es anzubinden. Ohne Kiste schnappt es sich ein Panther, vielleicht sogar ein Hund.

Es findet sich eine Obstkiste. Das Bärenjunge wird hineingesetzt und drei schwere Holzscheite daraufgelegt, damit es eingesperrt bleibt. Es hat nicht die nötige Kraft, um sie von innen wegzustemmen und zu fliehen, aber Lakshman macht sich Sorgen, dass die Holzscheite für einen großen Hund oder einen Panther kein echtes Hindernis darstellen würden, wenn sie sich das Junge schnappen wollten.

– Wenn wir es behalten, kann ich durch die Orte hier in der Gegend ziehen, oder sogar runter in die großen Städte, und es auf den Straßen tanzen lassen und Geld verdienen. In den Städten ist viel zu holen, da gibt es viele, viele Menschen, mehr, als du zählen kannst. Die werden alle für ihren Spaß zahlen. Hier oben gibt's im Monsun und im Winter keine Arbeit.

Gita ist skeptisch – Wie sollen Radha und ich uns um die Kinder und das Haus kümmern? Wie sollen wir sie satt bekommen?

– Ich werde dir Geld schicken, Ramlal auch. Er verstummt, als er den falschen Ton hört, den er angeschlagen hat, und versucht es noch einmal – Ich werde dir Geld schicken. Ich werde im Sommer zurückkommen, dann ist es zu heiß in der Stadt. Und auch sonst ab und zu.

Die ganze Nacht lang spitzt er die Ohren, lauscht auf die sägenden, scharrenden Geräusche, die die Anwesenheit eines Panthers auf Beutezug verraten. Am Morgen ist das Bärenjunge immer noch in seinem winzigen Holzkäfig, aus dem es jetzt nach Exkrementen stinkt.

Einen Monat später trifft Salim Qalandar ein; die Adern des örtlichen Nachrichtennetzes haben schnell und erfolgreich gearbeitet. Es ist fast so, als hätte er, wie ein Tier auf der Jagd, die Anwesenheit eines Bärenjungen in einer der armseligen Hütten am Rand eines Bergdorfs gewittert.

– Ja, das ist eindeutig ein Bärenjunges.

Salims Augen sind rund vor Verwunderung und etwas anderem. Er hat eine selbstsichere und routinierte Art, mit dem Tier umzugehen – wie er es hält, es an der Nackenhaut hochhebt, es herumträgt, alles verrät Erfahrung und Unbefangenheit. Das Bärenjunge hat vorn am Hals eine weiße Zeichnung. Lakshman findet, dass es so aussieht, als hätte das Tier eine Girlande um.

– Es ist ein Bärenmännchen, sagt Salim – nur ein paar Monate alt. Zu jeder anderen Zeit hätten wir dir gutes Geld dafür gezahlt.

Er kann nicht aufhören, den kleinen Bären anzufassen und zu streicheln und mit ihm zu spielen, aber wie ohne Absicht, zerstreut.

– Warum jetzt nicht? fragt Lakshman. Er ist bereit, seine Idee, den Bären als eine stetige Einkommensquelle zu nutzen, fahren zu lassen, wenn er jetzt sofort bares Geld für ihn bekommen kann. Das Tier scheint ein Geschenk Gottes zu sein, kein böses Vorzeichen.

– Jetzt ist es unmöglich, sagt Salim.

– Warum? Lakshman lässt nicht locker.

– Tanzbären sind inzwischen verboten. Wenn sie dich jetzt dabei erwischen, dass du mit einem Bären herumziehst und ihn tanzen lässt, wie wir das früher immer gemacht und uns damit unseren Lebensunterhalt verdient haben, unsere ganze Gemeinschaft ... wenn sie dich heute dabei erwischen, nehmen sie dir den Bären weg und stecken dich für sieben Jahre ins Gefängnis.

Lakshman hatte diese Möglichkeit nicht bedacht, und so macht die Neuheit daran es ihm leicht, sie als Belanglosigkeit abzutun.

– Du gibst ihnen was, ein bisschen Geld, um ihren Tee zu versüßen, und die lassen dich dann schon in Ruhe, oder nicht?

– Ja, das haben wir eine Zeit lang so gemacht, aber sie sind immer strenger und strenger geworden. Wer weiß, könnte sein, dass ganz oben jemand Mächtiges sitzt, der von der Polizei und den Leuten verlangt, dass sie arme Schlucker wie uns einfangen.

Salim verstummt, sinniert eine Zeit lang und sagt dann – Meinen Bruder, Afzal, haben sie geschnappt. Jetzt atmet er Gefängnisluft. Sie haben ihn aufgefordert, seine Bärin abzugeben, und haben ihm dafür sogar eine Arbeit angeboten.

– Was für eine Arbeit?

– Irgend so einen nichtsnutzigen Laden. Gewürze in kleine Plastikbeutel füllen und sie dann verkaufen. Das Gleiche hatten sie schon einem anderen Mann aus unserem Dorf angeboten. Er hat nach drei Monaten Pleite gemacht – wie vielen Leuten kannst du in einem kleinen, armen Dorf wohl Gewürze verkaufen, dass du davon leben könntest? Wer hat da schon das Geld, Gewürze in kleinen Tüten zu kaufen? In drei Monaten hat er weniger eingenommen als früher in einer guten Woche Bärentanz. Von den Menschenmengen, die sich einfanden, um seinen Bären tanzen zu sehen, die ihm Geld zuwarfen und Beifall klatschten. Aber der Bär war jetzt weg ... Afzal wusste, wie es diesem Mann ergangen war. Er sagte – Nein, ich werde mit Bilkis (das ist seine Bärin) weglaufen, ich werde mit ihr in eine ferne Stadt fliehen, da werden sie mich nie im Leben finden, hatte er gelacht.

– Und was ist dann passiert?

– Sie haben ihn eben doch gefunden. Sie haben ihm Bilkis weggenommen. Nur Allah weiß, wo sie jetzt ist. Afzal haben sie ins Gefängnis gesteckt.

Ein langes Schweigen senkt sich herab.

– Da ist er noch immer, fügt Salim endlich hinzu.

Lakshman fällt nichts ein, was er sagen könnte. Er bringt es immer noch nicht über sich zu glauben, dass jemand dafür ins Gefängnis kommen kann, dass er Bären in der Öffentlichkeit tanzen lässt. Das hatte man seit Ewigkeiten gemacht; schon als Kind hatte er davon gewusst. Außerdem ist ihm einfach unbegreiflich, warum es jetzt verboten sein sollte. Es ist kein Raub oder Mord, oder Diebstahl. Wem tut das schon weh? Bevor er Salim die Frage stellen kann, hat der *qalandar* ihn unversehens auf weit wegsameres Gelände geführt.

– Aber wenn du ihn behalten willst, sagt Salim, kann ich alles Nötige erledigen. Dann wird er für immer für dich tanzen.

Genau das wollte Lakshman hören, genau darauf hat er von Anfang an gehofft.

– Du machst es? Lakshmans Augen leuchten. Was ist denn nötig?

– Man muss ihm ein Seil durch die Nase ziehen. Dann bekommt er ein paar Zähne ausgebrochen. Man muss sie abrichten, solange sie noch ganz jung sind, wo sie leicht zu handhaben und leicht zum Kuschen zu bringen sind. Außerdem wirst du einen besonderen Stock brauchen, wie wir *qalandars* einen haben. Aber wenn ich das alles machen soll, musst du mich bezahlen.

– Wie viel? Für Lakshman sind die Maßnahmen weit weniger folgenschwer als ihr Preis.

– Fünfhundert Rupien.

Lakshman macht ein erschrockenes Gesicht. Wo soll er eine solche Summe hernehmen? Er verspürt eine seltsame Gereiztheit: Was glaubt dieser *qalandar*, dass das Geld von den Bäumen fällt?

– Wo nehm ich fünfhundert Rupien denn her? Sind wir vielleicht Emire oder Scheichs?

– Wie soll ich ohne Geld arbeiten? Das wird schwere Arbeit, die kann nicht jeder machen. Nur sehr wenige Leute, nur die *qalandars*, verstehen sich darauf.

– Aber ich kann dir nicht so viel Geld geben, das habe ich nicht.

Salim brummelt leise etwas vor sich hin und verstummt dann. Das Bärenjunge scheint an seinem Handgelenk zu kauen; Salim schüttelt es ab. Es folgt ein weiteres langes Schweigen.

– Also schön, sagt er endlich, dann schuldest du es mir. Ich werde zurückkommen, um es einzufordern, dass du das ja nie vergisst.

Die Erleichterung macht Lakshman unbedacht großzügig. Er sagt – In Ordnung, komm wieder, wann immer du willst, wenn der Bär erst mal gewachsen ist und ich etwas verdient habe. Ich kann dir jetzt schon mehr als zweihundert Rupien geben.

– Vergiss es nicht, denn ich werde wiederkommen. Der Bärentanz ist unsere Arbeit, eine Arbeit für Muslime. Du bist keiner von uns, du wirst nie erfolgreich darin sein, solange du deine Schuld nicht bezahlt hast. Vergiss das nicht.

Mit Anmachholz wird ein Feuer entfacht, und sobald es gut brennt, kommt ein Kloben darauf; Salim braucht eine tiefe, langsam brennende Glut. Sobald die erwünschte Temperatur erreicht ist, was Salim offenbar mit dem Auge abschätzen kann, steckt er das eine Ende einer langen Eisenstange hinein. Er hat bereits ein paar starke Eichenäste in unterschiedlich lange Stücke geschnitten. Ein Seil liegt bereit, großzügig mit Senföl eingefettet. Während der Zeit, die es gedauert hat, die meisten dieser Dinge zu beschaffen, sind die Leute, die sie jeweils zur Verfügung gestellt haben, zusammengelaufen, um zu sehen, was da vor sich geht. Sie wissen nicht, was es braucht, um einen Bären zum Tanzen zu bringen; es wird eine einmalige Erfahrung werden. Salim wählt vier Männer aus, darunter Lakshman, und erklärt ihnen, was sie zu tun haben. Jeder von ihnen wickelt sich ausreichend Stoff – ein Unterhemd, einen Pullover, Lumpen – um die Hand.

Wie von einem dunklen Instinkt getrieben, ist das Bärenjunge davongekrabbelt und hat sich in seiner Kiste versteckt. Salim steckt eine Hand hinein, zieht es heraus und setzt es auf eine freie Fläche, dann bindet er es mit einem kurzen Seil an einen stabilen Pflock an, der tief und fest in der Erde steckt.

– Jetzt, schreit er.

Die vier Männer drehen das Bärenjunge auf den Rücken – es quiekt, ein dickes quietschendes Geräusch –, ziehen seine vier Beine auseinander und drücken die Tatzen mit ihren umwickelten Händen zu Boden, sodass seine Klauen keinen Schaden anrichten. Es wirft seinen Kopf wie wahnsinnig hin und her, aber Salim macht dem rasch ein Ende. Er steckt den dicksten Stock quer in das offene Maul des Bärenjungen, und die zwei Männer, die die Vorderpfoten festhalten, drücken die hervorstehenden Enden nach unten, sodass der Kopf am Boden fixiert ist. Sein Maul sieht aus wie ein verblüffend unberührtes rosafarbenes Loch, gespickt mit kleinen weißen Zähnen. Das Geräusch, das jetzt daraus hervordringt, klingt wie ein heiserer Versuch, aus der Kehle zu flüstern.

– Drückt den Stock nicht zu fest runter, schreit Salim, nur so, dass sein Kopf sich nicht bewegen kann.

Aber es bewegt sich nicht mehr, es sei denn, der Krampf, der die entblößte Kehle zusammenzieht, dabei einen Schauder über die weiße Girlande jagt und ein abgehacktes Fauchen hervordringen lässt, zählt als Bewegung. Das Bild – fünf starke Männer um ein winziges Bärenjunges – spottet jeder Verhältnismäßigkeit: als hätte man eine Kanone eingesetzt, um eine Fliege zu verscheuchen. Mit vier raschen, aber kräftigen Hieben mittels eines kürzeren Stocks schlägt Salim die Eckzähne des Bärenjungen aus. Das Fauchen geht in ein komisches Kratzen über. Dünne rote Fäden ziehen Streifen durch das Rosa der Lefzen. An den offenen Mundwinkeln fließen sie über, mit Speichel vermischt. Salim wickelt ein langes Stück Stoff um seine rechte Hand und zieht dann die Eisenstange aus dem Feuer. Er hält sie eine Zeit lang in die Höhe, das eine Ende erst rot glühend, dann, gleich darauf, von einem aschenen Schwarz, schließt die Augen und stimmt ein Gemurmel an, als wäre er in Trance. Die Menschenmenge, die einen Kreis um die Akteure gezogen hat, ist völlig verstummt. Die Kiefern ringsum antworten einer vorbeistreichenden Brise mit ihrem eigenen Zischeln, im Chor. Kinder bilden den innersten Kreis, die Kinder von Lakshmans und Ramlals Familie, die Kleinsten auf den Hüften ihrer Mütter, eine Handvoll Jungen und Mädchen aus dem Dorf. Salim öffnet die Augen – sie sind blicklos, als starrten sie durch alles vor ihnen Liegende hindurch auf etwas Unsichtbares hinter oder unter den Dingen. Selbst die Kiefern halten jetzt den Atem an. Er stößt einen dämonischen Schrei aus, und mit einer kurzen ruckartigen Bewegung, die sich nach diesem Gebrüll eher kümmerlich ausmacht, treibt er das glühende Ende der Stange durch den Bereich gleich oberhalb der dunkelgrauen Schnauzenspitze des Bärenjungen, zieht sie wieder heraus und treibt sie, ein paar Zentimeter höher, erneut hinein und stanzt so ein Loch durch den Knochen.

Der Schrei eines Kindes durchbohrt die Stille mit unerwarteter Wucht. Das Tierjunge kann sich weder winden noch rühren – es ist an jeder Stelle fixiert, wo Bewegung stattfinden könnte. Lakshman spürt, wie der blinde Drang, sich zu rühren, sich als winzige Zuckungen in den Gelenken des Beins ausdrückt, das er an den Boden gedrückt hält; ein Orkan, der sich als ein Lufthauch äußert. Das offene, rosa-rote nässende Maul sähe aus, als wäre ein Augenblick schierer, grinsender Häme zur Ewigkeit erstarrt, wäre da nicht der schauerliche Schrei, der, von einem gurgelnden Krächzen durchsetzt, aus ihm dringt. Dann fällt Lakshman ein Geruch auf – er sieht, dass das Bärenjunge scheißt, auch ein paar Tröpfchen Pisse verliert, kaum genug, um den Boden unter ihm zu befeuchten.

– Haltet ihn weiter so fest, aber mit nicht zu viel Kraft, nicht vergessen, befiehlt Salim.

Er holt das Seil, das von dem Senföl nur so tropft, und macht sich daran, es durch das Loch zu ziehen, das er durch die Schnauze des Bären gestochen hat. Die Hitze hat die Wunde versiegelt, deshalb blutet es nicht, dafür hängt ein leiser Hauch von verbranntem Fleisch in der Luft. Lakshman blickt in die Augen des Bären nur wenige Handbreit unter seinem Gesicht; mal schielen sie, mal sind sie zusammengekniffen, dann wieder aufgerissen. Die Pupillen schlingern wie irre, nach links und nach rechts. Eine Schweißperle tropft von Lakshmans Stirn auf die Schulter des Tieres. Salim scheint seine Geschicklichkeit abhandengekommen zu sein, denn er hat Schwierigkeiten damit, das Seil durch das Bohrloch zu fädeln. Er schafft es einmal, zweimal, dreimal nicht, schreit Flüche, dann, beim vierten Anlauf, gelingt es ihm. Das Geräusch, das aus dem Bärenjungen dringt – etwas Vergleichbares hat Lakshman noch nie gehört –, wird schwächer, als gehe dem Geschöpf die Kraft aus. Salim zupft an dem Ende des Seils, das auf der anderen Seite herausgekommen ist, und zieht so lange daran, bis beide Enden mehr oder weniger gleich lang sind.

– Der Schmerz, setzt Lakshman zum Sprechen an, doch die Worte wollen nicht heraus. Er räuspert sich und formuliert das, was er Salim fragen wollte, neu – Er wird doch wieder gesund, nicht? Bald?

Salim lächelt. Es hat einen Stich von Verachtung, oder zumindest von Überlegenheit.

– Es sind Tiere, ihr Schmerz ist nicht von langer Dauer. All diese Tiere, die in der Wildnis leben, im Wald, auf den Straßen, hast du je davon gehört, dass sie zum Doktor müssten? Er lacht über seinen eigenen Witz, ein trockenes, hohles, dummes Geräusch, und fährt fort – Bei ihnen heilt alles schnell, sie sind stark. Schwach sind nur wir, die Menschen. In ein paar Tagen ist er völlig gesund. Lass eine Zeit lang keinen in seine Nähe. Halt ihn in dieser Kiste eingesperrt, und nur du kümmerst dich um ihn, sonst niemand.

Dann warnt Salim die Männer, dass er gleich den Stock aus dem Maul des Bären nehmen wird; die Männer sollen alle gleichzeitig seine Tatzen loslassen und sich von ihm entfernen.

Als das Junge losgelassen wird, passiert etwas Seltsames – es zieht die Beine augenblicklich von der Strecklage in eine natürlichere Position, bleibt aber auf dem Rücken liegen, blinzelt und verdreht die Augen.

Die Menge erwacht zum Leben.

– Es rennt gleich weg. Lass es nicht entkommen. Bleib dicht dran.

– Geh nicht so nah ran, es beißt, halt Abstand.

– *Aree*, warum steht's nicht auf? Ist es tot oder was?

– Nein, wie kann's tot sein, die Beine bewegen sich doch, siehst du?

– Wann tanzt es denn? Tanzt es sofort, sobald es aufgestanden ist?

Und er steht auf, der Bär, nach einer scheinbaren halben Ewigkeit, nachdem einige ihn schon für tot erklären wollten: Er rollt sich erst auf eine Seite, dann auf die andere, dann bleibt er ein, zwei Augenblicke so auf der Seite liegen und steht schließlich auf. Er fällt sofort wieder um. Ein Laut der Erheiterung streicht in einer leisen Kräuselwelle durch die Menge. Er steht wieder auf; das Seil, das durch seine Nase läuft, schleift hinter ihm wie ein riesiger Galgenstrick. Er wankt und fällt wieder um.

– Er versucht zu tanzen, sagt jemand in der Menge, aber er kann's noch nicht richtig.

– Nein, nein, dazu muss er erst abgerichtet werden. Der *qalandar* wird es ihm beibringen.

Das Quieken ist zu einem seltsamen Wimmern geworden. Seine Schnauze bleibt offen, wie bei einem hechelnden Hund.

– Jetzt gib ihm einen Namen, sagt Salim zu Lakshman. Jetzt ist er auf Lebenszeit dein Bär.

– Raju, sagt Lakshman, sein Name ist Raju.

Salim erläutert Lakshman, was er in den nächsten paar Tagen wird machen müssen – das Band anpassen, das oberhalb der Nase sitzen soll, die Maulschlaufe auf die richtige Weise mit der Leine verbinden, dann gibt er ihm noch die nötigen Instruktionen bezüglich der Fütterung und der Unterbringung des Bären und der Anfertigung des besonderen Stocks, den Lakshman an die Leine binden kann, zum einen, um den Bären damit zu führen, und auch, um ihn daran zu hindern, sich gegen ihn zu wenden und ihn anzugreifen, obwohl das äußerst unwahrscheinlich sei, weil Raju Lakshman von nun an als seinen Herrn und Meister anerkennen und alles tun werde, was dieser ihm befiehlt.

– Kannst du mir nicht diesen Stock geben, diesen besonderen Stock, den ihr benutzt? fragt Lakshman.

– Woher sollte ich den nehmen? In meinem Dorf könnte ich einen finden, antwortet Salim. Außerdem schuldest du mir Geld.

Bevor er aufbricht, ermahnt Salim Lakshman – Vergiss nicht, der Bär ist der Herrscher der Unterwelt. Die Götzenanbeter und Kafirn verehren ihn, weil sie sagen, dass er besondere Kräfte besitzt.

Und dann ist er weg.

In der Nacht träumt Lakshman von einem aufgerissenen, von Kiefern starrenden Maul, das ihn zu zermalmen versucht. Dann gleitet der Traum in eine andere Richtung, aber als er aufwacht und ein Kind weinen hört, kann er sich nicht weiter erinnern. Er hat einen metallischen Geschmack im Mund. Könnte er wieder von seinem Bruder geträumt haben? Das Gewicht des Malmens scheint jetzt auf seiner Brust, auf seinem ganzen Körper zu lasten, als ob ein riesiger unsichtbarer Stein mit der langsamen Bewegung eines Stößels auf ihn drückte. Er stemmt sich gegen die Luft und geht hinaus ins Freie. Er steuert durch das Pechschwarz, zielsicher aus Gewohnheit, pisst dann gegen einen Baum, die Beine weit auseinander, damit das Rinnsal beim Rückfluss nicht seine Füße berührt. Das Geräusch des warmen Strahls, der ein schäumendes Loch in das Erdreich bohrt, ist unverhältnismäßig laut. Bis er fertig ist, haben sich seine Augen der Dunkelheit angepasst. Im schwachen Sternenlicht kann er Raju, der, an einem *baanj* angebunden, im Gemüsegarten sitzt, als einen dunkleren Klumpen der Nacht sehen.

Lakshman bleibt da stehen und wartet darauf, dass seine Augen sich noch besser auf das Dunkel einstellen. Der Klumpen ändert seine Lage. Er hört ein Mittelding zwischen einem Schnüffeln und einem Schnauben. Er hat sich so hingestellt, dass, selbst wenn Raju näher kommen sollte, die Kürze des Seils, mit dem er angebunden ist, sicherstellen wird, dass ein deutlicher Abstand zwischen ihm und dem Tier verbleibt, aber Raju macht keine Bewegung in seine Richtung. Lakshman steht da und wartet, er weiß selbst nicht, worauf. Er wünscht, er könnte deutlicher sehen, was Raju da macht, wie er Lakshman beobachtet. Er bleibt eine lange Zeit da stehen, aber am Ende kann er immer noch nicht sagen, ob Raju ihn im Dunkeln beobachtet hat. Dann geht er ins Haus. Die Last legt sich wieder auf ihn.

Eines Tages kommt Lakshman heim und stellt fest, dass Gita zum Abendessen Ei-und-Kartoffel-Curry kocht. Die Kinder bekommen jedes ein Ei. Lakshman nur Kartoffeln und Tunke.

– *Aree*, wo bleibt mein Ei? fragt er.

Gita schweigt.

– Hörst du schlecht? Wo bleibt mein Ei?

Die sparsame Antwort – Nur für die Kinder – lässt Lakshman gleich wissen: Sie verheimlicht etwas.

Er fragt noch einmal. Sie antwortet dasselbe, aber diesmal ungeduldig, mit Heftigkeit. Lakshman fühlt ein altes, vertrautes Brodeln in sich aufsteigen, aber erst muss er die Verwirrung an der Oberfläche beseitigen, bevor er richtig überkochen kann.

– Warum hast du keine Eier für mich gekauft?

Schweigen.

– Antwortest du, oder soll ich nachhelfen?

– Didi hat mir Eier für die Kinder gegeben.

Lakshman braucht eine Weile, um zu kapieren, dass sie damit ihre Arbeitgeberin meint, die Frau des Mannes, in dessen Haus, dem großen neuen mit dem terrassierten Garten, hinter dem alten Briten-Bungalow und der Hecke an der Biegung zur Straße nach oben, Gita jeden Tag putzen geht. Großstädter, reich, Ferienhaus in den Bergen.

– Wieso das? Lakshmans Verwirrung ist wie weggewischt.

– Wollte sie.

– Sie meint, ich geb meinen Kindern nicht genug zu essen? Sie meint, wir sind Bettler?

Gita, die von Anfang an gespürt hat, dass die Luft, die sie alle umgibt, sich allmählich ihrem Zündpunkt nähert, bleibt stumm; jedes Wort wäre Brennstoff.

– Warum bist du so still? Hast *du* sie angebettelt? Bist du hin und hast gesagt – hier imitiert er ihre Stimme – Didi, Didi, die Kinder haben Hunger, die Kinder haben nicht genug zu essen?

Die Kinder sind zu Steinen erstarrt. Ihre Teller sind blitzblank leer gegessen. Gita wappnet sich gegen das, was gleich kommt, und schickt ein verzweifeltes Stoßgebet gen Himmel.

Lakshman zittert. Seine Augen sind klein geworden. Die Imitation geht weiter – Didi, ich bitte Sie, ich flehe Sie um Essen an, für meine Kinder, sie haben seit drei Tagen nichts gegessen, Didi, retten Sie uns! Seine rechte Hand, die mit einwärts gebogenen Fingern die Bettelgeste nachahmt, öffnet sich plötzlich, während er sich gedankenschnell vorbeugt, und klatscht Gita voll ins Gesicht. Sie stößt einen kurzen Laut aus und kippt aus ihrer sitzenden Position um. Keine noch so große Übung im Deuten der Signale – die kleinen Augen, das lautlose Knistern in der Luft, das feinschlägige Zittern seiner Hände – schafft es je, sie auf den ersten Schlag gefasst zu machen. Das Mädchen, Sudha, fängt an zu wimmern. Lakshman fährt herum, sie duckt sich, er bellt – Halt die Schnauze, oder du bist als Nächste dran.

Ebenso plötzlich verlässt ihn die Wut wieder; vielleicht liegt es an Sudhas Weinen, vielleicht an Gitas Gebet. Er sagt zu seiner Frau – Wenn ich dich dabei erwische, wie du Essen oder sonst was von diesen Leuten hier anschleppst, polier ich dir die Fresse. Kapiert?

Schweigen.

– Kapiert? röhrt er.

Gita geht hinaus.

Raju versucht, das Holz der Obstkiste zu zerkauen, aus der er inzwischen herausgewachsen ist. Kinder und Erwachsene haben aufgehört, sich draußen vor Lakshmans Gemüsegarten zu versammeln und mit Steinen zu werfen, damit Raju endlich tanzt. Sein Neuheitswert ist fast völlig verflogen, und das lange, fruchtlose Warten darauf, unterhalten zu werden, ist nach und nach zur Langeweile verflacht.

– Wann? fragen die Kinder.

– Bald, antwortet Lakshman. Er weiß es selbst nicht; der *qalandar*, Salim, der alle Geheimnisse kannte, hat es ihm nicht verraten. Muss er den Bären abrichten? Wie? Indem er ihm etwas vortanzt und darauf wartet, dass er es ihm nachmacht? Indem er sich einen *damru* beschafft und ihm etwas vortrommelt? Er weiß es nicht, und das erfüllt ihn manchmal mit Panik. Hat er jetzt ein nutzloses Haustier am Hals? Wird es, statt einer Einkommensquelle, ein offenes Abflussloch sein, durch das das wenige, was er verdient, stetig und unaufhaltsam verschwindet? Bloß ein weiteres Maul zum Stopfen?

Unmittelbar vor Beginn der Regenzeit baut er Raju einen improvisierten Stall aus Holz und – aus dem Nachbardorf gestohlenem – Wellblech, mit einer Plastikplane darauf, die er mit Steinen und Ziegeln fixiert. Seine Familie hockt in ihren zwei Zimmern, manchmal Tage am Stück. Das Gemüsebeet wird weggeschwemmt; zurück bleibt ein unregelmäßiges Rechteck aus Schlamm und milchteefarbenen Pfützen, aus denen sie den *junal* bergen, den sie jeden Tag auf Kohlen gegrillt essen. Im *mandua*-Mehl sind so viele Insekten, dass Gita mit dem Sieben und Auslesen gar nicht mehr nachkommt. Schimmel besiedelt alles Essbare, und auch die Dinge und Oberflächen und feuchte Kleidung. Die dichte Vegetation, die die umliegenden Berge bedeckt, bringt es fertig, nicht grün auszusehen, sondern eins mit dem Himmelsgrau.

Eines Nachts wird Lakshman durch ein Krachen aus seinem dünnen Schlaf gerissen. Sein erster Gedanke ist, dass Raju von einem umherstreifenden Panther attackiert wird. Er geht mit einer Taschenlampe nach draußen, und im matten, schwindenden Licht der altersschwachen Batterien kann er undeutlich Raju auf den Hinterbeinen stehen und das eingestürzte Dach im Schlamm liegen sehen. Der Regen fällt auf Blech und Plastikplane und macht dabei ein etwas anderes Geräusch als zuvor, als der Stall noch stand.

Am Morgen stellt Lakshman fest, dass Raju die aufrechten dünnen langen Stöcke, die das Blechdach seines Stalls getragen hatten, zerkaut hat; das Holz liegt in Splittern und Spänen nicht weit von den Stellen, wo die vier Pfosten gestanden hatten. Rajus nasses Fell ist üppig mit Schlamm bedeckt.

Sie lassen ihn tagelang im Regen stehen, bis sein unaufhörliches Grunzen und Jaulen eines Nachts ein glühendes Messer durch Lakshman treibt und er mit seinem dünnen Leitstock herauskommt, den er sich, so gut es ging, nach Salims Beschreibung und

Richtlinien gefertigt hat, und damit auf Rajus Flanke und Kopf und Gesicht und Seiten einschlägt, wo er nur hinkommt, und auf den Baum ebenfalls, denn zielen ist in der Dunkelheit nicht möglich. Raju kann weder fliehen noch in Deckung gehen, weil der Strick, mit dem er an den Baum gebunden ist, nur vier Fuß lang ist, also stößt er eine Serie von Schreien aus, die das Spektrum von röhrendem Grunzen bis zum spitzesten Kreischen in einem einzigen nahtlosen Glissando umspannen. Der Lärm reißt alle aus dem Schlaf, die Kinder fangen an zu weinen. Gita kommt herausgerannt und schreit – Schluss jetzt! Schluss! Solang du nicht aufhörst, macht er weiter dieses Höllengeschrei. Sie nimmt ihm den Stock aus der fiebrigen Hand und schleudert ihn ins Dunkel.

Im grauen, durchnässten Licht des folgenden Morgens sieht Lakshman, kaum aus dem Haus, wie sich Raju bei seinem Anblick winselnd duckt. Doch Lakshman hat die gestrige Nacht weder vergessen noch vergeben, also kriegt Raju nichts zu essen. Das Bärenjunge wimmert den ganzen Tag lang, gräbt die Erde rings um sich auf und stößt dabei dieses Mittelding zwischen Grunzen und Schnüffeln aus, das Lakshman allmählich vertraut zu werden beginnt, um dann das Gewimmer wiederaufzunehmen. Lakshman geht auf ihn zu, fest entschlossen, ihm ein paar Regeln beizubringen: Das Abrichten beginnt. Er zischt sein »Schh« mit solcher Wucht, dass dabei Spucke fliegt. Raju verstummt. Ermutigt bellt Lakshman – Schluss mit dem Lärm. Schluss. Raju blinzelt, schaut nach unten, dann weg. Lakshman verspürt eine freudige Regung in sich. Sie erstirbt sofort, als er wieder ins Haus geht und hört, wie Raju aufs Neue zu wimmern beginnt. Er kommt heraus und wiederholt sein Zischen und Schreien. Raju spielt insoweit mit, dass er für die Dauer von Lakshmans Anwesenheit schweigt. Heute habe ich gewonnen, denkt Lakshman.

Gita sagt – Er hört mit dem Krach nicht auf, solang du ihn nicht fütterst. Er schreit vor Hunger.

– Nein, gib ihm nichts. Er bekommt erst was zu essen, wenn er mit dem Lärm aufgehört hat. Das muss er jetzt lernen.

– Er wird nicht aufhören, ich sag's dir.

Der Deckel, diese vertraute zermalmende Last, kommt jetzt schon früh herunter, wenn er, noch hellwach, seine Kinder und seinen Neffen und seine Nichte und seine Frau und seine Schwägerin betrachtet. Er bringt es nicht fertig, sich für längere Zeit auf eine beliebige Sache zu konzentrieren – es ist so, als ob seine Aufmerksamkeit, irgendetwas in seinem Inneren, fest entschlossen wäre, auf Wanderschaft zu gehen, und sich partout nicht anbinden ließe.

Gita erkennt die Ermüdungserscheinungen und geht nach draußen und wirft Raju etwas Gurke und Hirsefladen zu. Laute schlürfende und schnaufende Geräusche, wie von einer Armee von Tieren an einem Trog, nach Sekunden schon wieder vorbei. Dann Stille, fortdauernde Stille. Jeder im Haus hält den Atem an, einschließlich der zwei Kleinen, Ajay und Mina. Lakshman weigert sich, Gita ins Gesicht zu sehen. Später, bei Nacht, während das Rauschen des Regens von einem gelegentlichen Wimmerlaut oder kehligen Krächzen durchbrochen wird, fällt Lakshman ein Bild ein, ein Bild, das ihm hilft, die Last abzuhalten, die wieder auf ihn fallen will. Es ist die noch junge Erinnerung an den Anblick Rajus, wie er auf seinen Hinterbeinen steht. Er klammert sich daran, als der Schlaf ihn übermannt.

Ihre Spaziergänge sind von Anfang an unruhig gewesen. Zunächst die Schar von Kindern, die ihnen folgen und sich, stur, boshaft und ungehorsam, trotz seiner wiederholten Drohungen weigern, sich zu zerstreuen. Statt zu verschwinden, lassen sie lediglich den Abstand zu ihnen geringfügig größer werden. Lakshman und Raju laufen vorneweg. Die Kinder hören auf, mit Steinen und Ästen und jedem anderen sich bietenden Wurfgeschoss nach dem Bären zu schmeißen. Manchmal gibt es oben Affen, die von Ast zu Ast, Baum zu

Baum springen und ihnen folgen, aber hoch über dem Erdboden. Das hartnäckigste Problem sind die Hunde und ihr durch nichts zu stoppendes Gebell. Mitunter muss sich Lakshman umdrehen und ihnen mit dem Stock drohen oder sich nach einem Stein bücken und damit nach dem Rudel werfen. Trotzdem folgen sie ihnen, wenn auch zögerlich, weiter.

Lakshmans Sorge gilt Raju. Raju schien sich zunächst vor den Hunden zu fürchten und blieb immer wieder stehen, aber nach den ersten paar Ausflügen zeigt sich der Bär mehr oder weniger gleichgültig gegenüber den Salven von Gekläff und der Anwesenheit anderer Tiere. Während sie tiefer in den Wald hinein wandern, fallen die Hunde einer nach dem anderen zurück. Der Boden ist dick mit Kiefernnadeln bedeckt. Es gibt keinerlei Unterholz, nur hier und da einen Kiefernzapfen und herabgefallene Äste, mit Flechten und Moos überwachsen. Raju zieht ein, zwei Mal an der Leine auf einen Zapfen zu; Lakshman tut ihm den Gefallen und führt ihn hin. Dieses unbeholfene Zockeln, als ob Raju schwerfällig vorwärtstappte, während er gleichzeitig von links nach rechts schwankt, erregt Lakshmans Neugier – liegt es daran, dass er noch klein ist, und wird er mit der Zeit lernen, richtig zu laufen, oder bewegen sich auch ausgewachsene Bären mehr oder weniger so?

Und dann passiert es, durch Zufall, und überrascht Lakshman dermaßen, dass er sich nur noch fragen kann, was es verursacht hat. An einem steilen Hang entlang des Pfades, auf dessen anderer Seite ein kleines Haus am Verfallen ist und dessen Obst- und sonstige Bäume verwildern – das ganze, ansehnliche Grundstück mit durchhängendem Stacheldraht eingehegt und zum Kauf angeboten –, stößt Raju ein Wimmern aus, stellt sich aufrecht auf die Hinterbeine und vollführt ein paar tappende Schritte, ehe er sich wieder auf alle vier Tatzen fallen lässt. Lakshman lässt das Seil locker und redet, ehe er sichs versieht, auf Raju ein – Wie ist denn das passiert, hm? Mach's noch mal. Na los. Stell dich auf die Füße und tanz.

Raju schnüffelt am Boden.

– Na komm, mach's noch mal.

Raju erweckt nicht den Anschein, als hätte er ihn gehört. Lakshman ruckt an dem Strick, der durch die Nase des Bären verläuft. Raju quiekt, springt auf und hopst umher. Lakshman stößt einen Freudenjuchzer aus und zieht gedankenlos noch einmal an dem Strick. Diesmal jault der Bär laut auf, indem er wieder aufspringt und herumhüpft. Da fällt es Lakshman wie Schuppen von den Augen: Der Strick macht's also! Er spürt die Freude als ein Hohlwerden seiner Eingeweide; was für eine Leichtigkeit. Er stößt einen weiteren Schrei aus, zieht erneut am Seil, diesmal um sein neu gewonnenes Wissen auf die Probe zu stellen, und als Raju prompt reagiert, kommt der Schrei – *Shabaash!* fast ohne sein Zutun heraus.

Nachdem er es zu Hause vorgeführt hat, möchten die Kinder auch versuchen, den Bären tanzen zu lassen. Die Neuigkeit breitet sich schneller aus, als der Regen fällt. Bald hat sich eine Menge versammelt, und Lakshman sagt halb im Scherz (aber wirklich nur halb) – Dafür müsste ich euch eigentlich Geld abknöpfen. Der Strick wird zahllose Male gezogen; Raju kann sich kaum von einem Ruck erholen, bevor ihn der nächste wieder aufspringen lässt. Jemand hat Lakshman einen *damru* gebracht, damit er ihn schüttelt und das Geklapper erzeugt, das Tiervorführungen traditionell begleitet, einen Rhythmus, zu dem das Tier tanzt. Lakshman versucht sich daran und zieht gleichzeitig an Rajus Nasenstrick. Das Tier steht auf und vollführt eine schlurfend-hopsende Bewegung auf seinen zwei Hinterbeinen, während es dabei mit erhobenem Kopf und offenem Maul kreischt. Lakshman versucht, den Aufschlag der Holzperle gegen die Felle der Handtrommel mit Rajus Bewegungen zu synchronisieren, aber das Tier hält den Tanz nie lange durch und fällt jedes Mal nach wenigen, vielleicht acht oder neun Schritten wieder auf alle vier Füße. Einige Kinder vollführen Tanzbewegungen, sobald Lakshman mit dem *damru* loslegt. Ein paar von ihnen, die Hartnäckigen, Furchtlosen, wagen sich ganz dicht an Raju heran und stupsen oder treten ihn und bringen sich dann schnell in Sicherheit, um zu sehen, ob er wieder aufsteht und tanzt.

Lakshmans Kommando – Tanz! Tanz! – verfällt mitunter, verzweifelt, ins Flehen und wechselt dann wieder in wütendes Brüllen zurück. Sein Gesicht wird ganz heiß, er hat das Gefühl, vor all diesen Leuten, die ihn kennen, sogar Kindern, gedemütigt worden zu sein. Hinter seinen Augen strahlt ein weißer Blitz auf, dieser vertraute Freund, und ein paar Sekunden lang bleibt er still sitzen. Dann zerrt er Raju zu seinem Stellplatz, bindet ihn an den Baum, vergewissert sich, dass der Knoten auch hält, und lässt den dünnen Stock mit einer peitschenden Bewegung, die die Luft zerschneidet, auf Rajus Rücken niedersausen. Raju zuckt zurück und kreischt und versucht, sich hinter dem Baum zu verstecken, aber er ist auf allen Seiten ungeschützt. Dieser Versuch des Tieres, sich in Deckung zu bringen, erlöst Lakshman – jetzt geborgen in der Blindheit dieses weißen Blitzes, schlägt er Raju mit unaufhaltsamer Energie, mit unendlicher und immerwährender Bewegung, bei der der Stock zum Motor wird, der seine Hand antreibt, zur Seele, die seinen Körper lebendig macht, sich selbst wie ein bösartiger Regen auf Flanken, Rücken, Mund, Schnauze, Gesicht, Beine, Kopf des Tieres wirft, wo auch immer er landen und schlagen kann, und Raju quiekt und wimmert und brüllt und kreischt, ein von Geistern besessener, rasender Sänger, und dann belohnt er Lakshman viele, viele Male, indem er sich aufbäumt und auf seinen Hinterbeinen tänzelt und hüpft, während er den Baum mit seinen Vordertatzen umklammert, als wäre er eine Tanzpartnerin und Raju wäre ein singender, tanzender Filmschauspieler und er, Lakshman, Regisseur und Dirigent und Choreograf in einer Person. Und Lakshman lacht und lacht und lacht, bis ihm der Stock aus der Hand fällt und er sich mit seinen schwitzigen Handtellern den Rotz und die Tränen und den Sabber abwischt und versucht, die Schluchzer zu unterdrücken, die aus dem Fremden dringen, zu dem er geworden ist.

In der Nacht kommt von draußen völlige Stille, während Lakshman wach liegt, die Brust zugleich hämmernd pulsierend und zentnerschwer. Keine Schnüffel-, Scharr- oder Gurgelgeräusche, nicht einmal das Geräusch lauten Atmens. Am Morgen kommt er heraus, um Raju sein Essen zu bringen. Der Bär setzt, noch ehe Lakshman um die Ecke in Sicht kommt, zu einer Art Stakkato-Gemaunze an, um sich dann, beim Anblick des Mannes, zu ducken und zu versuchen, sich hinter dem Baum zu verstecken. Lakshman kann sich nicht dazu aufraffen, den Friedensprozess einzuleiten – eine schreckliche Mattigkeit packt ihn. Er schleudert die *rotis* in Rajus Richtung und geht wieder ins Haus. Als der Schlaf kommt, schmuggelt er eine Waffe mit ein – diese Träume von Feuer, aufs Neue.

Es geschah, als Ramlal und Lakshman noch klein waren, beide gerade alt genug, um mit der Schule angefangen zu haben. Das Forstministerium, dem das ganze Land gehörte, das nicht in Privatbesitz war – die Berghänge, die Wälder von *baanj* und *chir*, die Täler und Grate und Böschungen –, hatte die örtliche Bevölkerung dazu ermutigt, Genehmigungen zur Nutzung natürlicher Ressourcen zu beantragen: für die Gewinnung von Terpentin aus Kiefernharz, Ernten von Honig aus Bienenstöcken, den Anbau von Bambus. Ihr Vater hatte einen solchen Antrag gestellt und außerdem, wie Lakshman viel später, als Erwachsener, erfuhr, eine Kleinigkeit in die richtigen Hände fließen lassen, um die Bearbeitung zu beschleunigen. Und er hatte Erfolg gehabt. Die Neuigkeit hatte sich blitzschnell ausgebreitet.

Ein, zwei Tage darauf waren Lakshman und Ramlal von einem lauten Getöse aufgewacht und hatten draußen einen orangeroten

Schein gesehen. Der Wald stand in Flammen, und ihr Vater war verschwunden. Von dieser Nacht hatte Lakshman seltsame Erinnerungen zurückbehalten: das hauchende, wispernde Geräusch, mit dem das Feuer sich ausbreitete, um so viel beruhigender als die Einsprengsel von knisterndem und knallendem Holz; das rhythmische, einschläfernde Knarren der hohen Äste, dann das Huusch und den Knack und den Knall, mit dem sie sich in einem Sprühregen von Funken dem Feuer ergaben; den Geruch von Kiefernharz und verbranntem Holz; das Getöse von Vögeln, verwirrt, auf der Flucht, so befremdlich bei Nacht … Hypnotisiert von all dem, noch im Netz des Schlafes verfangen, hatte er keinen Gedanken an ihren Vater verloren, bis er die Gespräche der Dörfler aufschnappte, die sich eingefunden hatten, um dem Schauspiel beizuwohnen. Offenbar war ihr Vater geradewegs ins Herz des brennenden Waldes gelaufen und hatte versucht, das Feuer zu löschen, versucht, den Bestand zu retten, den das Forstministerium ihm zugeteilt hatte, das Waldstück, das ein neidischer, böswilliger Nachbar in Brand gesteckt hatte, weil er es ebenfalls haben wollte, aber mit seinem Antrag gescheitert war. Aber vielleicht war die ganze Erklärung, das ganze Addieren und Zusammenreimen, erst später gekommen, als man den Jungen gesagt hatte, dass der Leichnam ihres Vaters unauffindbar bleiben würde, weil es gar keinen Leichnam gab, nur ein geschwärztes Stück Etwas, teils Asche, teils verkohlte Materie, die ebenso gut ein Baum gewesen sein konnte. Hatten sie dieses Ding tatsächlich gesehen, oder hatte Lakshman sich nur eingebildet, es gesehen zu haben?

Und dann blieb der neue Spitzname an den »Fuchszwillingen« – *bin mai babok* – hängen, während sie bis dahin nur *chhor mulya* gewesen waren, »die Mutterlosen«. Er erinnerte sich, wie einmal der Wagen eines *raiis admis*, eines reichen Mannes, als ein paar von ihnen auf der niedrigen Steinmauer vor der Schule saßen, vorbeigefahren war, und das Wagenfenster war heruntergeglitten und der

Sohn des Mannes, nicht älter als er und Ramlal und die übrigen Jungen, die draußen gleichgültig herumlungerten, hatte die Hand hinausgestreckt und ihnen, wahrscheinlich auf Betreiben seines Vaters, der neben ihm saß, Mandarinen gereicht. Nicht ein Wort war gewechselt worden. Das Wagenfenster war geräuschlos wieder hinaufgeglitten, sobald die Jungen die Früchte entgegengenommen hatten, und das Fahrzeug war ebenso lautlos weitergefahren. Während sie dasaßen und die Früchte schälten und aßen, hatte einer von ihnen – wer, fällt ihm jetzt nicht mehr ein – auf die kleinen Schnitze der Mandarine hingewiesen, die in die größeren, regelmäßigen eingebettet lagen, und gesagt, dass diese kleinen »Zehen«, *chhora*, für die mutterlosen Jungen, *chhor mulya*, bestimmt waren: Sie waren von der Seele ihrer toten Mutter für ihre Kinder heimlich in die Frucht gesteckt worden. Der Junge hatte seine überzähligen Schnitze Lakshman und Ramlal überlassen.

Das Fell des Bären wird länger, während die Tage frischer und kürzer werden und die Nacht früher hereinbricht. Lakshman baut Raju aus Holz und gerettetem Wellblech und sogar einem Stück Plane, das er über das Blechdach breitet und mit großen Steinen und Ziegeln beschwert, die er so positioniert, dass sie von Sturm oder Schneetreiben nicht verrückt werden können, einen neuen Stall. Der Baum, an den Raju gefesselt bleibt, ist nur eine Handbreit vom Eingang des Schuppens entfernt. Der älteste Junge, sein Neffe Jivan, kommt von der Schule zurück und sagt, dass Bären in Höhlen wohnen, das hätte ihnen der Lehrer erzählt.

– Siehst du, ich hab ihm eine Höhle gebaut, sagt Lakshman zu Jivan und ringt sich ein Lächeln ab. Er hat schon immer das Gefühl gehabt, dass er mit Kindern nicht reden kann, nicht mal mit seinen eigenen; nicht nur, dass er nie weiß, was er sagen soll, sondern auch welchen Ton, welche Miene, was für eine Stimme er dabei einsetzen soll. Dieses Gefühl hat sich in letzter Zeit noch verstärkt, und gelegentlich verwandelt es sich wieder in diesen vertrauten Deckel, der Licht und Luft aussperrt.

– Da, sieht das nicht wie eine Höhle aus? fragt Lakshman und bleckt die Zähne.

Der Junge wendet das Gesicht ab.

Gita murrt, dass sie jetzt auch noch Geld werden auftreiben müssen, um jemanden zu bezahlen, der jeden Tag kommt und die Bärenscheiße aus dem Stall schaufelt.

– War die Scheiße vielleicht weniger Scheiße, als sie draußen neben dem Baum lag? fragt Lakshman.

Eines Tages, bevor die Kälte richtig einsetzt, sieht Lakshman, wie Jivan Raju füttert, indem er eine *roti* so hoch an den Stamm seines Baumes hält, dass der Bär aufstehen muss, um daran zu kommen. Das tut Raju auch. Dann bewegt Jivan die zweite *roti* um den Stamm herum, sodass Raju ein paar Schritte auf seinen Hinterbeinen gehen muss, um daran zu kommen.

Tags darauf geht Lakshman mit Raju in den Wald, bindet ihn an einem Baum fest und entfernt sich dann acht bis zehn Fuß von ihm. Dem Bären zugewandt, beugt er sich hinunter, um auf allen vieren das Tier nachzuahmen. Dann verlagert er sein Gewicht auf die eine Hand und fängt an, mit der anderen seinen *damru* zu schütteln. Nach den ersten paar Schlägen richtet er sich auf, tut ein paar hopsende Schritte, bückt sich dann wieder hinunter und hört auf, die kleine Trommel zu spielen. Immer wieder sagt er zu Raju – Gesehen? Jetzt du. Los, mach, ich zeig's dir noch einmal – und exerziert die kurze Abfolge von Bewegungen immer wieder von vorn. Raju blinzelt, kratzt an der Borke des Baumes, umkreist ihn einmal, zweimal, setzt sich, schnüffelt am Boden, blickt in Lakshmans Richtung, ohne den Eindruck zu erwecken, dass er ihn überhaupt wahrnimmt, gibt eine Reihe verschiedener Laute von sich, darunter ein schnaufendes Keuchen, ahmt ihn aber nicht nach. Lakshman rückt ein Stückchen näher heran und wiederholt das Programm ganz von vorn. Raju schaut ihm ungerührt zu, blinzelt mehrmals und zieht sich ein bisschen zurück, wie um den ursprünglichen, optimalen Abstand wiederherzustellen. Lakshman knirscht mit den Zähnen; sein an Raju gerichtetes Mantra klingt jetzt weniger sanft und einschmeichelnd, es kommt ungeduldiger, herrischer heraus. Beim zweiten Mal entfernt sich Raju – diesmal scheint er den Baum zwischen sich und ihn bringen zu wollen –, für Lakshman ist es wie ein Schlag ins Gesicht.

– Dir werd ich's zeigen, du Schwesterficker, stößt er aus und schlägt Raju mit dem Stock. – Du sollst es lernen, lernen, lernen, brüllt er, und dann, als er Raju aufspringen und aufrecht davontrappeln sieht, jedenfalls so weit, wie achtundvierzig Zoll Seil es ihm gestatten, ihn sogar versuchen sieht, sich hinter dem Baum zu verstecken, ruft Lakshman aus – Schau, *sala*, schau! Du kannst es ja doch, du stellst dich nur an. Wofür hältst du mich? Einen Volltrottel, ja? Dir werd ich's zeigen! – und schlägt weiter auf Raju ein. Der Bär wimmert und kreischt, schnappt mit der Schnauze, den Tatzen nach dem Stock, aber Lakshman ist viel zu schnell – er ist von einem Teufel besessen. Der Stock trifft den Bären zweimal, dreimal ins Gesicht. Raju heult auf und versucht, aufrecht, mit erhobenen Pranken, aufgerissenem Maul, an einem Mundwinkel ein weißer Faden Spucke, sich auf Lakshman zu stürzen, doch die begrenzte Länge des Stricks reißt ihn fast augenblicklich wieder zurück. Jetzt heult auch Lakshman; vor Lachen.

Als nach seinem Dafürhalten genügend Zeit vergangen ist, um Raju die letzte Unterrichtsstunde vergessen zu lassen, probiert es Lakshman mit einer anderen Methode. Er befestigt eine Möhre an einem langen Stück dünnes Kokosseil und stopft sich etliche weitere in die Taschen. Diesmal wählt er eine andere Stelle, weit weg von der vorigen – ein großes, von einer niedrigen Steinmauer abgegrenztes Stück Land, das hier und da ausgespannter, rostiger Stacheldraht als privates, zu irgendeinem künftigen Zweck bestimmtes Grundstück ausweist, wahrscheinlich einem großen Haus inmitten eines entsprechenden Gartens. Ein alter Obsthain gehört auch dazu – die Pfirsich-, Aprikosen- und Apfelbäume sehen zwar alle tot aus, aber sie lassen sich wieder verjüngen –, und ebendiese Phalanx von schlafenden Bäumen hat er sich für heute ausgesucht.

Er bindet Raju an einen Birnbaum. Zu seiner großen Erleichterung leistet Raju keinen Widerstand. Er knotet das freie Ende der Kokosschnur an seinen *qalandar*-Stock und hält das Karotten-Ende so, dass Raju es nicht sieht. Der Bär blickt trauervoll auf den Fuß des Baumes. Lakshman lässt den *damru* langsam, zögernd ertönen; Wachsamkeit erfasst den Bären; er winselt kurz auf. Lakshman tritt ein paar Schritte zurück und wirft die angeleinte Möhre so, dass sie etwa vier Fuß von Raju entfernt auf dem Boden landet. Sofort stürzt sich der Bär darauf, Lakshman zieht die Möhre gerade eben aus seiner Reichweite, Raju richtet sich auf den Hinterbeinen auf. Während er die Karotte auf dem Boden herumhüpfen lässt, aber immer ein kleines Stück zu weit weg, und den Rhythmus des *damrus* beschleunigt, schaut Lakshman dabei zu, wie Raju an seiner Leine zieht, auf der Stelle tänzelt, einmal um den Baum herumtappt, um es auch von der anderen Seite zu versuchen, und das alles aufrecht auf zwei Beinen; in Lakshman wallt Hoffnung auf. Er reizt Raju noch ein bisschen länger, während sein Geplapper sich dem Rhythmus der Handtrommel anpasst. Endlich gönnt er dem Bären seine Belohnung. Ausgehungert setzt sich Raju nicht einmal hin, um die Möhre vom Boden zu fressen, sondern rafft sie auf und steckt sie sich im Stehen ins Maul. Lakshman macht beinah einen Freudensprung. Sofort aber keimt ein Zweifel in ihm: Bedeutet dieser begrenzte Erfolg, dass Raju sich jetzt angewöhnt, nur zu tanzen, wenn ihm eine Möhre oder sonst etwas Essbares vor die Nase gehalten wird? Das würde die künftigen Straßendarbietungen zu einer Lachnummer machen. Jeder kann schließlich ein

Tier zum Tanzen bringen, indem er es erst hungern lässt und dann mit Futter lockt!

Lakshman wiederholt die Prozedur, aber diesmal ohne die Möhre. Raju kapiert schnell, dass nichts für ihn zu holen ist, also steht er ein Weilchen nur herum, lässt sich bald wieder auf die Vordertatzen hinunter und verfällt erneut ins geistesabwesende Blinzeln und Gähnen. Die Hoffnung lässt Lakshman langsam im Stich. Er wackelt noch ein bisschen mit dem Seil, verpasst damit Raju sogar ein paar halbherzige, spielerische Streiche, aber mit all den verschiedenen Kombinationen und Ausschlüssen konfrontiert – *damru* und Möhre und Geplapper, aber kein Stock; oder vielleicht *damru* und Geplapper und Möhre, aber Letztere nur zeigen, nicht geben; oder vielleicht *damru* und Geplapper und Stock, aber gar keine Möhre; oder Möhre erst ganz am Ende des Tages, nicht schon während des Unterrichts –, wird Lakshman ganz wirr im Kopf. Entmutigt unterbricht er die Unterrichtsstunde. Der altbekannte entnervte Zorn auf das dumme, blöde Vieh droht ihn wieder zu überwältigen. Er beschwichtigt ihn auf die einzige Weise, die er kennt: Er knotet die Kokosschnur los und prügelt mit dem Stock auf Raju ein, damit er endlich kapiert, was Lakshman von ihm erwartet. Ein Affe, der das Geschehen von einem Baum aus verfolgt hat – vielleicht in der Hoffnung, sich die Möhre selbst schnappen zu können –, stößt ein Keckern aus und flieht in weiten Sprüngen, von einer Baumkrone zur nächsten.

Hinter dem Haus fällt Lakshman etwas ins Auge, er weiß nicht was, aber es erzeugt in ihm eine gespannte Eintrübung, die gleich wieder verfliegt. Er geht wieder ein paar Schritte zurück und sucht dabei den Boden mit den Augen ab, um dieses störende Etwas zu ermitteln. Es spielt mit ihm Verstecken, obwohl er das Gefühl nicht loswird, dass es genau vor seiner Nase liegt. Pflaumenkerne, zertretenes Plastik, Gemüseabfälle, zerknülltes Papier, Gras, Erde … dann hat er's. Eierschalen. Kleine weiße Scherben von Eierschalen. Ein größeres Stück weist sogar die noch intakte Wölbung des oberen oder unteren Endes auf. Er bleibt eine Zeit lang regungslos stehen, um im nächsten Moment unter der Wucht des aufwallenden Mitleids zu taumeln: Mitleid mit seinen Kindern, die die Eier brauchen, die sich vielleicht auf die Tage freuen, an denen es ein Ei geben könnte, Mitleid mit Gita, die nicht davon ablässt, sich ihm heimlich zu widersetzen. Der Gedanke an ihre Widersetzlichkeit lässt alles Mitgefühl zerstieben, als sei es bloßer Staub, mit offener Hand in den Wind gehalten.

Während der nächsten paar Tage liegt er auf der Lauer, stumm und verstohlen. Er schleicht aus dem Haus, wartet irgendwo außer Sicht, bis Gita putzen geht, kehrt dann wieder zurück und fahndet verbissen nach versteckten Eiern. Er wüsste gern, ob Radha in der Sache mit drinsteckt, entscheidet aber, dass es unklug wäre, sie zur Rede zu stellen – viel wirkungsvoller ist es, wenn Gita nichts von seiner Strategie ahnt und auf frischer Tat ertappt wird. Aus demselben Grund stellt er auch keinem der Kinder eine direkte Frage. Offenbar kocht sie die Eier ab und gibt sie den Kindern in die Schule mit. Aber wann macht sie das?

Er wartet bei den Hecken nahe dem alten Bungalow, wartet darauf, dass sie mit ihrer Arbeit fertig ist und herauskommt. Er bleibt unsichtbar. Er kauert hinter einer Hecke, bis Gita vorbeigegangen ist, zählt bis zwanzig und streckt dann den Kopf hervor. Sie trägt eine Plastiktüte. Er lässt sie unbehelligt weitergehen, bis er sicher ist, dass sie nur noch ein paar Schritte von der Haustür entfernt ist. Dann sprintet er wie ein Besessener los und stürmt ins Haus, bevor Gita die Chance gehabt hat, die Plastiktüte zu verstecken. Sie macht ein Gesicht, als sähe sie ein Gespenst; dann wird es schlaff und blutleer.

– Gib mir die Tüte, keucht er.

Sie rührt sich nicht – kann es nicht.

– Gib mir diese Tüte, donnert er.

Er reißt sie ihr aus der Hand. Sie enthält vier weiße Eier, eines davon durch die Heftigkeit, mit der er die Tüte an sich genommen hat, frisch zerbrochen. Auch ein paar altbackene *chapatis* sind darin, ein kleiner Plastikbehälter mit übrig gebliebenem Reis und ein weiterer mit irgendeinem *sabzi*, wahrscheinlich Weißkohl; Brosamen von der Tafel des Reichen.

Gita versucht, in die Küche zu laufen, ein von vornherein zum Scheitern verurteilter, erbärmlicher Fluchtversuch; und ein Fehler. Er packt sie am Handgelenk, holt mit der freien Hand ein Ei aus der Tüte und schmettert es ihr ins Gesicht. Er holt das zweite Ei heraus, sie wendet das Gesicht ab, er packt sie bei den Haaren und dreht ihren Kopf gewaltsam wieder herum. Das zweite Ei schmettert er ihr mit solcher Wucht gegen die Nase, dass unter dem schleimigen Schleier des durchsichtigen Eiklars und dem trüben gelben Geschmiere des Dotters ein dünnes Rinnsal Blut erscheint. Die Tränen und der verzerrte Mund vollenden die hässliche Schmutzmaske ihres Gesichts.

Ihr Wehgeheul ruft Radha auf den Plan; sie schreit – Hör auf! Hör sofort auf! Hast du gar keine Scham?

Ihr Status als Ehefrau des älteren Bruders feit sie vor jeglicher Gefahr, eine ähnliche Behandlung zu erfahren, aber das hindert Lakshman nicht daran, ihr zu drohen – Wenn du nicht aufhörst zu kreischen, bist du als Nächste dran.

– Wie kannst du es wagen! gibt sie zurück. – Hast du gar keine Scham?

Lakshman moduliert mühelos von Rage nach ätzender Verachtung. Er sagt – Was willst du denn machen? Dich bei deinem abwesenden Mann beklagen? Er ist schon vor Ewigkeiten ausgeflogen und hat es mir überlassen, mich mit diesem Hühnerstall herumzuschlagen.

Radha bleibt eine Antwort schuldig. Gita hat gleichfalls ihr Geschrei eingestellt. Der Gedanke an Ramlal aber, auf den er sich selbst gebracht hat, lässt Lakshmans Wut zu Asche erkalten. Bitterkeit erfüllt ihn, und Hoffnungslosigkeit. Er zwingt sich, das Begonnene zu Ende zu bringen, aber sein Herz ist nicht mehr bei der Sache. Er sagt zu Gita – Wenn das noch einmal passiert … Ihm fehlt die Kraft, den Satz zu vollenden. Er geht nach draußen, um sich die Eier und den widerlichen Geruch von den Händen zu waschen.

Als der Frühling dem Sommer weicht, beherrscht Raju endlich einen längeren Tanz zum Geklapper des *damrus.* Lakshman hatte schon kapiert, dass er nichts anderes zu tun brauchte, als an Rajus Nasenseil zu ziehen, damit er augenblicklich aufsprang und herumhüpfte, als hätte er rote Ameisen im Arsch, aber die Schwierigkeit war gewesen, ihm beizubringen, das Ganze fünf, zehn, zwölf Minuten lang durchzuhalten.

Er wartet auf das große Jahresfest zu Ehren Golus. Bunte Wimpel flattern überall im Wind, und aus drei verschiedenen, strategisch im Dorf postierten Lautsprechern plärren von früh bis spät Hindifilmsongs. Nachts scheinen die Berge den Schall so zu beugen, dass er in der einen Minute da und in der nächsten verschwunden ist, aber nur, um aus einer anderen, ganz unerwarteten Richtung wiederzukommen, als ob er zu winzigen Papierschnipseln zerrissen und vom Himmel herabgestreut und von der Brise durcheinandergewirbelt worden wäre.

Er gratuliert sich dazu, einen ungehinderten Ausblick auf den Höhepunkt der Festivitäten ergattert zu haben – die Opferung von dreiundfünfzig Ziegen. Er hat die ganze Nacht lang vor dem Tempel gewartet, um sich diesen Logenplatz zu sichern. Der Andrang ist so gewaltig, dass er, wäre er erst am Morgen gekommen, es nicht weiter als bis zu den Torbogen geschafft hätte, die zum Vorhof des Tempels hinführen. Das Safranrot, Gelb und Orange des niedrigen Säulenbaus und das Meer von Ringelblumen, wohin er auch blickt –

Ringelblumen in Kränzen und Girlanden und Körben und lose überall rings um den Tempel gestreut –, verschmelzen zu einer blendenden Sonne. Das ganze Leben ist hier versammelt, mit all seinem Lärm, seinen Farben, seiner erstickenden Dichte. Lakshman hat einen partiellen Ausblick auf das Gehege hinter dem Tempel, in das die Ziegen gepfercht sind. Ein ganzes Feld von schwarzen Ziegen, ein Meer von Ziegen, gleich dem Menschenmeer, das ihn umgibt. Er kann sie von hier aus riechen. Die Tiere sehen fügsam, resigniert aus, als ahnten sie, was ihnen bevorsteht. Sie tragen verschmierte Zinnoberkleckse auf der Stirn, zwischen den Augen, und Ringelblumenschnüre um den Hals oder die Hörner. Golu ist, hinter Säulen und dem Gedränge von Menschenleibern und -köpfen versteckt, für ihn fast unsichtbar. Gelegentlich leuchtet der gigantische weiße Turban des Gottes auf oder ein Ausschnitt seines weißen gedrungenen Körpers auf dem weißen Pferd, wenn sich ein Ritz in der Mauer aus Menschen öffnet oder wenn er den Kopf auf eine ganz bestimmte, anstrengende Weise schief hält – aber nicht einmal dafür reicht der Platz.

Ein Mann führt die erste Ziege, die größte, fleischigste der Herde, die einundzwanzig Tage lang ausschließlich mit *baanj*-Eicheln und den blanken Blättern des Jackfruchtbaums gefüttert worden ist, zum gegabelten Eisenpfosten, der fest im Boden des Vorhofs verankert ist, direkt vor der kleinen orange gerahmten Tür zur Cella. Welch ein Segen, das erste Tier zu sein, das geopfert wird, und welche Segensgaben werden dem jungen Mann zuteilwerden, der dazu auserwählt worden ist, die Tiere an die Stelle zu führen, wo sie ihr Leben für Golu hingeben werden! Lakshman giert schon lange nach diesem Amt, fest überzeugt, dass solch ein jährlich wiederkehrender Dienst ihm den Gott gewogen machen und all die riesigen Felsbrocken, die sich mitten in seinem Leben türmen und dessen freie Entfaltung verhindern, hinwegfegen würde. Aber wie mit allem anderen hat es damit bislang nicht geklappt. Eine Chance bei was auch immer, ganz egal was, nur eine einzige Chance – ist das zu viel verlangt? Dem Schicksal kann keiner entrinnen, aber es ist andererseits auch nicht gesagt, dass sein Leben zwangsläufig immer weiter derselben eingefahrenen Spur folgen muss. Was, wenn sich etwas änderte? Liest der Gott vielleicht gerade seine Gedanken?

Die gemästete Ziege kommt, gesenkten Hauptes, gehorsam fast bis an den Gabelpfosten, scheint dann etwas zu begreifen und will kehrtmachen. Lakshman erkennt das daran, dass der Mann sie die letzten paar Fuß weit ziehen muss. Die Trommeln dröhnen im Vordergrund und die manisch klingelnden Glocken, Hunderte und Aberhunderte von Glocken, in Girlanden an den roten Torbogen ausgespannt, die den langen Weg zum Vorhof markieren, und an den rot bemalten Holzbalken, da, wo das Dach die Säulen berührt, manche von Verehrern und Gläubigen geläutet, andere, leichtere, von der frischen Brise bewegt, sie alle mischen sich mit den Mantras des *purohits*, den Sprechchören der Menge »*Jay, Golu Devta ki jay!*«, den Wolken von Weihrauch, und Lakshman ist mit einem Mal Teil dieses Ozeans und ihm gleichzeitig völlig entrückt, ein Zuschauer, schwerelos, winzig, hoch oben. Als die Empfindung des Aufgehobenseins einsetzt, macht sich ein leichtes Kribbeln in seinen Fingern bemerkbar, begleitet vom Gefühl, dass sämtliche Gliedmaßen dünn und lang wie Stöcke werden und sein Kopf sich zu einer riesigen Blase aufbläht, während er jegliche Masse verliert, die er besitzt, jede Verankerung. Er muss irgendetwas berühren, die Schulter oder den Arm des ihm am nächsten Stehenden, und seine Fäuste abwechselnd ballen und lockern, um sich an seine erdgebundene Körperlichkeit zu erinnern. Dann ist er wieder im Ozean, bis die Schwerelosigkeit wieder einsetzt und ihn seiner Bande entledigt.

Der Mann drückt den Hals der Ziege zwischen die Zinken des Gabelpfostens. Das Tier sträubt sich nicht mehr. Es keilt nicht einmal aus. Wieder dieses vollkommene Gleichgewicht absoluter Gegensätze: mitten im Getöse der Sprechchöre, der Trommeln, der

Glocken ein beschwichtigtes Herz von Stille. An der Eisengabel wartet schon der Mann aus der *Nath-Sekte*, der seine geschärfte *khukri* auf den Nacken der Ziege niedersausen lassen und diesen durchtrennen wird. Der *purohit* hat sich in Trance rezitiert. Die Gläubigen halten den Atem an – die Ziege muss mit einem einzigen Streich enthauptet werden, andernfalls wird Golu dem Dorf dreizehn Jahre Unglück bescheren. Die Trommeln sind jetzt der vereinigte Herzschlag sämtlicher versammelter Menschen.

Die *khukri* saust so blitzschnell herab, dass es keinen Übergang gibt, nur das Davor und das Danach. Der Kopf der Ziege ist nicht mit einem sauberen Schnitt abgetrennt worden, sondern hängt noch an einem Hautlappen, wodurch das Tier wie ein Spielzeug aussieht, dass ein ungeschicktes Kind kaputt gemacht hat. Der hervorschießende Blutstrahl, der Schrei des *purohits* und der wie aus einer Kehle erschallende Ausruf des Entsetzens vonseiten der Gläubigen sind in Lakshmans Wahrnehmung eins. Der Mann, der das Tier geführt hatte, hält jetzt die Hinterbeine des strampelnden Rumpfes zusammen, dann die Vorderbeine, rafft das Ganze auf, als wäre es eine alte Matratze, drückt es sich an die Brust und trägt es, Gesicht und Kleider mit Blut bespritzt, nach draußen. Lakshman sieht ihn sich entfernen, als flöhe er vom Schauplatz eines Verbrechens, und den nicht abgetrennten Kopf in seiner Armbeuge baumeln wie ein zierliches Handtäschchen, das der Täter, gleichsam im Nachhinein, zusätzlich zur eigentlichen Beute aufgelesen hat. Ihm folgt eine Spur von blankem Blut.

Der Mann mit der *khukri* ist versteinert, die Waffe gesenkt, die Klinge fast schwarz vom frischen Blut, und direkt darunter, auf der grün-weiß gekachelten Fläche, auf der er steht, eine kleine Kolonie von dunklen Flecken. Eine Gruppe von Menschen rechts von Lakshman versucht, sich unter wechselseitigem Schubsen zu bewegen, und im vorübergehenden Vakuum, das eine gewisse Bewegungsfreiheit gewährt, schiebt auch er sich ein Stück weiter und erhascht einen kurzen Blick auf Golus marmorweißes Angesicht und seine vollen beerenroten Lippen. Das Gesicht des Gottes, sonst so freundlich in seiner großäugigen Ausdruckslosigkeit, hat etwas an sich – Lakshman kann nicht genau sagen, was –, das ihn beleidigt erscheinen lässt. Dann wird auch Lakshman weitergeschubst, und er muss der Bewegung der Teilmenge, in der er feststeckt, folgen. Die blitzhafte Vision ist vorüber.

Die Menschen beruhigen sich, als der junge Mann eine weitere schwarze Ziege zur Schlachtstätte führt. Diesmal ist das Tier widerspenstig, zerrt an dem Strick, versucht, seine Hufe in die unnachgiebigen Fliesen zu bohren. Es meckert einmal auf und verstummt, als begreife es, dass kein noch so lautes Wehgeschrei es retten wird. Der Laut teilt den anderen Ziegen im Wartepferch irgendetwas mit und wird von ihnen, die bislang merkwürdig stumm geblieben waren, beantwortet. Doch auch das Gegengemecker klingt halbherzig, resigniert, und nach einem Dutzend zittrigen, leisen »määh-äh-äh-äähs« erlischt ihre Unrast. Bestand hat, zumindest für Lakshman, nur die weit penetrantere Präsenz ihres erstickenden Gestanks.

Die zweite Ziege wird mit einem Hieb erledigt, dann die dritte, die vierte … Ein neuer Geruch macht sich allmählich bemerkbar, metallisch, mild, fast ätherisch verglichen mit der Wolke von Ziegengestank, aber dennoch präsent. Lakshman weiß, dass das der Geruch von Blut ist. Vor Jahren, als er noch ein Junge war, hatte Ramlal bemerkt, dass seinem Zwillingsbruder von dem überwältigenden Gestank, der auf diesem jährlichen Opferfest für Golu Devta herrschte, die Augen tränten, und hatte ihm die verschiedenen Gerüche erklärt.

Die abgehackten Köpfe werden schnell weggetragen und zu Füßen des milchweißen Rosses des Gottes kreisförmig angeordnet. Von ihren Körpern getrennt, die bläulichen Zungen hier und da seitlich hervorlugend, sehen sie toter denn tot aus. Auf jedem Kopf wird, zwischen den Hörnern, ein kleiner Docht entzündet. Manche

Dochte fangen Feuer, andere nicht, und auch diejenigen, die – mit einer kleinen blauen Flamme – brennen, gehen bald wieder aus. Die eigens um den gefliesten Vorhof gemauerte Auffangrinne füllt sich allmählich mit Blut, aber auch auf den Fliesen und überall sonst findet sich welches. Der Ziegen-Platzanweiser rutscht im Zuge seiner Arbeit gelegentlich aus, schafft es aber jedes Mal, das Gleichgewicht wiederzufinden. Der aufsteigende Blutgeruch erinnert Lakshman an Ramlal. Er hat das Gefühl, gleich zu ersticken. Das Fleisch der geopferten Ziegen wird später gekocht und unter alle Bewohner des Dorfes verteilt. Er versucht, einen letzten Blick auf das Gesicht des Gottes zu erhaschen, um festzustellen, ob das Missfallen in seinem Ausdruck von dem vielen Blut, das ihm dargebracht wurde, getilgt worden ist. Der Tanz, der alles zusammengeführt hatte, die Blumen und das Blut und den Weihrauch und die Glocken und Trommeln und Gesänge und die Menschen, überall Menschen, ihre Laute und ihr Leben, ist irgendwo kurz aus dem Takt gekommen. Diese Entstraffung löst jetzt den Zusammenhalt auf und lässt die Bestandteile in unterschiedliche Richtungen treiben.

Lakshman dreht sich um und drängt nach draußen, den Tempel hinter sich lassend, bis er das schütter werdende Ende der Menge erreicht. Er beschleunigt den Schritt, an den Nachzüglern und Spätankömmlingen vorbei, vorbei am Schulhaus mit seinen grauen Türen und Fenstern und dem Pausenhof auf drei kleinen Terrassen, bis er den Buckel am Rand des Waldes hinter Bhagwans Haus erreicht. Selbst auf dieser Anhöhe, von der aus er die Täler mit ihrer Hülle aus Wald, in der die hellere Kiefer und die dunklere Eiche zu einem dichten Gewebe zusammenlaufen, und, hier und da, einer Menschensiedlung gleich einer kleinen Handvoll von Puppenhäusern, abfallen und sich in die Ferne entrollen sieht, selbst in dieser Höhe schafft es Lakshman nicht, seine Kurzatmigkeit, sein Gefühl, hier fehle ihm die Luft zum Atmen, abzuschütteln. Das Hochgebirge funkelt in der Ferne: Nachdem er es eine Zeit lang fixiert hat, sieht er zerplatzende dunkel-farbige Flecken. Das, wonach er, fast unwillkürlich, stets sucht, wenn er die Berge betrachtet, kann er nicht finden: Shivas Gesicht – die fast geschlossenen, schwerlidrigen Augen, den langen Strich für die Nase und die fahl und unerforschlich lächelnden Lippen, auf der Flanke der Nanda Devi –, das er als Kind unter Anleitung Ramlals zu erkennen gelernt hatte.

Eines goldenen Nachmittags, als die Jungen acht oder neun Jahre alt waren, hatte Ramlal ihm sämtliche Gipfel gezeigt und benannt – Du siehst doch den abgerundeten dort, ein Stück die gerade Linie entlang, das ist Mrithugni, und der danach, mit den zwei Dellen, den zwei Kurven, siehst du sie? – hier hatte er die konkaven Grate mit den Händen nachgebildet, damit sein Bruder ihn besser verstand – das ist der Trishul, weil, wenn du ihn von der anderen Seite betrachtest – wir sehen ihn jetzt von der Seite, aber wenn wir ihn von vorne sehen, dann sieht er aus wie Shivas *trishul*, siehst du die drei Spitzen des Dreizacks?

Und stumm vor Verwunderung hatte Lakshman genickt. Ob er es damals wirklich verstanden hatte, weiß er nicht mehr.

Ramlal war noch nicht fertig gewesen – Dann der Nächste, rechts davon, da, wo mein Finger hinzeigt, das ist die Nanda Devi. Dort wohnt Shiva.

Eine Kunstpause, und dann – Man kann ihn dort sehen. Möchtest du ihn sehen? Ich kann dir zeigen, wie du ihn erkennst.

Nach wie vor stumm, hatte Lakshman gerade mal ein Nicken zustande gebracht.

– Achte jetzt ganz genau auf meinen Finger. Erst mach die Augen zu und denk an Shiva. Jetzt mach sie wieder auf und guck genau da hin, wo ich hinzeige. Siehst du diesen vorderen Hang der Nanda Devi? Siehst du ihn, mit Schnee oben und vorn und da, wo kein Schnee ist, Fels, der rausschaut? Siehst du ihn? Jetzt guck direkt unter diese lange dünne Linie von Schnee, direkt unter diesem Schatten da. Siehst du seine zwei Augen? Das sind die gebogenen Linien unterhalb des Schattens, links und rechts von dieser schwarzen Rippe, auf der kein Schnee liegt – das ist die Nase. Siehst du die Augen und die Nase? Die Augen sehen ein bisschen verschlafen aus, nicht? Das liegt daran, dass er gerade eben aus seiner Meditation aufgewacht ist. Warum sagst du nichts? Siehst du es nicht?

Natürlich sah Lakshman es – er sah die schönen, lotosgleichen Augen des Gottes, mehr geschlossen denn offen, und den Mund, beinah lächelnd … da war er, der große Gott Shiva, sein Gesicht, eingeprägt in die Nanda Devi, seine Wohnstatt. Und da war er, Lakshman, und schaute es an: ein Wunder, einem Jungen offenbart, und alle Luft, alles Licht und alle Tage waren sein, nach Belieben verfügbar.

An diesem Abend trinkt Lakshman vier Gläser von der mit *bhaang* versetzten Safran-Pistazien-*lassi*, die in der Nähe des Tempels ausgeschenkt wird: ein feststehendes Ritual an diesem Punkt der jährlichen Feierlichkeiten für Golu. Die Hand mit dem *bhaang* hat es, passend zur Grundstimmung des Anlasses, mehr als nur gut gemeint, und Lakshman stellt fest, dass er erst bis zum schleppenden unterwasserhaften Schlag seines Herzens verlangsamt, später auf eine zunehmend unkontrollierbare Weise kicherig wird. Nach einer Weile gerät der Marktplatz in eine ungemütliche Schräglage, und Lakshman büßt die Fähigkeit ein, auch nur einen Gedanken zu fassen, während ein wild und wirr tosender Sturzbach von Bildern sich vor seinem inneren Auge austobt. Er könnte schwören, dass Golu die Stirn gerunzelt hat. Diese weiße, weiße Haut, wie Milchwachs. So viel Blut. Und dieser Geruch. Am Tag danach, beim gemeinschaftlichen Festmahl, hat das Fleisch ihm immer leicht bockig geschmeckt. Seine Frau und Kinder werden sich über das »Hammelfleisch« freuen. Ein schweres Leichentuch fällt auf ihn herab, und plötzlich ringt er nach Luft und Licht, nach Atem. Er keucht und würgt, und das Gras neben ihm wird von einem Fleck gelblich-grüner, zäher Flüssigkeit bedeckt, die, hartnäckig, weiter nach Pistazien und Safran duftet, nur leicht überlagert vom Geruch nach Erbrochenem. Doch selbst nachdem es nichts mehr zu erbrechen gibt, nicht mal einen allerletzten Tropfen seiner bitteren grünen Galle, selbst dann noch spürt er diesen sattsam bekannten Deckel über sich. Jetzt liegt ein unverrückbarer Stein darauf, der mit jeder Minute schwerer wird. Man kann nichts machen, nichts, was daran etwas ändern würde.

Als er aufwacht, hat der Holterdiepolter-Film in seinem Kopf aufgehört, aber die Last hat sich um keinen Zoll bewegt. Er betrachtet sich von Weitem, wie er den Kindern draußen beim *danda-gilli*-Spielen zuschaut und nichts dabei empfindet. Gita beklagt sich über die Haufen von Bärenscheiße hinterm Haus und darüber, dass der Mann, den sie dafür bezahlt, dass er sie wegräumt, sich seit drei Tagen nicht hat blicken lassen und der Gestank inzwischen unerträglich ist, und das war früher mal ein Menschenhaus, kein Zoo, und die Kinder haben von früh bis spät nichts anderes im Kopf als den Bären, wo soll sie nur das Geld hernehmen, um auch ihn weiter durchzufüttern, wo es kaum für die Kinder und drei Erwachsene reicht, erst recht jetzt, wo Lakshman aufgehört hat, auch nur die einfachsten Handgriffe zu machen, die ihre drei Schollen Land verlangen, und dass sie sich zu allem Übrigen auch noch damit abplagen muss, wie soll sie das denn schaffen, glaubt er etwa, sie hätte zehn Hände, wie soll das Gemüse denn wachsen …? Lakshmans rechte Hand brennt darauf, ihr mitten ins Gesicht zu hauen, aber das Gefühl hält nur den winzigsten Augenblick lang, und dann geht dieses dunkle Malmen wieder los.

Er geht hinters Haus. Raju erkennt ihn mittlerweile. Er steht aufrecht und versucht, den Baum zu beißen, aber sobald er Lakshman sieht, nimmt er wieder seine normale Vierfüßerhaltung ein und versucht, auf ihn zuzugehen, aber der Vier-Fuß-Strick bringt ihn abrupt zum Stehen. Unverzagt erzeugt er diesen – von kurzen Quieksern hier und da aufgelockerten – komischen Kehllaut, bei dem Lakshman immer das Gefühl hat, dass Raju versucht, ihm etwas in seiner Sprache zu sagen. Er geht näher heran und streichelt die Kreatur zögernd und mit spitzen Fingern am Rücken, jederzeit bereit zurückzuspringen, sollte sie Anstalten machen, ihn anzugreifen, aber Raju stößt weiter Laute aus, die nur Ausdruck des Wohlbehagens, ja der Zuneigung sein können, und zum ersten Mal seit Gott weiß wie lange verspürt Lakshman wieder dieses Leichterwerden, das er schon ein, zwei Mal empfunden hat – in Gesellschaft Rajus, oder beim Ausmalen seiner Zukunft mit dem Bären, weit weg von dem Dorf.

Am nächsten Tag, sobald Gita fort ist, um im bengalischen Haus zu putzen, steckt er ein paar Dinge in einen kleinen Sack – seine Lebensmittelkarte in ihrer blauen Plastikhülle; ein paar Kleidungsstücke (viel hat er nicht: sein Umschlagtuch, einen Pullover und eine zimtfarbene, eng anliegende Strickmütze, eine *lungi*, einen *pajama*, ein altes weißes, inzwischen staubfarbenes Unterhemd); eine kleine Dose Puffreis; eine Rolle Seil; zwei halb leere Schachteln Streichhölzer –, was immer er mitnehmen kann, ohne dass es dann fehlt. Er packt wahllos Dinge ein – viel auszuwählen gibt es ohnehin nicht –, ganz ohne Sinn und Verstand. Er bindet den Sack zu, wirft ihn sich über die Schulter, nimmt den *damru* und seinen *qalandar*-Stock, geht aus dem Haus, bindet Raju vom Baum los, nimmt den Strick in die Hand, die den Stock hält, und flüstert – Komm, wir verschwinden. Der Bär macht Schlabbergeräusche und wühlt mit der Schnauze in der Erde, als suchte er nach etwas, das er mit auf die Reise nehmen möchte. Die Geräusche gehen in etwas anderes über, das Lakshman für ein Gähnen hält: Maul weit geöffnet, ein tiefer rosa Einblick, und dazu diese Einsprengsel von melodischen Maunz-Lauten.

– Ja, du freust dich. Ich weiß. Und jetzt los.

Einen Plan hat er eigentlich nicht, nur den, in jeder Ortschaft am Ende eines Tagesmarsches haltzumachen und tags darauf Raju tanzen zu lassen, das Geld einzusammeln und weiterzuziehen, so lange, bis er die Großstadt erreicht, wo Ramlal arbeitet und riesige Wohnhäuser und flussgleiche Straßen und geschwungene Brücken baut. Höchstens drei bis sechs Monate, sagt er sich; er ist wieder zu Hause, lange bevor die Bäume die Blätter verloren haben, mit Sicherheit aber lange bevor der Schneefall die Bäume fällt und die Straßen unpassierbar macht.

Sie nehmen die schmalen Pfade durch die Berge, die über kurz oder lang zur einzigen Straße hinunterführen, die alle Dörfer miteinander verbindet, aber etliche Fuß unterhalb seines Dorfes und mehrere Kilometer davon entfernt. Ab diesem Knotenpunkt (markiert durch einen Laden, der von Kerzen und Batterien über Maggi-Nudeln und Motoröl bis hin zu Girlanden von kleinen Portionsbeuteln Sunsilk-Shampoo alles verkauft) halten sie sich an die Autostraße. Die sporadischen Lastwagen erschrecken Raju – er überschlägt sich am Ende seines Stricks, wirft den Kopf heftig hin und her, wimmert und brummt.

– Schh, schh, ist schon gut, ist nur ein Auto, dir passiert schon nichts, brauchst keine Angst zu haben.

Ein vorbeibrausender Fahrer quittiert den ungewohnten Anblick mit Dauerhupen. Raju rastet völlig aus und zieht so fest an seinem Seil, dass er Lakshman mit sich von der Fahrbahn in den Seitenstreifen aus Büschen und Bäumen reißt. Lakshman brüllt. Raju blinzelt verblüfft, blickt dann zu Boden und, nach ein paar Sekunden, in die Ferne. Neben der engen zweispurigen Straße geht es steil hinunter, über eine Halde aus Erde und Geröll, bis zum eingelaufenen grünen Band des Rishabh-Flusses, der die felsendurchsetzte Schlucht tief unten entlangbraust. Nach Rajus Reaktion auf die lauten, trötenden Laster kommt Lakshman der Gedanke, dass es sicherer wäre, auf der anderen Seite zu laufen, wo die Straße sich an die baumdichte Flanke des Bergs schmiegt.

Sie steigen hinunter zum Fluss, um zu trinken und damit

Lakshman sich kaltes Wasser ins Gesicht spritzen kann. Im gesprenkelten Schatten der Bäume erreichen sie ein stehendes Gewässer, das irgendwann über das Ufer des Flusses getreten und jetzt durch eine schmale Zunge aus sandiger Erde und graugrünen Steinen und einem Streifen von blasseren Kieseln von seinem Ursprung getrennt ist. Auf der Oberfläche dieser Insel aus Wasser schwimmen viele braune Blätter, die von den Bäumen gefallen sind. Kaum hat Lakshman sie gesehen, sagt er sich, dass irgendwas mit ihnen nicht stimmt, aber er weiß nicht recht, was. Als hätte jemand seine Gedanken gelesen, bewegen sich die Blätter im Gleichtakt, ein blitzschnelles Blinzeln, und die hochgeklappten Flügelunterseiten des trinkenden Schwarms Schmetterlinge verwandeln sich in ein flirrendes Mosaik von Gelb-, Orange-, Braun- und Schwarztönen, getüpfelt vom Tanz der Licht- und Schattenflecken. Lakshman fühlt sich wie gelähmt. Bevor der Impuls, Rajus Leine zu straffen, es geschafft hat, seine Hand zu erreichen, ist Raju schon drei, vier Schritte vorgegangen. Das Geräusch und die Bewegung erschrecken die Schmetterlinge. Wie Hände voll bunter Papierschnipsel, die ein spielendes Kind in die Höhe wirft, zerstreuen sie sich und flattern davon. Raju richtet sich auf, keckert und schlägt mit den Tatzen nach ihnen. Aber sie sind zu weit weg, und überhaupt in ständiger Bewegung, und am Ende sind sie alle verschwunden. Die Haut des Wassers ist jetzt nur noch eine schattig grüne Leinwand für die schwankenden Punkte aus Schatten und Licht.

Im ersten Weiler, den sie erreichen, Talla Panchgarh, eine lockere Siedlung von niedrigen Häusern mit Asbestzement- oder Blechdach, alle weit voneinander abgerückt, kauft Lakshman in einem kleinen Laden an der Straße eine große Packung aufgeschnittenes Brot, alte, angeweichte Kekse und eine kleine Papiertüte Erdnüsse, die später seinen Puffreis begleiten sollen.

– Ist das ein Bär? fragt der Ladeninhaber.

– Ja. Er heißt Raju.

Dann schlägt die Inspiration zu – oder ein kaufmännischer Instinkt.

– Er kann tanzen. Möchtest du ihn tanzen sehen?

Der Ladeninhaber zuckt mit den Achseln.

Lakshman ruft ein paarmal gebieterisch Rajus Namen, klopft mit dem Stock auf den Boden, löst dann die Kette von dem starken Halsband, während er gleichzeitig den Strick, der durch die Nase und das Loch im Knochen verläuft, von der Maulschlaufe losknotet. Er versucht, alle diese Dinge so schnell wie möglich zu tun, während er dabei, ganz leise, schmeichelnd auf den Bären einredet. Ehe Raju sichs versieht, liegt das Ende des Stricks in Lakshmans linker Hand, und der *damru* klappert los, arrhythmisch erst, dann allmählich in den Rhythmus einfallend, den irgendein Lied in Lakshmans Kopf seiner rechten Hand eingibt. Sein Herz hämmert fast schmerzhaft gegen seinen Brustkorb; das ist die erste Vorstellung, die er außerhalb seines Dorfes gibt. Dieses Wissen macht ihn irgendwie übereifrig. Er reißt fest an der Leine. Augenblicklich richtet sich Raju, der bis dahin verwirrt dreingeschaut hat, quiekend auf, um sich fast sofort wieder vornüberfallen zu lassen. Der Vorgang beschert Lakshmans Herzen einen Höhenflug, dem sogleich eine Bruchlandung folgt. Vielleicht ist er etwas eingerostet; er muss üben und Raju täglich exerzieren lassen.

Plötzlich synchronisiert sich der Rhythmus der einen Hand mit der Bewegung der anderen, und die Schläge des *damrus* und das Rucken an Rajus Nasenseil werden eins. Lakshman schaut zu – spürt eher, als dass er sieht –, wie dieses rhythmische Einssein sich ausbreitet und auch Raju in sich aufnimmt: Der Bär bleibt jetzt länger auf den Hinterbeinen stehen und schüttelt dabei den Kopf, als ob er den Takt schlage oder ein sanftes, aber beharrliches »Nein« signalisiere. Das Quieken ist verstummt. Er sieht aus wie ein Riesenhund, kaum wie ein Bär. Der Ladeninhaber lächelt. Lakshmans begleitendes Dauergeplapper – *Shabaash!* Tanz, mein Raju, tanz. Kleiner Bär, kleiner Bär, tanz. Ja, so ist's gut, kleiner Bär, so ist's gut. Gut gemacht. Vorwärts jetzt. Jetzt ein paar Schritte zurück, so ist's gut – unterscheidet sich nicht allzu sehr von den privaten und einseitigen Konversationen mit Raju, in die er neuerdings verfällt, wenn sie unterwegs sind.

Der Rhythmus reißt ab; Raju plumpst auf die Vorderbeine zurück; oder vielleicht ist es auch andersherum, Lakshman weiß es nicht.

Er öffnet das eingepackte Brot und wirft Raju vier Scheiben hin. Bevor er den Plastikbeutel wieder zuknoten kann, sind die Scheiben verschwunden, und Raju kommt herangeschlendert und versucht jetzt, die Schnauze in die Tüte zu stecken. Halb ist Lakshman schon zurückgesprungen und hat instinktiv den Strick gestrafft, um einen sicheren Abstand zwischen sich und Raju wiederherzustellen, als er denkt, nein, er soll sehen, dass ich keine Angst vor ihm habe, auch wenn ich mich, tief innen, sehr wohl vor ihm fürchte. Also versucht er, beides so langsam zu vollführen, dass es beiläufiger, natürlicher erscheint. Gleichzeitig kommt ihm eine weitere geniale Idee.

– Willst du mir nicht etwas dafür geben, dass ich den Bären für dich tanzen lasse? fragt er den immer noch lächelnden Ladeninhaber.

Der Mann ist nicht bereit, sich überhaupt von Geld zu trennen, also bittet Lakshman um Essen und Wasser für den Bären. Beides kommt umgehend, und nicht nur für Raju: süße Kekse; *laddus*, sauer, schon am Umkippen; ein paar altbackene *rotis*; ein Brocken *jaggery*; sogar ein paar Orangen und zwei angematschte Bananen. Völlig aufgekratzt bricht Raju in einen ganzen Chor von verschiedenen Lauten aus. Lakshman packt *jaggery* und *rotis* ein, behält eine Orange und eine Banane für sich und überlässt den Rest Raju. Binnen nicht mal einer Minute ist alles verputzt. Der Bär schnüffelt gierig an der Stelle, wo eben noch sein Essen war, als ob mehr von dem Zeug kommen könnte, das so seltsam verschwindet, und produziert die ganze Zeit seine grunzend-schnorchelnden Geräusche.

Er kommt dicht an Lakshman heran, hebt die krallenbewehrten Tatzen – Lakshman erstarrt vor Entsetzen; die Klauen sind wahre Miniatursäbel – und legt sie dicht an Lakshmans Ohren, umfasst seinen Kopf und zieht ihn an seine Halskrause. Das Schnarch-Grunzen geht in ein keuchendes Miauen über, mit hier und da eingestreuten Gutturallauten, während Lakshman, die trockene Zunge an den trockenen Gaumen geklebt, keinen Finger rühren kann. Aber nach den ersten paar Augenblicken mit dem Kopf an Rajus Brust, begreift er, dass der Bär ihm nichts Böses will, und Sekunden später ist es vorbei.

Die erste Stadt erreichen Lakshman und Raju nicht vor Sommerbeginn. Wenn er die nächsten drei Monate in dieser Stadt an einem See im Tal bleiben kann, mit ihren entlang der Straße dicht aufgereihten Häusern und Läden, die sich auf beiden Seiten des Sees eng an die Berghänge schmiegen, kann er genügend Geld sparen, um während der Monsunmonate irgendwo unterzukommen. Bislang haben Raju und er unter Bäumen oder hinter Häusern in den tieferen Hanglagen der dicht bewaldeten Berge geschlafen. Je weiter nach Süden sie kommen, desto mehr öffnet sich das Gebirge, was breitere Täler bedeutet, mehr Raum, bis er eines Tages spürt, dass die geballte Faust, in der die Berge ihn von jeher gehalten haben, sich entsprechend lockert, bisweilen sogar ganz verschwindet.

Der See ist grün, und da, wo seine Ufer die Straße berühren, liegt der übliche Abfall herum – Plastiktüten, Lebensmittelverpackungen, Zigarettenschachteln, leere Getränkekartons, Plastikflaschen, Blumen, Papier, undefinierbarer Dreck, Scheiße, knalligfarbene Algenblüte, Flächen von grünem Schleim, zäher Chemieschlick der einen oder anderen Sorte, Kolonien von Riedgras, brockiger Schaum, alles so dicht gepackt, dass es einen festen, zerklüfteten Saum bildet, unbeweglich, ganz anders als das Wasser seeeinwärts, das auf seine gewohnte Weise von Wellchen gekräuselt wird.

Sie erregen Aufmerksamkeit – ein Bär ist kein alltäglicher Anblick – und haben bald ein Gefolge: erst ein, zwei Straßenkinder, dann stößt, ein wenig später, ein größeres Grüppchen von sieben oder acht Kindern hinzu, schließlich sogar ein paar junge Männer und Gassenbuben. Es setzt ein Sprechchor ein – Bär, Bär, zeig uns, wie du tanzt. Nach einer Weile hat es auf Lakshman eine Wirkung wie eine stumpfe Klinge, die sich durch seinen Schädel sägt, aber er ignoriert die Menschenschleppe. Raju folgt ihm lammfromm, ohne sich von den lärmenden Kindern ablenken zu lassen. Erst als ein, zwei von ihnen Steine aufsammeln und anfangen, damit zu werfen, dreht sich Lakshman um und bellt – Habt ihr überhaupt Geld, um ihn tanzen zu sehen?

Ein etwas älterer Junge, vielleicht dreizehn, vierzehn, es ist schwer zu sagen, stolziert streitlustig heran und fragt – Wie viel willst du?

Lakshman gibt sich gesprächsbereit – Ich habe keinen festen Satz. Die Leute bilden einen Kreis um mich herum, und ich lass den Bären tanzen. Dann, wenn sie das sehen, kommen weitere Leute hinzu. Ich nehme einfach das, was sie mir am Ende geben.

Der Junge sagt – Dann bist du also ein Bettler.

Die Worte verschlagen ihm den Atem, aber er erholt sich schnell genug, um zu fauchen – Ich kann den Bären auf dich hetzen, weißt du, und dann zerreißt er dich in fünf Minuten in Fetzen. Was glaubst du wohl, wozu diese Schlaufe um seine Schnauze ist?

Die Großspurigkeit lässt den Jungen im Stich. Die ganze Schar weicht zurück, bleibt dann stehen. Lakshman dreht sich wieder um und setzt seinen und Rajus Weg fort. Der Rücken prickelt ihm, wie das immer ist, wenn man beobachtet wird, aber er spürt, dass die Jungen die Verfolgung aufgegeben haben. Hinter ihm landet ein Stein, trifft fast seinen Knöchel, und ein zweiter schlägt, dem ersten dicht auf den Fersen, auf den Boden, prallt ab und erwischt ein Hinterbein Rajus, worauf der einen kleinen erschrockenen Hüpfer macht. Mit einer einzigen wütenden Bewegung klaubt Lakshman zwei Steine auf, wirbelt herum und schleudert sie, schreiend, den fliehenden Rücken der Jungen hinterher.

– Mutterficker! Schwesternficker! brüllt er. Die Wurfgeschosse kommen nicht mal in ihre Nähe. Bildet er sich ihr verächtliches Lachen in der Ferne nur ein? Ihm wird bewusst, dass er die Zähne fletscht, einen baumelnden klebrigen Faden von Spucke am Kinn. In garantiert sicherer Distanz dreht sich einer der Jungen nach ihm um, geht mit den Händen zu Boden und führt ein paar Sekunden lang eine Parodie von Rajus Gang auf, bevor er sich wieder seinen fliehenden Freunden anschließt. Der Spuckefaden fällt auf den Boden.

Bei seiner dritten Vorstellung in dieser Stadt bemerkt Lakshman den Jungen, der ihn einen Bettler genannt hatte, und dann meint er, in rascher Folge, die Gesichter einiger der Jüngeren gleichfalls zu erkennen. Bei den ersten zwei Versuchen war die Ausbeute mager – dreiundzwanzig und vierunddreißig Rupien, kaum so viel, dass er und Raju drei oder vier Tage über die Runden kommen –, und auch wenn der Zulauf jetzt größer ist, so dämmert ihm allmählich, dass das nicht immer mit entsprechenden Einnahmen einhergeht.

Die Darbietung ist glanzlos; das weiß Lakshman selbst. Nicht nur Raju muss ein festes Programm eingepaukt bekommen, mit verschiedenen Nummern, auch Lakshman ist ein blutiger Anfänger, gänzlich unbeleckt. Diese Straßenvorstellungen entwickeln sich andererseits nach einer improvisierten Versuch-und-Irrtum-Methode. Er spielt den *damru* und zieht an dem Strick, der durch Rajus Nase verläuft; der Bär steht auf und tappt so lange herum, wie die Leine straff bleibt; Lakshman rezitiert dazu eine Art Litanei – Seht nur, seht nur, der tanzende Bär, jetzt stellt er sich gleich auf die Hinterbeine, jetzt tanzt er, seht, seht, tanz, tanz, tanz – und das ist auch schon sein ganzes, klägliches Repertoire. Heute will er etwas Neues probieren: Raju soll immer wieder im Kreis um ihn herumgehen. Er wird zusehen müssen, wie er das hinbekommt, ohne dass das Seil sich um ihn wickelt; die einfachste Lösung wäre, stehen zu bleiben und sich auf der Stelle zu drehen, während Raju seine Kreise zieht; aber er möchte lieber sitzen, denn er ist müde. Nicht zum ersten Mal wünscht er sich, er könnte ein paar Lieder singen – irgendwelche alten oder neuen Hindifilmsongs würden vollauf genügen –, um der Sache ein bisschen mehr Schmiss zu verleihen und beim Publikum den Eindruck zu erwecken, dass die Darbietung einstudiert ist, dass Raju *zu* seinem Gesang tanzt.

Die Planlosigkeit hat ein Ende, als ein Kind, ein Mädchen von höchstens sechs, sieben Jahren, dazwischenruft – Darf ich auf dem Bären reiten? Ich will auf ihm reiten.

Ein Mann, vermutlich ihr Vater, begleitet sie in die Mitte des Kreises aus Umstehenden, zu Lakshman und Raju.

– Er wird doch nicht beißen, oder? fragt er.

Lakshman erschrickt bei der Frage, aber eine Überschlagsrechnung und die sich daraus ergebende Lüge – Nein, nein, er ist ein richtiges Baby, ein *paaltu bhaalu*, würde keiner Fliege was zuleide tun – setzen die Angst spielend außer Kraft. Kleine Kinder auf Raju reiten zu lassen könnte mehr Geld einbringen als einfach nur Bärentanz.

Zögernd nähert sich das Mädchen dem Bären, eine Hand fest an die väterliche geklammert. Es bleibt etwa vier Fuß von Raju entfernt stehen und starrt ihn gespannt an.

Plötzlich brüllt einer der Zuschauer – Das ist kein Bär, das ist ein Hund in einem Bärenfell.

Lakshman weiß, wer es war, ohne hinsehen zu müssen; trotzdem sieht er hin, und sein Blick fällt augenblicklich auf den Jungen, als ob irgendein spöttisches Schicksal ihn ausgesucht und unter Ausschluss sämtlicher sonstiger Anwesenden vor Lakshmans Sehstrahl gestellt hätte. Die Punkt-Wahrnehmung zerläuft; jetzt kann Lakshman auch ein paar der anderen, kleineren Jungen von tags zuvor am See erkennen.

Ein kollektives Kichern setzt ein, dann erklingt eine andere Stimme – Der Bär tanzt, und der Fuchs zieht am Seil, damit er tanzt.

Das Gekicher explodiert. Ein allgemeiner Chorgesang hebt an – Hund, Fuchs, Hund, Fuchs, Hund, Fuchs …

Jetzt sind alle vereint in hämischem Gelächter. Wie konnte es nur so schnell ausarten, die Zeit zwischen dem Anreißen eines Streichholzes und dem Feuersturm so kurz sein? Lakshman hebt den Blick, sieht sich um. Überall Baustellen, Flachland und Hänge aufgegraben, Haufen von Ziegeln, Zement, Sand, Maschinen, ein, zwei Schwerlaster. Hotels? Warum konnte Ramlal nicht hier arbeiten, in der Nähe seines Dorfes? Warum musste er so weit wandern, keiner weiß, wohin?

Die meisten Zuschauer sind gegangen, zurück bleibt nur ein kümmerliches Häuflein. Lakshman sitzt wie festgewurzelt in abgrundtiefer Erschöpfung. Auch Raju hat sich gesetzt; fügsam, geduckt, hat Lakshman den Eindruck. Auf dem ausgebreiteten Tuch für die Spenden der Leute liegt genau eine Eine-Rupie-Münze.

Bevor sie die Stadt verlassen, geht Lakshman am folgenden Morgen zu einem Lebensmittelstand ganz am Ende einer Straße, die von Teebuden und Verkaufsständen für Obst und Gemüse, Getreide, Reis, Zwiebeln, Knoblauch, Kürbisse, Kartoffeln gesäumt ist. Er mustert ausführlich die Auslage, während er sich vergewissert, dass der Mann hinter dem Stand Raju bemerkt hat.

– Ist … ist das ein Bär? fragt der Mann mit erwachendem Interesse.

– *Haan*. Ein Baby-Bär. Raju heißt er, antwortet Lakshman liebenswürdig. Sein Herz hämmert wie wild. Er weiß, dass er ein großes Risiko eingeht, aber sie müssen schließlich etwas essen. Er lässt den Strick aus der Hand fallen und stupst Raju mit dem Fuß zurück. Raju wackelt mit dem Hinterteil, bleibt aber, wo er ist. Lakshman tritt ihn noch einmal, jetzt etwas fester, während er plappert und plappert, um die anfängliche Neugier des Händlers am Leben zu erhalten.

– Er ist bloß ein Kindchen, ganz friedlich, ganz freundlich, wie ein *paaltu* Hund. Stimmt's nicht, *beta*, bist du nicht ein kleines süßes Hundilein? Geh, geh zu diesem neuen *bhaiyya*, geh.

Der Plan, soweit man davon reden kann, ergibt sich wie nebenbei. Lakshman bückt sich hinunter, legt die Hände an Rajus Weichen und schubst ihn sanft dem neuen *bhaiyya* zu, damit er mit ihm Freundschaft schließt.

Raju macht ein paar Schritte vorwärts, worauf der Standbesitzer erblasst und ausruft – Du hast ihn von der Kette gelassen? Nein! Lass ihn nicht los, lein ihn wieder an, lein ihn an!

Lakshman hört nicht auf ihn – Er tut nichts, *eekdam bachha hai* –, während Raju sich zögernd in Bewegung setzt, den Ausdruck blinzelnder, resignierter Verwirrung unverändert im Gesicht.

Der Standbesitzer wiederholt seine Anordnungen mit schriller werdender Stimme, in der die Panik allmählich außer Kontrolle gerät. Raju schnüffelt am Boden, an einem Sack erdiger Kartoffeln, einem weiteren Sack mit müden, angeschlagenen rosa Zwiebeln, schaut auf und gähnt. Der Standbesitzer gibt einen strangulierten Aufschrei von sich, drückt sich vorsichtig an seiner Waage mit dem Stapel von eckigen schwarzen Eisengewichten daneben vorbei und rennt ins Freie, wobei er an der Schwelle seiner Bude fast über einen riesigen Korb von verschrumpelten Flaschenkürbissen stolpert. Er zieht sich in die enge ungeteerte Gasse gleich neben seinem Stand zurück. Verstört durch das verwirrende Gefühl, nicht mehr angeleint zu sein, und das Vorhandensein von Essbarem, schnorchelt und grunzt Raju und schlurft im Bärenpass zum Haufen Maiskolben nah der Ecke zur Gasse, in die der Standbesitzer geflüchtet ist. Aus Furcht, verfolgt zu werden, läuft der Mann weiter, wodurch Lakshman, seinem Glück kaum trauend, Gelegenheit hat, alles, was er in die Finger bekommt, in das zum improvisierten Schnürsack geraffte große Laken zu stopfen, das er sonst für Geldspenden ausbreitet, wenn er Raju auftreten lässt. Dunkle Kartoffeln; Zwiebeln, die aus ihren papiernen Häuten glitschen, stellenweise matschig; Flaschenkürbisse; Zuckermais; Mangos; Bananen; abgepacktes aufgeschnittenes Weißbrot … bis der Gedanke, dass er Raju wieder einfangen muss, ihn innehalten und den schon jetzt viel zu schweren Sack absetzen lässt. Aber Raju hat noch nicht ganz herausgefunden, was diese noch nicht da gewesene, entfesselte Bewegung bedeutet; stattdessen stöbert er in einem Jutesack voll halb verrotteter Kühlhausmöhren vom letzten Winter, bohrt die Schnauze hinein und verschlingt sie mit vollkommener Hingabe. Lakshman bringt es nicht übers Herz, dieses Einssein von Streben und Erfüllung zu stören, also setzt er sein planloses Plündern fort. Dann – Raju ist immer noch völlig selbstvergessen – packt er das freie Ende der Kette und ruckt einmal, zerrt zweimal, dreimal daran, bevor Raju etwas merkt und den Kopf hebt. Der Sack wird ein rasches Entkommen verhindern; jetzt sitzt ihm die Angst im Nacken. Er kann sich gut vorstellen, wie leicht es für den Händler wäre, Dieb! Dieb! zu schreien und ihm augenblicklich einen Pulk von Verfolgern hinterherzuhetzen. Den Sack über die linke Schulter geworfen, reißt er Raju mit sich und hastet zum Anfang der Landstraße und dann weiter in die Streusiedlung zwischen den Bäumen, ein Stück abseits der Straße, biegt planlos nach links und nach rechts ab, nach rechts und nach links, für den Fall, dass jemand ihnen folgt, und erreicht zuletzt den äußersten Rand der Bebauung, hinter dem nur noch Bäume kommen. Er bleibt stehen, verschnauft und lässt den Sack von der Schulter gleiten.

Die Stadt verliert sich zu ein, zwei vereinzelten Teebuden, einem Reifenladen und dem Skelett eines Hauses im Bau, mit aus den

Grundpfeilern wie hohes schlankes Schilfrohr ragenden Eisenstangen, und endet schließlich in einer leeren Landstraße, von Bäumen gesäumt. Eine Meile weiter stößt Lakshman auf einen kleinen Tempel. Seine Außenwände sind blau gestrichen, auf dem konischen Dach hängt ein roter Wimpel, und Girlanden von vertrocknenden Ringelblumen schmücken den kleinen vergitterten Eingang. Lakshman bindet Raju an einen Baum, zieht seine *chappals* aus und betritt den winzigen Vorhof. Er erwartet, durch das Gitter Shiva zu sehen, aber stattdessen ist es Hanuman, eine Keule in der Linken und in der rechten einen Miniaturberg, den er emporhält, als biete er ihn einem besonders geehrten Gast als Süßigkeit an. Sein Gesicht und sein Körper sind ebenfalls blau angemalt. Lakshman holt die Kokosnuss heraus, neigt den Kopf – eher konzentriert als andächtig, denn für das, was er vorhat, hat er nur einen Versuch – und schmettert die Kokosnuss, mit einer dem Zweck völlig unangemessenen Wucht, beinah wuterfüllt, mit zusammengebissenen Zähnen auf das Pflaster des Hofes. Die Kokosnuss platzt, und die Bruchstücke fliegen wild durch die Gegend. Dort, wohin die Flüssigkeit explodiert ist, breitet sich ein dunkles Spritzmuster sternförmig über den Beton aus. Lakshman sammelt die Kokosnussscherben auf, steckt die Hand durch das Metallgitter und legt das Fruchtfleisch auf den Fußboden des Gotteshäuschens. Mit dem Gebet, das er im Stillen spricht, weist er den Gott darauf hin, dass die Opfergabe sein Dank ist für die überraschend geschenkten Lebensmittel sowie für den Segen, der ihm zu so leichter Flucht verholfen hat; dass er seinen Teil der Abmachung einhalten und jedes Mal, wenn der Gott sich seines Dieners annimmt, mit Dankbarkeit seiner gedenken wird.

Die Hitze beginnt, die Zähne zu blecken, und als er und Raju eine weitere Meile gewandert sind, hat Lakshman, nass von Kopf bis Fuß, das Gefühl, gleich in Ohnmacht zu fallen. Raju zeigt die Selbstbeherrschung, die nur ein Tier besitzt.

Sie ziehen von Schatten zu Schatten, indem sie der Bewegung

der Sonne folgen, bis das nichts mehr nützt. In ihrem Zenit hat die Sonne alles, was unter ihr liegt, vollkommen, ungehemmt in ihrer Gewalt; nirgends ein Versteck. Man kann nichts anderes machen, als irgendwo Schutz zu suchen und die Zeit bis zum Abend zu verwarten, um dann den Weg wieder fortzusetzen, aber so weit kann er nicht denken, bevor er nicht etwas zu trinken bekommt. Ein Bild schießt ihm durch den Kopf: das Wasserbassin in Golus Tempel, in seinem Heimatdorf, teilweise von einem *nili-gulmohar*-Baum mit seinen kleinen getreidekornförmigen Blättern beschattet und, manchmal, spiegelglatt, grün, mit dessen blauen Blüten bestreut. Als sie nach einstündiger Suche etwas erreichen, was er für einen Wasserlauf gehalten hatte, stellt er fest, dass es nur eine sich schlängelnde Linie von Steinen und Felsbrocken ist, mit Flecken von gelbgrünem Schlick hier und da, wo das Wasser sich länger gehalten hat.

Raju schleppt ihn weiter, beschnüffelt den steinigen Boden und zerrt untypischerweise an der Kette um seinen Hals, als wolle er sich losreißen oder Lakshman irgendwohin führen. Über Steine stolpernd, folgt er Raju bis zu einem Pfützchen Wasser, das sich in der dunklen Höhlung unter der Stelle versteckt hat, wo zwei feiste Felsbrocken sich Bauch an Bauch berühren. Bevor Lakshman Halt auf den Steinen findet und hinuntersteigen kann, spannt Raju die Kette so stramm, dass er es schafft, auf einen der dicken Felsbrocken zu steigen, unter unmöglichen Verrenkungen den Kopf in die Öffnung zu stecken und das Wasser aufzuschlappen. Lakshman kann das laute Schlürfen hören, dem schon bald die gewohnten Grunzgeräusche folgen. Er zerrt Raju zurück und späht in den Spalt. Das ganze Wasser ist weg. Er kneift die Augen fest zu – er sieht zerknallende Farben – und öffnet sie wieder: nein, kein Wasser. Rajus ellenlange rosa Zunge leckt das Maul, in dem es gerade verschwunden ist. Seine Miene ist unbeirrt, undurchdringlich.

Die Welt um Lakshman wird schwarz. Noch bevor er sich eine

angemessene Strafe für das undankbare Vieh ausdenken kann, löst er das Nasenseil vom Halsband und reißt wütend daran. Raju kreischt auf und springt über den Felsblock. In diesem Moment tritt die Strafe klar vor Lakshmans geistiges Auge. Er zieht immer weiter an der Leine und hindert so Raju daran, auf ebeneres Gelände hinunterzusteigen, zwingt ihn dadurch, riskant von Fels zu Fels zu hüpfen oder manchmal auf einem größeren Brocken entlangzutrotten, während der Schmerz es ihm unmöglich macht, eine ebene Fläche zu suchen, auf der er zumindest das Gleichgewicht halten könnte, während er zwangsweise tanzt.

Lakshman bricht in irres Gelächter aus – Siehst du, *haraamzada*, was ich mit dir machen kann? Wie fühlt sich das an, hä? Wie fühlt sich das an?

Mit jedem Wort zieht er stärker, besessener an der Leine. Rajus Laute gehen in eine infernalische Kombination von – regellos alternierendem – Kreischen und Jaulen über. Lakshman kriegt Angst und lockert die Leine. Wird Raju ihm jetzt an die Kehle springen? Wird er ihn attackieren und mit den Klauen auf ihn losgehen? Lakshman lässt den Strick fallen und hebt den Stock auf, um sich in dem Fall verteidigen zu können, ohne daran zu denken, dass Raju jetzt nicht angeleint ist und leicht weglaufen könnte, besonders nach dem, was er gerade erlitten hat.

Doch Raju läuft nicht fort. Er sitzt auf einem Felsblock und gibt dieses furchtbare Kreischen von sich, das endlich nach und nach abebbt. Lakshman wartet in sicherem Abstand, den Stock in der Rechten parat. Er schwankt zwischen der Angst vor einem möglichen Angriff und der Befürchtung, Raju könnte davonlaufen. Nachdem er zu kreischen aufgehört hat, blickt Raju zu Boden, als suche er nach etwas, was er verloren hat. Er klettert hinunter und steckt die Schnauze zwischen die zwei runden Felsen, späht auf die Stelle, wo die kleine Pfütze gewesen war, aber von dort ist kein Trost mehr zu erwarten. Die Kette liegt jetzt schlaff auf den Steinen. Ihr loses Ende ist von Rajus Hals ausreichend weit entfernt. Mit hämmerndem Herzen schnappt Lakshman danach, wagt aber noch nicht, daran zu ziehen. Das Nasenseil wird er später, wenn er sich sicherer fühlt, am Halsband befestigen.

Zwei Wochen vergehen. Sie treten an einer Kreuzung auf. Lakshman ist mittlerweile verzweifelt; sie haben in den letzten zwei Tagen nur ein Mal gegessen. Es gibt wenig Verkehr: ein Laster alle zwanzig Minuten, ein paar Autos. Aus den offenen Fenstern von manchen werden leere Chipstüten und *gutka*-Päckchen geworfen. Lakshman läuft immer dorthin, wo sie landen, in der Hoffnung, etwas Brauchbares zu finden, darum betend, dass die Leute in den Autos etwas übersehen haben oder irgendwelche Lebensmittel loswerden wollten. Raju leckt das glänzende, salzig-ölige Innere einer leeren *Kurkure*-Tüte aus. Nicht ein Fahrzeug hält, niemand steigt aus, um einem Bären und dessen Besitzer, der am Straßenrand hockt, dabei zuzuschauen, wie der Mann mit seinem *damru* klappert, der Bär ein paar Schritte probiert. Nach mehreren Stunden dieser Art wird die Hitze allzu unerträglich, als dass dieses halbherzige Sichfeilbieten noch fortgesetzt werden könnte. Als es dunkel wird, wandert Lakshman mit Raju zu den Eisenbahngleisen. Nachts nimmt die Hitze kaum ab, da die hart gebrannte Erde sie in dürftiger Rache an der Sonne zurückstrahlt.

Entlang der Eisenbahnstrecke ist die Besiedlung weit dichter. Hier würden sie nicht verhungern oder verdursten. Er erkennt allerdings schnell, dass die dünn in die Länge gezogenen Slums und mitunter sogar kleinen Dörfer sie nie länger als einen Tag oder eine Nacht ernähren werden. Außerdem gibt es viel zu wenig Leute, als dass mehr als ein Bärentanz sich lohnte; oder selbst ein einziger – für Straßendarbietungen können sie hier nichts erübrigen.

Lakshman und Raju leben von Brot und Tee, *dal* und Reis, Bananen, gelegentlich einem *samosa* oder sonst etwas Frittiertem, *pa-*

koras, Bonbons, Keksen, Beignets. An wie wenig man sich doch gewöhnen kann, denkt er, nicht zum ersten Mal, während er anderen ihr Essen neidet und dabei die ganze Zeit versucht, nicht ans Essen zu denken. An einem fast leeren Wasserspeicher unter einer Eisenbrücke zieht er sich aus und wäscht sich und seine Kleider. Die nassen Sachen breitet er auf niedrigen Sträuchern aus; Minuten später sind sie trocken. Er sieht Raju, den er an einen Baum gebunden hat, dessen Stamm einen Schatten so dünn wie einen Faden wirft, den Boden in dem ihm zugestandenen Radius von vier Fuß aufscharren und, wie es aussieht, die trockene staubige Erde fressen. Als Lakshman näher kommt, erkennt er, aber erst bei genauerem Hinsehen, dass Raju eine lange Straße von schwarzen Ameisen entdeckt und alle, die in seiner Reichweite waren, verspeist hat. Er hat die Erde rings um sich herum aufgegraben in der Hoffnung, ein Netzwerk von Nestern zu finden. Lakshman bindet ihn los und führt ihn auf die Suche nach weiteren Ameisen. Sie scheinen für das Auge des Tieres leichter auszumachen zu sein als für das menschliche. Der Glast der brennenden Erde macht die Sache nicht einfacher. In einem Augenblick gleichzeitiger Blindheit und Nachsicht gestattet er Raju, ihn in einem Zickzack-, Spiral- und Rundumtanz zu führen, winzigen sich zerstreuenden schwarzen Insekten hinterher, die der Bär offenbar mit dem rosigen Feudel seiner ausgestreckten Zunge restlos, treffsicher und mühelos vom Boden aufwischt und vertilgt. Das Grunzen und die anderen, nicht zu beschreibenden Laute, die Raju dabei von sich gibt, scheinen Lakshman demselben Fundus zu entstammen, mit dem sich sein Schmerz ausdrückt. Wäre Lakshman imstande, schlösse er die Augen, zwischen den zwei Geräuscharten zu unterscheiden? Der unverhoffte Segen ist allzu bald erschöpft. Er findet, dass Raju kummervoll dreinschaut.

– *Chalo*, bittet er, wir haben noch einen weiten Weg vor uns. Er möchte den Kopf des Bären streicheln, nimmt sich aber zusammen.

Von den heißen Winden gegeißelt, kommen sie kaum voran. Die Luft selbst ist zu unsichtbarem Feuer geworden. Lakshman hat unterwegs weggeworfene *Bisleri*-Flaschen aufgesammelt. Er füllt sie, wo immer sich die Möglichkeit bietet, oft an Teebuden oder Straßenesslokalen. Wenigstens für Wasser braucht er nichts zu zahlen. Außerdem öffnet der Neuheitswert eines Bären manche Leute immerhin so weit, dass sie etwas zu essen anbieten. Aber der wesentliche Anteil ihres unsteten, mageren Nachschubs an Lebensmitteln kommt durch Suchen und Sammeln zustande. Lakshman geht auf, dass Raju für diese Aufgabe besser gewappnet ist und es sogar in seinem, Lakshmans, Interesse sein könnte, den Bären von der Leine zu lassen und ihm zu folgen, wohin ihn seine Nase und seine Instinkte führen, aber das kann er natürlich nicht machen.

Sie entdecken Wassermelonen, die inmitten ihrer verwelkenden Blätter wie dunkelgrüne Findlinge auf einem Feld liegen. Lakshman wartet, bis es stockdunkel ist, und schlingt dann vier davon in sich hinein, nachdem er sie mit der Handkante aufgeschlagen hat. Noch in der Nacht bekommt er Dünnpfiff und beschmutzt seine Hose. Er erschöpft seinen Wasservorrat, um sich selbst zu reinigen, aber seinen *pajama* wird er beim besten Willen nicht sauber bekommen, solange er nicht wieder auf einen Teich oder einen Wasserspeicher stößt. Ekel erfüllt ihn und Scham, bis er meint, beides als den rebellischen Schleimkloß tief in seiner Kehle zu schmecken, der unbedingt rauswill. Wie ein hilfloses Kind ergibt er sich den Tränen, Tränen des Selbstmitleids und der Wut. Wie ist er nur hierher geraten, fragt er sich, und geht ein weiteres Mal in die Hocke, um einen weiteren kurzen Spritzer aus seinem entzündeten Sphinkter herauszulassen. Wo er doch ein Zuhause hatte, mehr zu essen als jetzt, eine Frau, die sich um ihn kümmerte, Kinder, die seine Linie fortführen und, wenn er alt wäre, für ihn sorgen würden?

Die Dichte der Slums nimmt in der Nähe der Bahnübergänge und Bahnhöfe von größeren Ortschaften zu. Man hat das Gefühl, dass die gierige, ungebärdige Wucherung von dem rastlosen Verlangen getrieben wird, die Eisengeleise in sich aufzusaugen. Schweine, Hunde, rotznäsige Kinder mit verfilztem Haar, zerfurchte Erde, die sich bald in lange Flächen von pfützennarbigem Feld verwandeln wird, Abwasser, offene Abflussrinnen, enge Gassen mit rachitischen Häusern, so dicht aneinandergedrängt wie zu viele faule, schief stehende Zähne in einem Mund, und überall Geschriebenes, auf Schildern, an Wänden, auf rohen Brettern, an Häuser- und Ladenfronten, auf Hindi, was er lesen kann, aber oft in Sprachen, die er nicht beherrscht, aber als Urdu und Englisch identifiziert. Und Müll, überall Müll, nicht von den Menschen und Tieren und Häusern und Läden zu trennen, jedes ins andere übergehend, verfließend, ohne Linien, die die Grenzen markierten. Die Dichte des Verkehrs auf den engen Straßen und Gassen – Rikschas, Autos, Motorräder, Busse, Laster, Fahrräder, Roller – schockt Lakshman. Wie soll er je bis zum Zentrum dieser Städte gelangen und Raju tanzen lassen? Er schafft es kaum, die Straße zu überqueren. Dann etwas Seltsames. Auf ihrer Reise ist Raju bisher immer vorneweg gegangen und Lakshman hinterher, jetzt kehrt es sich um; Raju scheint sich hinter Lakshman verstecken zu wollen, wodurch Lakshman gezwungen ist, die Hand mit der Kette in einem unbequemen Winkel nach hinten zu strecken. Und ... und ... was ist, wenn das Tier plötzlich wild wird und ihn von hinten attackiert?

Aber die schiere Masse an Menschen bedeutet, dass sie Aufmerksamkeit erregen, und die, wird Lakshman langsam klar, kann er versuchen, sich nutzbar zu machen. Ein Stück stadteinwärts vom Bahnhofsviertel führen Lakshman und Raju unter einem Baum nahe einer Kreuzung von drei Straßen, auf dem schmalen Saum zwischen einem offenen Abwasserkanal und dem strömenden Verkehr, dem Streifen, wo tagsüber Obstverkäufer und Imbisshändler sitzen, ihre

Vorstellung auf. Eine ansehnliche Menschenmenge sammelt sich rund um sie an und behindert bereits den Verkehr. Vom großen Andrang ermutigt, versucht Lakshman, eine Schippe draufzulegen – er singt Fetzen von Hindifilmsongs, die momentan besonders im Schwange sind und die er überall, auf dem ganzen Weg hierher, aus Lautsprechern plärren gehört hat. Er kennt die Texte nicht, immer nur den Refrain oder eine andere einprägsame Stelle, aber immer gepaart – das natürlich – mit Rajus spaßigen Bewegungen, scheint es zu genügen, um die Versammlung ein wenig zu unterhalten.

Mitten während der Vorstellung spürt Lakshman, wie ihn ein seltsames Gefühl der Losgelöstheit überkommt, als er unabsichtlich Rajus Augen bemerkt hat – blinzelnd, unfokussiert, auf nichts gerichtet oder scheinbar auf etwas gerichtet, was jenseits dessen liegt, was vor und um ihn herum ist. Es ist so, als sei er nicht anwesend. Lakshman hat zunehmend das Gefühl, dass auch er sich anders als sonst sieht, von Weitem: einen *damru* spielenden Mann, der immer wiederkehrende Kommandos oder Schmeichelworte wiederholt, Fetzen von beliebten Songs singt, während ein komisches schwarzgraues Tier ihn auf den Hinterbeinen umkreist, sich gelegentlich rhythmisch schüttelt, gelegentlich die Vordertatzen vor sein Gesicht hält, wie zum *namaste*. In diesem Zustand der Schwebe spürt Lakshman, dass er sie schon viele Male zuvor aufgeführt hat, diese Straßenvorstellung, einschließlich genau dieser einen, an genau diesem Ort, zu genau dieser Stunde, und zwar so intensiv, dass er die nächsten paar Sekunden des Geschehens vorhersagen kann. Sein ganzes Leben wird nach und nach zur Wiederholung derselben paar Handlungen, die sich an minimal unterschiedlichen Schauplätzen abspielen.

Eine Leiche wird auf einer Bahre mit ihrem Gefolge von Trauernden an ihnen vorbeigetragen. *Raam naam satya hai, Raam naam satya hai.* Aus seinem Tagtraum gerissen, merkt Lakshman sofort, dass der Leichnam links von ihm vorbeigezogen ist; ein böses

Vorzeichen. Sein Herz verlässt die Vorstellung. Er versucht, es wieder einzuholen, aber ein kleines Mädchen, an der Hand seines Vaters, möchte auf Raju reiten. Lakshman verdrängt sein ungutes Gefühl und will erst etwas Geld sehen, bevor er einwilligt. Der Mann gibt ihm zehn Rupien. Sein Glück kaum fassend, lässt er Rajus Nasenstrick los; sofort setzt sich der Bär. Lakshman befestigt den Strick am Halsband, Raju stellt sich in der Annahme, es sei Zeit zu gehen – ein Zeichen dafür, wie viel er schon gelernt hat –, auf alle vier Beine. Die Kleine wird vorsichtig auf ihn gesetzt, die Hände des Vaters halten sie, mögen sich nicht von ihr trennen aus Angst, dass was passieren könnte.

Lakshmans Herz ist eine irre Trommel, die niemand sonst hört. Die Schwierigkeit wird sein, Raju in dieser Position zu halten. Wird er die veränderten Signale – Leine und *damru* statt Nasenstrick und *damru* – verstehen? Die Totenträger. Er sollte diese Nummer nicht an einem Tag versuchen, an dem eine Leiche ihn links passiert hat. Die Beine des Mädchens reichen kaum mehr als eine Handbreit an Rajus Flanken hinab. Sie hält sie gespreizt; sie ist nicht entspannt und scheint es sich gerade anders zu überlegen. Der Vater plappert ununterbrochen beruhigend auf sie ein. Lakshman mischt seine Stimme mit ein, aber mehr, damit Raju ruhig und brav bleibt. Statt den *damru* zu spielen, zeigt er Raju, dass er aufsteht, zupft sachte am Halsband und hofft und betet und will, dass Raju sich in dem Glauben, sie würden jetzt aufbrechen, langsam in Bewegung setzt.

Und genau das tut Raju. Er setzt sich in Bewegung, das Mädchen auf seinem Rücken balancierend, der Vater an ihrer Seite mit ausgestrecktem Arm, um seine Tochter nicht aus der Hand zu lassen, und Lakshman, keine drei Fuß hinter ihm, die Kette in der Hand, einschmeichelnd gurrend – *Chal, mera beta, chal, chal, mera Raju, mera chhotu, chal, chal.*

Auf halber Strecke von Rajus Umlaufbahn bricht die Menge in Beifall aus.

Am folgenden Tag, etwa um die gleiche Zeit, beginnen Lakshman und Raju erneut ihre Vorstellung. Diesmal aber rührt Lakshman erst die Werbetrommel, bevor er beginnt – Kommt, kommt, kommt alle her, kommt den Bären sehen, der Kinder huckepack trägt, ein braver Bär, ein *paaltu bhaalu*, ein Bär, der selbst noch ein Kind ist. Kommt, kommt, nur zehn Rupien die Runde, zehn Rupien nur. Während er das im Singsang rezitiert, schüttelt er seinen *damru*. Raju schüttelt den Kopf. Die Leute glauben, dass er das im Rhythmus des klappernden *damrus* tut. Raju dreht zehn Runden mit zehn Kindern. Lakshman muss ein paar weitere abweisen, weil sie ihm zu schwer für den Bären erscheinen. An diesem Abend nimmt er knapp über hundertachtzig Rupien ein.

In einer Bude bestellt er zwei Teller Abendessen – Reis, *roti*, *dal*, *sabzi*, Eiercurry – und gibt einen davon Raju, anschließend kauft er für sie beide Obst und *laddus*. Auf der Suche nach einem relativ abgeschiedenen Fleck, wo sie ihr Nachtlager aufschlagen können, scheißt Raju nah einem sich ausdehnenden Hügel aus Abfällen, Jauche und Schlamm, in dem sich die Schweine suhlen, einen gewaltigen Haufen. Lakshman entscheidet sich für die Rückseite eines über Nacht geschlossenen *dawaakhaanas;* und dort für die oberste der drei Stufen, die zu einem an verschiedenen Punkten mit insgesamt fünf Vorhängeschlössern gesicherten eisernen Scherengitter führen. Die Stelle hat den großen Vorteil, dass nur ein paar Yards entfernt, gleich an der Gasse, die zur Hauptstraße führt, ein *gulmohar* steht. Lakshman bindet Raju an, kontrolliert einmal, dann noch einmal, ob die Tageseinnahmen wirklich in der Innentasche seiner Hose sind, und legt sich dann hin, um auf den Schlaf zu warten.

Er träumt wieder von Feuer, gewaltigen dahinjagenden Fluten von Feuer, die sich in völliger Hingabe, völliger Freiheit ausbreiten, und wacht nass geschwitzt und in Panik auf. Sein erster Gedanke gilt seinem Geld. Er holt es aus der Innentasche heraus und zählt es nach – es ist alles da, etwas feucht durch die Nähe zu seiner Unterwäsche, die ihrerseits nass ist vom Schweiß seiner Leisten und Schenkel, den er während des Träumens geschwitzt hat. Noch ehe sein Herz ausgetobt hat, beschließt er, dass er das Geld an einem sichereren Ort verwahren muss: So viele Leute haben ihn scheffeln sehen, wer weiß, was ihnen durch den Kopf geht, ob nicht einer oder zwei von ihnen Kleindiebe, Beutelschneider sind – schließlich sind diese Orte voll von Leuten, die nichts Gutes im Schilde führen. Wem kann man heutzutage schon trauen? Ganz bestimmt nicht Fremden in einer fremden Stadt. Er hat von Dieben gehört, die Taschen mit einem so scharfen Messer aufschlitzen können, dass der Schlafende, der gerade bestohlen wird, nicht die leiseste Störung verspürt, die ihn aufwecken könnte. Sie machen es so geschickt, dass er den Diebstahl nicht einmal beim Aufwachen bemerkt. Erst, wenn er in seine Hose oder sein Hemd greift, um etwas von seinen Einkünften auszugeben, stellt er fest, dass seine Hand durch ein Loch ins Leere fährt.

Der Gedanke erschüttert ihn bis ins Mark. Er nimmt das Geld, faltet jeden Zehn-Rupien-Schein der Länge nach zusammen und begibt sich zu Raju, der sich augenblicklich aus seiner ruhenden Position aufrichtet. Lakshman geht in die Hocke und betrachtet ihn eine Weile, während er sich überlegt, wie er es am besten anstellt. Raju gähnt – im diffusen Mondlicht kann Lakshman das Aufleuchten von Zähnen und Zahnfleisch und Zunge sehen, und selbst seinen Schlund, und ein kurzer Schwall seines fauligen Atems schlägt ihm entgegen. Der Einblick in Rajus Maul macht ihn umso nervöser. Mit flinken Bewegungen lockert Lakshman Rajus Halsband, während er in seinem gewohnten gurrenden Singsang sinnleere Worte aufsagt, und steckt den dünnen Streifen gefalteter Geldscheine sorgfältig unter das Band. Da wird ihm bewusst, dass er den Stock vergessen hat. Mit zitternden Händen hält er einen Finger fest auf die Geldscheine gedrückt, zieht das Halsband wieder stramm und den Finger behutsam heraus. So. Jetzt ist das Geld in Sicherheit. Sollte man ihn ausrauben wollen, wird keiner auch nur im Traum auf dieses Versteck kommen. Und selbst, wenn doch – wer wagte sich schon in die Nähe eines Bären?

Eine erste Ahnung von Regen beginnt, den Himmel und die Luft zu berühren, gerade als Lakshman und Raju die Randbezirke einer kleinen, kompakten Stadt erreichen – Varadapur, so das gelb und mit schwarzer Schrift bemalte, steinerne Ortsschild. Der Ort ist zu klein, als dass hier Züge halten würden. Der Abend füllt sich mit milchigem Nebel, der tief auf den offenen Feldern liegt, bevor die Menschenwohnungen beginnen. Lakshman kann ihn riechen, vermengt mit dem Geruch von Kuhdung – es ist doch kein Nebel, sondern Rauch aus den *chulhas*, die fürs abendliche Kochen angezündet werden. An der Naht zwischen Dämmerung und Dunkel wird der Himmel dunkelviolett; Lakshman befürchtet einen gewaltigen Wolkenbruch, aber es tröpfelt nur ein paar Minuten lang, gerade genug, damit die trockene Erde diesen vagen Fäulnisgeruch abgeben kann, und hört dann wieder auf. Lakshman deutet es richtig: Das Ende des Sommers ist da. Er hat Glück, dass der Monsunbeginn mit seiner Ankunft in Varadapur zusammenfällt, wo er sich irgendeine Unterkunft für die nächsten drei bis vier Monate suchen kann.

Ein Spaziergang die einzige befestigte Straße entlang, das Rückgrat des Städtchens, offenbart etwas Ungewöhnliches: eine Reihe von fast identischen Gebäuden zu beiden Seiten der Straße, in der Nähe des Zentrums. Sie sind alle vierstöckig, und die Außenseite der gewölbten vorderen Veranda ist bei allen zu einem Rechteck von Gelb gestrichen, einem Gelb, das einst die Farbe reifer Mangos gewesen sein muss, jetzt aber eher an schlammige Scheiße erinnert. Dennoch, verglichen mit der Gräue des nackten Betons anderswo – der Anstrich muss durch Jahre des Regens, der Sonne und der Vernachlässigung ausgelöscht worden sein –, ist das beharrliche Gelb verblüffend. Umgeben von gewuchertem Farn und Unkraut und von der Straße zurückgesetzt inmitten eines sich lichtenden Dschungels von Kiefern, befinden sich alle Gebäude in einem solchen Zustand des Verfalls, dass Lakshman zunächst nicht erkennen kann, ob sie einst bewohnt waren und aufgegeben wurden, oder ob die Bauarbeiten in einem späten Stadium abgebrochen wurden. Boden und Geländer mancher Balkone fehlen; die kurzen laufbrückenartigen Stege, die auf jedem Stockwerk ein Gebäude mit dem anderen verbanden, sind weggebrochen und hängen herunter; undichte Rohre haben unauslöschliche Schlieren von Rost hinterlassen, bei allen Gebäuden an immer genau der gleichen Stelle; eingeschlagene und rahmenlose Fenster, manche mit Brettern verschlagen, manche wie ausgehöhlte Augen, weisen in die Dunkelheit im Inneren, bei anderen sind die Gitter verrostet oder völlig verschwunden. Zwischen den Gebäuden liegen umfriedete Höfe, die diese untereinander verbinden; offensichtlich eine zusammenhängende Wohnanlage. Das Pflaster der Höfe ist geborsten, von Unkraut überwuchert, kaum sichtbar. Es ist ein Bild nicht so sehr des Verfalls als vielmehr des Verfallens. Das ist die Sorte Ort, wo Geister leben.

Lakshmans erster Gedanke ist, dass, wenn diese Gebäude aufgegeben sind, keinerlei Anzeichen von Bewohntsein zeigen, er und Raju hier vielleicht ein zeitweiliges Zuhause finden könnten, bis sie nach Ende des Monsuns Richtung Ebene weiterziehen würden. Wie weit sie auch verfallen sein mögen, könnte ihnen eines davon doch noch immer ein Dach über dem Kopf bieten und sie vor dem Regen schützen. Aber Monate auf der Straße, an einem Tag hier, am nächsten woanders, ein Leben wie ein Vogel oder ein wildes Tier, haben einen Instinkt in ihm geschärft, und er beschließt, die Dunkelheit abzuwarten, bevor er die Gebäude erkundet. Bis dahin schlendert er eine Zeit lang durch die Gegend und sieht sich die Stadt an, stets Ausschau haltend nach den besten Stellen, wo sie auftreten könnten, Plätze, die voraussichtlich die größten Zuschauerzahlen anziehen würden, prägt sich die Lage der Geschäfte ein, streift die zerrissenen Säume aus Slums an der Peripherie … Die Geländebegehung ergibt eine große Schule auf eigenem Grundstück (zurzeit eine kahle Fläche von feinem glattem Staub) und einen *BDO*-Komplex.

Lakshman entdeckt, dass er in der Kantine des *BDO*-Komplexes jeden Tag gegen eins für ganze fünf Rupien eine anständige Mahlzeit aus *dal* und Reis und *sabzi* bekommen kann. Und er erfährt die Geschichte der Geisterhäuser. Sie wurden für die Unterbringung der Beschäftigten eines großen nationalen Herstellers von Werkzeugmaschinen errichtet, der schon nach zehn Jahren den Betrieb in Varadapur einstellen musste. Die meisten Bewohner waren ausgezogen, entweder weil sie einer anderen Niederlassung zugeteilt wurden oder weil sie ihre Stelle verloren und nicht länger in einer betriebseigenen Unterkunft bleiben durften. Die Firma hatte mit den Häusern nichts weiter unternommen, sondern sie lediglich leer stehen und verkommen lassen. Ein paar Wohnungen sind noch bewohnt – wer weiß, mit welcher Berechtigung? Aber viele von ihnen sind verlassen und, nachdem der Zahn der Zeit sie so gründlich benagt hat, wahrscheinlich einsturzgefährdet. Die meisten Gebäude sind vom wuchernden Gestrüpp, das sie selbst noch während der trockenen Monate umgibt und Insekten, Reptilien, allerlei Tieren Unterschlupf bietet, fast völlig zugewachsen. Das stückelt sich Lakshman zusammen, während er und Raju an einem Straßenstand Tee und *samosas* zu sich nehmen. Die übliche Schar von Herumtreibern und Neugierigen ohne Beschäftigung oder Bleibe belagert ihn mit Fragen – Beißt er nicht? Greift er mit den Klauen an? Wie alt ist er? Wo hat Lakshman ihn gefunden? Ist Lakshman ein *qalandar?* Wird Raju jetzt tanzen? Wann findet ihre Vorstellung statt? Er weicht aus und pariert und gibt halbe Antworten, versucht sich auszurechnen, welche Erwiderungen ihm am meisten nützen könnten.

Sie reden eine ganze Zeit lang so dahin – ob der Monsun wohl pünktlich kommt, über die Schule, über die Tempel von Varadapur. Letzteres reißt eine gewisse unsichtbare Barriere nieder; die Männer begreifen jetzt, dass er gar kein richtiger *qalandar* ist – kein Muslim, heißt das. Er weiß, er wird möglicherweise eine ganze Weile in dieser Stadt bleiben müssen, also bemüht er sich, leutselig und freundlich zu sein und sich die wichtigsten Gesichter einzuprägen. Er kauft Streichhölzer, eine Kerze und versucht die Frage zu verdrängen, was er alles brauchen würde, um länger als ein, zwei Tage an ein und demselben Ort leben zu können, denn dieser Gedanke ist eine Falle, der gigantische Deckel.

Als es vollkommen dunkel ist, kehrt er mit Raju zur Geistersiedlung zurück. Er steigt über die niedrige Steinmauer, die das Grundstück zur Straße hin abgrenzt, und steht inmitten des trockenen Farns, hinter einem Baum, bis zur Wade im Gewucher, und erlaubt seinen Augen, sich an die Dunkelheit zu gewöhnen. Nach einer gefühlten Ewigkeit meint er, in einem Fenster im zweiten oder dritten Stock eines Gebäudes östlich von da, wo er steht, ein gutes Stück entfernt, Licht zu sehen. Das ihm am nächsten stehende Gebäude ist von der Dunkelheit vollständig verschluckt worden. Er bindet Raju an einen Baum und begibt sich, langsam und vorsichtig, zu diesem, ohne zu wagen, ein Streichholz anzuzünden, um zu sehen, wo er die Füße hinsetzt. Das Rascheln seiner Schritte klingt zu laut in seinen Ohren. Er kann Raju am Boden herumschnobern hören. Er fragt sich gerade, wie weit er wohl noch von dem Haus entfernt ist, als er einen kleinen Schreck bekommt – plötzlich kann er schwachen Feuerschein ausmachen, der die Umrisse eines unsauber vernagelten Fensters nachzeichnet. Da drinnen ist jemand: Diesen Ort gilt es zu meiden. Von seiner Umgebung kann er nichts sehen, er weiß nicht, in welche Richtung er gehen kann oder sollte. Er zündet ein Streichholz an, und während dessen kurzer Lebensdauer kann er lediglich rissigen Beton und Unkraut zu seinen Füßen und geradeaus, undeutlich, ein Stück Mauer oder Wand ausmachen, vielleicht sogar mit einer Tür oder Türöffnung, aber es ist alles nur flackernder Schatten, und dann schlägt die Dunkelheit auch schon wieder über ihm zusammen. Es war offenbar keine so gute Idee, bei Nacht herzukommen. Ihm kommt der Gedanke, dass der Ort ohne Weiteres Verbrechern und Schurken als Unterschlupf dienen könnte, und er will sich schleunigst verdrücken – es sieht nicht so aus, als ob es heute Nacht noch regnen würde, eine weitere Nacht unter freiem Himmel wäre ohne Weiteres möglich.

Er begreift nicht, was ihn antreibt, seiner Angst zum Trotz den Erkundungsgang fortzusetzen. Er zündet die Kerze an; unmöglich, ohne sie weiterzugehen, jetzt wo er schon fast im Inneren der Wohnanlage ist. Geleitet von diesem schwachen gelben Schimmer macht er einen Bogen um das Haus, in dem er das Licht gesehen hatte, und steuert ein Gebäude schräg dahinter an, jenseits eines gemeinsamen zementierten Hofes. Dort brennt in einem der oberen Stockwerke eine Glühbirne. Zu seiner Rechten gibt es einen Eingang, der ins Stockfinstere führt. Er tritt ein; das Kerzenlicht ist so nützlich wie eine nasse Papiertüte; trotzdem ist es alles, was er hat. Er stolpert über etwas Erhöhtes – eine Stufe – und fällt. Die Kerze rutscht ihm aus der Hand und rollt davon, brennt aber zum Glück weiter. Er hebt sie wieder auf und sieht sich an, was ihn zu Fall gebracht hat: zwei Stufen, die zu einem Absatz hinaufführen, von dem zwei identische Türen abgehen, oder besser gesagt, eine – geschlossene – Doppeltür und eine weitere Türöffnung, an der die Türflügel fehlen. Er tritt ein und steht in einem großen leeren Raum. Der Fußboden ist bedeckt mit trockenen Blättern, Stücken von zerbrochenen Ziegeln, fingerdickem Staub, nicht identifizierbarem Schutt und Müll, Glasscherben in der Nähe eines Fensters, von dem nur die nackten Holzrahmen übrig sind, einer Streu von trockenen Kügelchen, die wie Ziegenköttel aussehen … Irgendetwas huscht über den Fußboden und weg. Eine Ratte? Die Wände sind fleckig und rissig und, hier und da, seltsam bepelzt. In einer Ecke, nah dem Fenster, ist ein dunkler Fleck, wo der Fußboden sich abwärts zu neigen scheint, es könnte aber auch ein Schatten sein, eine Stelle, die das Kerzenlicht nicht erreicht. Direkt daneben ein Durchgang, der vermutlich ins Innere der Wohnung, zu weiteren Zimmern führt.

Lakshman hat seinen Vorrat an Furchtlosigkeit aufgebracht; er bringt es nicht über sich, die ganze Wohnung im Dunkeln zu erkunden. Er würde sich gern vergewissern, ob hier jemand wohnt oder sich versteckt hält, aber er weiß nicht, wie er es anfangen soll; soll er rufen? Soll er zuerst Raju holen und die Suche zusammen mit ihm fortsetzen? Die Anwesenheit eines Bären könnte ihn vor allem Möglichen schützen. Außerdem fühlt er sich ohne Raju einsam. Er macht kehrt und geht nach draußen, die Kerze in der Hand, Nacken und Rücken prickelnd vor Angst, der atavistischen Angst, etwas könnte ihn von hinten anfallen. Es ist merkwürdig, dass dunkle offene Räume, wie Felder, Heiden, Wälder, Straßen, keine solche Schrecken für ihn bergen – nur dunkle geschlossene Räume, Zimmer, das Innere von Häusern.

Er versucht, denselben Weg zurückzugehen, ist aber sicher, dass er sich verirrt hat. Verzweifelt stößt er ein lautes Flüstern aus – Raju, Raju.

Nichts außer einem unbestimmten Rascheln.

Er ruft, jetzt mit voller Stimme – Raju, Raju.

Ein Geräusch antwortet ihm, irgendetwas zwischen einem Schnattern, einem Gähnen und einem Quieken. Lakshmans Angst verfliegt.

Der Anblick, der Lakshman nach einer schlaflosen Nacht voller Ängste und Unbehagen bei Hellwerden begrüßt, versetzt ihm einen Schock. Der Innenraum ist schmutziger und heruntergekommener, als das Kerzenlicht verraten hatte. Lakshman hat zumindest vage

Kenntnisse von Hausbau, Renovierung und Dekoration, und ihm scheint hier drinnen alles jene Grenze, jenseits deren ein Haus nicht mehr gereinigt, repariert oder wiederhergestellt werden kann, sondern abgerissen und von Grund auf neu aufgebaut werden muss, längst überschritten zu haben. Der dunkle Fleck, den er gestern gesehen hat, war kein Schatten, sondern ist eine riesige Zunge von Schlamm, der den ganzen Blut eindampfenden Sommer, noch immer feucht schimmernd, überlebt hat. Ein Velours von orangerotem Schimmel – oder ist es Rost? – nimmt ein Drittel der Decke ein. Die Wand mit der Türöffnung ist mit einem Ausschlag schwarzer Punkte übersprenkelt. Im Staub prangen Pfotenabdrücke und auf dem Fußboden und dem unteren Drittel der Wände Kleckse von *paan-* und *gutka*-Spucke. Durch die Tür, die weiter nach innen führt, gelangt er in einen kurzen Gang, von dem eine einstige Küche und, neben dieser, ein leerer Raum abgehen; die Wand zwischen beiden liegt in Trümmern. Türen hängen schief in den Angeln, und das Holz an ihrem unteren Ende ist in wild gezackten Bogen abgenagt. Die Küchenspüle sieht trocken aus – aus dem Hahn kommt kein Wasser, stellt Lakshman fest –, trotzdem sind sämtliche Rohre von Rost zerfressen, stellenweise in einem zarten Filigran. Wie kann alles so trocken und doch gleichzeitig so sehr von Nässe gezeichnet sein? Das – völlig entglaste – kleine Fenster im Badezimmer geht auf die Seitenwand des Nachbarhauses, das ein Spiegelbild von diesem ist: eine senkrechte Reihe von identischen winzigen Badezimmerfenstern und – zwei, drei Fuß von ihnen entfernt – rostigen, zerbröselnden Gitterkäfigen, die auf jeder Etage die kleinen Schlafzimmerveranden schützen. Die von den Eisenstäben an den Badezimmerfenstern und den Verandagittern hinterlassenen Rostnarben ziehen breite orangebraune Bahnen über die Hauswand. Lakshman betrachtet das Bad. Das *rajma*-förmige Hockklo mit je einem erhöhten, geriffelten Rechteck für die Füße beidseits des Lochs ist voll von trockenem Laub und hat, vermutlich einst weiß, die Farbe von geronnenem Blut angenommen; an den Wänden eine riesige Kolonie von Kakerlaken, von denen manche herumwuseln, die meisten reglos verharren; wieder diese seltsame Mischung von Gegensätzen, Schlamm und Schimmel auf der einen Seite, extreme Trockenheit auf der anderen. Wenngleich passend zum Rest der Wohnung, wirkt das Schlafzimmer insgesamt etwas weniger mitgenommen. Hier sieht Lakshman das erste und einzige Möbelstück weit und breit – einen zerbrochenen, teilweise verbrannten Stuhl, hinter dem eine breite Rußzunge die Wand hinaufgeleckt hat. Abgesehen davon, enthält die Wohnung nur den sich ansammelnden Rückstand ihres eigenen langsamen Zerfalls. Dieses Zimmer beschließt Lakshman zu seinem Zuhause für die Dauer der Regenzeit zu machen, und das vordere zu Rajus, wobei die Gitterstäbe am Fenster als Anbindepflock dienen können. Sollte jemand einzudringen versuchen, dürfte ein Bär gleich hinter der Schwelle, hofft Lakshman, ausreichend abschreckend wirken.

Ein winziges Klümpchen Panik sitzt in ihm fest: Den Großteil seines Geldes für die nächsten drei Monate wird er in den wenigen – keiner weiß, wie vielen – Tagen einnehmen müssen, bevor der Regen einsetzt. Er zieht mit Raju los und findet einen Tempel. In der Cella sitzt ein blaugesichtiger, subtil lächelnder Shiva, ein Bein untergeschlagen, das andere herunterhängend, auf einer Kuh. Lakshman kauft von einem der Männer, die ihre Ware, gleich vor dem Tempel, hart an der Straße, auf Jutesäcken oder flachen Körben ausgebreitet haben, eine Blumengirlande und eine Wassermelone. Die Händler sind in heller Aufregung – Seht, seht, ein Bär ist gekommen! Lakshman bietet die Blumen und die Frucht dem dösenden Priester an, der daraufhin aufwacht, Raju mit einem Blick taxiert, sich dann aufsetzt und sagt – Weg hier, weg hier, das ist ein Tempel, siehst du das nicht? Er ist nicht für deinesgleichen.

Lakshman erwidert – Ich bin kein *qalandar*. Ich komme aus

Deodham, ich bin ein *kayasth*. Wenn ich ein Muslim wäre, wäre ich doch nicht hergekommen. Welcher Muslim bringt denn Shiva Opfer dar?

Der Priester macht ein argwöhnisches Gesicht, nimmt aber die Ringelblumengirlande und die Wassermelone, wenn auch widerstrebend, an, läutet dann eine kleine Handglocke, besprengt Lakshman mit Wasser und murmelt überstürzt etwas, das wie ein Mantra klingt. Lakshman setzt sich auf seine Fersen und berührt mit der Stirn die unterste der drei Stufen zum winzigen Vestibül, wo der Priester postiert ist und mit unverhohlener Abneigung auf ihn herabsieht. Entgegen den Wünschen und Hoffnungen Dutzender Millionen von Menschen dieses Landes betet Lakshman darum, dass sich der Beginn des Monsuns erheblich verspäte.

Als er wieder aufblickt, sagt der Priester – Ein Bär, hm? Lass sehen, wie er tanzt.

Lakshman sagt – Es sind nicht genug Leute da.

Der Priester sagt gereizt – Wenn du dich etwas bemühen würdest, Leute hierherzubekommen, wären genug da. Das ist ein Tempel, zu bestimmten Zeiten drängen sich hier die Leute.

Lakshman begreift, warum dem Priester so viel daran gelegen ist, dass er auf dem Tempelgelände eine Vorstellung gibt. Er wägt ab und sagt schließlich – *Thiik hai*, ich mach's, aber nicht jetzt, es wird langsam zu heiß, viele Leute würden wir nicht zusammenbekommen. Sie sagen mir, wann die Menschenmengen kommen, zu welchen Tageszeiten, und wir werden da sein.

Auch der Priester stellt gewisse Kopfrechnungen an, bevor er einwilligt – Komm am Freitag, komm am frühen Morgen, um sechs oder sieben. Freitag ist hier der Hauptgottesdienst.

Freitag früh sind Lakshman und Raju am Tempel. Die Blumenhändler, Obsthändler, die Verkäufer von Reliquien und *puja*-Zubehör sind vollzählig da. Der *purohit* lässt sich nicht ansehen, ob er ihn erkennt. Acht bis zehn Leute, die zur Andacht wollen, hauptsächlich Frauen, sind allerdings auch schon da. Durch die Anwesenheit eines *bhaalus* und eines *bhaalu-walas* sind sie alle abgelenkt. Lakshman bezieht Posten ein paar Yards vom Tempel entfernt. Er beginnt, den *damru* zu spielen, und stimmt den Singsang an, mit dem er die Leute einlädt, zu kommen und den Tanzbären zu sehen. Lakshman trommelt so lange weiter, bis sich genügend Leute, vielleicht zwanzig oder dreißig, versammelt haben. Ein paar Autos sind stehen geblieben, und ihre Insassen sind ausgestiegen, wollen sehen, was los ist – ob sie bleiben? Diese Leute, weiß Lakshman, haben mehr Geld als die Stadtbewohner. Er fängt an, seine unvollständigen Filmsongs zu singen, während er gleichzeitig an dem Strick zieht, der durch Rajus Nase läuft. Raju hüpft und tollt und wackelt im Kreis herum. Wie schmutzig und staubig sein Fell aussieht, denkt Lakshman, aber guckt euch diese Klauen an – sie sehen aus wie Miniatursäbel aus grauem Eisen. Die Schmetterlinge auf dem Flüsschen: wie schön sie waren; und auch Raju, wie verzaubert.

Aus einer Laune heraus sagt Lakshman – Wenn ihr ihm etwas gebt, nimmt er es, er weiß, wie man Geschenke annimmt.

Er weiß, dass er das Schicksal herausfordert, hofft aber, dass Shiva, so nah, wie er ist, ihm seinen Segen schenken wird. Lakshman führt den aufgerichteten Raju im Kreis herum. Die Vordertatzen hält der Bär dicht vor seiner Kehle, als sei er ein Bittsteller an diesem Gerichtshof von Zuschauern. Lakshman wählt einen Mann aus dem inneren Kreis aus und sagt – Geben Sie ihm etwas, na los, eine Kleinigkeit, etwas Obst oder Gemüse, er wird es annehmen. Der Mann schaut verlegen drein; er rührt sich nicht. Aber der neben ihm Stehende sagt – Hier, nimm, und holt eine Banane hervor. Lakshman berührt Rajus Vordertatzen sanft mit dem Stock. Das Tier streckt eine nach der Frucht aus, und wie durch ein Wunder, als habe Shiva wirklich in Lakshmans Kopf hineingesehen, macht Raju aus seiner Tatze eine Bettelschale – Lakshman kann die grauen Ballen sehen, wie Steine, die der Bär in der hohlen Hand hält – und erlaubt dem Mann, ihm die Banane hineinzulegen, um sie so schnell wie der Blitz zu verschlingen, während die Leute klatschen und ihrem Erstaunen über seine goldige Geschicklichkeit Ausdruck verleihen. Im ersten Moment ist Lakshman wie betäubt; er fasst sich rasch wieder – keiner darf erraten, was für einen Dusel er gerade gehabt hat – und lässt sein Herz vor Dankbarkeit gegenüber Shiva anschwellen.

Am Ende der Vorstellung geht Lakshman herum und sammelt Geld ein – Zeigt, wie viel Freude euch der kluge Raju gemacht hat. Gebt aus ganzem Herzen und mit vollen Händen. Gebt von Herzen. Macht den kleinen Raju glücklich.

Sobald sich die Leute verlaufen haben, kommt der *purohit* zu Lakshman und verlangt seine »Gebühr«.

– Gebühr? Lakshman fällt aus allen Wolken.

– Diese erstklassige Stelle gleich neben dem Tempel, glaubst du, die gibt's umsonst?

– Aber … aber Sie haben neulich kein Wort von Geld gesagt. Hätte ich's gewusst, wäre ich nie hergekommen, ich wäre woandershin.

– Ach, und wohin? Wo sonst hättest du in dieser Kleinstadt eine solche Menschenmenge zusammenbekommen? Die Gebühr ist auch nicht für meine Verwendung, sie ist für ihn – der Priester zeigt auf das Gottesbild in der Cella.

Lakshman hat keine Möglichkeit, einen Teil seiner Einnahmen zu verstecken und dem Priester Prozente vom Rest anzubieten, da sich das Ganze direkt vor seiner Nase abgespielt hat.

Der Priester sagt – Gib sie als eine Opfergabe an den Gott. Wenn nicht, wird er zornig werden. Und du weißt, wie schrecklich sein Zorn sein kann.

Lakshman kapituliert, anfangs aus einer unbestimmten Angst heraus, aber später sagt er sich, sosehr es ihn auch schmerzt, vom

Priester ausgenommen worden zu sein, dass die Schmiergeldzahlung vielleicht doch keine so schlechte Sache war, da der Priester ihm dadurch in gewisser Weise verpflichtet ist. Außerdem braucht er wirklich den Beistand des Gottes, wenn die Regenzeit sich verspäten soll.

Wieder im Geisterhaus, versteckt er den größten Teil des Geldes, das er retten konnte, unter Rajus Halsband und behält nur so viel bei sich, wie er nach seiner Schätzung brauchen wird, um Lebensmittel einzukaufen. An diesem Abend, im Haus, gibt Lakshman Raju zu essen, und dann, in einer seltenen Anwandlung von Unerschrockenheit und Zuneigung, streichelt er ihn über Nacken und Rücken, während er ununterbrochen plappert und gurrt. Raju antwortet mit seinem eigenen Spektrum von Lauten, mit mehr Ausdruck als sonst. Lakshman hat diese Geräusche nie deuten können, nie die hinter ihnen stehenden Gefühle oder Bedürfnisse verstanden, aber heute begreift er sie als Zeichen von Rajus Freude darüber, gestreichelt zu werden; als die Weise, wie der Bär dem Menschen, der für ihn sorgt, seine Dankbarkeit und sein Wohlwollen ausspricht. Rajus Äußerungen mutmaßlicher Gefühle reißen nicht ab; sie werden sogar noch lauter. Lakshman macht sich Sorgen, ein etwaiger – bislang unsichtbarer und unhörbarer – Bewohner dieses Komplexes könnte gerade vorbeikommen, die Geräusche wahrnehmen und, neugierig geworden, hereinkommen. Er versucht es mit seinem üblichen zweigleisigen Ansatz: Gut zureden, gefolgt von Drohungen, aber heute Abend ist Raju nicht zu bändigen. Was in aller Welt ist in das verfluchte Vieh gefahren? Lakshman braucht nicht lang, um es herauszufinden – das Nachlassen der Geräusche und der unsägliche Gestank kommen fast simultan. Er schwankt zwischen Verzweiflung und Wut: Wer soll die Schweinerei beseitigen? Seine Unterkunft ist jetzt verunreinigt. Und der einzige Grund, warum er Raju nicht draußen gelassen hatte, an einen Baum oder Pflock angebunden, war die Befürchtung, entdeckt zu werden. Weil

Raju sein Geschäft immer draußen erledigt hatte, war Lakshman nie der Gedanke gekommen, dass ein solches Verhalten nicht angeboren war oder ähnlichen Regeln gehorchte, wie sie auch für Menschen galten. Nur die Angst, das unvermeidlich folgende Geschrei könnte Aufmerksamkeit erregen, hält ihn davon ab, Raju zu bestrafen. Er verbeißt sich die Wut.

Am folgenden Tag hat er die freie Wahl: ob er wieder am Tempel auftreten oder sich eine neue Stelle suchen soll. Er wägt das jeweilige Für und Wider beider Optionen ab und entscheidet sich für die Erstere. Der Priester will einen größeren Anteil der Tageseinnahmen. Lakshman hat keine Verhandlungsmacht.

Er weiß, dass er langsam gut wird als Schausteller, mit seinem Geplauder und Gesang und Ansprechen der Leute, aber mit dem Herzen ist er heute nicht bei der Sache. Die Hitze und die Feuchtigkeit beklemmen ihn wie zwei drückende Mauern. Am liebsten würde er den Kopf des Priesters auf den Betonstufen zerschmettern, an die er an jenem ersten Tag den seinen in Verehrung gelegt hatte. Das verspritzte Hirn des Mannes wäre eine passende Opfergabe für den Gott. Lakshman gibt ihm die Hälfte dessen, was er eingenommen hat, und bittet ihn dann, ihm seine Hälfte, Hände voll Kleingeld, in Banknoten zu wechseln. Als ihn niemand beobachtet, versteckt er die Scheine unter Rajus Halsband. Der Himmel hat sich verfinstert.

Er ist außer sich vor Sorge. In der Nacht wacht er rund alle zwanzig Minuten auf und rechnet damit, das Geräusch von Regen zu hören, aber es kommt nicht. Die Schwüle ist erstickend. Er hat Rajus Scheiße mit Zeitungen zugedeckt. Er macht sich Sorgen, dass Raju, der jetzt draußen am nächsten Baum angebunden ist, entdeckt werden könnte. Dann hört er ganz deutlich ein Kind irgendwo im Haus weinen, oder vielleicht auch im Nachbarhaus, und erstarrt. Rascheln und Knarzen und Klopfen, gewöhnliche Nachtgeräusche, die bis dahin unbeachtet geblieben wären, verstärken sich jetzt in seinen Ohren zu Vorboten drohender Entdeckung und Vertreibung. Als nichts davon erfolgt, wagt er sich nach draußen, um nach Raju zu sehen. Ein leises Schnattern begrüßt ihn, als ob Raju begreife, dass er keinen Lärm machen darf. Der Augenblick verfliegt, als Lakshman nach oben sieht und in nicht weniger als vier Fenstern hier und da in der Wohnanlage und in einem weiteren in einem höheren Stockwerk des Hauses, in dem er selbst wohnt, Licht bemerkt. Angst und Verständnislosigkeit ringen in ihm um die Vorherrschaft. Wie kann noch jemand in seinem Gebäude wohnen? Die Treppe, die zu den höheren Stockwerken führt, ist eingestürzt und endet in einem gigantischen Gähnen von herabhängenden Betonzähnen zwischen dem nächsten Absatz und dem ersten Stock. Geistesabwesend streichelt er Raju über den Kopf, vergisst vorübergehend, sich vor ihm zu fürchten. Raju hebt die Tatzen und versucht, Lakshmans Kopf herunterzuziehen. Wieder bei sich, versucht Lakshman, behutsam zurückzuweichen, aber Raju rückt näher heran, legt den leise schnatternden Kopf an die Brust seines Herrn und hält ihn kurz in den Armen; erst dann lässt er los.

Den ganzen Vormittag lang nieselt es leise. Lakshman meidet den Tempel und macht sich auf den Weg zur Schule. Überrascht stellt er fest, dass der Lautsprecher, aus dem, seit er wach ist, unaufhörlich die neuesten Filmsongs ertönen, auf dem Schulgelände steht. Die Vorbereitungen für irgendein Fest oder eine Feierlichkeit sind in vollem Gange. Es gibt mehr Imbissverkäufer, Luftballon-*walas*, Getränkeverkäufer, *sharbat-walas*, als er beim ersten Mal bemerkt hatte. Raju ist ganz aufgeregt, ebenso die Händler und anderen Leute, die sie kommen sehen. Neben dem Schulgebäude ist eine Bühne aufgebaut worden. In der offenen, von der Straße aus vollkommen einsehbaren Kulisse probiert ein Mädchen in knalliger Kleidung und Maske gerade Tanzschritte aus, blind für jeden Betrachter. Sie sieht sehr mit sich zufrieden aus, dann grinst sie und kichert, als sei sie im Begriff, irgendjemandem einen richtig tollen Streich zu spielen. Sie verschwindet ins Gebäude. Als Nächstes kommt eine Schar von Mädchen heraus, ein jedes herausgeputzt wie ein Pfau. Auch sie tanzen zu dem Song, der gerade aus der Anlage plärrt – »Aankhen do« –, bis ein Erwachsener, vermutlich ein Lehrer, herauskommt und sie ermahnt. Sie zerstreuen sich, hilflos vor Kichern, und laufen ins Haus. Lakshman erfährt von einem der Getränkeverkäufer, dass gleich ein dreitägiges Fest zur Feier der Gründung der Schule beginnt.

Als sie auftreten, schlagen Raju und Lakshman groß ein. So viele Zuschauer haben sie noch nie gehabt. Lakshman stürzt sich mit allem, was er hat, in die Nummer und singt, zum großen Vergnügen der Mädchen, ihrer Lehrer und Erziehungsberechtigten, bei einigen der Songs, die aus der Lautsprecheranlage schallen, lautstark mit. Die Leute spendieren Raju die verschiedensten Dinge – *chana garam*, *ber*, Gurken, Erdnüsse –, um das Vergnügen zu haben, ihm dabei zuzusehen, wie er sie in die Tatzen nimmt und verschlingt.

An drei aufeinanderfolgenden Tagen wiederholen Raju und Lakshman ihre Vorstellung. Die Einnahmen übertreffen alles, was Lakshman sich jemals erträumt hat. Rajus Halsband schwillt; Lakshman sagt sich, dass er es bald durch ein breiteres, stabileres wird ersetzen müssen. Er fragt sich, ob er genug hat, um etwas nach Hause schicken zu können – er wird eines Abends alles herausholen und Kassensturz machen müssen –, aber wie soll er es schicken? Wem es anvertrauen? Jemand hat ihm einmal gesagt, Postämter könnten solche Dinge arrangieren.

Als sie sich am dritten Tag, einem unter der Schwere der Stille und der Erwartung, die der Öffnung der Himmelsschleusen vorausgehen, beinahe erzitternden Tag, auf dem Weg zur Wohnanlage einem Straßenlokal nähern, ruft jemand seinen Namen. Er dreht sich um. Ein Mann, den er im ersten Moment nicht erkennt, sagt zu ihm – *Salaam, ji.*

Dann schlägt die Welle des Wiedererkennens über ihm zusammen. Salim Qalandar.

Salim sagt – So. Er ist groß geworden, nicht? Er macht aber keinerlei Anstalten, Raju zu streicheln oder zu liebkosen, betrachtet ihn nur konzentriert.

Lakshman hat es noch immer nicht geschafft, seine Gedanken zu sammeln.

Salim sagt – Ja, sehr groß.

Pause.

– Und wie ich sehe, weißt du ihn gut zu nutzen. Er bringt dir gutes Geld ein. Hier summt er eine Zeile aus einem der Songs, die Lakshman bei seinem jüngsten Gig gesungen hat – Mein Name ist Lakhan, *mera naam hai Lakhan* –, und bricht in gackerndes Gelächter aus. Es klingt so bedrohlich, dass Lakshman die paar Worte, die er im Kopf zusammengekratzt hatte, wieder entfallen.

– Du schuldest mir Geld, sagt Salim. Der Übergang von Gelächter zu Geschäft ist wie ein Peitschenknall.

– Ich kann dir nicht den ganzen Betrag geben, bringt Lakshman endlich heraus.

– Warum nicht? Du hast drei Tage lang nur so gescheffelt.

– Es ist nicht so viel, wie du glaubst. Das meiste davon ist Kleingeld, in Münzen. Du weißt doch, wie das läuft.

– Du kannst mir einen Teil zurückzahlen. Du kannst sicher sein, dass ich mich wegen dem Rest wieder melde.

Lakshman stellt eine rasche Überschlagsrechnung an. Und bleibt stecken: Er weiß nicht, wie viel er tatsächlich unter Rajus Halsband verstaut hat. Dann kommt ihm ein anderer, entsetzlicherer Gedanke: Weiß Salim von seinem Versteck?

Nur um Salim so schnell wie möglich loszuwerden, sagt Lakshman – Du kannst alles haben, was ich heute verdient habe.

Hier hast du's. Ich behalte nur zehn Rupien für *chay-paani*, hier, schau.

– Die Tricks kenne ich, du vergisst, dass ich selbst *qalandar* war. Und zwar ein richtiger. Das ist nicht alles, was du heute eingenommen hast.

– Beim Leben meiner Mutter, fängt Lakshman an.

– Spar's dir. Wer würde einem Fuchs wie dir schon glauben? In Ordnung, ich nehme erst mal das, aber vergiss nicht … Den Rest lässt er unausgesprochen.

Sobald er gegangen ist, kommt es Lakshman so vor, als sei die ganze Begegnung nur ein Traum gewesen. Einzig das Verschwinden der Tageseinnahmen beweist, dass sie Wirklichkeit war. Als er an der niedrigen Steinmauer entlanggeht, kann er nicht erkennen, ob das Dunkle auf der Straße der Schatten der Mauer ist oder ein schattenfarbener Fleck.

Nachts hört er wieder das Weinen eines Kindes, dem zu seinem Entsetzen die gedämpften, unverständlichen Worte eines ehelichen Streits folgen. Allerlei Gedanken stürmen ihm durch den Kopf: Hat Salim die Behörden informiert? Sind sie ihm schon auf den Fersen? Warten sie nur den besten Augenblick ab, um ihn festzunehmen? Wird er von den Bewohnern der Anlage beobachtet? Hat der betrügerische Priester ihn aus Gehässigkeit verpfiffen, weil er seine Auftritte an einen anderen Ort verlegt und ihn dadurch um seine Provision gebracht hat? Wie wird er jemals Ramlal finden? Ist er noch am Leben? Alles geht den Bach runter.

Am Morgen begeben sich er und Raju wieder zur Schule. Heute gibt es keine Musik aus dem Lautsprecher. Die Zahl der fliegenden Händler hat sich halbiert. Drinnen sind Männer dabei, die Bühne abzubauen – der leuchtend orangefarbene Stoff, der ihre Außenhaut bildete, ist bereits entfernt worden, und das Gerippe aus Bambus und Brettern liegt offen zutage. Überall auf der staubigen Einöde des Schulhofs sind Stühle zu frei stehenden Türmen gestapelt. Weit und breit keine Mädchen, keine Lehrer, keine Erziehungsberechtigten, nur das Schweigen ihrer Abwesenheit.

– Geschlossen. Die Schule ist heute geschlossen. Nichts für dich zu holen, sagt der Teestandbesitzer zu ihm.

Bang, widerstrebend, macht er sich mit Raju auf zum Tempel. Ein schütteres Nieseln setzt ein, mehr Sprühnebel als Regen. Der *purohit* nimmt ihn nicht zur Kenntnis. Lakshman hat nicht die Kraft, sein übliches Vorspiel zum Ankurbeln des Geschäfts durchzuziehen, kein Interesse, Raju tanzen zu lassen. Er hofft, der Anblick des an den Baum gebundenen Bären wird genügen, um Passanten zum Stehenbleiben zu bewegen.

Der Sprühnebel wird substanzieller, ein richtiges Nieseln. Der Tamarindenbaum, noch dicht belaubt nach der mörderischen Sommersonne, bietet ihnen einen schützenden Kreis der Geborgenheit. Zum ersten Mal nimmt er den Stamm des Baumes bewusst wahr: Die Rinde ist über und über mit seltsamen riesigen Augen gezeichnet, gleich denen Shivas auf dem Hang der Nanda Devi, Auge über Auge über Auge. Der Stamm beobachtet ihn mit Dutzenden von diesen Augen. Seine Welt gerät in eine Schräglage. Nach einer Stunde, oder zwei, oder drei – Lakshman verliert den Überblick über die regungslose Masse Zeit –, hat er nur zehn Rupien eingenommen, und seine Kleider und Haare sind feucht. Als der Priester den Kopf aus der Tempelkammer hinausstreckt und ruft – Du bringst Unglück, du siehst aus wie ein Schakal – weiß er, dass es Zeit ist zu gehen. Alles geht den Bach runter.

Und wie zur Bestätigung tut sich der Himmel jetzt wirklich auf, und der Regen kommt, in peitschenden Bahnen, mit solcher Gewalt herunter, dass die Tropfen den Boden zu durchlöchern scheinen. Ehe er sichs versieht, ist er völlig durchweicht. Mit seinem triefnassen Fell sieht Raju geschrumpft aus. Er gibt eine Reihe leiser Quiekser und Grunzlaute von sich und reißt immer wieder die Kiefer auf, als ob er gähne, und schüttelt mehrmals den Kopf. Die Straße verwandelt sich im Nu in einen reißenden Wildbach, und die Randstreifen aus nackter Erde lösen sich auf und fließen hinein. Die Bäume bieten nur wenig Schutz vor dem Regenhagel; jedenfalls werden sie auf dem Weg nach Haus, von Baum zu Baum, so durchnässt, dass es keinen Sinn mehr hat, noch Schutz zu suchen.

In der Wohnanlage kann sich Lakshman nicht entscheiden, ob er Raju mit ins Haus nehmen oder die ganze Nacht draußen lassen soll. Vielleicht hört der Regen ja auf, denkt er und lässt den Bären draußen an seinen Baum gebunden stehen.

Die ganze Nacht regnet es. Das Geräusch, erst laut, dann melodisch, letztendlich monoton, hält Lakshman wach. Dann hört er es – vor diesem unveränderlichen Hintergrund von alles ihm im Wege Stehende mit beständiger, konzentrierter Beharrlichkeit zerstampfendem Wasser – drinnen tröpfeln. Regen dringt durch übersehene Risse und Löcher, von denen einige ganz in seiner Nähe zu sein scheinen, in die Wohnung. Er zündet die Kerze an, um Nachforschungen anzustellen. Zunächst nichts, abgesehen vom Geräusch zweier versetzter Tröpfelsequenzen. Lakshman lokalisiert sie nach anstrengender Suche – eine landet auf der Schwelle, von dort, wo ehemals der Türsturz gewesen war, und eine, aus der Decke, ein paar Fingerbreit von der Stelle, wo Lakshman schläft, aber mehr zu seinen Füßen hin. Er geht raus, um Raju hereinzuholen – eine durchweichte Unform, die sich unentwegt kräftig schüttelt und dabei riesige Mengen von Wasser um sich versprüht –, und während er, jetzt selbst durchnässt, wieder ins Haus hastet, bemerkt er die Lichter in genau denselben Fenstern, wo er sie schon zuvor gesehen hatte. Wer sind die Leute hinter diesen Fenstern? Warum hat er sie noch nie draußen gesehen? Wissen sie, dass er hier ist? Haben sie Raju gesehen? Er möchte in die strömende Nacht schreien und sie auffordern, herauszukommen und ihre Gesichter zu zeigen.

Am Morgen springt ihm im vorderen Zimmer, wo Raju ist, an einer der Wände ein momentanes Glitzern ins Auge. Es ist oberhalb dieser Bahn von dunklem Schlamm, deren Existenz es erklärt – Wasser schliert dünn und beständig die Wand herab. Er blickt zu dem rostfarbenen Fleck an der Decke; könnte dort die Eintrittsstelle sein? Aber das würde bedeuten, dass Wasser durch den Fußboden der darüberliegenden Wohnung eindringt und dann immer so weiter, bis hinauf zum Dach des Gebäudes. Wann wird das Ganze einstürzen? Während sie hier drinnen sind? Auf ihn und Raju?

Es regnet unerbittlich, seine Welt ist jetzt gefangen zwischen dem Schlamm zu seinen Füßen und einer massiven Kuppel aus Grau. Von nun an wird an regelmäßige Arbeit nicht mehr zu denken sein. Er wird sein Glück in den etwaigen Lücken zwischen einzelnen Wolkenbrüchen versuchen müssen, und es wird das Schwierigste überhaupt sein, sich bei diesem Wetter hinzustellen, Leute anzulocken, ein Publikum zusammenzutrommeln, weil es dem Wichtigsten zuwiderläuft, was sein Gewerbe erfordert – Zeit.

In den folgenden sieben Tagen schaffen Lakshman und Raju zwei Vorstellungen; beziehungsweise eigentlich nur eine, denn nach dem ersten Drittel des zweiten Auftritts fängt es an zu gießen und die paar Zuschauer verschwinden, um sich irgendwo unterzustellen, ohne zu bezahlen. Für das letzte Geld, das er in der Tasche hat, kauft er in einer Bude, in der er darauf wartet, dass der Regen nachlässt, Tee, *samosas* und Süßigkeiten. Die Frau hinter der gigantischen *kadhaai* erlaubt nicht, dass der Bär mit hereinkommt. Lakshman geht nach draußen, um sein Essen mit Raju zu teilen. Er kommt raus und stellt sich, die Leine in der Hand, neben ihn auf das Streifchen Matsch unter dem fingerbreiten Vorsprung des Blechdachs. Er bietet so gut wie keinen Schutz vor dem prasselnden Regen. Das Rinnsal von schmutzigem Spülwasser zu seinen Füßen schwillt vom stetigen reichlichen Zufluss vom Dach, bis das Streifchen Schlamm, auf dem er steht, allmählich fortgeschwemmt wird. Wenn sie überleben wollen, wird er seine Ersparnisse unter Rajus Halsband angreifen müssen. Der Gedanke daran, den Haufen Geld, den er eigentlich nach Hause schicken wollte, anzuknabbern, macht ihm nicht so sehr zu schaffen, wie er angenommen hatte. Jetzt gehen ihm andere Berechnungen durch den Kopf, zum Beispiel, wie viel er einsparen würde, wenn er sich einen *chulha*, einen Topf, Reis und *dal* kaufte und in dem Zimmer, das früher die Küche war, selber kochte. Er müsste nachsehen, wie viel Geld er gespart hat. Die Haushaltsgedanken beschwören augenblicklich, als wären sie Zauberworte, seinen alten Freund herauf – schon lastet dieser unsichtbare, in letzter Zeit aus seinem Leben verschwundene Felsklotz wieder auf ihm. Es ist dieses vertraute Gefühl, lebendig begraben zu sein, während Licht und Luft unerbittlich aus seiner Welt hinausgepresst werden. Wäre es besser, wenn er, aus welchem Grund auch immer, allein, ohne Raju, in dieser von Geistern bevölkerten Ruine hauste? Er weiß die Antwort, bestreitet sie aber in der Diskussion, die er mit sich selber führt – Raju ist ihm keine Last, auch wenn es eine tägliche Belastung bedeutet, an ein Tier gekettet zu sein, für das er verantwortlich ist. Vielmehr ist er die einzige Freiheit, die er je gekannt hat.

Es ist dunkel und gießt nach wie vor, als er und Raju zu Hause ankommen. Er zieht alles aus, wringt seine Sachen aus und hängt sie zum Trocknen auf. Er wird sich eine zweite Hose und ein Hemd kaufen müssen, vielleicht auch ein großes Laken als Unterlage oder zum Zudecken.

Raju versucht, aus der Pfütze zu steigen, die sich unter ihm gebildet hat, aber vier Fuß Leine lassen ihm nicht viel Platz zum Manövrieren. Lakshman bindet ihn anderswo an und lockert sein nasses Halsband, um das ganze Geld herauszuholen. Was seine Finger zutage fördern, sind nasse Fetzen, fast ein Brei. Ungläubig nimmt er das Halsband ganz ab – zum ersten Mal, seit er von Menschen aufgefunden wurde, ist Raju frei von seiner Leine. Lakshman tastet erst die Innenseite des Halsbands ab, dann Rajus Hals. Das Papiergeld hat sich zu nassem Konfetti aufgelöst. Selbst die Scheine, die noch intakt zu sein scheinen, fallen in seinen Händen auseinander, sobald er versucht, sie aus der triefenden Masse zu pellen. Das Halsband liegt auf dem dunklen Fußboden, an ein Stück Seil geknotet, das an eine Stange des Fenstergitters gebunden ist. Raju sitzt brav daneben, vorerst ohne zu merken, dass er nach Belieben herumlaufen kann. Lakshman schichtet den Papierbrei um und um – wie kümmerlich er jetzt aussieht –, sucht nach etwas, irgendetwas, das noch zu retten wäre; selbst ein Zehn-Rupien-Schein wäre genug. Nein, nichts.

Wenn er sich jetzt nicht setzt, hat er das Gefühl, wird er noch weggeweht, hinaus durch das vergitterte Fenster, wie ein Staubkorn oder eine Feder. Er legt die Hände an den Kopf und setzt sich auf den Fußboden. Dann heult er auf. Ohne Rücksicht darauf, wer vielleicht zuhört, wen er weckt, welche unerwünschte Aufmerksamkeit er erregen könnte, schreit er. Er schreit nicht aus der Kehle, sondern aus den Lungen, dem Nabel – das Geräusch kommt aus irgendeinem tieferen Ort als dem Sitz der Stimme. Er schreit und schreit und schreit, bis kein Schall mehr in ihm übrig ist. Erst als Raju, leise schnatternd, mit zögernden Schritten herantappt und versucht, seinen Kopf zwischen die Tatzen zu nehmen, kommt Lakshman aus sich heraus und begreift, dass Raju frei ist.

Durch das Düster in ihm taucht ein einzelner Gedanke an die Oberfläche – Was denkt das Tier wohl?

VIER

1: AXT

DAS ERSTE BILD, das ihr in den Sinn kam, wenn sie an jenen Tag dachte, war der sprühende Bogen, den das Blut beschrieben hatte, als sie die rechte Hand ihres Bruders ins Gebüsch warfen. Ihre Augen waren der fliegenden Kurve der Tropfen gefolgt, als die abgetrennte Hand in die Büsche flog und verschwand. Was nahm sie sonst noch wahr? Dass Blut auf grünen Blättern im Schatten nicht rot war, sondern schwarz. Und selbst auf dem sonnenbeschienenen Grün war das Blut schwarz, bis man aufmerksam, sehr aufmerksam hinsah, erst dann erkannte man, dass es rot war, aber nur, wenn man schon wusste, dass es Blut war, und deswegen rot, nicht schwarz. An all das erinnerte sich Milly.

Das war, als sie klein war, bevor sie Milly hieß, vor der Bekehrung. Damals hieß sie noch *Manglu*, weil sie an einem Dienstag geboren war. Und ihr ältester Bruder, der, dem die Hand abgeschnitten wurde, war an einem Mittwoch geboren und hieß also *Budhuwa*. Sie waren in ihre Hütte gekommen und hatten ihn rausgeschleift. Sie waren zu sechst, und es war Winter, ihre Gesichter von Schals und Wollmützen bedeckt gewesen. Budhuwa schrie und weinte nicht. Sie nahmen eine Axt aus der Ecke, in der alle landwirtschaftlichen Geräte und Werkzeuge aufbewahrt wurden – die Sicheln, die Pflugscharen, die *tangi*, der *charkha*. Der *lohar* war kürzlich da gewesen und hatte die Werkzeuge sämtlicher Familien ihres winzigen Dorfes geschliffen. Er hatte draußen auf dem Hof gesessen, um den alle Häuschen herumgebaut waren – betreten dürfen hatte er keins davon –, und Aberdutzende dieser Werkzeuge und Messer mit einem Wetzstein und mit der pedalgetriebenen Schleifmaschine geschärft, die auf sinnreiche Weise mit seinem rostigen Fahrrad verbunden war. Je verbissener er in die Pedale trat, desto üppiger stob die Garbe von orangefarbenen Funken von dem Schleifrad, an das er das jeweilige Werkzeug hielt. Die Kinder hatten sich alle um ihn geschart, um das Feuerwerk zu bewundern; so aufregend war es gewesen. Der *lohar* hatte sein eigenes Glas für Wasser und einen Teller für sein Essen dabeigehabt. Jemand gab ihm zu Mittag *roti* und Pickles; er aß alles schnell auf und wischte am Ende den Teller sauber. Milly, wie alle übrigen Kinder fasziniert von der Anwesenheit dieses Magiers, der nach Belieben kurzlebige Feuerblumen auffliegen lassen konnte, erinnerte sich, dass er die Axt ihrer Familie gleich, nachdem er mit dem Essen fertig gewesen war, geschärft hatte.

Das war die Axt, die sich die Männer an dem Nachmittag schnappten. Vier von ihnen kamen herein und packten Budhuwa und zogen ihn raus. Draußen waren zwei weitere. Sie hatten offenbar schon auf den Reisfeldern nach ihm gesucht und wussten, dass er zu Hause war. Es war Entsetzen, was Budhuwa hatte verstummen lassen, begriff sie jetzt, nicht Tapferkeit. Geschrien hatte nur ihre Mutter, hatte sich jedem der Männer weinend zu Füßen geworfen und immer und immer und immer wieder gesagt: »Bitte lasst ihn los, er ist mein Sohn, bitte, ich falle euch zu Füßen, bitte verschont ihn, lasst ihn los.« Ihr Vater, schon zu dieser Tageszeit zu betrunken, um zu flehen, war im Zimmer herumgetorkelt, kaum fähig, die Augen aufzuhalten oder verständliche Worte, ohne zu nuscheln, aneinanderzureihen. Auf dem Dorfhof war eine Menschenmenge – die Leute waren aus den umgebenden Hütten herausgekommen, um zu sehen, was passieren würde. Sogar die Kinder waren da. Zwei Frauen scheuchten ihre Kleinen ins Haus und setzten sich die noch krabbelnden Kleinsten rittlings auf die Hüfte. Millys Mutter hatte nicht die Geistesgegenwart dazu, ebenso wenig ihr Vater, und so bekamen Milly und ihre sechs Geschwister alles mit.

Zwei Männer zogen Budhuwas Kopf hinunter, einer hielt seine Füße fest, während der Mann mit der Axt sagte: »Wenn du die rechte Hand nicht ausstreckst, ziele ich auf dein Genick.« Budhuwa streckte die rechte Hand aus – seine Finger zitterten, Milly konnte es sogar von Weitem sehen, von da, wo sie stand, fast versteckt hinter den Beinen einer Nachbarin, die sich ganz an den Rand gestellt hatte, nah bei den Büschen – und zog sie dann sofort wieder zurück. Das Gesicht ihres Bruders konnte sie nicht sehen. Der axtschwingende Mann brüllte: »Dann hast du die Wahl, der Kopf oder die Füße? Wenn du die Hand nicht ausgestreckt und ruhig halten kannst, dann kannst du's dir aussuchen.« Budhuwa streckte die Hand aus, die immer noch zitterte. Milly dachte: Würde das jetzt so werden wie das eine Mal, wo sie zugesehen hatte, wie die Hähne für *Sarhul* geschlachtet wurden und der Kopf des roten, der für Lutkum Haram und Lutkum Buria bestimmt war, mit einem Hieb abgetrennt wurde und der dünne Blutstrahl dem *pahaan* zuerst, wo er sich schon abwandte, ins Gesicht, dann auf seine Kleidung gespritzt war und dann der kopflose Körper des Vogels auf dem Boden herumwirbelte, rundherum, immer wieder, sodass überall Blut war. Hätte er ihn nicht festhalten und in Stücke hacken können?

Die Axt fuhr hinab, ob sie das wirklich gesehen hatte, wusste Milly nicht mehr, nur wie die Hand fortgeschleudert wurde und an ihr vorbei ins Gebüsch flog, und ihr Kopf war dieser Bogenbahn gefolgt, und ihre Augen blieben an dem kurzen Erzittern und Sichteilen der Blätter und Zweige hängen und der Schwärze des Blutes auf dem Grün. Sie war unfähig, sich wieder der Quelle des entsetzlichen Lauts zuzuwenden: ihrem Bruder. Irgendetwas hatte ihren Nacken gelähmt. Oder ihre Augen. Nach einer langen Zeit ging das Geheul in Wimmern über, und sie konnte den Kopf drehen. Das Erste, was sie sah, war die Axt, die sie nämlich dagelassen hatten. Die dürftige Menge Blut, die an ihrem Blatt haftete, stand in keinem Verhältnis zum Geschrei, das sie gerade mit angehört hatte.

2: FREUNDIN

Die jüngste Tochter der Frau, hinter deren Beinen versteckt Milly die Verstümmelung Budhuwas mitverfolgt hatte, war ihre liebste Freundin. Das Mädchen hieß Soni, und sie und ihre Familie wohnten im selben Dorf. Die Mädchen spielten zusammen im Staub, jagten einander die schmalen *aars* der Reisfelder entlang, saßen bei Regen unter Mangobäumen und erfanden Lieder darüber, wie Regentropfen oder ein ganzer Wolkenbruch auf dem Blätterdach klangen. »*Jhim, jhim, jhim*, macht es«, sagte Milly. »Nein, *jhum, jhum, jhum*«, sagte Soni. Sie kletterten auf Bäume und machten sich aus den langen Palmblättern Tröten. Sie entdeckten, dass der Blattstiel der Papayapflanze hohl ist; sie tunkten ihn in Seifenwasser und machten Seifenblasen. Sie sammelten die Kerne der Tamarinden, die sie, im Sommer, reif vom Baum oder, zu anderen Zeiten des Jahres, eingelegt aßen, säuberten sie und verwendeten sie bei selbst ausgedachten Spielen. Sie legten sich auf den Boden, jede einen Tamarindenkern auf der Stirn, genau zwischen den Brauen, und eine Reihe dieser braunen Samen wie eine unaufgefädelte Kette um die Kehle, und hielten ganz still, damit die Kerne nicht hinunterfielen, und bildeten sich ein, sie wären Bräute in der Goldpracht ihres Hochzeitsschmucks. Das Mädchen, von dessen Hals zuerst ein Kern heruntерglitt, würde erst nach dem anderen heiraten. Es gab keine Spielsachen oder Puppen aus dem Laden, sie begnügten sich mit bemalten Tonvögeln, die jemand im Dorf machte – sie hatten trockene Palmblätter als Schwänze und Ohren –, und kleinen Wägelchen aus Stöckchen und trockenen *sal*-Blättern und aus *sal*-Holz geschnitzten, knallig bemalten Figürchen: Menschen, Tiere, einmal sogar ein Bus mit Rädern. Sie mussten sich erklären lassen, was das war, weil sie noch nie einen Bus gesehen hatten. Sie spielten mit Blättern und Steinen, ordneten sie zu hübschen Mustern und streuten manchmal Blütenblätter darum herum und sangen die *Ba-parab*-Lieder: »*Rupa lekan ba chandu setera kana / Sona lekan ba chandu mulua kana.*«

In der Schule, die drei Meilen entfernt und ein paar Meter abseits einer geteerten Straße mitten in der Landschaft lag, mit weit und breit nichts ringsum außer einem langen, flachen Buckel am östlichen Horizont, ein paar Bäumen, die die rote Erde sprenkelten, und etwas Gesträuch, Gestrüpp und sonstiger Vegetation, saßen sie nebeneinander. Aus allen Dörfern in einem Umkreis von zehn, zwölf Meilen mussten die Kinder den langen Weg in diese Schule und wieder zurück marschieren, der einzigen in diesem bestimmten Block des Distrikts. Sie hatten nichts dagegen; es kam ihnen gar nicht in den Sinn, dass es so etwas wie »dagegen haben« überhaupt gab; es war eben so, und sie kannten nichts anderes. Manchmal hatte der lange Anmarsch zur Folge, dass sie zu bestimmten Jahreszeiten den Unterricht versäumten, aber das kam selten vor. Schwänzen war unter den Schülern mit Sicherheit weit weniger verbreitet als unter den Lehrkräften.

Die Schule war rosa gestrichen und hatte zwei große Zimmer, dazu kam ein blauer »Küchenschuppen«, in dem das Mittagessen für die Schüler gekocht wurde, sowie ein frei stehendes Häuschen, das die Latrine war und eine Tür hatte, die nicht ganz bis zum Fußboden reichte. Die musste man mit einem Haken schließen, der schon langsam rostete. Die Toilette war für alle Kinder eine Neuheit gewesen, denn bei ihnen zu Hause gab es keine – jeder erledigte sein Geschäft im Freien –, und die Lehrerin musste ihnen beibringen, wie man sie benutzte. Diese Vorführungen hatten viel verlegenes Kichern geerntet. Milly und Soni waren diejenigen gewesen, die sich am wenigsten einkriegen konnten.

Alle im Alter von sieben bis elf saßen in einem Klassenzimmer, die älteren Kinder im anderen. Sie saßen mit gekreuzten Beinen auf dem Fußboden, der Lehrerin und der Tafel zugewandt. Es gab nicht genügend *chataais* für sie alle – die Schülerzahl schwankte zwischen dreißig und fünfundvierzig –, also mussten einige auf dem nackten Beton sitzen. Oft, an bis zu fünfzehn oder zwanzig Tagen im Monat, marschierten die Kinder zur Schule, und die Lehrerin ließ sich nicht blicken; oder sie kam und war gegen Mittag schon wieder weg. Mit der Zeit hatte das zur Folge, dass auch die Schülerzahlen zurückgingen – wer würde so weit laufen wollen, besonders während des erbarmungslosen Sommers und Monsuns, um dann in einem Zimmer herumzusitzen und zu warten und zu warten, bis es Zeit war, wieder nach Hause zu gehen? Und wenn sie doch, hartnäckig, weiterhin regelmäßig kamen, dann nicht wegen des Unterrichts – er fand selten genug statt –, sondern aus anderen Gründen: ein, zwei enge Freundinnen oder Freunde; um der Arbeit auf den Feldern zu entgehen; oder schlicht weil es eine Möglichkeit war, die Last endloser Tage voll Nichts von sich fernzuhalten. Und der gewichtigste Grund von allen: die ordentliche Mahlzeit, die sie in der Schule bekamen, egal ob die Lehrerin da war oder nicht.

Millys Fall war aber ein bisschen anders gelagert. Sie hatte ihre beste Freundin gleich im Dorf, nicht allzu weit weg von zu Hause; es war nicht nötig, täglich einen Hin- und Rückmarsch von über zwei Stunden auf sich zu nehmen, um mit ihr zusammen zu sein. Sicher, das Mittagessen war schon ein großer Anreiz, aber es gab noch etwas Wichtigeres. Milly brannte darauf, sich zu bilden, lesen und schreiben zu lernen, auf eine größere Schule zu gehen, wo sie eine Uniform tragen und einen Stapel Bücher in der Hand oder in einer Tasche herumtragen würde, und diese Bücher würde sie mühelos von vorne bis hinten lesen und alles, was drinstand, im Kopf behalten.

Aber nach gerade mal zwei Jahren wurde Milly, im Alter von

acht, von ihrer Mutter von der Schule genommen und als Hausmädchen ins ferne, acht Busstunden entfernte Dumri geschickt. Die Familie brauchte verzweifelt das Geld, und ihre Mutter, die alles zusammenzuhalten versuchte, sah keinen anderen Weg, die Familie vor dem Verhungern zu bewahren, als Milly fortzuschicken. Sie würde jeden *paisa* dieser zusätzlichen zweihundert Rupien brauchen, die Millys Monatslohn sein würden. Ihre Mutter hatte neun Mäuler zu stopfen – ihr eigenes, dazu sieben Kinder und einen versoffenen Ehemann, der anstatt Geld zu verdienen an dem wenigen zehrte, was sie alle gemeinsam zusammenkratzen konnten. Nur mit großer Mühe brachten sie den Busfahrpreis von hundertfünfundzwanzig Rupien auf. Eine zusätzliche Rückfahrkarte, damit ihr Vater oder einer ihrer älteren Brüder Milly begleiten könnte, war unerschwinglich, also mussten sie warten, bis jemand anders nach Dumri fuhr. Es wurden Vorkehrungen getroffen, dass jemand Milly in Empfang nehmen würde, sobald sie aus dem Bus ausstieg. Das alles geschah ohne Millys Wissen; nicht weil ihre Mutter geglaubt hätte, das Mädchen würde sich darüber aufregen, sondern weil es unvorstellbar gewesen wäre, eine Tochter in einer bereits von der Mutter entschiedenen Angelegenheit zu konsultieren.

Milly wurde zwei Tage vor der Abfahrt aufgeklärt. Zuerst glaubte sie, sie würde eine ferne, ferne Stadt zu sehen bekommen, eine vollkommen andere Welt, und so kam zur Angst, die sie verspürte, auch etwas Aufregung hinzu, Aufregung vor allem über die Aussicht, mit dem Bus zu fahren, was sie noch nie gemacht hatte.

»Wie lang wird es dauern, dorthin zu kommen?«, fragte sie.

»Sechs, sieben, acht Stunden«, sagte ihre Mutter.

Milly hatte keinerlei Begriff von Zeit und konnte also nicht verstehen, was das genau bedeutete, sie wusste nur, dass es eine sehr lange Zeit war.

»Oh, das ist sehr weit. Wann komme ich zurück? Nach wie vielen Stunden?«

»Du kommst nicht zurück, du wirst dort bleiben«, sagte ihre Mutter.

»Bleiben? Wo bleiben? Viele Tage?« Milly war verblüfft.

Selbst nachdem ihr die Sachlage – dass sie bei einem Ehepaar in dieser fernen Stadt wohnen würde – erklärt und dem Ganzen die tröstliche Lüge, dass sie jeden Monat nach Hause kommen würde, beigemengt worden war, dämmerte es Milly nur langsam, dass sie zum Arbeiten fortgeschickt wurde. Sie betrachtete den verheilten Stumpf von Budhuwas Arm, der vorne in einem kleinen knotenartigen Hubbel endete, wie sie einen mal an einem aufgeblasenen Luftballon gesehen hatte, und begriff, dass er ein bisschen anders aussehen würde, wenn sie ihn das nächste Mal sähe; und etwas strich mit einer fegenden Bewegung durch ihre kindliche Brust und leerte sie.

»Und die Schule?«, fragte sie mit leiser Stimme. »Lernen?«

»Kannst du vergessen«, antwortete ihre Mutter unwirsch. »Lernen. Wozu braucht ein Mädchen das schon? Du nützt uns mehr, wenn du Geld verdienst. Jetzt halt die Klappe.«

Die Bilder in ihrem Schulbuch, mit den groß geschriebenen Wörtern darunter – *ainak* (Brille), *kachauri* (gefüllte Teigtasche), *titli* (Schmetterling), *aurat* (Frau), *gilahri* (Eichhörnchen) –, zogen durch ihren Kopf. Es würde keine Bücher, keine Bilder mehr geben. Sie sah die Gesichter ihrer Brüder und Schwestern an; Budhuwa hatte seins abgewandt. Drei von ihnen waren zu klein, um zu verstehen, was vor sich ging. Die Gesichter der anderen beiden wirkten geschrumpft. Oder es sah nur im Schatten werfenden Licht der rußigen Sturmlaterne so aus. Dann kam ihr ein ganz anderer Gedanke: Soni.

Als Milly sagte, dass sie in ein anderes Land ging, um Geld zu verdienen, und dass sie jeden Monat in einem Bus zurückkommen würde, mit Geschenken wie Goldglitzer, Bonbons, Bildern und roten, blauen, grünen und gelben Bändern, mit allem, was ihr schön und erstrebenswert schien, da war es keineswegs sicher, dass Soni die ganze Tragweite der Worte ihrer Freundin erfasste. Es gab keine Abschiedsworte, keine Versprechen oder Erwartungen, einander bald wiederzusehen, weil es keine Vorstellung von Abwesenheit gab oder davon, einander nicht mehr zu haben. Es gab keinen Abschiedsschmerz, keinen Austausch von Andenken oder Erinnerungsstücken. Die Spiele endeten an diesem Tag so wie an jedem anderen.

Als sie am nächsten Tag in den Bus einstieg, beeilte sich Milly, sich an ein Fenster zu setzen, weil Budhuwa ihr gesagt hatte, dass sie dann sehen konnte, wie sich die Welt, die Bäume, die Häuser, die Felder, alles in die entgegengesetzte Richtung an ihr vorbeibewegte, wenn der Bus in Bewegung war. Sie saß am Fenster und sah hinaus. Der Bus stand noch, ließ noch Fahrgäste einsteigen. Sie sah Budhuwa an, wie er neben ihrer Mutter stand, die ein Kleinkind auf der Hüfte hatte und einen der jüngeren Brüder an der Hand. Milly sah ihren Vater mit seinem zerknitterten Gesicht. Jemand verkaufte Bananen. Budhuwa kaufte eine, streckte die Hand aus und reichte sie Milly. Der Bus begann sich rasch zu füllen. Etwas schlug um, und sie fing an zu weinen, nicht so, wie ein Kind weint, mit seiner unschuldigen, wehrlosen Beschwerde gegen die Welt, sondern wie eine Erwachsene: leise, bemüht, alles drinnen zu behalten, gerade erst beginnend, die Schwere der Welt zu erahnen.

3: FREUNDIN, TEIL II

Soni bemerkte es als Erste. Sie sagte zu ihrer Mutter: »Was hast du da im Mund?«

»Was meinst du damit? Nichts«, sagte ihre Mutter.

»Doch. Mach den Mund auf. Zeig, zeig.«

»Hier, aaaah.« Die Kiefer öffneten sich. Nichts drin. Die Kiefer klappten zu. »Siehst du, nichts. Habe ich doch gesagt.«

»Nein, du hältst es versteckt. Sieh mal, da, da«, und Soni berührte die leichte Ausbeulung rechts an ihrer Kinnlade, ganz unten, fast unter dem Ohr. Es sah so aus, als hätte sie sich einen leckeren Bissen, ein Bonbon vielleicht, in den Mund gesteckt und ganz weit nach hinten geschoben, um es ganz langsam auskosten zu können. »Nein, nein, zeig noch mal«, verlangte das Mädchen.

Die Mutter tat Soni den Gefallen. Soni steckte einen Finger hinein und stocherte herum. Zähne, nasses Fleisch, aber keine verborgene Süßigkeit. Ihre Mutter fasste sie sanft am Handgelenk und zog ihre stöbernde Hand weg.

»Du bist ganz schön frech«, sagte sie.

Doch die Beule blieb: Soni sah sie ganz deutlich, sobald ihre Mutter den Mund wieder schloss. Dann vergaß sie die Sache.

Bis ihre ältere Schwester, sieben Jahre älter als sie, sie ebenfalls bemerkte und in Gegenwart der anderen darauf hinwies.

Soni rief dazwischen: »Ja, das sind Süßigkeiten, die sie da drinnen versteckt.«

Anderweitig beschäftigt, gehetzt, gab ihre Mutter zurück: »Süßigkeiten, Süßigkeiten! Wo siehst du hier Süßigkeiten? Wie kommst du überhaupt auf Süßigkeiten? Wo sollten wir wohl Süßigkeiten hernehmen, du verrücktes Mädchen?«

In ihrer Hütte gab es keinen Spiegel, also konnte Sonis Mutter nicht selbst nachsehen. Sie tastete sich die rechte Kinnlade ab und drückte auf und um die Stelle herum, auf die ihre Töchter zeigten. Ja, da schien wirklich so was wie eine Schwellung zu sein, aber sie spürte nichts Ungewöhnliches. Sie nahm sich vor, ihren Mann zu fragen, vergaß es dann aber. Eines Nachmittags sprach sie dann jemand anders, ihre Nachbarin, darauf an, als sie gerade im Wald *sal*-Blätter und abgestorbene Äste sammelten. Die zwei Frauen kehrten ins Dorf zurück, um die Angelegenheit mithilfe des Handspiegels der Nachbarin zu verifizieren, der rechteckig war und einen grünen Plastikrand hatte und so klein war, dass er nur Ausschnitte des Gesichts zeigte, nicht das ganze, wenn man ihn zu nah hielt. Sonis Mutter brauchte ein paar Versuche, um den richtigen Abstand zwischen Spiegel und Urbild zu finden, damit sie ihr Gesicht vollständig sehen konnte.

Ja, da war es, genau wie ihre Tochter Soni gesagt hatte; es sah so aus, als ob sie an einem Klümpchen von der Größe eines Sperlingseis lutschte. Sie klappte ihre Kiefer ein paarmal weit auf und zu, um zu sehen, ob sie etwas spürte. Nichts, außer dass es ein wenig knackte. Wie auch immer, es tat nicht weh, also war's nichts.

Das Nichts wurde zu etwas. Anfangs war es ein dumpfer Schmerz, der gelegentlich in ein Pochen umschlug, um dann wieder zum stetigen Schmerzzustand zurückzukehren. Der Monsun hatte ihnen dieses Jahr ein Schnippchen geschlagen, indem er ferngeblieben war, und die Reisfelder waren zu einer braunen Wüste abgestorben. Das Einzige, was die Dörfler von der verdorrten Ernte retten konnten, waren Bündel von Heu und Stroh. Sonis Mutter war mit dem Gesicht vornüber in die scharfen Stoppeln gefallen, während sie versucht hatte, einen Armvoll zu bündeln, den sie an dem Tag geerntet hatte. Ein Fischreiher, der den Boden konzentriert abgesucht hatte, stelzte ein paar Schritte weiter und flog davon. Der Schmerz schien zum Leben erwacht zu sein. Er bohrte seine Hunderte von Fingern hinauf in ihr Ohr, in den Nacken, den Hinterkopf, das rechte Auge, die Kehle. Das Sperlingsei hatte ein Tier geboren, das mit aller Gewalt herauswollte.

Sie schnitt Grimassen und sabberte. Sie konnte vor Schmerz nicht mehr sprechen. Man gab ihr Dschungel-Heilmittel: einen brennenden Umschlag aus Ätzkalk und Kurkuma auf die Wucherung; eine Paste aus *jumuri*-Blättern; einen heißen Absud von getrockneten roten Beeren der *ajaarini*. Nichts davon linderte den Schmerz. Soni sah ihrer Mutter dabei zu, wie sie die Schreie einer Frau ausstieß, die bei Nacht besessen wird, als sie meinte, das Ding in ihrer Backe würde sich bewegen. Zu anderen Gelegenheiten sah Soni sie sich auf dem Boden winden und um sich schlagen, einmal sogar den Kopf mit solcher Wucht gegen die Lehmwand rammen, dass ein kleiner Riss darin sichtbar wurde. Ebenso heftig schlug Sonis Herz in ihrer kleinen Brust um sich. Warum konnten sie ihrer Mutter den Schmerz nicht wegmachen?

Zur nächsten Arztpraxis lief man drei Stunden. Das würde sie niemals schaffen, nicht in dem Zustand. Sonis Vater setzte seine Frau hinter sich auf ein geborgtes Fahrrad und fuhr sie zum Doktor, wobei er sich weniger um den reduzierten Menschen sorgte, den er da in die Stadt radelte, als über das Honorar für den Doktor. Er hatte nur dreißig Rupien bei sich. Wie sollte er zusätzlich zum Honorar auch noch die Medizin bezahlen? Der Doktor verzichtete auf sein Honorar, schrieb ein Rezept und sagte: »Diese Tablette, hier die Nummer eins, davon gibst du ihr alle vier Stunden zwei. Dann musst du sie ins Krankenhaus bringen. Das muss entfernt werden. Man wird sie operieren müssen. Und zwar schnell. Ich gebe dir einen Brief mit, den zeigst du den Leuten im Krankenhaus.«

Mit dem Geld, das er hatte, konnte Sonis Vater nur vierzehn Tabletten kaufen. Er sah dem jungen Mann in der Apotheke zu, wie er mit einer Schere vier Tabletten von einem Blister abschnitt und zu der vollständigen Zehnerpackung legte. Die Pillen waren nach zwei Tagen alle. Der Schmerz, der zwar nicht verschwunden, aber zumindest etwas schwächer geworden war, kehrte brüllend zurück, als bestrafte er sie dafür, dass sie es gewagt hatte, ihn mit irgendwelchen Mitteln zu bekämpfen. Soni sah ihre Mutter sich wieder in ein Gespenst verwandeln, und ihr Herz fühlte sich wie Reis an, der gedroschen wird. Ihre ältere Schwester gab die Schule auf, um ihrer Mutter die Pflichten abzunehmen, die sie selbst nicht mehr bewältigen konnte.

Sie gingen zusammen in den Wald *kendu*-Blätter sammeln. Pro hundert Blätter würden sie fünfundzwanzig *paise* bekommen. Eines Nachmittags verspäteten sie sich mit ihrer Heimkehr: Die Dämmerung hatte sich schon gesenkt, und bald würde sie in Dunkelheit übergehen. Soni folgte ihrer Schwester auf einen breiteren Pfad, fort vom dichteren Dschungel. Sie hörten ein Fahrzeug, nicht allzu weit weg: Forstbeamte auf Streife. Das Geräusch kam näher und näher und mit ihm die zwei Strahlen der Scheinwerfer. Ohne genau zu wissen, warum, versuchten die zwei Schwestern instinktiv, sich zu verstecken, aber ein Scheinwerfer erfasste Sonis Schwester, wie sie gerade dabei waren, ins Waldesinnere zu huschen. Der Jeep kam näher und stoppte. Zwei Männer sprangen heraus. Die Mädchen konnten Stimmen hören.

»Wer ist da? Wir sind Forstbeamte. Wir haben euch gesehen. Zeigt euch«, brüllte einer von ihnen die Bäume an.

Die Mädchen hätten unentdeckt bleiben können, aber jemand leuchtete mit einer starken Stablampe, und der Lichtstrahl traf Sonis Schwester mitten ins Gesicht. Später dachte Soni, sie hätten in den Schutz des Dschungels rennen können; man hätte sie niemals gefunden.

Jetzt sah Soni ihre Schwester zu Stein erstarren. Die Männer kamen näher.

»Was treibt ihr hier?«, fragte einer von beiden barsch. »Warum versucht ihr wegzulaufen?«

»Kommt her, kommt näher«, befahl der andere Mann. Sie hatten jeder eine *lathi* in der Hand. »Was ist, hast du deine Zunge verschluckt?«, bellte er Sonis Schwester an. »Was habt ihr im Dunkeln im Wald getrieben? Wisst ihr nicht, dass das kein Ort ist, wo sich Mädchen herumtreiben sollten?« Mit dem letzten Satz veränderte sich seine Stimme; in seinen Ton hatte sich etwas anderes eingeschlichen, etwas Langsames, Träges.

Der andere Mann lachte. »Ja, erzähl doch, was habt ihr getrieben?«, sagte er. »Was hast du da in der Hand?« Er streckte seine Rechte aus und nahm das Bündel Blätter an sich, das Sonis Schwester gesammelt hatte.

»Aha, *kendu*. Habt ihr eine Lizenz zum Sammeln der Blätter? Wisst ihr nicht, dass es sonst verboten ist?«

Lizenz? Verboten? Jeder im Dorf hatte das gemacht, so weit die Mädchen zurückdenken konnten, und ihre Eltern und Großeltern und Vorfahren vor ihnen. Aber Sonis Schwester war zu eingeschüchtert, um ihnen zu antworten. Was, wenn es wirklich eine neue Regelung gab, von der sie nichts wussten? Täglich legten die Regierungsleute irgendeine neue Regel fest, die ihr Leben noch ein Stück unmöglicher machte. Ständig hörten sie Gerüchte, sie würden ihr Dorf und den Wald verlassen und weit wegziehen müssen, weil große Firmen das Land haben wollten. Wo würden sie hingehen? Was würden sie machen?

»Du musst mitkommen«, sagte der Mann und packte Sonis Schwester am Handgelenk. Sie schien zu Stein geworden zu sein, doch dieser Stein bibberte, ein Beben, das sich durch die dünne Schicht Luft auf Soni, die neben ihr stand, übertrug.

Der Mann, der näher beim Jeep stand, ergriff jetzt ebenfalls das

Wort. »Ja, du musst mit uns kommen. Wir werden sehen, was wir mit dir anfangen können.« Und dann ein Lachen wie von einer Krähe, die manisch ihren eigenen Tod krächzte.

Soni spürte, wie ihre Schwester zitterte. Warum sagte Didi nichts? Wohin würden sie sie mitnehmen? Was würden sie mit ihr machen?

»Nehmen wir die Jüngere doch auch mit«, sagte er. »Wir sind zwei, und die sind zwei.« Wieder dieses Kadavergelächter, wie hörbare Schwalle von Verwesung.

Didi schrie – »Nein!« –, so erstickt, wie aus den Tiefen eines Traums heraus. Dann zerbrach ihre steinerne Erstarrung, und alles passierte so schnell, dass es dem Denken davonlief. Sonis Schwester streckte eine Hand in ihre Richtung aus, stieß sie von sich und fauchte wild: »Lauf! Lauf nach Haus!« Sie versuchte, sich von dem Mann loszuwinden, der sie noch immer am Handgelenk festhielt. Doch sein Griff schloss sich enger. Ein Herzschlag, zwei Herzschläge. Dann machte Soni einen Schritt zur Seite, kehrte den Männern und ihrer Schwester den Rücken zu und rannte los. Sie hörte es rascheln, hörte die Männer einen Schrei ausstoßen, einen von ihnen etwas brüllen und ihre Verfolgung aufnehmen. Sie war neun, leicht, flinkfüßig, von Angst angetrieben; und sie kannte den Urwald, wusste, wo sie in ein Dickicht eintauchen oder hinter einer geschlossenen Schildwacht von Bäumen in Deckung gehen konnte. Und das Licht schwand rasch, besonders dicht über dem Boden, und war jetzt schon fast mannshoch die Stämme hinaufgeklettert. Sie flog wie eine Seele, die im Augenblick des Todes dem Gehäuse des Körpers entflieht. Sie wusste nur eins: Diese bestimmte kleine Lichtung an der Kreuzung zweier schmaler, fast unsichtbarer Trampelpfade – die musste sie erreichen, bevor die Dunkelheit alles verschlang. Andernfalls würde sie durch die Nacht irren und von einem Leoparden oder Bären bei lebendigem Leibe gefressen werden. Sie sah sich nur einmal um. Das bisschen verbliebene Licht war wie

Asche. Durch die Schirmwand der Bäume sah sie einen der Männer, oder meinte, ihn zu sehen, wie er, nur wegen seines weißen Hemdes erkennbar, gekrümmt am Boden kauerte, als beweinte er einen geliebten Menschen. Oder als fräße ein Raubtier seine Beute. Die Dunkelheit und die Flüchtigkeit des Blicks, den sie zurückwarf, gestatteten ihr nicht zu erkennen, worüber er sich krümmte. Der Wald schien ihr im Hals stecken zu bleiben.

Beim ersten Licht des Morgens schickten sie einen Suchtrupp in den Wald. Sie konnten sie nicht finden. In der Abenddämmerung kehrten sie stumm ins Dorf zurück. Als Soni und ihr Vater die Hütte betraten, sahen sie sie mit dem Rücken an der Wand sitzen, das Gesicht im Schatten. Ihre Mutter weinte, aber in Sonis Augen und Ohren war es eine andere Art von Weinen, ein anderes Geräusch, nicht Ausdruck des Schmerzes, sondern – sie konnte es nicht anders deuten – der Wut. Didi war wieder ein Stein. Ihre Knie und Ellbogen waren schorfig, ihre Beine zerschrammt. Im Dunkel der Hütte konnte Soni nicht sehen, was sie im Laufe der nächsten paar Tage bemerken würde – überall Blutergüsse, einen langsamen, gequälten Gang, als ob in ihrer Schwester alles zerschlagen worden wäre. Sie erinnerte sich, dass ihre Mutter, als sie von ihrer Suche heimkehrten, nur eines sagte: »Sie ist zurückgekrochen, gehen konnte sie nicht.«

Mit der Zeit lernte Didi wieder normal zu gehen. Doch etwas schien ihr abhandengekommen zu sein – manchmal entblößte sie die Zähne zu einer Art simuliertem Lächeln, aber da das entsprechende Leuchten in den Augen ausblieb, konnte man es nicht als solches bezeichnen; es war nur der fortwährend scheiternde, halbherzige Versuch.

Während der Körper von Sonis Mutter mehr und mehr dem einer Vogelscheuche glich – sie bekam kaum noch etwas herunter –, schien ihr Gesicht ihre ganze Körpersubstanz aufzusaugen und in dieser schwellenden Beule anzulagern. Ihr Gesicht veränderte seine Form: Es war ein kleiner, leerer, faltiger Beutel, in dem jemand etwas, in einer Ecke versteckt, vergessen hatte. Ihre Augen waren die ganze Zeit abwesend, blicklos, als seien sie dem Kopf, dem sie sich nicht mehr zugehörig fühlten, fremd geworden.

Es wurden zwei Fahrten zum nächsten staatlichen Krankenhaus unternommen, jeweils vier Stunden im Bus. Die fünfundsiebzig Rupien pro Fahrkarte waren für sie unerschwinglich. Sonis Vater borgte sich den Fahrpreis und noch so viel dazu, wie er seiner Schätzung nach für Medikamente benötigen würde; insgesamt wurden es fünfhundert Rupien. Man sagte ihm, wenn er die Schuld nach einem Monat beglich, würde er sechshundert Rupien zurückzahlen müssen, nach zwei Monaten siebenhundertfünfundzwanzig, nach drei achthundertfünfzig und immer so weiter. Aber er war außerstande, bis zum Zeitpunkt der Rückzahlung vorauszudenken oder die stetig steigenden Beträge, um die es dabei ging, wirklich zu erfassen; sie besaßen für ihn keine Bedeutung; das Einzige, was zählte, war jetzt.

Das Krankenhaus … wie sollte er sich da zurechtfinden? An wen sollte er sich wenden? Wer würde ihn zur richtigen Person führen? Er hätte jemand aus dem Dorf mitnehmen sollen, jemand mit Schulbildung, jemand, der reden konnte, jemand, der gewusst hätte, mit wem man sprechen musste. Dieser Ort würde ihn vernichten. Wohin er auch sah, waren Kranke, Menschen mit Mull- oder Gipsverbänden, die Binden oft durchgeblutet, dunkel in der Mitte, heller zum Außenrand hin, Menschen, die ganz langsam gingen, auf Stöcke gestützt, Menschen, die vollkommen regungslos dalagen, teils mit weit aufgerissenen, ins Leere starrenden Augen, Menschen, die stöhnten, husteten, keuchten, Menschen mit fehlenden Händen oder Beinen, mit offenen Geschwüren und grauslichen Geschwülsten. Ein Mann saß mit dem Rücken an der Wand, die linke Gesichtshälfte eine geschwollene Wabe aus dicht gepackten schwarzen

Beeren. Sonis Vater drehte sich der Magen um. Er konnte kein einziges Schild lesen, er hatte es nie gelernt. Wie dumm konnte man sein, ohne jemanden herzukommen, der einem half? Dieser Ort erdrückte ihn.

Er sprach jeden an, den Brief des Doktors in der Hand, und bat um Auskunft, um irgendeine Richtungsangabe. Das einzige Wort, von dem er sich einen Nutzen versprach, war »Operation«; der Doktor hatte gesagt, sie bräuchte eine Operation. Jemand sagte: »Geh zu dem Tisch da, die können dir weiterhelfen.« Als er zu dem Tisch ging, wurde ihm gesagt, er müsste woandershin. Vor einem Schalter herrschte ein solches Gedränge von Leuten, die sich gegenseitig zu überschreien versuchten, irgendwelche Blätter Papier nach vorn reckten, sich schubsten und rempelten, dass er die Hoffnung verlor. Wie sollte er es je bis nach ganz vorn schaffen? Als er es nach einer Stunde dann geschafft hatte, wurde ihm gesagt, er wäre da nicht richtig. Er sollte nach oben gehen. Hier könnten sie ihm nicht helfen, das hier wäre die … und dann irgendetwas Unverständliches. Er ging zwei Treppen hoch in den nächsten Stock. Menschen, die hin- und herhasteten, warteten, saßen, standen. Wen sollte er um Hilfe bitten? Er entschied sich für eine Frau, die, wie er fand, wie ein Doktor aussah; sie hatte dieses Horchseil um den Hals. Sie erklärte ihm, er wäre hier falsch. Er müsste nach unten gehen und am Hauptschalter fragen. Er ging wieder nach unten. Er war ein Schnipsel Stroh im Wind. Als er sich unten bis zum Schalter vorgekämpft hatte, wurde er aufgefordert, wieder nach oben zu gehen. Diesmal sagte er, da wäre er schon gewesen, wäre aber wieder nach unten geschickt worden. Der Mann sagte, er könne nichts für ihn tun, und ob er jetzt zur Seite gehen könne – er könne nicht den ganzen Tag mit nur einem reden, hinter ihm würden andere warten.

Sonis Vater wandte sich ab, ging nach draußen und setzte sich auf die Treppe. Gegen seinen Willen verzog sich sein Mund, wie bei einem Kind; er konnte ihn nicht dazu bringen, seine Form zu behalten; er schaffte es nicht, sein Weinen dazu zu bringen, wie das eines Erwachsenen zu klingen. Seine Frau versuchte, ihn zu trösten. Was für eine seltsame Welt, dachte er; sie tröstet ihn, wo es doch eigentlich andersherum sein sollte. Er war vollkommen erledigt. Die Leute ringsum dachten wahrscheinlich, er weinte, weil jemand ihm Nahestehendes im Krankenhaus gestorben war und er gerade davon erfahren hatte. Was dachten sie wohl? Er hatte sich in seinem ganzen Leben noch nie so geschämt.

Eine ältere Frau kam an ihrem Stock angehumpelt, um ihm ihr Mitgefühl auszusprechen; es lag alles in *uparwalas* Hand, sagte sie und hob die Augen zum Himmel. Sie war es, die ihn zum Hauptschalter der chirurgischen Abteilung begleitete, am anderen Ende des Gebäudes. Hier war die Schar von Leuten, die darauf warteten, dass sich jemand um sie kümmerte, sogar noch grauslicher. Manche von ihnen sahen kaum noch nach Menschen aus. Hunde schnüffelten an offenen Wunden und spazierten zwischen den Wartenden umher. Keiner schien die Energie aufzubringen, sie zu verjagen. Es war die ältere Frau, die mit dem Verantwortlichen sprach, die die Formulare für ihn ausfüllte und ihm die wichtigste Information überhaupt gab: Die Menschen hier warteten schon seit Tagen auf eine Operation, weil es keine Ärzte gab, die sie durchführen konnten. Sie würden am nächsten Tag wiederkommen müssen, aber es gab keine Garantie, dass dann ein Doktor anwesend sein würde, der sich Sonis Mutter ansehen konnte. Sie würden es immer wieder versuchen müssen, bis sie eines Tages Glück haben würden; wie lang das dauern würde, wüsste niemand.

Soni erfuhr nicht im Einzelnen, was auf dem ersten Krankenhausausflug ihrer Eltern passiert war, sondern spürte nur dunkel, wie reduziert sie anschließend waren, wie Spreu, ohne Wert, ohne jede Bedeutung.

Sie fuhren noch einmal, zwei Monate später. Sonis Vater borgte sich noch einmal Geld, während das vorherige Darlehen unbezahlt blieb und Zinsen anhäufte. Er ertrug es nicht länger, seine Frau wie eine kreißende Kuh um sich treten zu sehen. Er hatte das Gefühl, dass sein Inneres eine Tenne geworden war, auf die sie unaufhörlich eindrosch. Er musste sie retten, und er musste sich selbst retten. Diesmal bat er den Christen, Joseph, ihn ins Krankenhaus zu begleiten. Die lähmende Angst davor, mit dieser riesigen, erdrückenden, undurchsichtigen Welt fertigwerden zu müssen, nahm etwas ab, als Joseph einwilligte.

Josephs Anwesenheit verkürzte auf alle Fälle die Sache um die Zeit, die beim ersten Besuch mit sinnlosen Wegen vergeudet worden war. Sonis Vater überließ ihm die ganze Rennerei, folgte ihm nur wie ein treuer Hund. Wieder die gleiche Ansammlung von Unglücklichen, das gleiche Sortiment von Verstümmelungen, leprösen Schwären und Wucherungen, Haut wie Borke, Arme und Beine, die keine Arme und Beine mehr waren, sondern undichte Fässer, verdorrende Äste, schwammige Säcke. Und alle warteten, manche seit Tagen, seit Monaten, wer wusste, wie lang schon, warteten darauf, vom Schmerz befreit zu werden. Kranksein war ein Luxus für Reiche. Kranksein hatte jeden hier an den Bettelstab gebracht.

Joseph kehrte mit der Information zurück, dass es auf dieser Station keine Ärzte gab, die eine Operation durchführen konnten. Noch warteten alle – die Liste war endlos –, und keiner wusste, wann ein Doktor sich blicken lassen würde; seit Wochen war keiner mehr da gewesen. Der letzte diensttuende Doktor war vor vielen Tagen gekommen und hatte vier Operationen durchgeführt: Einer der Patienten war gestorben, die anderen drei hatten mit verschlimmerten Beschwerden wiederkommen müssen. Diese Information stammte nicht vom Personal, sondern von den versammelten Leuten, die auf eine Behandlung warteten, und deren Angehörigen.

Es blieb ihnen nichts anderes übrig, als heimzufahren.

Zehn Tage darauf erhängte sich Sonis Mutter. Joseph entdeckte sie; der Tamarindenbaum, an dem er sie, an ihrem Sari hängend, vorfand, stand im Wald jenseits der Rodung hinter der Kirche. Erst nachdem sie sie heruntergeholt hatten, erkannte er, wer sie war. Sie hatte versucht, sich den Tumor aus der Kinnlade, fast unter dem Ohr, mit irgendetwas Scharfem herauszuschneiden. Das Instrument blieb unauffindbar.

4: PAPIER

Das Einzige, was Milly auf ihre achtstündige Busfahrt in ihr neues Leben mitnahm, waren ihre Schulfibel und ein paar Blätter schmutziges Schreibpapier, die sie sich von einem kleinen Stoß beiseitegelegt hatte, der dieses Jahr in der Schule verteilt worden war. Sie wusste, dass das Buch *Pratham Kiran* hieß, auch wenn sie das erste Wort noch nicht lesen konnte, nur das zweite. An Kleidern hatte sie, was sie trug: einen alten, unten ausgefransten *pajama*, dessen Zugschnur ihre Mutter für die Reise durch eine Sicherheitsnadel ersetzt hatte; und ein Hemdkleid, das ehemals weiß mit einem auffälligen roten *paan*-Blatt-Muster gewesen war, aber jetzt wie ein gräulich-bräunlicher Wischlappen aussah. Die Gummischlappen an ihren Füßen hatten nicht zusammenpassende Halteriemen und geringfügig unterschiedliche Größen, weil sie Fundstücke waren.

Ihre Arbeitgeber gehörten demselben Volksstamm an: den Mundas. Der Mann, Lewis, und seine Frau, Pendo, beide christliche Konvertiten, waren von einem entlegenen Dorf nach Dumri gezogen, weil Lewis das große Los gezogen hatte – einen Posten im öffentlichen Dienst. Er arbeitete als Büroangestellter in einer Unterabteilung der staatlichen Forstbehörde. Millys Eltern kannten sie, die Großeltern beider Familien hatten viele Jahre früher im selben Dorf gelebt. So war es zu Millys Anstellung gekommen. Lewis und Pendo wollten ein christliches Munda-Mädchen haben, und Millys Mutter hatte ihre Tochter angeboten.

Diese Beziehungen waren allentscheidend: Wenn ihre Arbeitgeber sie auch nicht wie ihresgleichen behandelten – schließlich war sie das Dienstmädchen –, bestand zwischen ihnen doch so etwas wie eine grundsätzliche Gemeinsamkeit, ein Band der Stammeszugehörigkeit. Milly hatte Glück; es hätte sie auch ohne Weiteres das Gegenteil treffen können: der Hass des Erfolgreichen auf die weniger Glücklichen der eigenen Gruppe. Vielleicht war es dieses Stammesgefühl, das es ihnen ermöglichte zu bemerken, dass Millys einziger Besitz ihre Schulfibel und ein paar Blätter aus einem billigen Übungsblock waren, und sie dennoch nicht verächtlich oder grausam zu behandeln.

Während sie eines Morgens, nachdem sich Vinti, Lewis' und Pendos neunjährige Tochter, auf den Weg in die Schule gemacht hatte, am Putzen war, sah sich Milly vorübergehend allein und riskierte es, die Hand nach dem kleinen Stoß Bücher des anderen Mädchens auszustrecken, der neben einer *charpai* auf dem Fußboden lag. Sie dachte durchaus an die Konsequenzen, die es haben konnte, fremdes Eigentum anzufassen, aber die Versuchung war einfach zu groß. Sie legte den Besen aus der Hand, nahm sich das dickste Buch vor und schlug es auf. Ein Urwald von Wörtern und Bildern tat sich auf und lud sie zum Eintreten ein. Kein einziges Wort ergab einen Sinn – keines davon war auf Hindi, und eine andere Schrift kannte sie nicht.

Pendos gellende Stimme ertönte: »Milly, Mill-lyy-yy, was brauchst du so lange?«

Erschrocken ließ sie das Buch fallen und legte es dann hastig zurück. »Ich komme«, rief sie und befürchtete schon, man hätte sie gesehen und jetzt wäre eine Strafe fällig.

An den folgenden zwei Tagen putzte sie mit atemloser Hast um die Bücher herum, peinlich darauf bedacht, sie ja nicht zu berühren, und rannte dann schleunigst wieder aus dem Zimmer. Aber wenn sie ihren abendlichen Pflichten nachging – *roti* backen, die Eimer im Badezimmer füllen, Pendo bei der Zubereitung des Abendessens helfen –, war sie zugleich mit den Gedanken in dem Zimmer, in dem Vinti über ihren Hausaufgaben saß. An Tagen, an denen Vinti aus einem ihrer Bücher vorlas, sei es in Hindi oder in ihrer privaten Spielsprache, verspürte Milly eine seltsame Empfindung, die ihr die Brust zusammenschnürte – eine Mischung aus Unrast, Leichtigkeit und Zorn. Sie hätte am liebsten in den Teig gespuckt. Die *rotis* waren ungleichmäßig ausgerollt und bekamen Brandflecken. Zu mehr als nur einer Gelegenheit fing eine Feuer, während sie sie mit der Zange über die Kohlen des *chulhas* hielt. Pendo schimpfte sie gehörig aus.

Eines Tages ertappte Pendo Milly dabei, wie sie, verzückt, ganz und gar woanders, über einem von Vintis Büchern brütete und dabei leise etwas vor sich hin murmelte, was in Pendos Ohren wie pures Kauderwelsch klang, sich bei näherem Hinhören aber als Wiederholung einzelner Wörter entpuppte – *ainak, aurat, titli, gilahri* –, was für sie allerdings noch weniger Sinn ergab.

Pendo machte sich bemerkbar. »Was treibst du da für einen Unfug?«, fragte sie. Milly sah ganz geknickt aus. Pendo schlug jetzt einen sanfteren Ton an: »Weißt du nicht, dass mit sich selbst reden ein Zeichen von Verrücktheit ist? Wollen wir vielleicht ein verrücktes Mädchen am Hals haben? Was machst du da mit Vintis Buch? Du kannst doch gar nicht lesen.«

Milly, die kurz davor gewesen war, in Tränen auszubrechen, besann sich mit Stolz auf ihr bisschen Belesenheit und beschloss, sich zu verteidigen. »Kann ich doch. Ich kann in meinem Buch lesen, und ein paar Wörter in Vinti-*didis* Buch auch.« Die Gier ließ ihr Gesicht schier erglühen.

Pendo hatte keinen Kopf für die atemlose Begeisterung ihres Dienstmädchens über die eigene rudimentäre Bildung – sie hatte schließlich zwei kleine Kinder zu versorgen –, also ließ sie es dabei bewenden. Aus Angst, dabei erwischt zu werden, wie sie in Vinti-*didis* Büchern schmökerte, ging sie wieder dazu über, die zweite Hälfte ihrer zerfledderten Fibel durchzublättern, die Abschnitte, die sie nicht lesen konnte, weil man sie von der Schule genommen hatte, bevor sie dran gewesen waren. Sie sah sie sich nachmittags an, während alle ein Nickerchen machten und sie ein, zwei Stunden für sich hatte, und dann wieder nachts, bevor sie sich selbst ins Bett legte, das aus zwei einmal gefalteten dicken Laken auf dem Küchenfußboden bestand, einem weiteren, zusammengeknüllten Laken als Kissen und einem alten, schmierigen Moskitonetz, dessen vier Eckschnüre jeden Abend an eine Fenstergitterstange, den Hahn über der Spüle und zwei Nägel an der gegenüberliegenden Wand geknotet werden mussten. Sie saß außerhalb dieses eingedellten, missgestalten Quaders, sah im Licht der nackten Deckenbirne in ihr Buch und wünschte sich, ihre Mutter würde eines Abends mit dem Gesicht auf den glühenden *chulha* fallen oder sich im Wald verlaufen, während sie Anmachholz oder heruntergefallene *mahua*-Blüten vom Boden aufsammelte, und von einem Schakal gefressen oder einer Schlange gebissen werden, oder Arme und Beine von den Leuten abgehackt bekommen, die sich Budhuwa geschnappt hatten, von den Männern (und Frauen), die jede Nacht ins Dorf kamen und denen man zu essen und einen Platz zum Schlafen geben musste. Sie sah sich die undurchdringlichen Wörter an und riss dann die Seiten, eine nach der anderen, heraus, knüllte sie zusammen, steckte sie sich in den Mund und kaute sie langsam und gründlich, mit viel Speichel, damit die Tinte, die die Wörter erschuf, sich vollständig auflöste und in ihrem Inneren als ein schmales Rinnsal von zerlaufenen Wörtern verteilte. Am Morgen, wusste sie, würde sie aufwachen und mit den Wörtern vertraut sein, die sich bislang so gesperrt hatten.

Eine knappe Woche später wurde sie von Vinti dabei ertappt, wie sie die zu Kügelchen geknüllten Blätter aß, die Vinti wegwarf, nachdem sie ihre Hausaufgaben ins Reine geschrieben hatte.

»*Ma*, *ma*«, schrie Vinti, aufgeregt und leicht entsetzt. »Milly isst Papier, komm schnell.«

Milly hatte einen vollen Mund. Sie konnte vor Pendo und Vinti weder schlucken noch ausspucken – es wäre äußerst ungehörig gewesen, das eine wie das andere direkt vor der Nase der Leute zu machen, in deren Haus sie als Dienstmädchen arbeitete. Ihre Augen füllten sich mit Tränen der Scham und der Angst.

Nach ein paar verblüfften Augenblicken fand Pendo ihre Sprache wieder: »Warum isst du Papier? Das ist ja ekelhaft, du Buschmädchen! Hast du Hunger? Bekommst du hier nicht genug zu essen?«

Milly nickte, um »doch« zu sagen. Der Papierbrei in ihrem Mund fühlte sich größer an als ihr Kopf. Er fraß sie von innen her auf. Vinti sah sie wie etwas an, das in einem besonders verseuchten offenen Abwasserkanal trieb.

Pendo sagte: »Du bist nicht mehr in deinem Dorf. Solche Dschungelsitten gibt es bei uns nicht. Hast du mich verstanden?«

Die Backen von der Substanz in ihrem Mund gebläht, nickte Milly noch einmal. Sie war bei ihrem Zauberritual erwischt worden; jetzt würde sie die Wörter, die Vinti-*didi* geschrieben und verworfen hatte, niemals lernen.

Ein paar Tage darauf, eine Eingebung. Vinti, die in die dritte Klasse der Birsa Munda Girls' School ging (einer Privatschule, dem Namen zum Trotz), machte gerade eine Phase durch, in der sie Lehrerin werden wollte. Plötzlich kam Pendo der Gedanke, dass ihre Tochter in Milly die ideale Gefährtin hätte, um Schule zu spielen; Vinti konnte Milly die Grundbegriffe des Lesens, Schreibens und Rechnens wirklich beibringen, nicht nur im Spiel.

Bei Pendo und Lewis und Vinti-*didi* und dem Kleinen, Suraj, machte Milly ihre erste Bekanntschaft mit zwei Mahlzeiten am Tag – zweieinhalb, wenn man den Tee und die altbackene *chapati* am Morgen mitzählte. Auf dem Dorf hatten sie, an guten Tagen, ein Mal gegessen, und zwar in der Regel *bajra ki roti* und *til-chatni*. Ein

Tag mit zwei Mahlzeiten war ein seltenes Geschenk; und zwar ein mühsam erkauftes. Es gab auch Tage, an denen sie hungerten. Was Milly von diesen in Erinnerung blieb, war die Abwesenheit von Rauch und dessen charakteristischem Geruch, weil ihre Mutter dann den *chulha* nicht anzündete – es gab nichts, was sie darauf hätte kochen können. Bis ins Erwachsenenalter erfüllte der Geruch eines *chulhas*, dem Luft zugefächelt wurde, damit die Glut aufflammte, sie mit einer schlichten Freude, einem Gefühl von Geborgenheit. Im Zusammenhang mit rauchlosen Tagen erinnerte sich Milly daran, wie ihre Mutter manchmal mit ihrem Vater schimpfte, der besinnungslos betrunken in irgendeiner Ecke der Hütte oder draußen, auf dem Hof, herumlag, aber das häufigere Szenario sah so aus, dass ihre Mutter, die Lippe aufgeplatzt und blutend, das Gesicht grün und blau, ein Auge allmählich zuschwellend von der Tracht Prügel, die sie von ihrem betrunkenen Ehemann bezogen hatte, lautlos bitterlich weinte. An einem dieser Abende hatte Milly, während der Geruch von Gewalt noch immer in der Luft lag, mit etwas wie fasziniertem Grauen beobachtet, wie ein Gemisch aus Blut, Rotz, Tränen und Speichel vom Gesicht ihrer Mutter geströmt war, während sie, zwei Mal, Worte ausgestoßen hatte, die Milly unauslöschlich im Gedächtnis geblieben waren: »Die Qualen des Hungers sind schlimme Qualen, sie brennen wie Feuer. Gott gab uns einen Magen, um uns zu bestrafen.«

Trotzdem, so war es nun einmal, und da sie die Alternative – dass es über eine längere, ununterbrochene Zeitspanne jeden Tag reichlich zu essen gab – nie, nicht einmal ausnahmsweise erlebt hatten, kamen Milly und ihre Brüder und Schwestern gar nicht erst auf die Idee, sich zu beklagen – so war ihre Welt nun einmal. Die kurzen Ausblicke in eine andere, die Dorffeste und Feiertage boten, wurden nicht als solche wahrgenommen, da sie, gerade aufgrund ihrer Natur, bloße Abweichungen vom regelmäßigen Ablauf ihrer Tage darstellten. Eine Kuh oder ein paar Ziegen wurden geschlachtet, und alle Familien des Dorfes bezahlten für das Fleisch, das dann entsprechend des Betrags, den sie bezahlt hatten, unter die Haushalte aufgeteilt wurde. Ein Teller Reis und Rindfleisch war ihre Vorstellung vom Paradies. Auch wenn das, was letztlich auf ihren Tellern landete, ein Stück Knorpel, eine Sehne, ein runzliges Klümpchen Haut oder Fett war, so war es doch »Fleisch«. Gemeinschaftliche Festmähler wurden zentral gekocht und verteilt. Dadurch erhöhten sich die Chancen, richtiges Fleisch zu bekommen, nicht bloß einen Knochenstummel und den durchscheinenden Knorpel, der an Gelenkpfannen haftete. Milly sog das Mark aus Abschnitten von Röhrenknochen, wenn sie gelegentlich einen in die Finger bekam, und bedauerte es, den sauber ausgelutschten Knochen den Hunden vorwerfen zu müssen, die zwischen den Essenden streunten und nach Abfällen spähten.

Zur Feier der Bekehrung bezahlte die Kirche das Festmahl für acht Familien – insgesamt fünfundfünfzig Personen –, die in die Gemeinde aufgenommen worden waren. Milly war damals noch zu klein, um zu begreifen, warum ihre Mutter eines Tages beschlossen hatte, alle ihre kleinen Kinder taufen zu lassen. Viele Jahre später hatte sie gefragt, was sie dazu getrieben hatte.

Ihre Mutter hatte gesagt: »Sie versprachen einen großen Sack Reis. Das war Essen für einen Monat. Ich ertrug es einfach nicht mehr, nie genug zu haben, um euch alle satt zu bekommen. Sie sagten außerdem, ihr könntet alle umsonst auf die Schule in der großen Stadt gehen, was für die kleinen Jungen Arbeit beim Staat bedeuten würde, wenn sie erst mal groß wären …«

Dann war ihr bewusst geworden, dass Schule zwischen ihr und Milly ein heikles Thema war, und sie war verstummt und hatte weggeschaut.

Beim Tauffest wurden zwei Kühe und ein dickes fettes Schwein geopfert: Man konnte meinen, die Schlaraffentage wären angebrochen. Das Festmahl dauerte zwei Tage. Später gab es dann die vier

Tage Ostern und Weihnachten, wozu immer ein Gemeindemahl gehörte. Für viele Leute war das Anreiz genug zu konvertieren, wenngleich auch Nichtchristen zu diesen Festmählern willkommen waren und sich Seite an Seite mit den Christen zusammensetzten, ihr Essen aßen und ihre Choräle mitzusingen versuchten. Sie durften sogar in die Kirche hineingehen, aber nicht während des Gottesdienstes.

Hier in Dumri bekam Milly ihre Mahlzeiten, nachdem die Familie aufgegessen hatte. Sie aß, mit anderen Worten, was jeweils übrig blieb, was oft bedeutete, dass, wenn die Familie, sagen wir, *dal* und zweierlei *sabzi* gegessen hatte, sie Reis oder *roti* und dazu etwas *dal* und dasjenige Gemüsegericht bekam, das von Lewis, Pendo und Vinti – und als er etwas größer wurde, Suraj – nicht restlos aufgegessen worden war. Besonders streng befolgt wurde diese Prioritätsregel bei Fisch-, Eier- und Fleischgerichten: Kraft eines ungeschriebenen Gesetzes waren diese besonderen Dinge für Milly tabu, und sämtliche Reste wurden für die Kinder, Lewis und Pendo aufgehoben, in genau dieser Reihenfolge. Falls, nachdem sie ein Fleischgericht mehrere Male aufgetischt bekommen hatten, immer noch etwas übrig war, erhielt Milly den allerletzten Rest, der oft genug lediglich in Kartoffeln und Tunke mit ein paar Fleischfasern darin bestand, oder einem minderwertigen Stück, lauter Knochen, Knorpel, Fett und Membran, das niemand essen wollte; oder aber wenn Pendo befand, dass das Gericht allmählich komisch roch und der Familie nicht mehr vorgesetzt werden konnte. Milly störte das nicht, sie bemerkte es meist nicht einmal. Sie hatte reichlich zu essen – reichlich Reis, der zu Hause ein solcher Luxus gewesen war, und vor allem die Gewissheit, jeden Tag zwei volle Mahlzeiten zu bekommen. Wenn sie sich schlafen legte, nachdem sie die schwierigen Wörter des allabendlichen Lesepensums von einer Seite abgeschrieben hatte, fragte sie sich jetzt nicht mehr, ob sie am folgenden Tag etwas essen würde.

Ein Kind macht Sachen kaputt. Milly war nicht ganz neun, als sie anfing, in Dumri zu arbeiten. Ihre Kinderhände konnten keine großen, schweren Gegenstände tragen, keine seifige Tasse oder Untertasse, die sich in den Kopf gesetzt hatten, ihnen zu entgleiten, doch noch zu fassen bekommen. Sie besaßen nicht die nötige Reichweite, um, während sie putzte, etwas vor dem Umfallen und Zerbrechen zu bewahren. Solche Missgeschicke waren nicht häufig; sie beschränkten sich gewöhnlich auf fallen gelassene Nippsachen. Teller, Trinkbecher und Schüsseln waren bei Pendo durchweg aus Edelstahl, und so bestand keine Gefahr, sie zu zerschlagen. Einmal kam ein Service aus vier Porzellantassen und -untertassen ins Haus. Sie standen in einem Schrank und wurden für ganz besondere Gäste hervorgeholt, nicht so sehr, um diese zu ehren, als vielmehr, um Pendo und Lewis' soziale Aufwärtsmobilität zu dokumentieren. Nach einem dieser Anlässe brach Milly einer Tasse beim Spülen den Henkel ab. Es war ein so empfindliches kleines puppenöhrchenartiges Dingelchen, dass es ihr einfach in der Hand abging. Pendo schimpfte sie aus – »Guck, was du angestellt hast, du tollpatschige *pagal!* Mein Service ist endgültig ruiniert!« –, und Milly war ein, zwei Tage lang ganz verängstigt, und dann verzog sich das Gewitter. Das versehrte Service geriet in der Dunkelheit des Schranks in Vergessenheit.

Die Verwarnungen standen, wie nicht anders zu erwarten, in direktem Verhältnis zum Preis des zerbrochenen Gegenstands. In Pendos Haushalt gab es nur wenige kostspielige Dinge; meist war ihr Wert ideeller oder gefühlsmäßiger Natur. Einmal zerbrach Milly eine Terrakottapuppe, die Vinti gehörte; Vinti brüllte das Haus zusammen. Wieder wurde Milly ausgeschimpft, aber diesmal hatte sie den Eindruck, dass Pendos Ton und Wortwahl etwas Demonstratives an sich hatten, als habe sie das Gefühl, ihre Tochter müsste sie dabei sehen, wie sie die Dienerin, die ihr Spielzeug zerbrochen hatte, bestrafte. Bei dieser Gelegenheit war Milly weit geknickter –

und weit ängstlicher – als das eine Mal, als sie der Tasse den Henkel abgebrochen hatte: Ihre Unterrichtsstunden standen und fielen damit, dass sie Vinti-*didi* bei Laune hielt. Auch dieses Unwetter zog vorüber; es war ein Streit unter Kindern, kurzlebig und belanglos, wenngleich vom Element des Klassenunterschieds getrübt.

Fast vier Jahre nachdem Milly bei Pendo und Lewis angefangen hatte, nahm ihre Mutter sie von dort wieder weg und schickte sie zu einem bengalischen Ehepaar in Jamshedpur, einer noch größeren Stadt. Mittlerweile konnte sie Hindi mühelos lesen und langsam und stockend, aber lesbar schreiben, und sie besaß Grundkenntnisse der Addition und der Subtraktion. Sie kannte das englische Alphabet und konnte kleine Wörter – »*cat*«, »*bat*«, »*car*« – lesen. Eines Abends las sie das Wort »*bus*« und lächelte über ihr jüngeres Ich, das bis zum Augenblick der Reise nach Dumri nicht gewusst hatte, was ein Bus war.

5: SCHICKSAL

Soni hatte gewusst, dass sie ihr Dorf häufig aufsuchten; tatsächlich waren ein paar aus der Gruppe vertraute Gesichter. Sie war sicher, dass sie die Frau mit dem blauen Sari beide Male gesehen hatte, als der Medizinlaster in ihr Dorf gekommen war. Den neuen Wassertank hinter der Schule hatten einige von ihnen gebaut. Sie versammelten sich vor der Schule oder auf der gepflegten Grünfläche vor der Kirche, oder auf der quadratischen Plattform unter dem Kreis aus acht riesigen Bäumen am Fluss, wo die *graam-sabhaa* tagte. »*Samaaj-sewi*«, Sozialarbeiter, nannte man sie, soweit sie wusste. Sie hatte sie Reden halten hören, lange, flammende Reden, und hatte innerlich abgeschaltet; jeder, der gewählt werden wollte, hielt Reden. Vor den Wahlen kamen Männer aus großen Orten und Städten an, versprachen großartige Dinge, lächelten, verbeugten sich und gingen wieder. Alles lief weiter wie gehabt. Aber die Sozialarbeiter waren anders. Sie sah ihnen an, dass sie hierher gehörten, Leute wie sie und ihre Nachbarn waren. Es sprach sich herum, dass sie ein Theaterstück aufführen wollten.

Was war ein Theaterstück? Sie hatte nur die ungefährste Vorstellung. Sie schloss sich der Menge an, die sich in der Nähe des Brunnens versammelte. Sie stand neben ihrer Schwester, entschlossen, während des Stücks ihr Gesicht zu beobachten – vielleicht würde sie das ja wieder zum Lächeln bringen? Würde auch Gesang dabei sein? Ja, es gab Gesang. Es waren Worte, die sie nicht verstand. In was für einer Sprache sangen sie denn? Würde das Stück selbst auch so unverständlich sein?

Das Lied war vorbei. Die Gruppe trennte sich und trat nach beiden Seiten ab. Zwei Frauen kehrten in die Mitte zurück. Sie taten so, als würden sie *kendu*-Blätter sammeln. Oder war es Anmachholz? Sie unterhielten sich darüber, dass der Wald ihr Zuhause und ihr Beschützer war, dass er sie mit allem versorgte, was sie benötigten. Aber die Regierung wollte sie umsiedeln und den Wald reichen Leuten überlassen, großen Firmen, die die Bäume fällen wollten, das Holz verkaufen, den Boden nach den Schätzen aufgraben, die darunter lagen … Das grüne Wasser der Flüsse und Bäche würde rot werden und zu nichts mehr zu gebrauchen sein. Sie würden alles verlieren, ihr Zuhause, den Wald, die Luft, das Wasser, ihre Freiheit, und würden gezwungen sein, wie Sklaven Land zu bearbeiten, das nicht mehr ihnen, sondern jemand anderem gehörte. Soni sah mit großen Augen zu.

Sie sprachen von *adhikaar*, *haq*, *izzat:* »Die Regierung gibt uns diese Dinge nicht, Rechte und Respekt. Wir haben nichts außer den Rechten auf *jal*, *jamiin* und *jangal*. Aber sie werden uns Wasser, Land und Wald wegnehmen.«

Dann wechselten sie das Thema und redeten davon, wie viel sie für jedes Kilo Tamarinde, das sie sammelten, oder für jeden Hunderterpack *kendu*-Blätter bekamen und für wie viel Tamarinde und *kendu* dann verkauft wurden. Sie sagten, dass die Differenz für den Unterhalt einer Dorfklinik oder den Bedarf eines Dorfes an Reis und Linsen für einen ganzen Monat reichen würde.

»Warum sind wir seit Jahrzehnten arm und hungrig? Warum hören wir immer von *vikaas*, von *krors* von Rupien, die das Zentrum für Entwicklung ausgibt, und wir bekommen davon nie auch nur einen *paisa* zu sehen? Wo geht das ganze Geld hin? Warum hat sich unsere Situation nicht verändert?« Es wurde viel geredet. Manchmal verstand Soni nicht, was da eigentlich passierte.

Dann wurde es spannend. Zwei Männer kamen hinzu. Die Frauen erklärten in lautem ängstlichem Flüsterton, dass der eine ein Forstbeamter und der andere ein Unternehmer war. Was wollten sie hier? Die zwei Männer fingen an, die Frauen zu drangsalieren. Hatten sie überhaupt die Genehmigung, Blätter zu sammeln? Wo war das Stück Papier, das ihnen die Genehmigung dazu gab? Wie viel hatten sie gesammelt? War ihnen klar, dass sie für das unerlaubte Sammeln von Blättern Strafe zahlen mussten? Alles im Wald gehörte dem Staat. Die Frauen würden mit ihnen mitgehen und eine hohe Strafe zahlen müssen, und wenn sie das nicht konnten … hier fingen die Männer an zu lachen. Sie packten die Frauen bei den Armen und fingen an, sie wegzuzerren. Die Frauen riefen um Hilfe. Einer der Männer zog an der Kleidung der Frau, die er am Handgelenk festhielt. Soni spürte, wie da, wo ihre Schwester sie berührte, ein feines Beben durch ihre Haut strich. Sie blickte zur Seite. Wie konnte jemand, der so regungslos dasaß – Didis Augen waren starr, sie schien nicht einmal zu atmen –, ein so stetiges, fast lautlos summendes Zittern erzeugen? Soni wandte sich wieder nach vorn. Die Schauspieler waren verschwunden, aber das Publikum konnte die Frauen weiterhin schreien und weinen, die Männer weiterhin lachen hören. Es ließ nicht nach. Sie ahnte, da wurde ein Ultimatum gestellt.

Zwei *samaaj-sewis* kamen auf die Bühne, ein Mann und eine Frau, und fragten, wie lange die Leute hier solche Demütigungen, solche Erniedrigungen noch hinzunehmen gedachten. Waren sie nicht auch Menschen, oder galt ihr Leben denen da oben gar nichts?

Sie merkte, dass das Zittern ihrer Schwester übergesprungen war – jetzt war sie, Soni, das Zentrum des Bebens. Etwas Schicksalhaftes in ihr näherte sich seiner Erfüllung. Etwas, was ihre Schwester gesagt hatte, nachdem sie zurückgekehrt war, etwas, das Soni glaubte, vergessen zu haben, drängte sich jetzt in ihren Kopf – nur ein paar Worte: »Ich habe mich nicht gewehrt, weil sie mich sonst getötet hätten.«

Die Begegnung kam zufällig zustande. Soni und ihre Schwester waren zum Fluss gegangen, um Wäsche zu waschen, als sie eine Gruppe von Menschen aus dem Wald auf der anderen Seite auftauchen und durch das Wasser auf sie zuwaten sahen. Es war Winter, und der Fluss war eine schmale grüne Rinne, die sich durch eine jetzt freiliegende weite Fläche von Sand und schwarz-und-grau-und-weißen Steinen hinzog. Als sie näher kamen, erkannte Soni die meisten von ihnen. Sie war jetzt besser informiert und nannte sie im Kopf nicht mehr *samaaj-sewis*, sondern »die Parteileute«. Sie waren diejenigen, die die Versammlungen und Theaterstücke organisierten, diejenigen, die neuerdings in einem Laster ins Dorf kamen, mit Ärzten, die mit jedem sprachen, der krank war, mit Spritzen für die Säuglinge, Medikamenten gegen Fieber und verdorbenen Magen, Verbandszeug für Verbrennungen und Bisse.

Sie schienen zu wissen, wer ihre Schwester war und was man ihr angetan hatte. Die Frau, die immer Teil der Medizinlaster-Gruppe war, sprach als Erste. Sie sagte, ihr Name sei Bela. Sie hockte sich am Ufer hin, um auf Augenhöhe mit den Mädchen zu sein, dann legte sie Sonis Schwester die Hände auf die Schultern. Sie sah Soni an und bat sie, sie allein zu lassen. Drei Tage darauf ging Sonis Schwester von zu Hause weg, um sich der Partei anzuschließen.

Soni wartete noch ein paar Jahre, bis sie mit der 8. Klasse fertig war. Ihre Schule diente jetzt der Armee als Operationsbasis für die Jagd auf die Guerillakämpfer, die die Wälder besetzt hielten. Sie hätte Monate, jahrelang darauf warten können, dass die Schule wieder ihrem eigentlichen Zweck zugeführt wurde. Aber dafür war es zu spät. Sie wusste, an wen sie sich wenden musste, nachdem sie die schon vor Jahren getroffene Entscheidung jetzt wie eine Gelegenheit – mit beiden Händen, so fühlte es sich an – ergriffen hatte. Es war ein Gefühl, als reichte sie jemand Vertrautem, jemand ihr Vorbestimmtem, den sie so lange vor Augen gehabt hatte, endlich die Hand.

Die maoistischen Aktivisten operierten in den umliegenden Wäldern und hielten häufig Versammlungen in den angrenzenden Dörfern ab. In den Dörflern fanden sie ein dankbares Publikum: Ihr Leben in unabänderlicher Armut und Not und Hoffnungslosigkeit bedurfte einer radikal neuen Art von Hoffnung, und eine solche boten die Militanten ihnen an. Die Partei, wie die Communist Party of India (Maoists) – CPI(M) – genannt wurde, besaß zwei bewaffnete Flügel; die Gruppe, der sich Soni anschloss, war die People's Liberation Guerrilla Army.

Der Gruppe, in der ihre Schwester war, konnte sie sich nicht anschließen, weil es strenge Regeln gegen den Einsatz naher und sogar entfernterer Verwandten in ein und demselben Kampftrupp gab. »Befreiung« war in diesen Gegenden ein ideologisch besetztes Wort – alle Waldgebiete dieses Bundesstaates, die von maoistischen Guerillakämpfern kontrolliert wurden, hießen »befreite Gebiete«. Ihre Dorfversammlungen waren gut besucht, und eines ihrer Hauptziele, die Rekrutierung von jungen Männern und Frauen, wurde oft erreicht. Manche schlossen sich ihnen an, weil sie Veränderung wollten, einen Ausweg aus ihrem Leben des Hungers und des Elends. Manche machten mit, weil sie keine Perspektiven hatten – niedriges Bildungsniveau, keine Arbeit, keine Möglichkeit, ihr Leben zum Besseren zu verändern. Wieder andere, weil die Guerillakämpfer den Rekruten Geld gaben: eine Vorauszahlung von fünfzehnhundert Rupien und die Zusicherung eines anschließenden Monatssolds; außerdem würden sie ernährt und eingekleidet werden und sogar eine unentgeltliche Weiterbildung erhalten. Und wer hätte sich nicht gewünscht, den Schmutz und Dreck der Dörfer hinter sich zu lassen, die offenen Abflüsse und Abwasserkanäle, die mangelnde Hygiene, den von einem Bergbauunternehmen stromaufwärts vergifteten Fluss, dessen ehemals grünes Wasser jetzt die Farbe des dunkelorangeroten Bodens hatte? Soni jedenfalls empfand diese neue Erfahrung, im Wald aufzuwachen und der erste

Mensch zu sein, der diese nach Tau und Bäumen und Laub duftende Luft einatmete, als eine wunderbare Bereicherung ihres Lebens.

Zunächst mussten sich die Rekruten einer einjährigen Grundausbildung unterziehen. Wie ihre neuen Genossen auch, stand Soni jeden Morgen um vier auf, lief die Hügel hinauf und hinunter, machte Rumpfbeugen, Liegestütze und Bankdrücken. Der Truppführer trieb die Rekruten dazu an, ihre Leistung im Laufe der Monate zu verbessern, und erwartete von jedem und jeder – den Guerillas schlossen sich fast ebenso viele Frauen wie Männer an –, dass er oder sie seine/ihre persönliche Bestzeit immer weiter unterbot. Sie lernte, über den Dschungelboden zu robben, und wurde unter anderem dafür belobigt, dass sie die Übung völlig geräuschlos absolvierte. Sie erhielt zunehmend anspruchsvolle Lektionen über Tarnung und die wichtigste aller Fähigkeiten: lautlos aufzutauchen und blitzschnell, wie der Kopf einer Schlange, die zustößt, wieder zu verschwinden. Sie erhielt Schießunterricht und wurde im Umgang mit Sprengstoff unterwiesen. Sie lernte, USBVs – Unkonventionelle Spreng- oder Brandvorrichtungen – herzustellen, die sich durch einfache, leicht erhältliche und scheinbar harmlose Dinge wie aus Astgabeln und Gummibändern gebastelte Steinschleudern, Blitzlichtbirnen, Injektionsnadeln, Wasserpistolen und sogar batteriebetriebene Kinderspielzeuge zur Detonation bringen ließen.

In diesem ersten Ausbildungsjahr besuchte sie eine maoistisch geführte Schule; im Basisgebiet gab es mehrere solcher mobilen oder stationären Schulen. Dort wurde sie in Englisch, Mathematik, Naturwissenschaften, Geografie und Kommunismus unterrichtet. Sie hörte Vorträge über Kapitalismus, Arbeit und Ausbeutung, über Bourgeoisie und Kleinbürgertum, über falsches Bewusstsein und die Diktatur des Proletariats.

Die Rekruten lernten, ihren Bunker aufzubauen und, nicht minder wichtig, ihn rasch wieder abzubauen und weiterzuziehen, ohne eine Spur zu hinterlassen. Wobei »Bunker« nicht mehr als eine Plastikplane oder Strohmatte bedeutete, die über vier Bambusstangen gebreitet wurde. Sonis Trupp bestand aus fünf Frauen und sechs Männern. Die Frauen bekamen Extrarationen, namentlich Eier, und wenn es keine Eier gab, Erdnüsse. Das unstete Leben, ständig im Freien, war hart. Manchmal fühlte es sich so an, als wären sie kaum mehr als ein Rudel von Packtieren, die, auf Rücken und Köpfen mit Lasten beladen, Säcken voll Reis oder Brotgetreide, schweren Tornistern, von Dorf zu Dorf durch den Dschungel zogen. Die wichtigste – oft einzige – Nahrungsquelle der Guerillakämpfer waren die Naturalabgaben, die sie von den umliegenden Dörfern einzogen: Von den dreißig Kilo Reis und Linsen, die jedem Dorfbewohner, der eine Lebensmittelkarte besaß, aus dem staatlichen Verteilungssystem zustanden, nahmen sie fünf Kilo. Nicht selten mussten sie die Lebensmittel in Dörfern eintreiben, die den letzten Ausgabetag verpasst hatten, weil sie zu weit vom Verteilungszentrum lagen, sodass es entweder, schlimmstenfalls, nichts für sie zu holen gab oder aber sie sich mit sehr wenig begnügen mussten, mit Lebensmitteln, die kaum mehr als solche bezeichnet werden konnten: Reis, der mehr Feinkies als Reis war, Linsen, in denen schon die Maden krabbelten. An manchen Tagen aßen sie nichts als diesen steinigen Reis und dazu Tamarindenpaste oder ein feuriges Chutney aus Ameisen, Salz, Tamarinde und getrockneten roten Chilis. An solchen Tagen betrachteten sie jedes Tier, das sie im Dschungel sichteten – einen Vogel, einen vorbeihuschenden Nager, einen durchs Unterholz krachenden Eber, eine Schlange –, mit hungrigen Augen und wollten nichts mehr, als es erlegen, über offenem Feuer braten und dann darüber herfallen. Schwäche und Erschöpfung schlauchten sie und drückten sie nieder.

Die Guerillas schliefen auch in den Wintermonaten im Freien, unter einer dünnen Decke als einzigem Schutz gegen die Kälte. Sie lernten, die Natur ihren Zwecken dienstbar zu machen: welche Bäume die beste Deckung boten, weil ihre Stämme Geschossen widerstanden oder sie schluckten; wie man den Wald »las«, sodass man immer wusste, wo man war, wo man entlanggehen, wohin man sich wenden, wo sich verstecken konnte, obwohl es keine sichtbaren Pfade gab; wie man Fallen mit Bäumen oder im Unterholz so konstruierte, dass nichts ihr Vorhandensein verriet; welche Formation man einnehmen sollte, wenn man im Wald ausschwärmte, um die paramilitärischen Einheiten, die den Auftrag hatten, sie aufzuspüren, so einzukreisen, dass die Soldaten nicht wussten, aus welcher Richtung sie angegriffen werden würden.

An den meisten Abenden wurden Reden gehalten, damit niemand vergaß, was und wen sie bekämpften, damit ihr Feuer weiter loderte, ihre Wut blank und scharf blieb. Ihr Blut floss rascher, heißer, wenn sie den Führern lauschte. Ihr Ansatz war anders – nicht mehr die altbekannten Lügen wie »Wenn ihr mich wählt, verspreche ich, diese und jene Veränderung herbeizuführen«, sondern die direkte Aktion, die Macht in die eigenen Hände zu nehmen. »Wenn ihr tötet, töten wir auch. Wenn ihr Gewehre habt, haben auch wir Gewehre«, wie ein Genosse es so schlicht formuliert hatte. Hier endlich war eine Art Gleichheit erreicht.

6: JAMSHEDPUR

Millys Mutter betrachtete die neue Anstellung in Jamshedpur als einen Aufstieg, weil Milly dort einen höheren Lohn bekam. Die Erhöhung betrug zwar nur hundertfünfzig Rupien, aber für sie bedeuteten diese Grundnahrungsmittel für eine ganze Woche. Das junge bengalische Ehepaar, bei dem Milly ihren Dienst aufnahm – Debdulal, ein Eisenbahningenieur, und Pratima, seine Frau –, misshandelte sie zwar nicht direkt, nahm sie aber hart heran und missgönnte ihr jede Pause oder ruhige Minute. »Stehst du mal wieder am Fenster herum?«, schalt Pratima sie. »Hast du nichts zu tun? Ist der Reis verlesen? Hast du die Wäsche aufgehängt?«

Einmal beging Milly den Fehler, darauf zu antworten. »Hab ich alles schon erledigt«, sagte sie friedfertig.

»Was fällt dir ein, mir Widerworte zu geben!«, schrie Pratima sie an. »Den ganzen Tag faulenzen! Weich die Tagesdecke ein und wasch sie, dann mach das Bett in unserem Zimmer. Warum steht dieser Tisch hier? Ich habe dir so oft gesagt, dass du ihn in die Ecke schieben sollst, dass ich schon Schaum vor dem Mund habe! Was stehst du herum und starrst auf den Boden?«

Ganz besonders erzürnte es Pratima, Milly bei einem Nachmittagsschläfchen zu ertappen, auch wenn es für sie nichts zu tun gab. Um dem vorzubeugen, dachte sie sich Aufgaben aus – in der Blut austrocknenden Nachmittagshitze irgendwelche Gänge erledigen, Gewürzpasten mörsern, verschiedenerlei Formen von Frühjahrsputz. Sie gab Milly zwei richtige Mahlzeiten am Tag, großzügige Portionen mit jeder Menge Reis, aber Milly spürte die diskriminierenden Speiseregeln hier stärker als zuvor in Dumri. Wären Pratimas ständiges Nörgeln, Schelten und Überwachen nicht gewesen, hätte Milly es nicht bemerkt, aber die eine Form von Engherzigkeit sensibilisierte sie für die andere.

Ein Zwischenfall setzte sich wie eine Pfeilspitze in ihr fest. Pratima ertappte Milly mit einem Buch, einem von Vintis älteren, abgelegten Schulbüchern.

Pratima hatte mit unverhohlenem Hohn aufgelacht und gesagt: »Eine gebildete Dame geworden, was? Hast du nichts Passenderes zu tun? Hast du den *roti*-Teig für heute Abend schon geknetet?«

Als sie, viel später, wieder einmal am Schorf dieser Wunde kratzte, wurde Milly bewusst, dass sie ein weit besseres Hindi sprach als ihre bengalischen Arbeitgeber: Ständig kamen sie mit dem *hota* und *hoti*, *karta* und *karti* durcheinander.

Eines allerdings lernte sie in Jamshedpur: bengalisch zu kochen. Wie die meisten Bengalen, wollten Debdulal und Pratima nur ihre heimischen Gerichte essen und betrachteten alles, was sie als »nicht-bengalische Küche« bezeichneten, mit einem gewissen Maß an Verachtung und Argwohn. Milly bekam beigebracht, wie man Eier-Curry und, wenn Pratima in sparsamerer Stimmung war, Omelette in einer dünnen Sauce mit Kartoffelwürfeln kochte. Sie lernte die richtige Verwendung der bengalischen Gewürzmischung *panchphoron* und, für die Wintermonate, verschiedene Weisen, Weißkohl, Blumenkohl und Erbsen zuzubereiten.

Für ihr eigenes Essen hatte Milly einen Teller (aus Edelstahl) und einen Napf (aus Aluminium, emailliert, bestoßen und eingedellt) und für ihr Trinkwasser einen kleinen Edelstahlbecher. Sie gehörten nicht zum Geschirr, das Pratima und Debdulal verwendeten; daraus durfte Milly nicht essen. Ihre Sachen mussten gesondert verwahrt werden, in dem Schrank, in dem die Gasflasche für den Herd stand. Diese Regel wurde gleich an ihrem ersten Arbeitstag festgelegt. Aber was für Milly zählte, waren die gesicherten regelmäßigen

Mahlzeiten, nicht die Teller und Näpfe, aus denen sie sie aß. An die Geschichte mit dem speziellen Geschirr verschwendete sie nie einen Gedanken.

Es gab andere, subtilere Regeln, die ihr irgendwie, auf unterschwellige Weise mitgeteilt wurden, sodass ihr nur die Einschränkung als solche im Gedächtnis blieb. Sie musste das Bett machen, durfte sich aber weder darauf setzen noch gar legen. Wenn sie eine besonders heikle Ecke erreichen musste, um das Laken darunter einzuschlagen oder eine Falte glatt zu streichen, und sich dazu teilweise auf das Bett legen oder wenigstens mit einem Körperteil – etwa einem Knie oder dem Oberkörper, oder der Hüfte – aufstützen musste, klopfte sie anschließend die Stellen, die ihr Körper berührt hatte, extra fest mit dem dazu vorgesehenen, speziellen Handfeger ab. Diese Regel brauchte einfach deswegen nicht eigens ausgesprochen zu werden, weil keine Dienerin (und kein Diener) je auf die Idee gekommen wäre, auf dem Bett der Herrschaft zu schlafen. Und obwohl Milly diese eherne Regel nie gebrochen hatte – tatsächlich gehorchte sie dabei nicht einmal einer Regel, denn die Tat war undenkbar, also hatte sie auch nie daran gedacht, sie zu verüben –, wurde sie einmal von Pratima gescholten, nachdem diese in der weichen Oberfläche des Bettes eine von Millys Hand hinterlassene Vertiefung entdeckt hatte. Sie hatte sich abstützen müssen, um eine Ecke der Matratze zurechtzuziehen, aber von dem Tag an hatte sie peinlich darauf geachtet, jede Spur ihrer Berührung zu tilgen.

Sie durfte sich nicht auf die Sofas oder Sessel setzen. Sie durfte fernsehen, wenn Pratima das Gerät einschaltete, aber sie musste dabei entweder stehen oder sich auf den Fußboden setzen. Auch das machte ihr nichts aus; sie kannte die Regeln. Aber wenn sie allein in der Wohnung war, setzte sie sich manchmal reihum auf sämtliche Stühle, Sessel, Sofas und Diwane, nur um zu sehen, wie es sich anfühlte. Anschließend achtete sie sorgsam darauf, etwaige Sitzspuren von Sessel und Sofas zu beseitigen: Sie ging noch einmal mit dem Staubtuch darüber und klopfte die Sitzflächen mit dem speziellen Bett-Handfeger ab, damit sie wieder glatt und bauschig wurden. Irgendwann verlor sie die Lust daran, sich, wenn sie allein war, auf die verbotenen Möbel zu setzen.

Eines Abends riss Pratimas Stimme sie aus dem Bann von *Kyonki Saas Bhi Kabhi Bahu Thi:* »Sitz aufrecht, sonst bekommst du noch einen krummen Rücken.« Milly saß auf dem Fußboden, mit dem Rücken an die Kante eines unbesetzten Sessels gelehnt. Sie streckte den Rücken, aber er berührte weiterhin den Sessel.

»Setz dich ein Stückchen weiter vor«, sagte Pratima.

Milly gehorchte. Noch immer fiel der Groschen nicht.

Zehn Minuten später hörte Milly, versunken in den Tiefen der TV-Welt, noch einmal Didi, und ihre Worte klangen jetzt ein wenig herrischer: »Wie oft habe ich dir schon gesagt, du sollst dich nicht an diesen Sessel lehnen?«

Am folgenden Abend, vor dem Einschalten des Fernsehers, brachte Pratima Milly in Erinnerung: »Lehn dich nicht an die Möbel.«

Milly nickte. Diesmal plätscherte keine Seifenoper vor ihr dahin, und die Botschaft drang unverdünnt durch.

Fernsehen war eine flexible Angelegenheit, die mitunter von Pratimas Stimmung abhing. Allgemein gesprochen, war es Milly gestattet, sofern sie alle ihre Hausarbeiten erledigt hatte und ihre Pflichten nicht vernachlässigte. Was die Inhalte anbelangte, hatte sie kaum besondere Vorlieben – sie war so fasziniert von der audiovisuellen Unterhaltung auf Knopfdruck, dass sie mit Vergnügen alles über sich ergehen ließ, was sich bewegende, sprechende Gestalten involvierte, die Welten von der ihren entfernt waren. Doch langsam begannen sich ihr die Unterschiede zu erschließen: Serien waren ihr lieber als Nachrichten, Filme lieber als Talkshows, am liebsten Musiksendungen mit Songs aus verschiedenen Filmen. Sie merkte sich schnell, zu welchen Uhrzeiten und an welchen Wochentagen ihre Lieblingssendungen ausgestrahlt wurden, aber ob sie jede davon zu sehen bekam, hing ganz von Pratimas Launen ab. Pratima war der festen Überzeugung, Dienstboten würden »sich einem auf den Kopf setzen«, wenn man sie dadurch verzog, dass man sie fernsehen ließ oder ihnen überhaupt etwas erlaubte, was sie gern zu mögen schienen. Wann immer sie also von einer beliebigen Aktivität Wind bekam, die Milly Freude bereitete – und Serien anschauen war eine denkbar leicht zu erratende –, schob sie ihr dadurch einen Riegel vor, dass sie sich zusätzliche, unnötige Hausarbeiten für sie ausdachte. Wenn Milly sie schnell genug erledigte, um noch ein bisschen Zeit vor dem Fernseher verbringen zu können, nahm Pratima Zuflucht beim Vorrecht der Herrin, einem knappen: »Sitz hier nicht vor dem Fernseher herum, geh in die Küche.« Es war Milly nie gelungen, irgendeinen Sinn oder Verstand hinter Pratimas widersprüchlichen Signalen zu dem Thema zu entdecken – ganz anders als die klare Direktive bezüglich des Sitzens auf Möbeln, beispielsweise. Trotzdem, Befehl war Befehl, sie durfte ihn nicht hinterfragen. Für Milly bedeutete diese Launenhaftigkeit eine allabendlich zunehmende Anspannung: Würde sie *Nukkad* gucken können? Oder würde ein Stimmungsumschwung dafür sorgen, dass sie in die Küche verbannt wurde, von wo aus sie jede Zeile Dialog, jeden Ton der wogenden Musik hören, aber nicht das kleinste bisschen von der Handlung sehen konnte?

Jamshedpur war auch der Ort, an dem das Thema versehentlich zerschlagener oder beschädigter Hausgerätschaften eine unerfreuliche Brisanz annahm. Pratima investierte einen Teil ihrer gewaltigen Reserven frei verfügbarer Zeit darin, starke emotionale Bindungen an Dinge aufzubauen. Sie hatte einen Holzschrank, um die sechs Fuß hoch, vorne verglast, innen mit Böden, den sie »Vitrine« nannte. Er beherbergte Dinge, die ihr etwas wert waren – Porzellanteller, Tassen und Untertassen, ein paar gerahmte Fotos, dekorativen Schnickschnack aus Glas und Keramik; kurz, Dinge, die sie für angemessene Belege ihres Status als Ehefrau eines Mannes erachtete, der in Staatsdiensten stand. Das Geschirr wurde nie aus der Vitrine herausgenommen, nicht einmal für Gäste, die Debdulal und Pratima sich gewogen zu machen versuchten – es diente ausschließlich Ausstellungszwecken. Die Frage war nur, für wen die Zurschaustellung gedacht war – für die Eheleute selbst oder für ihre sporadischen Besucher. Milly war es untersagt, den Inhalt dieses Schaukastens (der ohnehin immer abgeschlossen war) anzufassen. Dies hielt Pratima jedoch nicht davon ab, sich darüber zu beklagen, wie staubig und unordentlich alles darin aussah, und Milly die Schuld daran zu geben. Mittlerweile hatte Milly gelernt, dass sie keine Widerworte geben durfte. Sollte dieses Porzellan jemals benutzt werden, würde sie es spülen müssen und dabei alle Vorsicht und Behutsamkeit walten lassen, die dem Kopf eines Neugeborenen gebührte; die bloße Vorstellung erfüllte sie mit Entsetzen.

Als sie also aufgefordert wurde, das Innere der Vitrine auszuwischen – »Hol restlos alles heraus, ich will keinen Staub hinter oder zwischen irgendwelchen Dingen finden, verstanden?« –, glaubte Milly, sie sei einer großen Gefahr entronnen: Es ging schließlich nur darum, den Schrank zu säubern, nicht um die riskante Aufgabe, mit dessen zerbrechlichem Inhalt zu hantieren. Sie holte sehr vorsichtig das Porzellangeschirr heraus, stellte es auf den mit Zeitungen ausgelegten Fußboden und verfuhr dann genauso mit allen übrigen Dingen aus dem Schrank. Pratima saß auf einem Hocker, ließ sie nicht aus den Augen und wiederholte ständig: »Sei vorsichtig, ganz vorsichtig. Ich möchte nicht, dass irgendetwas kaputtgeht.« Als Milly den Schrank innen abgestaubt und ausgewischt und alles, unversehrt, wieder eingestellt hatte, zitterten ihr die Hände, und sie hatte das Gefühl, während der ganzen Zeit kein einziges Mal ausgeatmet zu haben. Dann drehte sie sich um und meinte, auf einem Stück Zeitung etwas zu sehen, was sie vergessen hatte zurückzustellen – es war nichts, nur ein größeres Bild in der Zeitung, das sie aus dem Augenwinkel wahrgenommen hatte –, aber in ihrem angespannten Zustand, ihrer Angst, auf etwas Zerbrechliches zu treten, übertrieb sie ihre instinktive Gegenbewegung, verlor das Gleichgewicht und knallte mit Schulter und Flanke gegen die Vitrine. Über die Scheibe, mit der sie kollidiert war, lief ein sauberer Sprung. Pratima blieb eine gefühlte Ewigkeit lang stumm, bevor sie explodierte. Nachdem sich das Unvermeidliche zusammengebraut hatte, war Milly regelrecht erleichtert, nun geohrfeigt und angeschrien zu werden.

»Ich ziehe es dir vom Lohn ab, du wirst schon sehen«, schrie Pratima. »Alles, was du zerschlägst, ob groß oder klein, wird dir vom Lohn abgezogen. Das wird dich lehren, Dinge zu zerschlagen, die du dir nie im Leben wirst leisten können.«

Es war keine in der Hitze des Gefechts ausgestoßene, leere Drohung; Pratima verrechnete jeden einzelnen Gegenstand, den Milly während ihrer Zeit in Jamshedpur zerbrach, mit ihrem Lohn.

7: EIN ORTSWECHSEL UND EINE BEGEGNUNG

Gerade als sie sich an den Gedanken gewöhnt hatte, dass das leise Summen des Unglücklichseins in Jamshedpur ewig fortbestehen würde, fuhr Milly für ihren Jahresurlaub in ihr Dorf und erfuhr, dass sie nicht zu Debdulal und Pratima zurückkehren, sondern stattdessen nach Mumbai gehen würde, für den fünffachen Lohn. Zustande gekommen war die Sache durch Sabina, eine Christin aus dem Dorf, die in Mumbai als Hausmädchen arbeitete; Milly kannte sie kaum. Als Sabina nach ihrem ersten Jahr in Mumbai für einen Monat Urlaub heimgekehrt war, hatte sie überall erzählt, in der Stadt herrsche ein ständiger Bedarf an Dienstmädchen. Das war Joseph zu Ohren gekommen, dem ortsansässigen Geistlichen, der ständig auf der Suche nach Mitteln und Wegen war, das hoffnungslose Los seiner armen Schäfchen ein winziges bisschen zu verbessern, sei es dadurch, dass er seinen bescheidenen Einfluss dazu verwandte, ihnen kleine Jobs zu verschaffen, »Kleingeldarbeit«, wie sie das nannten, sei es durch Akte der Mildtätigkeit. Was er für sie erreichte, war letztendlich trivial – eine Woche Arbeit als Ersatzhandlanger in einem Abfüllbetrieb; minimal bessere Preise für den Korb Tamarinden oder Mangos oder *mahua*-Blüten; eine in Patna ansässige NGO dazu zu bringen, irgendwelche Berufsausbildungen anzubieten, zum Beispiel Kurse für Frauen in maschineller Wollweberei –, aber diese Geschichte, dass man in Städte und Großstädte ging, besonders nach Mumbai, um bei Leuten im Haushalt zu arbeiten, erschien ihm wie eine schon beachtlichere Chance. Außerdem gab es in diesem Dorf nichts zu tun, besonders für Mädchen; Kleinholz sammeln, Kühe hüten, auf den Feldern helfen … das war's auch schon so ziemlich. Und seit einiger Zeit schlossen sich immer mehr von ihnen den Guerillatrupps in den Wäldern an, eine Option, die einen einzigen Ausgang nehmen konnte. Ein Mumbaier Gehalt konnte erhebliche Geldsendungen an die zurückgebliebenen Familien bedeuten; die Mädchen würden schließlich im Haus, in dem sie arbeiteten, essen und schlafen, folglich den größten Teil ihres Lohns sparen können. Mit vor Hoffnungen und Ideen schwirrendem Kopf machte sich Joseph auf zu Sabina.

Es kostete Sabina zwei, drei Anrufe, einen Haushalt für Milly zu finden; von Vorteil war, dass Milly Berufserfahrung besaß. Sabina war im Begriff, zu ihrer Stelle in Borivili zurückzufahren, und nahm ohnehin zwei Mädchen aus dem nächsten Dorf mit, für die sie, gleichfalls in Mumbai, Arbeit als Hausmädchen gefunden hatte. Millys Stelle war bei einer Familie aus dem Sindh, den Vachanis, in Lower Parel. Die größte Stadt, von der sie und die Leute in ihrem Dorf je gehört hatten, unvorstellbar groß und mit einer unvorstellbar riesigen Anzahl von Menschen, und alle verdienten sie da Geld, lebten herrlich und in Freuden, mit vier Mahlzeiten am Tag, einem Backsteinhaus mit zwei oder drei Zimmern: eine Welt voller Möglichkeiten und Überfluss, eine Welt, die sehr weit von der ihren entfernt war … von den Geschichten, die Sabina zu erzählen hatte, angefacht, war die Aufregung so greifbar, dass sogar Milly, die allmählich von einer immer heftigeren Angst vor der Aussicht gepackt wurde, in eine so gewaltige Stadt zu ziehen, gelegentlich davon gestreift wurde. Sabina trug am rechten Handgelenk eine Armbanduhr mit einem goldenen Metallband. Ihren Sandalen, mit einem winzigen roten Blümchen an der Stelle, wo sich die zwei Schrägriemen mit dem Zehensteg vereinigten, stand die Großstadt förmlich ins Gesicht geschrieben. Sabina sprach inzwischen mehr Hindi als *Sadri*.

Budhuwas erste Reaktion auf Millys neue Stelle war lakonisch: »Es wird dir schwerer fallen, im Urlaub hierher zurückzukommen.«

Seit sie aus Jamshedpur zurückgekehrt war, kostete es Milly Überwindung mit anzusehen, wie Budhuwa sich im alltäglichen Leben mit seiner einen, linken Hand behalf. Inzwischen kam er natürlich viel besser zurecht. Er hatte gelernt, die meisten Dinge mit einer Hand zu machen, sogar seine Arbeit: große gewobene Plastiksäcke aufräufeln, die einzelnen Stränge herauslösen und aneinandergeknotet auf eine Spule wickeln. Er war jetzt recht geschickt darin; bezahlt wurde er nach der Anzahl fertiger Spulen, und Budhuwa schaffte oft bis zu vier oder fünf davon am Tag, je nachdem, wie viele Säcke er auftreiben konnte. In den Monaten nach seiner Verstümmelung hatte er es nicht einmal fertiggebracht, die Säcke auseinanderzunehmen, indem er sie mit einem Fuß am Boden festhielt und mithilfe einer Beißzange die Fäden herauszog: Ein ganzer Tag verging, und er hatte nur ein knappes Drittel eines Sacks aufgetrennt, dessen zerfaserte, unverknotete Enden wie ungebärdige Halme aus einem Heubündel hervorstanden. Jetzt allerdings hatte er einen Rhythmus, und einen flotten dazu, und ein gewisses Geschick, seine eigene, unvollkommene Weise, Dinge zu machen.

Milly sah ihm bei der Arbeit zu und sagte: »Du bist schnell geworden.«

Budhuwa blickte zu ihr auf, senkte den Kopf dann wieder über seine Plastikschnüre und sagte nichts. Als er nach einer Weile feststellte, dass sie noch immer da war, sagte er: »Ja. Wenn man jeden Tag stundenlang das Gleiche macht …«

Pause.

Milly schenkte ihm ein mattes Lächeln; er bekam es nicht mit. Sie hätte nicht sagen können, warum es sie so fertigmachte, ihn in diesem Zustand zu erleben, obwohl er es doch geschafft hatte, sich über das ihm Angetane zu erheben – dieses Gefühl des Zerfalls war weit intensiver als zu der Zeit, wo sie ihn gegen so nichtige, machtlose leblose Dinge wie Säcke und Zange und Spule und Schnur hatte kämpfen und scheitern sehen, kämpfen und scheitern, immer wieder aufs Neue. Das war alles, was er konnte; alles, was er hatte. Dieses Wissen zerriss sie.

Fast neun Jahre waren vergangen, seit Milly ihr Heimatdorf verlassen hatte, um in Dumri ihre erste Stelle als Vollzeit-Hausmädchen anzutreten. Während dieser Zeit hatte sie ihren Jahresurlaub nur vier Mal zu Hause verbracht: drei Mal, während sie in Dumri war, und ein Mal, nachdem sie angefangen hatte, in Jamshedpur zu arbeiten. Die ersten paar Male hatte sie Soni gesehen, aber alles, was ihrer Familie widerfuhr, während sie in Debdulal und Pratimas Haushalt war, bekam sie nicht mehr mit. Millys Erinnerungen an Soni waren zwar nicht direkt verblasst, aber mit der Zeit zu etwas Vernachlässigtem, Peripherem, Irrelevantem geworden. Kinderfreundschaften waren oft so – intensiv im Hier und Jetzt, entrückt und uneinholbar in der Trennung. Aber nach so langer Zeit wieder heimzukommen verlieh diesen Erinnerungen schärfere Konturen und leuchtendere Farben, und Milly merkte, dass sie neugierig war, wie sich ihre Kindheitsfreundin so gemacht hatte. War Soni mit einem Mann verheiratet, der beim Staat arbeitete? Sie war diejenige, die es geschafft hatte, ungeachtet der Störungen durch rote Ameisen und Moskitos am längsten stillzuhalten, die Tamarindenkerne auf Stirn und Kehle am längsten zu balancieren. Als sie sich jetzt erkundigte, erfuhr Milly mehr, als sie erwartet hatte: Mit knappen Worten berichteten Budhuwa und ihre Mutter vom Tod von Sonis Mutter und von der ganzen Geschichte mit ihrer Schwester. Milly selbst brachte nicht mehr heraus als die Frage, ob Soni noch immer hier lebte oder ob sie, wie Milly, weit fortgezogen war.

»Nein, sie ist noch immer hier. Sie ist jetzt in der Partei«, sagte Millys Mutter. Ihre Miene war undurchdringlich.

»In der Partei?«, fragte Milly schockiert. Die Partei war für Budhuwas Hand verantwortlich gewesen.

»Ja, sie ist eine *samaaj-sewi* geworden«, sagte Budhuwa, aber

Milly konnte nicht klar erkennen, ob er Wut in das Wort legte. In den Dörfern wurden Leute, die sich der Partei anschlossen, sowohl als Extremisten als auch als »Sozialarbeiter« angesehen. Viele betrachteten die Guerillas als »unsere Jungs und Mädchen«, als »welche von uns«.

»Sie lebt jetzt im Wald«, sagte Millys Mutter. »Sie kommen tief in der Nacht in die Dörfer, um Lebensmittel zu holen, dann verschwinden sie vor Sonnenaufgang wieder. Sie haben Gewehre.«

Milly war zu verblüfft, um ein Wort herauszubringen.

Ihr Bruder sagte: »Sie hat sich den Befreiern angeschlossen, so nennen sie sich selbst. Vor zwei Monaten haben diese Befreier das Schulhaus in die Luft gejagt – die Schule, in die ihr gegangen seid –, weil die *CRPF*-Männer sie als Stützpunkt benutzten.«

Die Augen jetzt rund wie Pflaumen, sagte Milly: »Hast du es gesehen?«

»Nein. Was braucht man schon zu sehen? Sie haben überall herumerzählt, dass sie das waren. Ein paar andere haben es gesehen und gesagt, das wäre die Guerilla-Gruppe gewesen, zu der sie gegangen ist.«

Der Druck des Unausgesprochenen wurde so heftig, dass Milly ihn nicht länger ertrug. Sie setzte zur Frage an: »Dieselbe Gruppe … dieselbe Gruppe, die … die …«, aber weiter kam sie nicht.

Budhuwa kam ihr zu Hilfe; mittlerweile war es ihm alles eins; seine Hand würde er nicht wiederbekommen. »Nein, sie hat sich der anderen Gruppe angeschlossen, aber es besteht wirklich kein Unterschied zwischen den beiden, kein richtiger. Die gehören alle zur selben *Naxalbadi*-Partei.«

Die Bitterkeit in seiner Stimme war jetzt eine weitere Präsenz in dem kleinen, dunklen Raum. Milly schlug die Augen zu Boden. Ihre Mutter versuchte, den Propankocher anzuzünden, den sie von einem Teil des Geldes, das Milly nach Hause schickte, angeschafft hatte.

Am Ende war es Soni, die den ersten Schritt machte. Ein gedämpftes Hämmern an der Tür in tiefer Nacht, gegen eins oder zwei, jagte der ganzen Familie eine Heidenangst ein, die aber bald von der Stimme einer jungen Frau verscheucht wurde: »Milly, ey, Milly, ist Milly da? Hier ist Soni.« Sie bemühte sich, ein Gleichgewicht zwischen Millywecken und Möglichstleisesein zu erzielen; was letztlich alle weckte, war das Rasseln der Kette an der Tür.

Im Mondlicht, das die Schatten so akzentuierte, und bei den Veränderungen, die die Zeit an ihr bewirkt hatte, hätte es irgendwer sein können, der sich für Soni ausgab. Sie standen einander gegenüber, und sie hatten sich nichts zu sagen.

»Ist sehr spät, nicht?«, waren Millys erste Worte.

Soni hatte dem nichts entgegenzusetzen als ein naheliegendes »ja«. Sie standen da und sahen voneinander weg, die Schatten an, hörten das straff gespannte, wachsame Schweigen von Millys Familie, die hinter ihr darauf wartete, dass irgendwas geschah. Milly meinte zu hören, dass Gegenstände sehr verstohlen bewegt wurden, Dinge, die als Waffe dienen könnten. Die Befangenheit tickte zwischen den Mädchen weiter; die Zeit hatte sie zu Fremden gemacht.

Soni stieß ein kleines Lachen aus und sagte: »In dieser Dunkelheit kann ich gar nicht erkennen, wie du inzwischen aussiehst.«

Dieses Lachen hatte sich nicht verändert. Im Nu war Milly wieder sechs.

»Ich kann dich auch nicht richtig sehen.«

»Ich muss gleich wieder weg. Kommst du morgen zu mir? Auf die andere Seite des Flusses? Nicht die Dorfseite, jenseits des Wassers. Steh genau gegenüber von der Stelle, wo die *graam-sabhaa* tagt. Wirst du kommen?«

Milly zögerte.

»Hab keine Angst. Dir wird nichts passieren, du bist mit mir zusammen.«

Viel später dachte Milly, dass es diese durch nichts, was sie gesagt oder getan hätte, herausgeforderte, freiwillig, als ob Soni ihr Schweigen verstanden hätte, abgegebene Versicherung gewesen war, die sie veranlasste, die Verabredung einzuhalten.

An einem Aprilnachmittag um vier war es unmöglich, irgendwo zu stehen außer in tiefem Schatten. Der Fluss, die Baniya, war grün; an seiner engsten Stelle konnte man ihn teils über die Steine, die während der monatelangen Trockenheit aus ihrem Unterwasserversteck aufgetaucht waren, teils watend überqueren. Auf der anderen Seite begann gleich ein scheinbar undurchdringlicher Dschungel, aber tatsächlich war er von schmalen Pfaden durchzogen, die bis zum Rand eines anderen Dorfes führten. Zurzeit standen die *mahua*-Bäume in Blüte, und die rote Erde war hier und da mit kleinen Teppichen von abgefallenen cremefarbenen Blüten geschmückt. Es überraschte Milly, dass sie noch nicht von den Dorfbewohnern, zur Herstellung von *mahua*, eingesammelt oder von Hirschen oder Languren aufgefressen worden waren.

Gleich darauf kam für Milly die größere Überraschung, die siebzehnjährige Soni mit dem Bild des achtjährigen Mädchens, das sie im Kopf hatte, nicht in Einklang bringen zu können. Das alte Bild war zwar nicht besonders scharf, aber sie hätte das neue Original, das jetzt vor ihr stand, nie als eine Weiterentwicklung jener verblassten Erinnerung betrachtet.

»Was reißt du die Augen so auf?«, fragte Soni lachend. Wieder dieser Klang, wie kühles grünes Wasser, das über Steine floss.

War in diesem Lächeln, diesem Lachen noch etwas von dem Mädchen, das sie gekannt hatte? Hätte Milly sie auf einer belebten Straße einer fremden Stadt wiedererkannt? Dachte Soni gerade das Gleiche über sie: dass auch Milly, für sie, nicht wiederzuerkennen gewesen wäre?

Als hätte sie in Millys Kopf hineingesehen, sagte Soni: »Weißt du, du hast dich ganz schön verändert, ich hätte dich nicht wiedererkannt, wenn du mir irgendwo anders, irgendwo weit weg von hier, über den Weg gelaufen wärst.«

Ja, dieses flüssige Geplapper, diese vollkommene Unbefangenheit gegenüber allem, das hat sie nicht verloren, dachte Milly. Sie sagte: »Das Gleiche hatte ich gerade von dir gedacht.«

»Ich hab gehört, du wohnst jetzt in großen Städten, Ranchi, Jamshedpur. Du hast es in der Welt zu was gebracht. Du verdienst viel Geld? Hast du jemand aus der Stadt geheiratet?« Ihre Augen tanzten vor Aufregung.

Milly wurde verlegen und wandte den Kopf ab. Sie waren einander noch immer fremd, und sie wusste nicht, ob ihre gemeinsame Vergangenheit wie ein Wetterwechsel sein würde, in den sie leicht hineingeraten konnten, während sie die roten Pfade zwischen den Bäumen entlanggingen und, wo immer sich das Blätterdach öffnete, Balken von Sonnenlicht auf sie herabfielen. Ihr fiel auf, dass kein einziger Dorfbewohner hier unterwegs war und Brennholz oder *kendu*-Blätter sammelte. Budhuwa las jetzt gelegentlich *kendu*-Blätter vom Waldboden auf, um sein Einkommen aus dem Plastikschnur-Machen aufzustocken, aber er klagte, er sei nicht gut darin, nicht geschmeidig genug. Außerdem, hatte Budhuwa gesagt, mussten die Händler, denen die Dörfler ihre Bündel von Blättern verkauften, den Parteileuten eine Steuer bezahlen, was ihnen gar nicht passte, und deswegen machten sie ungern Geschäfte mit neuen, unbekannten Sammlern, die sie grundsätzlich in Verdacht hatten, mit der Partei unter einer Decke zu stecken. Milly betrachtete die dicke rissige Rinde des *kendu*-Baums, ein Netz aus regelmäßigen Rechtecken, wie die aufgesprungene Erde zur Trockenzeit. Das sah gar nicht mehr so freundlich aus. Als Kind hatte sie gelernt, dass in manchen dieser großen alten Bäume Geister wohnten, Burubonga und Ikirbonga und Chandibonga und viele andere mehr, die keineswegs alle wohlwollend waren. Lutkum Haram und Lutkum Buria hatten ihren eigenen *sal*-Baum. Sie hatte sich immer gewünscht, den oder die *bonga* in seinem beziehungsweise ihrem Baum zu sehen, aber wenn sie fragte, hatte ihre Mutter immer nur allgemein in die Richtung des Waldes gezeigt und gesagt, sie wären dort zu finden. Pater Joseph hatte versucht, sie alle vom Glauben an derlei Dinge abzubringen, aber Milly hatte das Dorf verlassen, bevor das eine oder das andere Glaubenssystem in ihr Fuß fassen konnte.

Sie atmete diesen vertrauten pflanzlichen Geruch ein, den Geruch von Sonne und sonnendurchglühter glastiger Erde. Ein leuchtender Schmetterling flatterte vorüber. Vermisste sie das alles in Dumri und Jamshedpur? War es ihr lieber, in einer Stadt zu leben, in der es nichts von alldem gab? Ja, es war ihr lieber. Sabina würde sie nach Mumbai schicken. Sie wollte lieber in Mumbai sein, als hier zwischen Wäldern und Flüssen festzusitzen; man konnte durchaus etwas vermissen, ohne es wiederhaben zu wollen, ohne die anderen Dinge zu wollen, die zwangsläufig mit der einen Sache einhergingen, die man vermisste.

»Was bist du so still geworden? Es *muss* ein Mann dahinterstecken. Schnell, erzähl!« Soni lachte jetzt wieder.

Gleichfalls lachend, sagte Milly: »Nein, kein Mann weit und breit. Aber wie man hört, läufst du neuerdings mit Waffen herum. Du bist in die Partei eingetreten? Wie kommt's?«

Die eine Frage zu stellen, die ihr wie eine Fischgräte in der Kehle steckte, brachte sie nicht über sich.

Soni gab keine Antwort.

In der Annahme, sie habe sie nicht gehört, wiederholte Milly die Frage.

Soni sagte: »Du hast hier lange nicht gelebt, du weißt nicht, wie schlimm die Verhältnisse geworden sind. Man kann sie nicht mit Wählerstimmen bekämpfen. Wie könnte man einen Löwen mit einem Spielzeugbogen bekämpfen?« Die Worte klangen wie aus ihr hervorgezerrt.

Es gab Wolkeninseln von Insekten, hier ein trüber Fleck von

ein paar Spannen Breite, der reglos in der Luft schwebte, dann wieder klare Licht-und-Schatten-Hitze. In einem niedrigen Strauch wimmelte ein Spinnennetz von Aberdutzenden winziger Spinnenkinder.

»Verstehst du? Wahlen werden unser Los nicht verbessern«, sagte sie. Die Unbefangenheit, das vertraute Lachen, alles war wie weggewischt. Stattdessen lag zielgerichtete Gier in ihrem Gesicht. Wenn die rote Erde dieses Ortes und die Aprilhitze ein Gesicht gehabt hätten, so wäre es das Gesicht gewesen, das Soni jetzt hatte.

»Aber warum bist du da eingetreten?«, fragte Milly. »Ich dachte, du wolltest heiraten und von hier wegziehen.«

»Wie gesagt, ich habe angefangen, auf ihre Versammlungen zu gehen. Dann dachte ich: Wir sind Frauen, wir werden wegen unserer Mitgift getötet, und unsere Eltern weinen und sagen, ach, wir haben ein Mädchen verloren, und dann vergessen sie uns. Wir werden vergessen. Sterben müssen wir alle, also warum nicht in der kurzen Zeit, die wir haben, etwas tun, dass sich die Leute an uns erinnern? Wenn ich morgen sterbe, wird mein Vater nicht weinen und sagen, ach, wir haben ein Mädchen verloren, er wird weinen und sagen: Sie hat für das Volk gekämpft, sie hat ihr Leben für das Volk hingegeben, sie ist im Kampf um *adhikaar* gefallen, für die Rechte unseres Volkes, und sie werden mich nicht vergessen. Meine Genossen werden mir ein Denkmal setzen, meinen Namen lebendig halten.«

Milly schwieg, während sie den Sturzbach von Gefühlen in sich aufnahm, der aus Soni hervorgeschossen war. Schließlich sagte sie: »Kämpfst du auch? Kannst du schießen?«

»Ja, natürlich.« Jetzt erzählte Soni, wie sie ausgebildet wurden, erzählte von ihrem Leben des ständigen Exerzierens und Übens; von Vorderladerbüchsen und handgefertigten Revolvern, vom Schießenlernen, Zielübungen, Überfällen auf Waffenlager der Polizei, von Gewehren, die man nach Gefechten den getöteten Polizisten abnahm; von der Kunst, sich zu verstecken und wegzulaufen, von der größeren Kunst, zu umzingeln und wieder zu verschwinden. Was sie ausließ, waren die wiederkehrenden Anfälle von Malaria und Diarrhö, die Erschöpfung, die sie alle wie eine zweite Haut umhüllte, die langsame Erosion des Körpers, die sie der Tatsache verdankten, dass sie unter freiem Himmel lebten, wie die Tiere.

Milly kam es so vor, als sprächen sie von irgendwelchen Kinderspielen, im Wald Verstecken spielen, mit Stöcken herumfuchteln und einander anspringen in gespielten Überfällen. Diese ganze militärische Ausbildung, mit Gewehren und Bunkern und Guerillataktiken, kam ihr unwirklich vor, und ihrer Freundin offenbar nicht minder – Soni sprach so beiläufig, so lachend darüber, dass Milly ihre Worte weder mit Ernst noch mit Bedrohlichkeit in Verbindung bringen konnte. Sie wollte es aber: Als kleines Mädchen hatte sie mit eigenen Augen gesehen, dass diese Dinge nicht gespielt waren und Leben zerstören konnten, was ihr aber nicht gelang, war, eine feste durchgehende Verbindungslinie zwischen dieser Kindheitserinnerung und dem zu ziehen, was sie jetzt aus dem Mund einer Freundin hörte, die sie noch immer mit einer Zeit des Spielens, der Unschuld und des getüpfelten Sonnenscheins unter Tamarindenbäumen, der aus Bambus und Blättern gebastelten Puppen assoziierte. Was hatten Gewehre in diesem Bild zu suchen?

Und dann schoss alles, was sie zurückgehalten hatte, gegen ihren Willen aus ihr heraus.

»Deine Leute haben meinem Bruder die Hand abgeschnitten«, sagte sie.

Soni sah sie perplex an; sie wusste nicht, wovon Milly sprach. Aber als sie es endlich begriff, war sie wie vor den Kopf geschlagen, als habe Milly sie geohrfeigt.

»Wie kann das sein? Es kann nicht sein«, sagte Soni und schüttelte den Kopf.

»Doch, die Partei war's. Jeder weiß das.«

»Aber wie soll das möglich sein? Bis vor vier, fünf Jahren gab es doch gar keinen Kampftrupp. Und das mit deinem Bruder, wann war das? Viel früher. Wir waren damals noch klein …«

Jetzt war Milly an der Reihe, verwirrt zu verstummen. Sie konnte nur starrsinnig wiederholen: »*Haan*, es war die Partei, die das getan hat. Das sagen alle.«

Lange gingen sie schweigend nebeneinanderher. Die untergehende Sonne hatte jeden Flecken Wald, den sie erreichte, in ein glühendes Goldrot getaucht. Gelegentlich trafen ihre Gesichter auf unsichtbare Spinnenfäden. Noch vor Kurzem hätte Soni darüber gelacht und die Spinnen gutmütig verflucht, aber diese Leichtigkeit war dahin. Es gelang Milly nicht, die Dunkelheit zu deuten, die sich auf Sonis Gesicht gelegt hatte; unter den geschlossenen Flächen von Laubwerk schwand das Licht bereits.

Soni durchbrach die Kruste von beklommenem Schweigen, die sich über sie beide gelegt hatte: »Ich begleite dich besser zum Fluss zurück. Es wird dunkel, du solltest nach Haus.«

»Gehst du jetzt zurück zu deinem … da, wo du im Wald wohnst? Wie findest du im Dunkeln dorthin? Wie weit ist es?«

»Ich bleib bei dir im Dorf. Morgen Nacht schaffen wir Proviant ins Lager, deswegen muss ich heute Nacht mit ein paar Genossen im Dorf sein.«

Zwei Vögel flogen heimwärts. Milly meinte, sogar ein, zwei frühe Fledermäuse auszumachen.

Plötzlich sagte Soni: »Wohnst du in der Stadt in einem großen Haus? Wie viele Zimmer?«

»Ja, es ist ein großes Haus. Drei Zimmer – zwei zum Schlafen, eins zum Wohnen. Und dann noch ein Zimmer für die Küche.«

»Es gibt verschiedene Zimmer zum Schlafen und zum Wohnen?«

Milly merkte, dass außer Verwunderung noch etwas anderes in Sonis Stimme schwang, eine gewisse Wehmut, eine Sehnsucht nach etwas, das sie selbst nie erlebt hatte, aber ihre Freundin ja, vielleicht sogar den leisesten Anflug von Neid. Das machte es Milly leichter, den Abstand zwischen ihnen ein Stück weit zu überbrücken.

»Und Autos? Gibt es viele Autos in der Stadt? Bist du schon mal in einem gesessen?«

»*Haan*, Hunderte und Hunderte von Autos, aber ich bin noch nie in einem gefahren.«

»Zahlen sie dir viel Geld? Was machst du damit?« Die Frage brachte Milly in Verlegenheit, aber Soni redete schon weiter: »Sie beuten dich aus. Wenn du deine Arbeitskraft zur Verfügung stellst und diese *punjipatis* dir dafür Lohn zahlen, beuten sie Arbeitskraft aus. Das ist einer der Gründe, warum wir unsere *dirghakaalin ladaai* angefangen haben, unseren fortwährenden Kampf. *Kraanti* ist der einzige Weg vorwärts.«

Sie fuhr fort, angetrieben von irgendeinem obskuren Mitteilungsdrang. Ihre Gedankengänge wurden sprunghaft und unzusammenhängend, wechselten unberechenbar zwischen leblosem politischem Jargon und der lebendigen Schilderung ihres täglichen Lebens in all seiner Dichte und Detailliertheit hin und her. Ihr Gesicht war in der Hitze des Erzählens errötet. All diese großen neuen Wörter, mit denen Soni um sich warf – *burjua*, *punjipati* –, waren Milly unverständlich. Sie bereiteten ihr ein ganz unangenehmes Gefühl. Aus Sonis Mund fühlten sie sich irgendwie komisch, irgendwie *falsch* an. Zehn Jahre zuvor hatte Milly die Choräle gesungen, die man ihr in der Kirche beigebracht hatte – »God's love is so wonderful«, »Praise Him for He comes to save us« –, ohne ein einziges Wort zu verstehen, indem sie sich einfach die Laute und die Pausen dazwischen eingeprägt und sie mechanisch wiederholt hatte. Als sie sie Soni vorgesungen hatte, hatte diese sie gefragt: »Was wird in dem Lied gesagt? Was bedeuten die Worte?« Anstatt sich unwissend zu bekennen, hatte Milly das wenige, was sie von Pater Josephs Predigten und Erklärungen verstanden hatte, mit eigenen Worten und Ausschmückungen wiedergegeben.

Jetzt fuhr Soni fort: »Zerreißt es dich nicht, einen Teil deines Lebens hier, einen anderen dort zu haben? Ein zerbrochenes Leben, ein Leben in Scherben.«

Milly versuchte, das Thema zu wechseln. »Hast du denn keine Angst? Das alles – *kraanti*, Bomben, Gewehre, Wachtposten, die Polizei, die Jagd auf dich macht … Fürchtest du dich denn nicht?«, fragte sie.

Die revolutionäre Maske noch fest auf dem Gesicht, wiederholte Soni ihre vorigen Worte: »Was gibt es zu fürchten? Sterben müssen wir alle. Dieser Tod ist ehrenvoller. Ich werde unsterblich sein, in den Briefen und Zeitungen der Partei verewigt, anderen Genossen ein Vorbild. Das Leben von Leuten wie uns ist ein Nichts. Aber du kannst aus *deinem* Leben etwas machen, kannst aufhören, nichts zu sein.«

Die Moskitos schwärmten jetzt in Massen; die Mädchen wussten, dass sie sich dem Fluss näherten. Plötzlich ließ Soni die Maske fallen und sagte in einem vollkommen anderen Ton: »Ja, das wird mich das Leben kosten. Wenn ich den Dschungel verlasse, wird man mich töten. Herauskommen kann ich erst nach der Revolution.«

Es klang, als sei etwas in ihr erloschen. Milly konnte ihr Gesicht im Dunkeln nicht sehen.

Die kurze Flussüberquerung verwandelte sie wieder in Kinder: kreischend vor Angst, ins Wasser zu fallen, Scheinangst, die Trittsteine im Dunkeln zu verfehlen. Aber es war nur gespielt; diese Zeit war vorbei.

Später an dem Abend sagte Budhuwa zu Milly: »Pass auf. Sie zwingen oft Leute, bei ihnen mitzumachen.« Ein paar Augenblicke lang hatte Milly keine Ahnung, wovon er eigentlich redete. Bevor sie reagieren konnte, fragte Budhuwa: »Hat sie versucht, dich zu überzeugen?«

»Nein! Du musst verrückt sein, so was zu denken.«

»Du solltest nicht mehr lange hier bleiben. Es ist gut, dass du nach Mumbai gehst. Jetzt, wo immer mehr junge Leute wegziehen, um sich Arbeit in den Städten zu suchen, haben sie Schwierigkeiten, neue Kämpfer zu rekrutieren. Wir haben gehört, dass sie einen Jungen festhalten, der in Rourkela zur Schule geht und bei seiner Familie auf Besuch war. Sie halten ihn im Wald fest und erzählen ihm von der Revolution und lassen ihn nicht gehen, weder ins Dorf seines Vaters noch ins Schulwohnheim. Wenn sie dich erst mal in ihren Klauen haben ...«

Milly konterte kleinlaut: »Nein, das war überhaupt nicht so ... Wir hatten uns so lang nicht mehr gesehen, sie hat mich einfach gefragt, wie ich so lebe, und mir von ihrem Leben erzählt.«

»Hat sie irgendwas von Polizeispitzeln gesagt?«

»Was?«

»Wenn man dich heute gesehen hätte, wie du mit ihr im Wald geschwatzt hast, dann wäre die Polizei sehr bald hinter dir her und würde dich schikanieren.«

»Wie sollte die Polizei denn etwas sehen? Soni sagte, dass sie eine solche Angst vor der Partei hat, dass sie sich aus ihren neuen Kasernen nicht raustraut.«

»Nein, nicht die Polizei, aber jemand vom Dorf könnte euch gesehen und die Polizei informiert haben.«

Milly war verwirrt. »Aber ... aber ich dachte, die Dorfbewohner wären auf der Seite der Parteileute. Das hast du mir doch selbst gesagt. Und Soni auch.«

»Das ist nicht so einfach. Die Dorfbewohner sitzen zwischen den Fronten von Polizei und Partei. Sie halten beide hin. Es ist ein riskantes Spiel, aber sie – wir – müssen irgendwie überleben, nicht? Wenn man sieht, dass wir es die ganze Zeit unverändert mit einer Seite halten, dann werden wir dafür büßen müssen, wenn die andere Seite an die Macht kommt. Verstehst du?«

Milly schwirrte der Kopf.

»Denk nicht darüber nach«, fügte er, wie zum Trost, hinzu. »Es ist gut, dass du bald fort bist. Gut für dich und gut für uns. Es stehen schlimme Zeiten bevor.«

Etwas in seiner Stimme hielt Milly davon ab nachzubohren. Kaum eine Woche später brach sie auf in eine neue Welt, ein neues Leben in Mumbai.

8: GEFANGEN

Millys erste Zugfahrt. Nach Ranchi, wo sie den Hatia Nagpur Special nach Mumbai besteigen würde, musste sie lange mit dem Bus fahren und umsteigen: ein bis zwei Stunden von ihrem Dorf nach Manika, dann über eine Stunde Wartezeit, bis ein anderer Bus kam, der dreieinhalb Stunden benötigte, um den Bahnhof Hatia in Ranchi zu erreichen. Ihr Abschiedskomitee bestand aus: Budhuwa. Später stießen Sabina und die zwei Mädchen hinzu. Sie waren alle um fünf Uhr früh aufgebrochen, um sich dem Gedränge vor dem Großraumwaggon ohne Platzreservierung anzuschließen.

Es kam Milly so vor, als warteten unzählige Menschen darauf, den Zug zu besteigen. Sie hatte einen Fahrschein, aber wie sollte sie je einen Platz finden? Doch es war nicht diese bestimmte bange Frage, auch nicht das Gewoge von Menschen, was sie in erster Linie beschäftigte. Es war der Anblick Budhuwas, der sich durchzuwinden und Tee zu holen versuchte, drei heiße Gläser in einer Hand, und dann noch einmal gehen musste, um mehr zu holen, was ihr wieder das Herz brach. Sie musste ihr Gesicht verstecken, aber Sabina hatte die nassen Augen und die bibbernden Lippen, die sie hastig mit dem *dupatta* bedeckte, schon bemerkt.

»Keine Angst«, sagte sie. »Du bist auf dem Weg in ein besseres Leben. Du wirst regelmäßig Geld nach Hause schicken können, eine ziemliche Menge Geld.«

Budhuwas Gesicht war vor Anstrengung ganz konzentriert. Milly bemerkte, dass er mittlerweile leicht ins Schwitzen geriet. Lag es daran, dass Kleinigkeiten für ihn schwerer zu bewerkstelligen waren? Gleichzeitig war sein Gesicht aber auch immer ausdrucksloser geworden, zurückgenommen, als wollte er sich dadurch vor der Verachtung oder dem Mitleid schützen, die augenblicklich im Gesicht der Welt aufblitzten, sobald sie einem Mann mit einer fehlenden Gliedmaße begegnete. Sein Gesicht wurde immer verkniffener, je näher ihre Abfahrtszeit rückte; irgendein Mechanismus in ihm, der mit der Haut seines Gesichts in Verbindung stand, wurde langsam, aber sicher in Spannung gebracht. Das Chaos und die Dichte der Menschenmassen auf dem Bahnsteig und sogar auf dem engen Mittelgang des Waggons waren beklemmend; und bestimmt auch gefährlich – jeden Augenblick konnte jemand von den Tüchtigeren, Stärkeren zerquetscht oder zertrampelt, oder herausgezerrt, weggeschleudert und wie ein dünnwandiger Tontopf irgendwogegen geschmettert werden. Aber diese Ängste galten nicht ihr selbst, sie galten Budhuwa – wie würde er, mit nur einer Hand, seinen Standplatz vor ihrem Fenster behaupten können, um ihr nachzusehen, wenn der Zug losfuhr? Würde er auf die Gleise geschoben werden? Wie würde er der Woge von Menschen standhalten können und verhindern, dass sie ihn hinwegfegte und er unter die Räder kam?

Am Ende war sie es, die es nicht bis ans Fenster schaffte, weil sich so viele Fahrgäste gegen die Gitterstangen quetschten, um sich von den Leuten, die sie zum Bahnhof begleitet hatten, zu verabschieden, dass man kaum noch merkte, dass es überhaupt Fenster gab – kein Spalt Licht drang mehr von außen durch.

Der Zug setzte sich mit einem riesigen Ruck und einem schrillen Quietschen in Bewegung; ein gigantisches Untier, das aus dem Schlaf erwachte. Rannte Budhuwa jetzt draußen den Bahnsteig entlang, versuchte er, mit ihrem davonziehenden Fenster Schritt zu halten, um vielleicht doch noch einen letzten Blick von ihr zu erhaschen? Ein solches Verlangen packte sie, hinauszulaufen und sich vom langsam, zollweise vorwärtskriechenden Zug hinab auf den Bahnsteig zu werfen, dass sie sich die Hand an den Mund halten und in die fleischige Stelle unter dem Daumen beißen musste, so fest, wie sie es aushielt, und dann noch ein bisschen fester. Eine Frau, die ihr gegenübersaß, war dabei, ein Bündel aufzuknüpfen, das, wie sich dann zeigte, Stapel von *rotis* enthielt. Später dachte Milly, dass es besser war, dass sie das Gesicht ihres Bruders auf dem Bahnsteig nicht mehr gesehen hatte – wie hätte sie je den Anblick dieser angespannten Ausdruckslosigkeit verkraftet, dieser schweißnassen Haut, dieses leicht, eine Spur atemlos, geöffneten Mundes?

Im Gestank des Frauen-Großraumabteils, in dem Menschen wie Puffreis im Sack gepackt saßen und manche sich auf dem Fußboden einen schmalen Streifen zum Schlafen absteckten – die Pritschen waren längst belegt –, indem sie sich ausstreckten oder ein Stück Stoff ausbreiteten, sah sich Milly zu engem Beisammensein mit den zwei anderen Mädchen und Sabina gezwungen. Schon nach sechs bis acht Stunden war es keine Strapaze mehr, sondern gemütlich, ja geradezu erfreulich. Wie hätte sie diese lange Reise, von sämtlichen Seiten von Fremden bedrückt, ohne Sabinas Hilfe überstanden? Sabina war furchtlos, gewieft, eine erfahrene Reisende – sie wusste, in welchen Bahnhöfen der Zug eine halbe Stunde hielt; sie wusste sich aus dem Zug zu quetschen und Tee und *puri-aalu* und *samosas* zu kaufen; sie führte die Mädchen zur Bahnhofstoilette. Ohne sie wäre Milly verloren gewesen; oder Schlimmeres, wenn man entdeckt hätte, dass eine junge Frau allein unterwegs war.

Als sie auch mal am Fenster sitzen durfte, sah sie, hinter den Eisenstangen vorübersausend, eine Ziegelei, umgeben von hoch aufgeschichteten leuchtend rotbraunen Ziegeln wie von unvollendeten Mauern und hohen, dünnen Schornsteinen, die blauweiße Rauchfahnen ausspien; Gestrüpp; endlose Flächen von Feldern und trockener Erde; ein Blechschuppen inmitten von unermesslichem leerem Land; verlassene Tempel, davon manche, wie es aussah, nicht größer als ein Puppenhaus; eine Vogelscheuche, Hände in die Hüften gestemmt, mit deutlicher Schlagseite, die Fetzen ihrer Kleidung flatternd in der heißen Brise … es gab zu viel Platz auf der Welt, und das machte ihr Angst.

In einem größeren Bahnhof fragte eines der Mädchen: »Wo sind wir hier?«

Milly sah aus dem Fenster, machte die Augen schmal und sagte bald darauf: »Bilaspur Junction.«

»Woher weißt du das?«

»Der Name des Bahnhofs steht da auf dem gelben Schild.«

Das Mädchen sah sie mit einem veränderten Ausdruck an. »Du kannst lesen?«

Milly senkte den Blick und gab keine Antwort.

Das Mädchen ließ nicht locker. »Wie kommt's, dass du wie wir Dienerin wirst, wenn du lesen kannst?«

Kurze Zeit später war diese unerhörte Nachricht auch schon bis zu dem anderen Mädchen durchgedrungen. Milly versagte es sich, ihnen zu verraten, dass sie die Namen der Bahnhöfe nicht nur auf Hindi, sondern auch auf Englisch lesen konnte.

An den Fußboden geschmiegt, zwischen zwei Mädchen gezwängt, wurde sie nachts vom regelmäßigen Geratter, *jhikki-jhikki-jhik-jhikki-jhik*, der Räder unter dem Fußboden in eine Art Hypnose gelullt. Direkt unter ihr, die Räder! Bald meinte sie, dass sie etwas aufsagten, ein Mantra, immer gleichbleibend wiederholt. Sie schnappten sich eine Halbzeile aus einem Lied in ihrem Kopf, fischten sie heraus, passten sie ihrer unerbittlichen Melodie an und machten sie sich zu eigen. Jetzt skandierten die Räder nur noch diesen zurechtgestutzten Liedtext, bis sie einschlief. Vielleicht war es aber auch das sanfte Wiegen und Schaukeln des Waggons, das den Schlaf herbeiführte, denn sie wachte jedes Mal wieder auf, sobald der Zug in einem Bahnhof hielt, egal für wie lang.

Es gab die spontane Kameradschaft ihrer Mitreisenden: der Frau aus Bihar, die ihre letzten *littis* mit Fremden teilte; der betagten *vaishnava*-Frau, die immer wieder mal Krishna-*bhajans* anstimmte;

einer Frau mittleren Alters, die auf dem Weg zu einem Besuch bei ihrem Sohn in Mumbai war und, ohne Punkt und Komma plappernd, von Gott und der Welt erzählte – einem großen Tempel in Gestalt eines Prunkwagens in Puri; dem Gedränge auf der *Gangasagar-Mela* an *Sankranti*; dem komischen Kauderwelsch, das ihr kleiner Enkel aus Wörtern veranstaltete, die er gerade erst lernte; von Wundern an irgendeinem Heiligtum in Gaya; von irgendwelchen Bekannten von ihr, die erkrankt waren, nachdem sie verunreinigtes Palmöl aus einem *Ration Shop* in Rourkela verzehrt hatten … Die ganze Welt war auf magische Weise in den winzigen Raum des Eisenbahnwaggons gepresst, sodass Milly, als sie im Lokmanya Tilak Terminus in Kurla ausstiegen, dem Gefühl, das sie verschlang, zumindest einen Namen geben konnte. Er lautete »Ertrinken«.

Die Vachanis wohnten im ersten Stock eines Hochhauses am Ganpatrao Kadam Marg, einer breiten, verkehrsreichen Straße in Lower Parel. Milly, die noch nie große, vielstöckige Wohngebäude gesehen hatte, nicht einmal in Jamshedpur, jedenfalls nicht in dieser Dichte, geriet in Furcht und Schrecken. Das Gebäude hatte einen Namen: »*Sukh Niwaas*«. Es besaß eine käfigartige Apparatur, die einen hinauf- und hinunterbeförderte. Später würde Milly den Namen dieses Apparats erfahren, der die Treppe überflüssig machte: »Lift«.

Die Wohnung war nicht viel anders geschnitten als die in Jamshedpur. Es gab zwei Schlafzimmer mit je einem davon abgehenden Bad und einen großen Raum, dessen eine Seite als Wohnzimmer genutzt wurde, während auf der der Küche am nächsten gelegenen Seite ein Esstisch und vier Stühle standen. Die Küche war schmal, Standardgröße. Nachts fungierte sie als Millys Schlafzimmer. Zum Essen durfte sie zwei bestimmte Teller benutzen, beide aus Melaminharz und auch sonst identisch, weiß mit grünem Rand und grünen Kreisen, wobei der weiße Untergrund durch das Alter und die im Essen enthaltene Kurkuma vergilbt war. Für Trinkwasser hatte sie eine Plastiktasse und einen alten, bestoßenen Becher für den Tee. Wie in Jamshedpur musste sie ihr Geschirr von dem der Familie getrennt halten, wenngleich es ihr gestattet war, ihre Sachen nach dem Abwasch ganz außen in den Abtropfständer über der Spüle zu stellen, dabei allerdings – unbedingt! – eine Lücke von drei bis sechs »Stellplätzen« zwischen den Sachen der Vachanis und den ihren zu lassen.

Ihre Toilette und ihr Bad waren im Erdgeschoss, das keine Wohnungen enthielt, sondern als Parkplatz für die Bewohner des Hauses diente. Die Wächter saßen in dem offenen, von Pfeilern gegliederten Raum neben der Eingangshalle, die Briefkästen, Treppenaufgang und Lift beherbergte. Das Badezimmer und die Klosettzellen befanden sich am hinteren Ende des Parkplatzes, möglichst weit weg vom Eingang und dem Aufenthaltsbereich der Wächter. Milly lernte schon sehr früh, an ihrem zweiten oder dritten Tag, wie sie den Blicken der Wächter entgehen konnte, wenn sie sich zu den für die Dienstboten, Fahrer und Wachleute des Gebäudes bestimmten Gemeinschaftstoiletten begab. Es war eine zwiespältige Erfahrung, nach unten gehen zu müssen, um Toilette oder Waschraum zu benutzen – auf der einen Seite stand die allgegenwärtige Angst, von einem der Wächter gesehen zu werden; auf der anderen das sich nie abnutzende Vergnügen, runter wie rauf den Lift zu nehmen, und wenn auch nur für die Überwindung eines Höhenunterschieds von gerade mal zwei Treppen.

Jayant und Hemali Vachani erschienen Milly wie ältere Leute – sie erfuhr bald, dass sie zwei erwachsene Töchter und einen ganzen Stall Enkelkinder hatten –, auch wenn sie nicht imstande gewesen wäre, selbst nur ihr ungefähres Alter einzuschätzen. Ihre Einteilung von Menschen nach Altersgruppen war rein deskriptiver Natur: sehr jung, jung, das Zwischenstadium weder-jung-noch-alt, schließlich alt.

Worin ihre Aufgaben bestanden, bekam Milly im Laufe mehrerer Tage erklärt. Zusätzlich zu den üblichen Pflichten – Putzen, Fegen, Staubwischen, Wäschewaschen, Geschirrspülen – wurde von ihr, wie sich herausstellte, auch Kochen erwartet. Hemali Vachani würde sie dazu anlernen, Gerichte aus dem Sindh zuzubereiten – *sai bhaji, ilaichi gosht, sata bhajyun, turi chanadal.*

Obwohl ihr Lohn fast das Fünffache dessen betrug, was sie in Jamshedpur verdient hatte, fand sie später heraus, dass sie lediglich für ihre Tätigkeit als Vollzeitdienstmädchen bezahlt wurde, während ihr eigentlich die doppelte Summe zugestanden hätte, da ihre Arbeitgeber durch sie den Lohn für eine Köchin einsparten. Sie brachte es nicht fertig, das Thema von sich aus zur Sprache zu bringen. Sie rief Sabina auf dem Handy an, um zu hören, ob sie eine Idee hatte.

»Sie lassen dich bei sich wohnen und essen, so sparst du Miete und Geld für Lebensmittel«, sagte Sabina. »Hör auf zu meckern. Wer hat dir bloß solche Flausen in den Kopf gesetzt? Du bist gerade mal drei, vier Monate hier und wirst schon raffgierig?«

Milly fühlte sich zu Recht gerügt. Die Vachanis hatten ihr ein Bankkonto eingerichtet. Sie hatten ihr beigebracht, wie sie jeden Monat den größten Teil ihres Lohns nach Hause schicken konnte. Wie hätte sie da mehr Geld verlangen können? Wo sollte sie hin, wenn sie daran Anstoß nahmen und sie vor die Tür setzten? Wo könnte sie dann wohnen?

Aber im Verlauf der vier Monate, die sie schon im »Sukh Niwaas« war, hatte sich etwas Besorgniserregenderes herausgestellt: Sie durfte das Gebäude nicht verlassen. Ihre einzigen Streifzüge aus der Wohnung hinaus waren die zum Waschraum im Parterre. Diese Beschränkung war ihr nicht gleich zu Beginn mitgeteilt worden, sondern ging ihr langsam, nach und nach auf. Anfangs kam es ihr nicht weiter merkwürdig vor, dass die Vachanis, anstatt sie loszuschicken, wenn irgendeine Kleinigkeit – sagen wir, Milch – beim Einkauf vergessen worden oder ausgegangen war, ihren Tee lieber schwarz tranken. Sie verzichteten sogar beim Abendessen auf ein ganzes Gericht, wenn eine einzige Zutat fehlte, die lediglich einen kurzen Gang zum nächsten Laden erfordert hätte; Milly wurde nicht losgeschickt.

Ohne begriffen zu haben, dass es sich dabei um eine ganz bewusste Regel handelte, sagte Milly eines Tages: »Ich kann Waschmittel holen gehen. Sagen Sie mir einfach, wo der Laden ist und welche Marke Sie möchten.«

Hemali warf ihr einen Blick zu und sagte kurz angebunden: »Nicht nötig. Wir schicken morgen früh den Fahrer los.«

Milly, die die Welt außerhalb der Mauer von »Sukh Niwaas« mit ebenso viel Neugier wie Furcht betrachtete, aber außer dem ziemlich langen Stück Straße, an dem das Gebäude stand, noch nichts davon gesehen hatte, brannte zunehmend darauf, sich hinauszuwagen. Sie zog das Abstauben und Putzen der Fenster zur Straße bewusst in die Länge, und sobald sie begriff, dass eine Ausrede nicht mehr nötig war, stand sie einfach so da und blickte nach draußen. Zwei große Bäume rahmten die Aussicht ein; sie wusste nicht, wie sie hießen. Menschen zogen vorüber, und Autos, Autorikschas, Tempo-Dreiräder, Fahrräder, Taxis. Eine Schar von Händlern stellte auf der anderen Straßenseite ihre improvisierten Stände auf – sie verkauften Snacks, Gurken, *vada pao* und *pao bhaji*, Sternfrucht und Erdnüsse, und Milly wäre gern rausgerannt und hätte von allem gekostet und die Autoabgase und die warme, feuchte Außenluft auf der Haut gespürt. Die ganze Welt war in Bewegung; nur sie stand still, wie festgewurzelt. Sie begann ein paar Leute wiederzuerkennen, die regelmäßig und zu mehr oder weniger festen Zeiten die Straße in die eine oder andere Richtung entlanggingen. Da war die Frau mit einem flachen Korb voller Edelstahlgeschirr auf dem Kopf, die jeden Sonntagmorgen vorbeikam. Sie kündigte sich immer mit einem langen, dünnen, unverständlichen Schrei an. Da gab es den Bügeleisenmann, der bei den Bewohnern der Hochhäuser Kleider einsammelte und mit einem riesigen, in ein großes Bettlaken eingeschlagenen Bündel auf dem Gepäckträger davonradelte. Auch die Vachanis suchte er, viermal die Woche, auf, um ihre Bügelwäsche mitzunehmen. Es gab natürlich die Imbissverkäufer, aber sie standen zu weit weg, als dass sie ihre Gesichter hätte ausmachen können. Es gab einen jungen Mann, der jeden Nachmittag um fünf von links nach rechts vorüberging. Sie wusste das, weil er einmal nach oben geschaut hatte und ihre Blicke sich einen ganz kurzen Moment lang begegnet waren, ehe sie weggesehen hatte. Sie hätte keinen weiteren Gedanken daran verschwendet oder sich auch nur daran erinnert, wäre nicht acht, zehn Tage später das Gleiche geschehen und tags darauf noch ein weiteres Mal. Drei Mal war kein Zufall mehr. Jedes Mal, wenn er hochsah, wandte Milly fast augenblicklich den Blick ab, obwohl sie sich – und vielleicht auch ihm – durchaus den Luxus (man konnte es nicht anders nennen) gönnte, darauf zu warten, dass er vorbeiging und, wenn er direkt gegenüber ihrem Fenster war, nach oben sah.

Den ersten Hinweis darauf, dass es ihr streng untersagt war, vor das schwere zweiflüglige Eisentor von »Sukh Niwaas« zu treten, erhielt Milly, als sie beschloss, einen kleinen Spaziergang zu machen, um zu sehen, was jenseits der Außenränder ihres Fensterausschnitts lag. Die Vachanis waren ausgegangen, und es war niemand da, der sie hätte aufhalten können. Sie ging zum Tor und machte sich daran, es zu öffnen – es war zentnerschwer, und zuerst musste sie den Riegel aus seiner Schlaufe ziehen. Noch ehe es ihr auch nur ansatzweise gelungen war, kam einer der Wächter angerannt.

»Was machst du, was machst du?«, schnauzte er. »Geh weg vom Tor, du darfst nicht raus.«

Allein schon dadurch eingeschüchtert, dass ein Mann, und dazu ein wildfremder, in so aggressivem Ton zu ihr sprach, verlor Milly vollends den Mut, als sie sah, wie seine Kumpane, eine schüttere Schar von Wachleuten und ein paar von den diensthabenden Fahrern, allesamt aufgestanden waren und das sich entfaltende Schauspiel verfolgten. Sie fühlte sich nackt.

Bereit, sofort wieder nach oben zu fliehen, fragte sie schwächlich: »Aber warum denn?«

»Deine Herrschaft«, er benutzte die Wörter »*maalik*« und »*maalkin*«, »hat uns klare Befehle gegeben: Hausmädchen dürfen das Gebäude nicht verlassen.«

Vor Ungläubigkeit verschlug es ihr die Sprache. Ein Dutzend Fragen drängten nach draußen, aber die Wörter »Herr«, »Herrin« und »Befehle« wogen zu schwer. Und das Bewusstsein, dass alle diese Männer sie mit den Augen verschlangen und genüsslich dabei zusahen, wie sie sich in die Nesseln setzte, hatte sogar noch größeres Gewicht. Sie machte kehrt und hastete zum Lift, während sich die Luft hinter ihrem Rücken in etwas Heißes, Knisterndes verwandelte.

Höchstwahrscheinlich wollten die Wachleute sie einfach schikanieren, dachte sie; wie sollte es denn möglich sein, dass sie nicht mal für ein paar Minuten nach draußen gehen durfte?

Nachdem die Vachanis zurückgekehrt waren, sagte sie zu Didi: »Der Wachmann unten hat mich nicht rausgelassen.«

»Du wolltest nach draußen gehen?«, fragte Hemali.

»Ja, nur ein bisschen spazieren und sehen, was es draußen so gibt, ich bin noch kein einziges Mal draußen gewesen, seit ich hier bin.«

Hemalis Gesicht verhärtete sich. Mit einer Stimme, mit der man hätte Stein schneiden können, sagte sie: »Du hast keine Veranlassung, nach draußen zu gehen. Junge Mädchen, die allein aus dem Haus gehen – das führt nur zu Ärger. Und die Scherben dürfen anschließend andere auflesen. Du bleibst, wo du bist.«

Ihr Ton schloss jede Entgegnung seitens Millys aus. Außerdem war sie eine Dienerin, es stand ihr nicht an, zu zweifeln, zu rechten oder zu trotzen. Sobald sie ein Minütchen freie Zeit ohne Didi fand – keine leichte Sache; sie brauchte Tage dazu –, rief sie Sabina an, um sich zu beklagen und um nach einer Erklärung, einem Grund für diese seltsame Regel zu fragen. Sabina hatte nichts Erhellendes zu bieten, gab aber zu bedenken: »Sie sind einfach nur vorsichtig. Du kommst aus einem Dorf, weit weg, und Mumbai ist eine sehr große Stadt. Sie haben Angst, du könntest dich verlaufen oder … oder Schlimmeres. Sie lassen dich bestimmt bald raus.«

Milly überzeugte das nicht, aber sie versuchte, aus Sabinas Worten Hoffnung zu schöpfen. Doch etwas Zähes und Wüchsiges hatte sich in ihrem Kopf eingenistet, und es machte sich bemerkbar, anfangs nur ab und an, dann mit zunehmender Häufigkeit, bis es schließlich nichts anderes mehr gab.

Als Erstes fielen ihr die eisernen Scherengitter an sämtlichen Fenstern auf, auch an denen nach hinten raus, aber das war in einer Stadt nicht weiter ungewöhnlich – solche Sicherheitsvorkehrungen hatte sie auch in Jamshedpur gesehen. Ungewöhnlich war höchstens der Umstand, dass sie immer abgeschlossen waren. Sie hatte nie einen Schlüssel bemerkt oder erlebt, dass die Gitter geöffnet worden wären, nicht einmal von Dada oder Didi. Dann nahm diese Sache, dass man sie nie auf Besorgungen schickte, eine neue Bedeutung an. Wie auch weitere, scheinbar harmlose Dinge: dass die Wohnungstür jeden Abend von innen mit einem Vorhängeschloss gesichert wurde; dass die Küchenfenster mit Fliegendraht bespannt waren (obwohl sie natürlich wusste, dass er lediglich Vögel und Insekten am Hereinfliegen hindern sollte); dass sie nie erfuhr oder selbst herausfand, wo der Schlüssel zum Nacht-Vorhängeschloss aufbewahrt wurde …

Mit der Zeit konnte sie an nichts anderes mehr denken. Nicht, dass sie aus dem Haus gemusst hätte – wo sollte, konnte sie in dieser endlosen Stadt, in der sie niemanden kannte, schließlich schon hin? –, aber etwas so Elementares zu verweigern bedeutet, ihm eine unverhältnismäßige Bedeutung zu verleihen, und Milly begann, sich als einen Vogel im Käfig zu betrachten, der durch nichts anderes bestimmt war als sein Eingesperrtsein. Die Vachanis behandelten sie nicht schlecht – weder schlugen sie sie noch verweigerten sie ihr Essen und Kleidung, noch schrien sie sie an, jedenfalls nicht zu laut und nicht zu oft (es gab natürlich die üblichen Vorwürfe, wenn Milly irgendwas falsch machte, aus Versehen ein Glas oder einen Teller zerschlug, oder wenn Didi, in einer gelegentlichen Steigerung ihres Dauergenörgels, an nichts, was Milly machte, ein gutes Haar ließ, aber solche Vorkommnisse hatte sie, so ärgerlich sie in dem Moment auch sein mochten, als Teil ihres Jobs zu akzeptieren gelernt). Aber mitunter dachte sie, dass sie sich jederzeit mit einer grausameren Behandlung abgefunden hätte, wenn dafür diese eine übergreifende Grausamkeit abgestellt worden wäre. Was waren schon ein, zwei Ohrfeigen, wütendes Geschrei, gemessen daran?

Nachts lernte sie ein neues Gefühl kennen: dass die Küchenwände langsam von allen vier Seiten heranrückten, um sie zwischen sich zu zerquetschen. Ihre Hütte im Dorf war winzig gewesen, und sie hatten zu acht, aneinandergedrängt, darin schlafen müssen, aber sie hatte sie nie als klein empfunden. Außerdem gab es ja immer das große weite Draußen – Felder, Wälder, Haine, Flussufer. Dass Raum etwas Kleines oder Großes sein könnte, etwas, was sich reduzieren ließ, war ihr nie in den Sinn gekommen, nicht einmal im Zug, in dem Gemeinschaftsabteil, das so vollgestopft mit Menschen gewesen war, dass die Luft sich bisweilen zu dick zum Atmen angefühlt hatte, nicht einmal in dieser Käfigbatterie war ihr der Gedanke gekommen: »Hier ist es zu eng.« Jetzt, in einer Mumbaier Wohnung, die größer war als jedes Haus, das sie jemals erlebt hatte, fühlte sie sich eingesperrt und beengt. Wieder rief sie Sabina an und beklagte sich tränenreich. Und alles, was Sabina dazu zu sagen hatte – »Du hast irgendwas falsch verstanden, wie könnten sie dich denn einsperren? Du verschweigst mir etwas; du kennst selbst nicht die ganze Geschichte; sie könnten ihre Gründe haben« –, war für Milly schlimmer als lediglich nicht hilfreich: Sabina nahm die Vachanis in Schutz.

Eine Zeit lang ging es in diesem Stil weiter. Bei einem von Millys weinerlichen Anrufen sagte Sabina, beträchtlich gereizt: »Immer nur jammern, jammern, jammern! Hast du überhaupt eine Ahnung, wie gut du es da hast? Du kannst Jesus dafür danken, dass du nicht der zehnjährige Junge bist, der für eine *Marwari*-Frau in Kolkata arbeitete! Weißt du, was ihm passiert ist? Sie hat ihn sich geschnappt und ihn in den Schacht geschmissen, durch den der Lift rauf- und runterfährt. Du weißt, was ein Lift ist? Und weißt du, wie weit oben sie in dem Haus wohnte? Im achten Stock. Der Junge ist acht Stockwerke hinuntergeworfen worden. Glaubst du etwa, nicht rausgehen und herumspazieren und sich die Leute und die Läden oder sonst was angucken zu dürfen wäre damit vergleichbar? Du solltest dankbar sein für das, was du hast – es gibt weit Schlimmeres auf der Welt.«

Da erkannte Milly, dass sie von dieser Seite keine Hilfe zu erwarten hatte, aber bevor sich die Einsicht in ihr festsetzen konnte, rutschte ihr die Frage heraus: »Was ist aus dem Jungen geworden?«

»Oh, er hat überlebt. Er kam mit lauter gebrochenen Knochen ins Krankenhaus. Die Frau und ihr Mann sind reiche und mächtige Leute – die Polizei ist gekommen, aber es ist nichts passiert. Sie behauptete, er wäre runtergefallen, weil er mit dem Lift spielte und nicht wusste, wie man ihn bedient, und dass man die Tür nicht zu früh aufmachen darf, wenn man einsteigen will. Es war ihr Wort gegen das des Jungen. Wer würde einem ungebildeten Jungen aus Nirgendwo eher glauben als einer Frau aus der Großstadt, die von Klunkern nur so trieft? Glaubst du etwa, jemand würde dir glauben, wenn du rumjammerst, dass man dich nicht aus dem Haus lässt?«

Milly war bei der Geschichte das Blut in den Adern gefroren, aber im Nachhinein wunderte sie sich darüber, wie sehr sich Sabina während des Erzählens aufgeregt hatte, praktisch geschrien hatte, als ob die Situation des Jungen ihr großen Zorn und Schmerz bereitet hätte. Warum war sie dann ihr, Milly, gegenüber so ohne Mitleid und ergriff für die Vachanis Partei? Ein Gefühl stechender Einsamkeit erfasste sie – sie meinte förmlich, davon fortgerissen zu werden. Sie begriff, dass sie sich auf den einzigen Menschen, den sie in dieser Stadt kannte, das einzige Bindeglied zwischen ihrem neuen Leben hier und dem alten Leben auf dem Dorf, nicht verlassen konnte. Sie war losgebunden, freigelassen worden, wo doch das Einzige, was sie sich wünschte, die Sicherheit war, unverrückbar an einen Ort zu gehören, die Sicherheit und das tröstliche Bewusstsein, nicht allein zu sein.

Das Gefühl von Verlassenheit brach sie. Es war, als ob es die Tatsache ihres Gefangenseins endgültig und unumkehrbar machte, während sie vor ihrem letzten Telefongespräch mit Sabina noch vage gehofft hatte, das Ganze wäre ein Versehen oder nur etwas Zeitweiliges, oder eine ganz simple Sache, die sie lediglich nicht verstand. Ihre Reaktion auf diese Hoffnungslosigkeit umspannte ein ganzes Spektrum. Sie weinte viel, wenn sie für sich war, und manchmal auch vor Dada und Didi, unfähig, dieser Last, die sie niederdrückte, auch nur die wenigen Augenblicke lang zu entrinnen, in denen von ihr verlangt wurde, dass sie den äußeren Schein wahrte. Das ständige Weinen ärgerte Hemali so sehr, dass sich ihre Haltung Milly gegenüber von einer kühlen und indifferenten Vornehmheit, dem Hochmut einer Herrin gegenüber ihrer Dienstmagd, in aktive, zornige Abneigung verwandelte. Ein paarmal schrie sie sie an: »Schluss mit dem Geflenne! Ist jemand gestorben oder was, dass du ununterbrochen Wasserwerk spielst? Hältst du mich für jemanden, der sich von Tränen beeindrucken lässt?« Als dies keine Wirkung zu zeitigen schien, verlor sie eines Abends vollends die Selbstbeherrschung und ohrfeigte Milly. Milly ließ die Teekanne fallen, die sie in der Hand gehabt hatte. Die Kanne zersprang in Scherben verschiedenster Größe; der Tee spritzte über den ganzen Fußboden und erwischte eine große Ecke des Teppichs. Hemali schlug mit Fäusten und Händen besinnungslos auf sie ein. Schockiert – und damit beschäftigt, sich unter den Hieben wegzuducken – vergaß Milly zu weinen.

In dieser Nacht, in der dunklen Küche, umgeben vom flüsternden Rascheln der Schaben, die aus ihren Tagesverstecken hervorkrochen, schmeckte Milly den kalten metallischen Geschmack der Angst, und er ließ ihre Tränen gefrieren. Von da an war all ihr Denken und Trachten auf eine einzige Sache gerichtet – einen Fluchtplan. Aber die Vachanis mussten doch wissen, dass sie – oder jeder andere in ihrer Situation – über kurz oder lang auf Flucht sinnen würde, und hatten infolgedessen doch bestimmt alle möglichen Maßnahmen ergriffen, um derlei zu verhindern? Wo nur, wo konnte sie einen Spalt, eine Öffnung finden? Wie konnte sie sich davonstehlen? Sie überprüfte mehrmals die Stabilität der Türen und Fenster. Wenn keiner zusah, versuchte sie, einen Arm oder ein Bein durch die Scherengitter an den Fenstern zu schieben, um zu sehen, wie viel von sich sie auf diesem Wege nach draußen bekäme. Eines Tages blieb sie stecken, nachdem es ihr gelungen war, ein Bein bis zum Oberschenkel durchzuzwängen – beide Beine oder ihre Hüfte würden da niemals durchpassen –, es aber dann nicht wieder herausbekam. Sie zerriss ihre *shalwar*, um die paar zusätzlichen Millimeter Spielraum zu bekommen, aber das Bein saß fest. Eine Panikattacke nahm ihre Brust in die Zange: Was, wenn die Herrschaft gerade jetzt hereinkam, und was, wenn jemand draußen, eine Nachbarin am Fenster, jemand, der unten auf den Parkplatz wollte, oder schlimmer noch, einer der Wächter sie so sah? Vor Angst und Sorge pinkelte sie sich in die Hose und schämte sich nur umso mehr; weit besser, sich das Bein auszurenken, als zu riskieren, so gesehen zu werden. Sie zog und zerrte und verdrehte; sie riss sich die Haut am Oberschenkel auf; der Schmerz war nicht der Rede wert, sie hätte ihn liebend gern vervielfacht, wenn er nur der Preis der Freiheit hätte sein können. Ihre Gedanken rasten – wenn sie bloß Seife oder Öl in Reichweite hätte, wenn's doch nur eine Entsprechung des Baucheinziehens für Oberschenkel gäbe, wenn sie doch nur jemand Verlässliches und Vertrauenswürdiges zu Hilfe rufen könnte, wenn sie doch nur ein Messer hätte, mit dem sie sich etwas Fleisch vom Bein schneiden könnte ... und dann, mit einem weiteren Ruck, und nicht einmal einem besonders heftigen, war sie frei. Sie kippte hintenüber und fiel so ungeschickt zu Boden, dass sie mit dem Kopf gegen die Ecke des Bettes schlug.

Die Verzweiflung nagte immer weiter an ihr, bis sie meinte, den Verstand zu verlieren. Sie wachte um zwei oder drei Uhr nachts auf und suchte in den Ecken der Küche nach einem Ritz oder Spalt, den sie als Ausgangspunkt für ein heimlich zu grabendes Loch nehmen könnte. Der Gedanke ans Graben schickte sie auf die Jagd nach geeignetem Werkzeug. Würde das größte Messer den Zweck erfüllen? Wie stand's mit den Kleineren, Spitzeren? Sie probierte eines an einer Stelle neben dem Kühlschrank aus, wo eine Kerbe im Fußboden war, nah an der Wand, wo sich der Schaltkasten befand, und brach die Klinge glatt entzwei. Hatte Didi im Kopf, wie viele Messer sie genau besaß? Würde Milly morgen so tun müssen, als würde es ihr kaputtgehen, während sie etwas schnitt? Würde es deswegen Ohrfeigen setzen? Sie sah auf die riesige Prankenspur, die das Fenstergitter an ihrem Oberschenkel hinterlassen hatte, und sagte sich, dass man Schmerz ignorieren konnte. Jedes Mal, wenn sie an einem Vorhaben scheiterte, wie etwa ein Loch durch die Wand zu graben – sei es aufgrund schlichter praktischer Undurchführbarkeit, oder weil sie im letzten Moment stets an die unverrückbare Barriere stieß, die das Eisentor von »Sukh Niwaas« und dessen Wachpersonal darstellten –, fügte sie sich aus purer Frustration eine Verletzung zu, im Wissen, dass die Geißel des Schmerzes ihr gestatten würde, und wenn auch nur einen Moment lang, von dem andauernden Kampf abzulassen, an dem sie sich mehr und mehr aufrieb.

Sie biss sich in die Arme, bohrte die Zähne ins Fleisch; schnitt sich unter laufendem kalten Wasser in die Finger; riss sich büschelweise Haare aus … und kam auf die Idee, dass, wenn es ihr gelänge, sich zu verstümmeln oder eine so schwere Krankheit zuzuziehen, dass ein Krankenhausbesuch erforderlich wäre, sie endlich würde fliehen können. Eine Zeit lang segelte sie auf den Schwingen dieser Fantasie dahin, bis eine Frage sie krachend abstürzen ließ: Wo sollte sie dann hin? Aus dieser einen Frage entspann sich ein ganzes Höllenlabyrinth: Konnte sie zum Bahnhof laufen und eine Fahrkarte zurück in ihr Dorf kaufen? Ganz allein? Zuerst würde sie zur Bank gehen und Geld abheben müssen, aber ihr Sparbuch hatte Didi in Verwahrung. Wie sollte sie es je an sich bringen? Und selbst, wenn es ihr gelänge, wie würde sie die ganzen Prozeduren bei der Bank hinbekommen? Wie lang würde sie insgesamt brauchen, um aus dem Krankenhaus wegzulaufen und den Bahnhof zu erreichen? Und wieder: das alles ganz allein? Sie hatte keinerlei Geld bei sich … Sie hatte das Gefühl zu ertrinken; die ganze Welt war leer, und es gab nur sie, in einem uferlosen, endlosen Gewässer, und sie wusste, dass es sie verschlingen würde.

Nicht so sehr von Schuldgefühlen getrieben als von Mitleid – der Sorte Mitleid, die die Leute dazu brachte, Bettlern aus den hastig heruntergefahrenen Fenstern ihrer klimatisierten Karossen Eine-Rupie-Münzen zuzuwerfen –, hatte Hemali Vachani Milly nicht nur erlaubt, sich jede Fernsehsendung, nach der ihr der Sinn stand, anzuschauen, sondern hatte ihr auch beigebracht, das Gerät einzuschalten und die Fernbedienung zu benutzen. Der Fernseher war ein Rettungsanker, besonders wenn Dada und Didi aus waren und sie die gewaltige Last ihres Gefangenseins ein paar Stunden lang vergessen konnte, indem sie die Lebensfreuden und -leiden anderer Leute verfolgte; ihr eigenes fühlte sich dagegen dünn an, farblos, flach.

Fast ein Jahr verging, ehe Milly, mittlerweile resigniert und fatalistisch geworden, eine neue Idee hatte: Wie wäre es, wenn sie ihre Pflichten so mangelhaft erfüllte, dass die Vachanis sie ziehen lassen mussten? Sie fing klein an und steigerte sich dann langsam. Erst das Essen versalzen, den Reis und die *rotis* anbrennen lassen, dann Salz in den Tee geben und gehäufte Esslöffel Zucker in die herzhaften Gerichte zum Mittag- und zum Abendessen. Die ersten paar Male beschwerte sich Hemali nur, dann schalt sie streng und verlegte sich schließlich darauf, Milly zu schlagen, die allerdings gegen Züchtigungen immun geworden zu sein schien. Dies fachte die Flammen von Hemalis Zorn nur noch mehr an. Sie zwang Milly, das ganze verdorbene Essen selbst, auf einen Sitz, zu verspeisen, und als sie nichts mehr hinunterbekam, stopfte sie ihr noch eine Faustvoll Essen eigenhändig in den Mund.

»Ich werde dich so streng bestrafen, dass du um Hilfe winselst«, brüllte Hemali, »und keine Menschenseele wird auch nur einen Finger krümmen, um dir beizustehen. Wenn dir das nächste Mal solche Scherze einfallen, merk's dir, verbrenne ich dir das Gesicht mit einem glühenden Eisen, dann bist du fürs Leben gezeichnet. Wie würde sich das anfühlen?«

Das Apartment Nr. 10, »Sukh Niwaas«, Lower Parel, war zu einem Irrenhaus geworden.

Eines Tages dann bot sich eine wirkliche Gelegenheit, aus dem Haus zu spazieren und nie wiederzukommen. Sabina rief Milly an und teilte ihr mit, dass ihr Vater gestorben sei. Bevor sie den Verlust empfand, trug eine Woge der Hoffnung und Freude sie empor – jetzt mussten sie sie in ihr Dorf fahren lassen, sie mussten, wie wäre es anders möglich?

»Rufst du sie an und bittest du sie, mich gehen zu lassen?«, sagte sie zu Sabina.

»Frag du sie zuerst und schau, was sie sagen.«

»Sie werden Nein sagen, da bin ich mir sicher. Wenn du mit ihnen sprichst, erlauben sie's vielleicht.«

»Frag zuerst, ja?«

Also fragte Milly, widerstrebend, hoffnungslos, und als sie die Worte »Mein Vater ist gestorben« aussprach, klappte sie zusammen. Die Tränen, die ihr in die Augen stiegen, waren schlichte Tränen, unkompliziert, reinen Ursprungs, sie flossen aus einer ganz anderen Quelle als die Tränen des vergangenen Jahres.

Hemali verzog das Gesicht und sagte: »Du lügst. Das ist eine Ausrede, die du dir ausgedacht hast.«

»Nein, ich lüge nicht. Fragen Sie Sabina. Sie hat mich angerufen und es mir gesagt.«

»Dann steckt ihr beide unter einer Decke.«

Milly fiel auf die Knie und flehte. Steinerne Götzen ließen sich eher erweichen.

Zum ersten Mal seit wer weiß wie lange löste sich Milly von ihrer Obsession. Sie spürte, dass sie jetzt von einer andersgearteten Qual gepeitscht wurde. Unter ihrem schmierigen Moskitonetz dachte die schlaflose Milly an eine der frühesten Erinnerungen, die sie an ihren Vater hatte: wie sie, taumelig vor Entzücken, wegzulaufen versuchte, während ihr Vater sie in der Rolle des Tigers verfolgte, dabei aber in einem fort umkippte, aufstand und wieder umkippte, was ihr Salven juchzenden Gelächters entlockte. Jahre später hatte sie begriffen, dass seine mangelnde Standfestigkeit nicht etwa Teil seiner Posse gewesen war, sondern daher gerührt hatte, dass er betrunken war. Sie hatte das Gefühl, dass etwas in ihr ausgewrungen wurde, und heulte, die Faust im Mund, lautlos auf. Sie würde sein zerknittertes Gesicht nie wiedersehen. Als Sabina sie angerufen hatte, war er mit Sicherheit schon eingeäschert worden. Milly wusste nicht, wie lange man seine Knochen aufbewahren würde, bevor man sie an *jangtopa* unter der *sasandiri* begrub. Wäre sie zu Hause gewesen, hätten die Kirchenleute ihr wahrscheinlich verboten, an der Zeremonie teilzunehmen, aber sie setzten ihre Vorschriften nicht streng durch und waren leicht zu überlisten. Sie würde sich nicht einmal den Luxus gönnen können, gegen Pater Joseph aufzubegehren, weil sie hier nicht wegkommen würde.

Würde sie es jemals schaffen, »Sukh Niwaas« zu verlassen, solange Dada und Didi noch am Leben waren? Würde sie nach deren Ableben an eine ihrer Töchter vererbt werden und weiter, lediglich in einem anderen Haus, gefangen bleiben, bis sie selbst alt geworden und tot wäre? War das nicht das Schicksal von Käfigvögeln? Hatte dieser torkelnde Trunkenbold, der seine Frau schlug und zu keiner Arbeit taugte, hatte dieser Mann sich jemals vorgestellt, dass seine Tochter in eine solche Situation geraten würde? Wäre er so unfähig gewesen, sie zu befreien, wie er hilflos zugesehen hatte, als seinem Sohn die Hand abgehackt worden war? Der Gedanke an die grundsätzliche Schwäche ihres Vaters überschwemmte sie erneut mit Mitleid. Sie hätte ihn gern beschützt, aber das alles hatte er jetzt hinter sich.

Am Ende gestattete man Milly nicht, heimzufahren, nicht einmal zum *jangtopa*-Fest. Hemali Vachani erklärte Sabina am Telefon, wenn ihr die gegenwärtige Lage der Dinge nicht passe, könne sie gern zur Polizei gehen. Dies veranlasste Sabina, zu Milly überzulaufen; ohne Zweifel, überlegte sich Milly, weil Sabina sich vor dem Schaden fürchtete, den ihr Ansehen zu Hause erleiden würde, wenn sich herumspräche, was für ein Leben sie einigen Mädchen aus den Dörfern durch ihre Hilfe beschert hatte.

Zwei Tage nach der telefonischen Absage meldete Sabina sich wieder und sagte: »Ich versuche, woanders in Mumbai was zu finden, wo du unterkommen könntest.«

Das Gespräch trudelte ziellos dahin, und Milly hatte nicht die Kraft, eine Konversation aufrechtzuerhalten, die aus Sabinas Vorschlägen und Ideen für eine Flucht bestand, die Milly selbst schon

Hunderte von Malen durchdacht hatte. Und dann, inmitten dieses sattsam beackerten Terrains, eine unerwartete Perle: »Lass dir ja nicht dein Handy von ihnen abnehmen!«

Milly merkte auf. »Wieso nicht?«, fragte sie. Es war eine rhetorische Frage: Weder sie noch die Vachanis hatten ihr Mobiltelefon je als etwas betrachtet, das als Fluchtwerkzeug verwendet werden konnte. Sie wusste zwar noch nicht, wie, aber das war immerhin etwas, worüber man nachdenken konnte. Nur gut, dass Sabina so nett gewesen war, ihre Prepaidkarte von Air Tel aufzuladen.

War es purer Zufall, dass sie ihn wieder sichtete, oder war er täglich am Haus vorbeigegangen, hatte treu nach oben geschaut und sie manchmal – zerstreut, unglücklich, nicht auf ihn achtend – gesehen, und hatte andere Male gleichfalls nach oben geblickt, aber sie nicht zur gewohnten Zeit am Fenster gesehen? Eine leise Erinnerung an verflossene Vertrautheit – nein, nicht einmal das, nur der Hauch eines Wiedererkennens – regte sich in ihr; es war ein anderes Leben gewesen, eines, das vielleicht noch die Verheißung von Freiheit, oder die Hoffnung darauf, in sich geborgen hatte. Sie erinnerte sich nicht. Diesmal aber gewöhnte sie sich an, nach ihm Ausschau zu halten, auf den einen Augenblick des Tages zu warten, an dem sich ihre Blicke treffen und sie, Milly, sich schüchtern abwenden würde. Sie begann, sich mit dem Abwenden der Augen mehr Zeit zu lassen, bis sie es eines Tages vollends vergaß. Er lächelte; ein schüchternes, zaghaftes Lächeln. Und eines Tages erwiderte sie es.

Kurze Zeit später erkühnte er sich, sie durch Gesten zu bitten herunterzukommen. Sie schüttelte den Kopf und zog sich ins dunkle Innere des Zimmers zurück. Sie beobachtete ihn aus dem Schatten heraus, ihrerseits unsichtbar, wie er lange Zeit darauf wartete, dass sie wieder zum Vorschein käme. Dieses empfindliche Gleichgewicht von getauschten Blicken, gefolgt vom heimlichen Beobachten ihrerseits, und Warten seinerseits, währte eine ganze Weile, bis er sich endlich ein Herz fasste und pantomimisch zum Ausdruck brachte, wie dringend nötig es wäre, dass sie herunterkäme und mit ihm redete. Die Gesten waren allesamt ad hoc erfunden, weswegen sie eine gewisse Zeit benötigte, um sie korrekt zu deuten, aber dann signalisierte sie mit einer überzeichneten Version einer betrübten Miene zurück, dass sie grundsätzlich nie aus dem Haus gelassen wurde. Auch dieser kurze Akt des stummen Dramas wurde mehrere Tage lang wiederholt, bis sie ihm ihr Handy zeigte und dann ihre Nummer, Ziffer für Ziffer, durch die jeweilige Anzahl von ausgestreckten Fingern mitteilte. Er rief sie an, noch während sie mit dem Handy am Fenster stand, aber als sie abnahm, warf sie ihm nur einen kurzen Blick zu, den er lächelnd erwiderte, und verzog sich dann sofort ins Düster zurück, um das Telefonat von dort aus fortzusetzen.

Schüchternheit hemmte beide Seiten. Milly sagte nach ihrem ersten »*haan*«, außer wenn direkt gefragt, überhaupt kein Wort mehr.

»Wie heißen Sie?«, fragte er. Sie nahm das »Sie« mit Wohlgefallen zur Kenntnis.

Sie konnte sich kaum zu einer Antwort durchringen, und als sie es dann doch tat, musste er sie mehrmals bitten, ihren Namen zu wiederholen, bevor er ihn verstand. Es folgte eine lange Pause. Milly hatte offensichtlich nicht vor, nach seinem Namen zu fragen.

»Binay«, sagte er. »Ich heiße Binay.«

Sie hatte dem nichts als ihr Schweigen entgegenzusetzen.

»Haben Sie verstanden? Ich heiße Binay.«

Diesmal flüsterte sie ein »*haan*«.

Er fragte: »Kommen Sie heraus? Nur für ein paar Minuten?«

Lange Pause.

»Würden Sie kommen?«, flehte er.

Pause, dann leise: »Sie lassen mich nicht aus dem Haus.«

»Können Sie sich nicht eine Ausrede ausdenken und doch herauskommen? Irgendeine Besorgung?«

Vielleicht hatte Milly genau darauf gewartet: ein Zeichen von

Interesse aufseiten der Außenwelt, eine Tür in einen anderen, größeren Raum, die der Echokammer in ihrem Kopf gestatten würde, zu einer Geschichte zu werden, die sich auch erzählen ließ. Diese Geschichte begann sofort hervorzusprudeln, aber gerade wie sie mittendrin war, hörte Milly die Wohnungstür aufgehen. Sie flüsterte panisch: »Sie sind zurück, sie sind zurück, nicht wieder anrufen!«, und legte auf.

Sie brauchte mehr als eine Woche für den vollständigen Bericht. Am Ende überraschte er sie mit der Bemerkung, das Problem sei nicht so sehr die Herrschaft als vielmehr das Wachpersonal: Ihre Herrschaft ging oft aus dem Haus und ließ Milly solange allein, frei zu tun, was immer sie wollte, einschließlich fliehen, doch sie verließ sich darauf, dass die Wachen es schon verhindern würden. Wegen der Wachen mussten sie – nein, musste er – sich etwas überlegen.

Zehn Tage nach der letzten Episode ihrer Telefonserie klingelte es an der Tür. Sie öffnete, und da stand er, kaum zwei Handbreit von ihr entfernt, mit zwei großen Papierschachteln in einer Plastiktüte, einem Gesicht, das das Inbild schwitzender schweißnasser Nervosität war, und einem der »Sukh Niwaas«-Wächter an seiner Seite. Sie hatten das Ganze mit äußerster Sorgfalt geplant: Sobald die Vachanis aus dem Haus wären, würde er den Wachleuten sagen, er sei der Austräger eines Geschäfts, worauf sie, Milly, wenn der Wachmann ihn zur Wohnungstür begleitete, die Geschichte bestätigen würde. Aber keine noch so zahlreichen Proben nahmen einem je das Grauen vor der Uraufführung. Sobald Milly erklärt hatte, dass ja, ihre *maalkin* tatsächlich etwas bestellt hatte, ging der Wachmann wieder hinunter, um sein Kartenspiel fortzusetzen.

Sie hielt den Kopf die ganze Zeit gesenkt, um jeden Blickkontakt zu vermeiden, und anstatt Binay direkt anzusprechen, richtete sie ihre Worte an den Türpfosten, die Schwelle, den weiß, grau und schwarz gefliesten Fußboden des Treppenabsatzes. Als sie die Augen dann doch heben musste, heftete sie den Blick auf die rote Swastika am Türsturz von Apartment Nr. 11, hinter seinem Kopf, und auf den winzigen Glas-Ganesh, der genau zentriert in der Mitte darauf saß. Sie sah ihn zum ersten Mal, hatte der Tür der Wohnung gegenüber nie besondere Aufmerksamkeit geschenkt.

»Bitte«, sagte er und hielt ihr die Plastiktüte hin.

Sie nahm sie nicht an, sondern fragte: »Was ist da drin?«

»Essen.«

»Was für Essen?«

»Ich arbeite in einem Restaurant. Es ist Essen von dort.«

Eine Pause, während sie die Information verarbeitete.

»Irgendetwas musste ich ja in den Händen halten, damit die Wachen mir glaubten, dass ich etwas abzuliefern habe«, sagte er, fast verletzt, dass sie das Essen nicht annehmen wollte, obwohl es nur eine Requisite in einem ziemlich ausgefeilten Spiel war.

»Was für Essen?«, fragte sie noch einmal.

»Chow Mein und Chili-Hühnchen«, sagte er.

Sie verstand kein Wort; sie war in Gedanken woanders. »Was sage ich bloß, wenn sie das Essen sehen?«, fragte sie. »Ich bekomm bestimmt Ärger.«

»Sie können es direkt aufessen.«

Sie lächelte, sagte: »So viel?«, und machte wieder ihr banges Gesicht.

Er wusste, dass es gefährlich für ihn war, länger zu bleiben, und unklug, ihr das Essen aufzudrängen, aber er wollte noch einen Augenblick herausschlagen – wer wusste schon, wann er ein zweites Mal kommen konnte? Vor allem wollte er sie die Worte, die sie ihm am Telefon gesagt hatte, noch einmal, aber von Angesicht zu Angesicht, aussprechen hören: »Sie werden mich von hier befreien, ja?«

Sie gingen mit der Verstohlenheit sich anschleichender Raubtiere vor. Binay wusste, dass es keine vernünftige Option gewesen wäre, sich mit den Wächtern anzufreunden und sich beim Hinausschmuggeln von Milly auf ihre stillschweigende Duldung oder gar auf ihre Mitwirkung zu verlassen. Sie schmiedeten Pläne am Telefon, wann immer Milly etwas Zeit für sich hatte, weil die Vachanis aus dem Haus waren. Sie selbst hatte zu den Plänen kaum mehr beizutragen als die Aufzählung ihrer Ängste: Angst, dass der Plan missglückte, Angst aufzufliegen, bevor er in die Tat umgesetzt werden konnte, Angst vor den hundertundein Dingen, die schiefgehen konnten – und würden –, Angst vor Konsequenzen, Angst, dass die Wachleute auf sie gehetzt werden würden … Die Welt war eine einzige riesige Fallgrube.

Das Unüberwindlichste von allem war die Sache mit der Polizei. »Was, wenn sie uns erwischen?«, lautete Millys Mantra.

»In dem Fall können wir die Polizei rufen, sollten sie versuchen, Sie mit Gewalt zurückzuholen«, beruhigte Binay sie dann.

»Die Polizei wird gerade Leuten wie uns zuhören!«

Binay wusste, dass sie recht hatte, aber er wollte nicht furchtsam erscheinen. Er sagte großspurig: »Die Welt hat sich geändert, die Polizei kann sich nicht mehr alles erlauben. Das hier ist eine große Stadt, kein Dorf. Hier leben zig Millionen von Menschen. Mit den Menschen auf den Straßen können wir einen Riesenaufstand veranstalten.« Er hatte keine allzu genaue Vorstellung davon, wie er die versprochene Volksempörung anzetteln wollte, aber es klang gut, und es schien sie zeitweilig zu beruhigen. Bei Nacht aber, wenn Milly allein war mit dem unermüdlichen Chor in ihrem Kopf, krochen die Fragen wieder aus ihren Löchern hervor, wie die Schaben, verstohlen, aber nicht zu überhören. Was, wenn sie ihr die Polizei hinterherschickten und sie zurückbringen ließen? Dafür war die Polizei doch da, sie wusste, wie sie Leute fand, die sich vor ihr versteckten. Binays Worte, in der riesigen Stadt würden sie wie zwei reiskorngroße Steinchen in einem Kornspeicher voller Reis sein, klangen nachts hohl. Didi konnte die Polizei ohne Weiteres schmieren. Und wer wusste, ob sie nicht überhaupt schon längst von diesem ganzen Schwindel wussten? Wie zur Illustration ihrer Ängste tauchte der Gedanke an die *Marwari*-Frau in Kolkata wieder auf. Milly rollte sich wie ein Fötus zusammen. Sie glaubte nicht, dass sie das Zeug dazu hatte, den Plan in die Tat umzusetzen. Dann der Schreckgedanke: Was würde aus ihrem Sparbuch werden? Konnte sie, ohne es, überhaupt an ihr Geld kommen? Würden sie die Polizei zur Bank schicken und einfach warten, bis Milly auftauchte? Und selbst wenn nicht, konnten die Bankleute sie doch ganz einfach verpfeifen, sobald sie hereinkäme, um Geld abzuheben oder einzuzahlen … Verschiedene Szenarien spielten sich in ihrem Kopf ab, bis sie, erschöpft, dachte: Vielleicht wäre es besser, stillzuhalten und bis zum Ende ihrer Tage in diesem Käfig zu bleiben. Einige der Möglichkeiten, die sich aus der Umsetzung des Plans ergeben konnten, waren vielleicht weit schlimmer als das, was sie in diesem Haus durchmachte. Warum nicht einfach den Mund halten und sich mit der Lage der Dinge abfinden? Soni zum Beispiel – was fing sie mit ihrer Freiheit schon an? Durch den Dschungel rennen, mit Gewehren schießen, unter freiem Himmel schlafen, keine zwei richtigen Mahlzeiten am Tag; sie war eine Gezeichnete und würde für den Rest ihres Lebens im Untergrund bleiben müssen – das war doch auch eine Art von Gefangenschaft, oder etwa nicht? Besonders bei der Art von Leben? Hatte sie, Milly, es da nicht viel besser? Sie dachte an Sonis Worte: »Das Leben von Leuten wie uns ist ein Nichts.« Ja, ihr Leben mochte für andere nichts sein, aber für sie selbst? War es für sie nicht doch etwas? Alles sogar?

Es musste an dem Tag passieren, an dem die Vachanis für das große *Ganesh-Chaturthi*-Fest zum *Siddhivinayak*-Tempel gingen. Didi redete vorab tagelang davon, und Milly erinnerte sich, dass Tempelbesuche oft drei bis vier Stunden beanspruchten; ein schönes, sauberes Zeitfenster für sie und Binay. Je näher die Stunde rückte, desto absurder, undurchführbarer erschien ihr der Plan. Sie ertappte sich dabei, dass sie sich Möglichkeiten überlegte, ihn zu sabotieren, nur damit die unausweichlichen Folgen früh einträten und sie von ihren Qualen erlösten. Was, wenn die Wachleute Binay nicht ins Haus ließen? Das wäre gar nicht so schlecht; wenn der Plan schon in einem so frühen Stadium schiefging, würde sie wenigstens nicht mit hineingezogen werden.

Vergebliche Hoffnung. Sie sah, wie das Eisentor unten sich öffnete, um zwei Autos hereinzulassen, und sich dann wieder schloss. Eine Frau, sichtlich eine Bedienstete, die in einer der anderen Wohnungen des Gebäudes arbeitete, ließ das Tor erdröhnen und wurde hereingelassen. Millys Herz war eine Rassel in den Händen eines Kindes. Ein Wachmann öffnete einen der Torflügel, um mit jemandem zu schwatzen – sie konnte nicht sehen, wer es war; sie fühlte sich der Ohnmacht nahe. Er schloss das Tor wieder. War es Binay gewesen? Hatte man ihn nicht hereingelassen? Wie konnte das sein? Wo sonst ihre Brust und ihr Bauch waren, schien sich jetzt ein Hohlraum zu befinden. Es erklang ein weiterer, kurzer Schlag ans Hoftor. Ein Wachmann ging hin und machte einen Spaltbreit auf. Kurzer Wortwechsel. Dann schob er den Stangenriegel hoch, der in ein Loch im Boden passte, und zog beide Torflügel auf. Herein kam ein riesiger Holzschrank, von Binay und einem anderen Mann schräg gehalten, beide verzwergt durch das Ungetüm und seitwärts und leicht hintenüber gegen die Belastung gestemmt. Noch ehe sie diesen Anblick verarbeiten konnte, klopfte es an der Wohnungstür.

Ein Wachmann stand draußen. Er sagte: »*Almira*-Lieferung. Unten sind zwei Männer. Soll ich sie raufschicken?«

»*Haan*«, sagte sie, doch das Tosen ihres Blutes übertönte das Wort.

Der Schrank kam nur waagerecht in die Wohnung hinein. Die Tür wurde geschlossen. Wie vereinbart, stieg Milly in den hölzernen

Kasten – drinnen wäre Platz für mindestens zwei ihrer Sorte gewesen. Abgesehen von ihrem eigenen Gewicht hatte Milly nicht viel, was den Schrank nennenswert schwerer machen würde. Sie besaß nur sehr wenig, was sie mitnehmen konnte: zwei *shalwar-kurtas*, ihre Hindi-Lesebücher, ein Buch mit einfachen englischen Wörtern, eine Zahnbürste, einen Kamm, einen kleinen Handspiegel, ihr Handy, ihren kleinen Geldbeutel, der so gut wie nichts enthielt, und das Wichtigste überhaupt, ihre Lebensmittelkarte. Das war die Karte, die sie in der Bank vorzeigen musste, um zu beweisen, dass ihr Konto ihr gehörte. Das war die Karte, von der Sabina gesagt hatte, sie müsste sie vor Didi versteckt halten und mit ihrem Leben verteidigen und dürfte sie niemals, unter gar keinen Umständen, herausrücken, sollte Didi danach fragen.

Binay und sein Freund testeten die eine Sache aus, mit der das Ganze stand und fiel – ob der Riegel aus der Lasche springen und die Schranktür aufklappen konnte, während sie sie hinaustrugen. Doch selbst für diese Eventualität hatten sie Abhilfe parat: ein Vorhängeschloss, das notfalls, außen angebracht, den Riegel fixiert hätte. Innen war viel Platz, und der Schrank war aus Holz, nicht aus billigen Furnierplatten, also stellte sie sich vor, dass er sehr schwer sein musste. Die Männer hoben an. Sie spürte, wie die ganze Welt, oder das bisschen, was davon sich in diesem begrenzten Eckchen Finsternis befand, um sie herum wegkippte. Sie stieß einen kleinen Schrei aus. Sie setzten den Schrank behutsam wieder ab.

Sie hörte Binays gedämpfte Stimme: »Alles in Ordnung?«

»*Haan*.«

»Was?«

»*Haan*«, wiederholte sie lauter.

»Hören Sie: Wir heben gleich den *almira* und kippen ihn nach vorn, sodass Sie gegen die Tür fallen. Verstehen Sie? Legen Sie sich mit dem ganzen Körper auf die Tür, stemmen Sie sich nicht dagegen, drücken Sie nicht gegen die Rückwand. Verstanden?«

»*Haan.*« Das traf zwar nicht ganz zu, aber sie wollte die Sache so schnell wie möglich hinter sich bringen.

Wieder ein Heben und Kanten, ein kurzes Gefühl von Schwerelosigkeit, gefolgt vom Kopfüber des engen dunklen Raums. Dann ließ ein plötzlicher Ruck sie mit der Schranktür kollidieren. Sie hielt stand. Die Männer wiederholten das Ganze drei Mal. Milly konnte hören, wie sie sich anstrengten, ihr Grunzen und Schnaufen, konnte sogar ihren Schweiß riechen. Sie fühlte sich wie ein Ball, mit dem Riesen Fangen spielten. Sie nahm ihren ganzen Mut zusammen und fragte bescheiden: »Darf ich kurz rauskommen?«

Draußen war die Welt voll von – blendendem – Licht und von Luft. Auf dem gefliesten Fußboden des Wohnzimmers zu stehen fühlte sich so fest, so gut an; sie hätte nie geglaubt, dass irgendein Teil dieser Wohnung ihr jemals ein – und wenn auch noch so flüchtiges – Gefühl von Befreiung schenken könnte. Der Schweiß der Männer roch jetzt ranziger. Ihre Stirnen waren nass.

Binay sagte: »Wir müssen uns beeilen. Geht es, da drin? Geben Sie uns ein Glas Wasser, und dann verschwinden wir. Sind Sie sicher, dass Sie nichts Wichtiges zurückgelassen haben?«

Milly sagte: »Warum stellen Sie den *almira* – mit mir darin – nicht in den Lift? Dann brauchen Sie ihn nicht die Treppe hinunterzuschleppen.«

Draußen auf dem Absatz zeigte Milly ihnen, wie der Lift bedient wurde. »Beide Türen müssen fest geschlossen sein. So. Und danach drücken Sie auf diesen Knopf, den mit der Null drauf, sehen Sie?«

Sie gingen in die Wohnung zurück, und Milly stieg in den Schrank, den Binay dann von außen abschloss. Endlich waren sie so weit.

In ihrem dunklen beweglichen Gehäuse hörte Milly ihr hämmerndes Herz, dieses verräterische Biest, und war sicher, dass die Wachen draußen es ebenfalls hören würden: Die Holzwände des *al-*

miras pulsierten regelrecht von den Schlägen. Die Außenwelt erreichte sie in Form gedämpfter Geräusche – Verkehr, vielleicht das müßige Gerede der Wachleute? – und dieser nadelfeinen Linie von Licht, wo die Türflügel zusammenstießen. Würde sie einen dünnen Spalt Welt sehen, wenn sie das Auge daran legte? Da lag sie, in einem schaukelnden Boot, wie dem, über das sie in ihrem Hindi-Buch gelesen hatte: »Die Fischer fahren in Booten hinaus aufs Meer. Das Meer ist voller Wellen. Die Wellen schaukeln die Boote, und die Boote schwanken. Auch die Fischer schwanken, in ihren Booten.« Da war sie nun, in einem verschlossenen Kasten durch die Lüfte getragen, von einem Leben in ein anderes, geschaukelt nicht von den Wellen, sondern von den nicht ganz zureichenden Kräften derer, die sie ins Freie transportierten, und der Beschwerlichkeit des Transports. Sie hörte Gesprächsfetzen: »... nehmen den alten mit ...«, mit Binays Stimme, dann etwas, was sie nicht verstand, mit einer anderen, ihr nicht vertrauten Stimme. Sie hielt den Atem an. Sie hatte ihr Vertrauen in einen einzigen Mann gesetzt, einen Mann, den sie gar nicht kannte, mit dem sie nur ein paar Telefongespräche geführt hatte, sie hatte ihr ganzes Leben in die Hände dieses Mannes gelegt. Plötzlich war zu wenig Luft im Schrank. Sie legte die Nase an den Haarstrich von Licht und versuchte einzuatmen. Es wurde dadurch nicht besser. Waren sie schon aus dem ummauerten Gelände? Sie erinnerte sich nicht, gehört zu haben, wie die Flügel des Eisentors auf- und wieder zugingen. Wenn sie schon draußen waren, warum waren die Straßengeräusche dann nicht lauter?

Plötzlich fühlte sie sich emporgehoben, als ob Binay und sein Freund den Kasten hoch über ihre Köpfe gestemmt hätten, mit senkrecht ausgestreckten Armen. Das war nicht möglich. Ebenso plötzlich ging es mit einem dumpfen Knall wieder hinab: Der Schrank war auf irgendeine Fläche abgesetzt worden, aber hochkant; jetzt lag sie in Schlafstellung. Wieder Stimmen, aber unverständlich; zuknallende Fahrzeugtüren, Metall auf Metall, ein Metalltor oder so, das verriegelt wurde. Der lange dünne Lichtspalt war verschwunden. Sie konnte nicht atmen, sie würde ersticken. Das Geräusch eines anspringenden Fahrzeugs. Da begriff sie, dass ihr *almira* auf der Ladefläche eines Lasters oder Tempos lag, und dass dieser sich in Bewegung gesetzt hatte. Sie stieß einen Probeschrei aus, aber wer würde sie inmitten dieser Fleischwerdung des Lärms namens Mumbai schon hören? Also schrie und schrie sie und hämmerte mit den Fäusten gegen die Tür, aber in der Enge konnte sie nicht weit genug ausholen, um mit voller Kraft zuzuschlagen … Doch wer würde ihre schwachen Schreie schon hören, gedämpft vom Sarg, der sie ringsum umschloss, und verschluckt vom Gebrüll des hemmungslos tobenden Lebens da draußen?

Sie stand auf der offenen Pritsche des Tempos, an eine der Metallstangen hinter der Fahrer- und Beifahrerkabine geklammert. Binay saß neben ihr auf dem Boden und hielt sich am Seitenbrett fest. Der *almira* lag, nach wie vor auf der Seite, offen da; darin, in zwei Plastiktüten, Millys weltliche Habe. Sie pumpte sich die Lungen voll mit der Hitze und dem Staub und den Verkehrsabgasen und schwieg. Ihre Augen waren weit offen, um alles aufzunehmen. Sie fühlte sich klein, aber unendlich lebendig, wie ein winziges Spatzenkind inmitten einer riesigen menschlichen Handfläche. Als sie sprach, sprach sie fast zu sich selbst, kaum mehr als ein Flüstern.

»So groß? Wir werden uns hier verirren.«

Binay, der sie nicht hören konnte, der nicht einmal wusste, dass sie gesprochen hatte, sagte: »Bald erreichen wir Bandra.«

Sie setzte sich nieder und hielt sich mit beiden Händen am Seitenbrett fest. So viele Autos. So viele Menschen.

Binay sagte: »Sehen Sie, das Meer. Haben Sie das Meer schon mal gesehen?«

Das, das Meer? Wie ein riesiger Teich, dessen anderes Ufer nicht zu sehen war?

9: ZUHAUSE

Sabina fand für Milly schon binnen zwei Wochen nach ihrer Flucht von den Vachanis eine neue Anstellung. Binay musste Milly immer wieder versichern, dass ihre ehemaligen Arbeitgeber sie nicht aufspüren konnten, weil niemand wusste, wer er war, wo er wohnte, welche Rolle er bei der Flucht gespielt hatte. Sie heirateten in der Woche, nachdem sie ihre Stelle auf der Mount Mary Road angetreten hatte, einen Zehnminutenmarsch bergauf von ihrem neuen Zuhause, der zwischen einem Luxushotel, dem Taj Land's End, und dem Bandra Band Stand am Meer gelegenen *jhopri*. Der Job, in einer Wohnung im siebten Stock eines Hochhauses namens »Sea Crest«, war keiner mit Kost und Logis: Sie musste früh antreten, kurz nach sechs Uhr, um für die vierköpfige Familie (ein Ehepaar und dessen zwei Kinder) das Frühstück zuzubereiten. Der Mann fuhr gegen halb acht zur Arbeit und nahm die Kinder mit, um sie auf dem Weg ins Büro an ihrer Schule abzusetzen. Milly blieb noch eine Stunde länger und erledigte das Abstauben, Putzen, Spülen, Wäschewaschen und sogar ein paar Besorgungen. Um halb neun war sie fertig. Binay, der abends in einem Restaurant in Pali Hill arbeitete, ganz in der Nähe, schlief, wenn sie heimkam, noch immer tief und fest.

Auch ihr Dorf betrachtete sie als Zuhause, aber dafür benutzte sie das Wort *gaon*, niemals *ghar*; ihr richtiges Zuhause war jetzt die *jhopri* in Bandra. Drei enge Gassen durchquerten den Slum, jeweils so breit, dass sich ein Mensch von durchschnittlicher Körpergröße darin quer ausgestreckt hinlegen konnte und an beiden Enden noch etwas Luft blieb. Das wusste sie so genau, weil sie zu mehreren Gelegenheiten betrunkene Männer gesehen hatte, die längelang ausgestreckt auf dem Boden lagen und den Durchgang versperrten.

Die Quartiere – ein Zimmer pro Familie – waren entlang dieser Gassen aufgereiht, dicht aneinandergequetscht. Die Größe der Räume variierte, ebenso die Anzahl von Menschen, die darin wohnten; manche dieser Einzimmerwohnungen beherbergten bis zu zwölfköpfige Familien. Die Wände waren aus Backstein und größtenteils gestrichen, manche in stechendem Blau oder Pink, oder Grün, andere schlicht weiß getüncht. Die dichte, nahtlose Konglomeration hatte zur Folge, dass etliche Wohnungen nur über das Flickwerk von noch engeren Quergassen, auf denen keine zwei Erwachsenen nebeneinander hergehen konnten, und durch Hinterhöfe oder sogar durch andere, angrenzende Wohnräume zu erreichen waren. Diese Gassen verwandelten sich während des Monsuns in ein Spinnennetz von überfließenden Abwasserkanälen.

Auch in anderer Hinsicht war es eine aquatische Welt: Die – vom Meer gesäumte – Westseite des Slums war fast bündig ans Wasser gebaut und von ihm nur durch einen erhöhten Fußweg aus Stein, festgetretener Erde und Ziegeln getrennt, auf dem man aufgrund seiner Enge lediglich im Gänsemarsch entlanggehen konnte. Gegen eine Seite dieses Dammwegs klatschte unentwegt das Wasser. Auf der anderen Seite, zwei Fuß vom Wasser entfernt, waren die Rückseiten der Zimmer, die den westlichen Saum des Slums bildeten. Bei Niedrigwasser befand sich der Fußweg vier bis fünf Fuß über dem Meeresspiegel, bei Hochwasser nur rund halb so viel. Während der drei Monate Monsun stand dieser Pfad, der zugleich eine Grenzmauer war, durchgehend unter Wasser, und die rücklings daran stoßenden Wohnungen waren regelmäßig überflutet. Bei extrem starkem Regen wurde der gesamte Slum überschwemmt und teilweise vom ansteigenden Meer verschlungen, die Bewohner mussten dann von Polizei und Feuerwehr evakuiert werden. Milly und Binays Zuhause lag weiter nach Osten, näher zur Straße hin, die Band Stand mit Land's End verband, dadurch blieben ihnen diese Widrigkeiten erspart; durch starke Regenfälle verursachte Überschwemmungen allerdings, die die inneren Gassen und Gässchen in zeitweilige Wasserwege verwandelten, und überfließende Abwasserrinnen waren auch für sie ein Problem.

Jede Gasse wurde von einer Rinne gesäumt – eine sogar von zweien –, die die Kanalisation darstellte, einen Abfluss für jeglichen flüssigen Unrat und manchmal auch für Festkörper. Im Monsun flossen die Kanäle über und verwandelten die Gassen in Bäche von Jauche und Schlamm; Adern von milchteefarbener Flüssigkeit, mit kleinen Inseln aus Müll, die ein dichtes Gedränge von dreckigen dunklen Organen in der Bauchhöhle eines unbekannten Tieres durchströmten. Diese Flüsschen traten über die Ufer, und die Flüssigkeit sickerte in die Wohnungen, selbst in solche, die nicht ebenerdig waren, sondern ein paar Fuß über dem Gassenniveau lagen. Doch diese kleineren Unannehmlichkeiten förderten bei manchen Bewohnern eine angeborene Findigkeit zutage, so wie das Rösten von Gewürzen deren aromatische Essenzen freisetzt. Jemand hatte die glänzende Idee gehabt, mehrere ungeöffnete – von einer Baustelle gestohlene – Säcke Zement vor seine Haustür zu legen, wobei der Gedanke war, dass der Zement das ganze Wasser wie ein Schwamm aufsaugen und, wenn schon nicht den Eingangsbereich trocken halten, so doch zumindest verhindern würde, dass Wasser, besonders durch die unabdichtbare Ritze unter der Tür, in den Wohnraum eindrang. Die Zementsäcke waren den Fluten, die der Monsun entließ, nicht gewachsen. Wohl sogen sie Wasser auf, doch waren sie rasch übersättigt und wurden drei Monate lang in Abständen immer wieder ersäuft, sodass sie manchmal untergetaucht waren, zu anderen Zeiten ihre geschwollenen grauen Rücken wie gestrandete Delfine aus dem Wasser ragen ließen. Drei, vier Monate nach dem Ende der Regenzeit waren sie zu Beton-Findlingen gehärtet, wie eine Handvoll gigantischer Perlen einer unvollendeten, amateurhaft aufgefädelten Halskette, die man endgültig vor die Haustür geworfen hatte. Sand wäre besser gewesen, gaben mehrere zum Hinterher-klüger-Sein tendierende Anwohner zu bedenken; wie oft haben wir denen nicht gesagt: Nehmt Sand statt Zement, sagten sie. Niemand wies darauf hin, dass Sand auch nicht sättigungssicher war.

Für die Notdurft gab es Gemeinschaftstoiletten. Insgesamt neun Zellen – vier für Frauen, durch die Breite des Slums von den fünfen für Männer getrennt, das war's schon für die rund zwölfhundert Bewohner – standen am Nordrand der Siedlung, hinter dem ein Streifen schwarze Felsen anfing, der bis ans ruhige Meer reichte. Die Frauentoiletten waren aus Ziegeln gemauert, hatten rostende Blechtüren, die nur dadurch zu verschließen waren, dass man ein Stück Kokos- oder Plastikschnur an einen in die Innenwand gehämmerten Ring knotete, und ein Dach von der im Slum häufigsten Sorte, nicht aus Ziegeln oder Beton, sondern ein improvisiertes Gebilde aus Hartfaserplatten, Bambus, Plastik und Draht. Darüber ausgebreitete schwarze Plastikplanen sollten dafür sorgen, dass kein Wasser in die Klohäuschen drang. Es gab keine Fenster, und für die Lüftung waren lediglich zwei postkartengroße Rechtecke oben in jeder Rückwand ausgespart. Da die Zellen keinen Stromanschluss hatten, waren diese Löcher auch die einzigen Öffnungen, durch die, bei Tag, Licht eindringen konnte, wobei das Licht allerdings so wenig gegen die Finsternis innen ausrichten konnte, dass manche Frauen scherzten, sie könnten nicht erkennen, ob etwas eine ruhende Ratte war oder ein Haufen Scheiße, den jemand nicht weggespült hatte – Letzteres ein nur zu vertrautes Vorkommnis, da die Toiletten (übrigens nicht anders als der Rest des Slums) keinen Wasseranschluss hatten und das wenige Wasser, das die meisten Benutzerinnen in kleinen Plastikbechern, -kanistern oder -flaschen mit in die Toilette nahmen, ganz für die persönliche

Reinigung verbraucht wurde, sodass nichts zum Nachspülen blieb, was ohnehin nicht als sonderlich wichtig galt.

In der *jhopri* gab es also kein fließendes Wasser, und die Einwohner sagten, nicht gänzlich im Scherz, dass Wasser ihnen mehr wert sei als Gold: Der Nachbar zwei Türen weiter von Milly und Binay behauptete, als Mitgift für seinen Sohn würde er eine Wohnung mit einem ganztägig funktionierenden, legalen Wasseranschluss verlangen. Wasserhähne, sagte er, kein Schmuck. Der Wunsch war nachvollziehbar. Jeder Hausstand besaß eine kleine Armee von Behältern – Blechdosen, Eimer, Fässer, Kanister, Kannen, Krüge, leere Ein- oder Zweiliter-Kunststoffflaschen –, die einen beträchtlichen Anteil des Innenraums besetzt hielt; des Innenraums deswegen, weil Wasserdiebstähle keine Seltenheit waren. Zu festen Uhrzeiten schaltete die Stadtverwaltung bestimmte, hier und da in der Stadt verteilte Zapfstellen ein. Die Slumbewohner mussten mit ihren leeren Behältern an diesen öffentlichen Wasserhähnen anstehen, ihre Behälter füllen und sie wieder heimtragen. Wenn man es nicht schaffte, sich rechtzeitig in die Schlange einzureihen, hatte man die nächsten vierundzwanzig Stunden lang kein Wasser. Die Schlangen an dieser Zapfstelle waren lang, extrem wettbewerbsorientiert und übel gelaunt: Es war der einzige Wasserhahn in günstiger Entfernung vom Slum. Die Versorgung war immer nur für so kurze Zeit aktiviert, dass es entscheidend war, an einem Punkt der Schlange zu stehen, der ein Auffüllen noch garantierte; zu weit hinten, und das Wasser wurde wieder abgestellt, ehe man den Hahn erreicht hatte, und man musste mit leeren Händen heimkehren. Infolgedessen wurde die Anzahl Behälter, die jede oder jeder Einzelne schleppte, von den anderen Anstehenden gnadenlos, mit Aasgeieraugen überwacht.

Milly war schon immer diejenige gewesen, die Wasser holen ging. Das hatte sie als Kind in ihrem Heimatdorf gemacht, und das machte sie jetzt hier in Bandra, nicht nur, weil es eine Arbeit war, die ohnehin größtenteils von Frauen und Kindern erledigt wurde, sondern auch, weil sie abends, wenn das Wasser angestellt wurde, Zeit hatte, während Binay gerade dann im Restaurant arbeitete und deswegen nicht da war. Sie hatte mittlerweile zwei Jobs, beide in der Nähe, der zweite ging von gegen neun bis Mittag, wodurch sie den Rest des Tages freihatte.

Das Wasser gab es umsonst, den Strom aber nicht, was allerdings nicht bedeutete, dass sie von einem Energieunternehmen Rechnungen bekommen und bezahlt hätten. Strom gab es im Slum nur schwarz, durch Anzapfen von Starkstromleitungen aus der öffentlichen Versorgung abgezweigt. Ein Slum-Boss bezahlte den Mann, der die technische Seite erledigte, und im Gegenzug bezahlten die Slumbewohner den Slum-Boss. Im Falle von Millys *jhopri* besaß der für die Bereitstellung von gestohlener Elektrizität zuständige Mann auch eine Reihe von Zimmern, die er vermietete. Milly und Binay zahlten monatlich dreitausend Rupien Miete und eine zusätzliche Gebühr für Kabelfernsehen und Strom.

Außer einem auf einer Holztruhe thronenden TV-Gerät enthielt ihr zehn mal vierzehn Fuß großer Raum ein Bett, die Kohorte von Wasserbehältern, einen einflammigen Kocher mit dazugehöriger Fünfkilo-Flüssiggasflasche und einen billigen Metall-*almira*, der sich abschließen ließ. Ihre zwei Teller, ein Topf, eine Kasserolle und ein *tawa* standen, wenn nicht in Gebrauch, auf dem Fußboden neben dem Gaskocher. Es gab eine *charpai*, auf der Milly beim Kochen saß. In einer Ecke war zwischen zwei in die Wände geschlagene Eisennägel ein Seil gespannt; es diente als Wäscheleine. An der Decke hing eine nackte Glühbirne. Ein laminiertes Christusbild – Heiligenschein hinter dem Kopf, von dem ringsum Strahlen ausgingen, weißes Gewand an der Brust geöffnet, damit das rote Herz Jesu zu sehen war, goldbraune Haarpracht, die auf die Schultern herabwallte – war an die Wand neben dem Fernseher gepinnt; tatsächlich sah er ein bisschen wie Salman Khan aus. Milly hatte es bei einem der Händler erstanden, die vor der St Mary's Church saßen und Kerzen in Gestalt von Händen, Beinen, Armen feilboten, die samt und sonders wie Wachsnachbildungen von amputierten Gliedmaßen aussahen, sowie weitere Dinge, die als für die Zwecke der Andacht erforderlich galten: Gebetsbücher, Poster, Bilder, Streichhölzer, Weihrauch, gewöhnliche Kerzen, Öl, Weihwasser.

Mit der Zeit legten sich Milly und Binay weitere Dinge des täglichen Bedarfs zu: einen Tischventilator; ein zweites Bettgestell, aus Kokosseil und Holz, das normalerweise aufrecht, eine Schmalseite auf dem Fußboden, an einer Wand stand und nur zum Schlafen auf die Füße gestellt wurde; zwei Stahlschüsseln; zwei große Blechdosen, eine für Reis, die andere für *dal*. Der diesbezügliche Kampf spielte sich zwischen drei Kontrahenten ab, Platz, Geld und Notwendigkeit, und Letztere zog fast immer den Kürzeren.

10: ARBEIT, GELD, KONTEN, DIE VERMEHRUNG DES TÄGLICHEN LEBENS

Milly behielt ihre zwei Jobs in Bandra fast bis zum Ende ihrer ersten Schwangerschaft. Man war im »Sea Crest« und »Baseraa« immerhin so mit ihr zufrieden, dass man sie, als ihre Tochter Mallika drei Monate alt war, wieder aufnahm; und was noch besser war, sie durfte ihr Kind mitnehmen. Sie musste mit den Zeiten ein wenig jonglieren und machte sich anfangs Sorgen, das Baby könnte schreien und ihre Arbeitgeber stören. Am Ende erwiesen sich die Leute in beiden Häusern als immun gegen gelegentliches Greinen oder Brüllen. Was Milly zu schaffen machte, waren die schlaflosen Nächte, besonders als die Kleine zu zahnen begann. Während dieser Periode war sie, wenn sie ihren ersten Job, bei den Chandmals im »Sea Crest«, um sieben Uhr früh begann, oft schon seit drei oder vier Stunden wach. An manchen Tagen wusste sie, wenn sie nicht ständig in Bewegung blieb – den Boden fegte, Fenster putzte, die schweren Bettlaken mit der Hand wusch –, würde sie bei der Arbeit einschlafen, und das wäre nicht nur peinlich, sondern vielleicht auch ein hinreichender Grund für einen Rüffel und vielleicht sogar für eine Kündigung. Keine dieser Ängste bewahrheitete sich. Ihre Arbeitgeber waren nicht unfreundlich, und solange sie den Eindruck hatten, dass ihr Leben und ihr gewohnter Tagesablauf durch die Mutterschaft ihrer *baai* nicht beeinträchtigt wurden, waren sie meist hilfsbereit, wobei die Didi im »Sea Crest«, die selbst Mutter war, so weit ging, Milly Ratschläge zu geben und ihr ein Kinderbettchen und ein Schaukelpferd und die Babykleidung ihrer zwei Jungen zu schenken, die wegzuwerfen sie nicht übers Herz gebracht hatte.

Zum Dank überraschte Milly die Familie im »Sea Crest« mit Gerichten aus dem Sindh. Die Chandmals kamen aus Gujarat und waren Vegetarier; Millys *sai bhaji*, die sie in Lower Parel kochen gelernt hatte, war sofort ein Renner. Ihr Trick bestand darin, den für das Gericht obligatorischen Dill nicht lediglich als Würzkraut, sondern als ein weiteres Gemüse zu verwenden, wie den Spinat, der gleichfalls hineinkam. Und das Ganze kochte sich praktisch von selbst: Milly ließ *chana dal* über Nacht einweichen, hackte großzügige Mengen Spinat und Dill, eine kleine Handvoll Sauerampfer und einen Bund Bockshornkleeblätter, würfelte ein paar Zwiebeln, eine Kartoffel, eine Aubergine, eine Okraschote, eine halbe *arbi*. In einem Dampfdrucktopf erhitzte sie Öl und sautierte darin das Gemüse und die Zwiebel fünf bis sieben Minuten lang, gab dann das ganze Blattgemüse hinzu, die abgetropfte *chana dal*, ein paar in Ringe geschnittene grüne Chilis, Salz, einen halben Teelöffel Kurkuma, etwas Ingwerpaste und einen gehäuften Teelöffel gemahlenen Koriander, einen Schluck Wasser, dann rührte sie das Ganze gut durch, ließ den Deckel einrasten und wartete sieben bis acht »Pfiffe« ab. Sobald man es gefahrlos tun konnte, entriegelte sie den Deckel, gab noch mehr Dill hinzu und stampfte den Inhalt des Topfes so lange, bis er zu einem dschungelgrünen Sumpf geworden war.

Als Mallika etwas älter wurde, begann Milly, sie bei Binay zu Hause zu lassen. Binay verdiente als Koch siebentausend Rupien im Monat. Bislang hatte er immer fünfzehnhundert nach Hause nach Lalthekar geschickt – alternde Eltern, drei Brüder, zwei Schwestern, beide unverheiratet, Geld, das bereits im Augenblick seines Eintreffens wie ein Topf Wasser in ausgedörrtem, rissigem Ackerboden verschwand –, aber da Milly mit ihren zwei Jobs achttausend Rupien verdiente, beschloss er, den Betrag, den er in sein Dorf schickte, zu erhöhen. Seine Eltern brauchten alles, was sie bekommen konnten, besonders jetzt, wo die kostspielige Verheiratung der Schwestern anstand und innerhalb der nächsten zwei bis drei Jahre durchgezogen werden musste. Also floss Binays ganzer Lohn in Miete und Geldsendungen nach Hause, und sämtliche Haushaltungskosten wurden mit Millys Geld bestritten.

Aber auch ein Kind großzuziehen war eine kostspielige Angelegenheit, und die einzige Lösung, die sie sahen, war, dass Milly eine weitere Stelle annahm. Binay konnte sich zwar Arbeit in einer anderen Restaurantküche suchen, aber sein Lohn würde da auch nicht viel höher und seine Arbeitszeiten würden kaum flexibler sein, da jedes Restaurant ihn für die Dauer der gesamten Abendschicht brauchen würde. Milly hatte es nicht leicht, eine dritte Stelle zu finden: Die meisten Leute wollten eine *baai*, die schon morgens kam, und Milly war erst ab kurz nach Mittag frei. Mallika war vier und Milly gerade mit ihrem zweiten Kind schwanger, als sie die Putzstelle bei den Sens in Band Stand bekam.

In der zweiten Woche an ihrem neuen Arbeitsplatz sah sie, als sie gerade ankam, ein ihr vage vertrautes Gesicht die Wohnung der Sens verlassen. Sie kramte in ihrem Gedächtnis, woher sie die Frau kennen konnte, aber es wollte und wollte ihr nicht einfallen – bis die neue Didi, die gern auf Milly einplauderte, während diese ihren Pflichten nachging, erwähnte, dass die Frau, die sie gesehen hatte, Renu war, ihre Köchin. Sie kam am Morgen für eine Stunde, dann wieder gegen elf und blieb bis gegen eins und schließlich noch ein letztes Mal, um das Abendessen zu kochen. Sie wohnte in derselben *jhopri* wie Milly – war sie ihr dort noch nie begegnet?

Doch, natürlich, dachte Milly: Das war also die Frau, die ihr schon ein paarmal beim Anstehen am Wasserhahn aufgefallen war.

Die neue Didi, Tulika Sen, war ein gütiger, großzügiger Mensch; außerdem auf uneigennützige Weise hilfsbereit und den ungeschriebenen Gesetzen, die das wechselseitige Nehmen und Geben in einer Dienerin-Herrschaft-Beziehung bestimmten, nicht hörig. Sie versuchte, mit Milly ins Gespräch zu kommen, erkundigte sich nach ihrem früheren Leben auf dem Dorf, ihrem jetzigen Leben in der Stadt, nach Binay und seiner Arbeit, nach Mallika. Nach ihren Erfahrungen in Jamshedpur und ihrer ersten Anstellung in Mumbai ein gebranntes Kind, gab Milly, soweit irgend möglich, nur einsilbige Antworten; sie wäre nicht im Traum darauf gekommen, dass das abweisend oder ungehörig wirken könnte. Es war nicht Millys Absicht, der neuen Didi mit Kälte zu begegnen, es ging ihr nur um Selbstschutz. Doch Didi ließ nicht locker; ihre Herzlichkeit und ihr Interesse waren echt und drangen durch die Schutzhülle bis zum Menschen vor. Milly war überrascht, weil sie nicht glaubte, ihr Leben könnte für jemand anderen von Interesse sein; für sie selbst war es das nicht; sie lebte es nur, weil man's eben so machte. Sie begann, Didis Fragen ausführlicher zu beantworten, aber über manche Dinge – Budhuwa, Soni – fühlte sie sich außerstande zu sprechen. Sie erzählte Didi von Debdulal und Pratima und den Vachanis, und als eine Randbemerkung zu diesen Geschichten kam ihr – nach wie vor brennender, aber inzwischen unter der Asche der Tage begrabener – sehnlicher Wunsch ans Licht, die 12. Klasse abzuschließen.

Tulika Sen kümmerte sich um Milly. Als sie herausfand, dass sie mit ihrem zweiten Kind schwanger war, begann Mrs Sen, ihr jeden Tag ein riesiges Mittagessen vorzusetzen. In diesem Haushalt herrschte, was Essen anging, maximale Demokratie, in einem Ausmaß, wie Milly es noch nirgends erlebt hatte. Anfangs hatte Didi gegen zwei Uhr portionsweise Reste aus dem Kühlschrank genommen und sie in der Mikrowelle für sie aufgewärmt. Nach einiger Zeit, sobald Milly wusste, wie man die Mikrowelle bediente, stellte Didi die Schüsseln und Tupperbehälter mit den Dingen, die sie Milly geben wollte, heraus und forderte sie auf, sich zu bedienen; und noch etwas später zeigte sie lediglich auf die Dinge im Kühlschrank und überließ Milly den Rest. Milly aß, was Didi und ihr Mann aßen – *dal*, Reis, *roti*, *sabzi*, Fisch, Fleisch. Sie bekam von allem etwas, und das auch nicht erst, wenn die Sachen abgestanden schmeckten oder schon kurz vor dem Schlechtwerden standen.

Die Sens aßen gut, allerdings war ihre Köchin, Renu, soweit Milly verstanden hatte, von Didi eigens dazu angelernt worden, die Dinge zu kochen, die sie gern mochten. Und offenbar war es so, dass ihr Sohn, der im Ausland lebte, wenn er einmal im Jahr zu Besuch kam, Renu jeden Morgen genaue Anweisungen erteilte, was es zu Mittag und zu Abend geben sollte, und oft auch noch die Rezepte für die verschiedenen Gerichte lieferte. Als Didi eines Tages außer Haus war, servierte er Milly ihr Mittagessen; dabei erklärte er in leicht holprigem Hindi, worum es sich im Einzelnen dabei handelte – *chana dal* mit Kokosnuss und Rosinen; Hühnchen in weißer Mohn-Sauce (er verwendete das Hindi-Wort *khaskhas* und fragte sie unsicher, ob er es vielleicht falsch aussprach; sie schaute weg und murmelte der Wand zu, sie hätte schon verstanden, was er meinte); frittierten Fisch; Blumenkohl mit Kartoffeln und Erbsen … Milly wusste, dass das Luxusessen deswegen aufgetischt wurde, weil seine Eltern ihren zumeist abwesenden Sohn mit Liebe überschütten wollten. Sie wusste, dass Essen Gefühle und Zuneigung zum Ausdruck bringen konnte; und häufig auch Bedürfnisse. Manchmal, wenn sie bei Didi etwas bekam, wovon sie wusste, dass ihre Tochter Mallika es noch nie probiert hatte, ja es noch nicht einmal dem Namen nach kannte, legte sie davon ein bisschen in einer Plastiktüte beiseite, um es dem Mädchen mitzubringen. Binay brachte häufig Essen vom Restaurant mit nach Hause – Chow Mein, Chili-Huhn, gebratenen Reis, Chop Suey, *Chicken Manchuri*: neue Gerichte, neue Geschmäcke für ihre Zungen, neue Wörter für ihre Münder. Milly aß mit Genuss, sobald die ersten paar Sekunden des Zögerns im Angesicht des Ungewohnten verflogen waren; der Hunger oder die Gier waren um so viel mächtiger.

In einem Winkel ihres Kopfes war Milly ständig damit beschäftigt zu errechnen, wie viel Haushaltsgeld eingespart wurde, wenn Binay Essen von der Arbeit mit nach Hause brachte.

»Musst du für das Essen, das du mitnimmst, bezahlen?«, hatte sie ihn einmal gefragt. »Ziehen sie es dir vom Lohn ab?«

»Nein, keine Rede davon. Von den Standardsachen, Chow Mein oder gebratener Reis, bleibt fast jeden Tag etwas übrig. Manchmal servieren wir es am nächsten Tag wieder, wenn wir glauben, dass es nicht schlecht wird, aber an manchen Tagen teilen wir es einfach unter die Angestellten auf.«

Schweigend ließ sie sich diese Unerhörtheit auf der Zunge zergehen: überschüssiges Essen, Essen, das einfach verschenkt wurde! Ein Knoten tief in ihrem Inneren begann den langsamen, lang andauernden Prozess des Sichentknotens, aber bereits da spürte sie, dass er sich nie restlos auflösen würde. Wenn sie Essen, das sie von Sen Didi bekommen hatte, für ihre Kinder eintütete, verspürte sie immer ein Gemenge aus Angst und Scham und Nervosität, als ob sie es stehlen würde. Eine einfache Frage, die Bitte um Didis Erlaubnis, und das Problem hätte sich erledigt, aber sie war zu schüchtern, zu ängstlich, um die Worte auszusprechen – bis Didi eines Tages in die Küche kam und sie dabei ertappte, wie sie Krebs-Curry in eine Plastiktüte löffelte, die sie aus dem Schrank unter der Arbeitsfläche genommen hatte, wo alle wiederverwendbaren Verpackungen und Behälter aufbewahrt wurden.

»Isst du das nicht? Isst du kein Krebsfleisch?«, fragte Didi.

Didi den Rücken zugekehrt, gestattete Milly der Option zu lügen, für den Bruchteil eines Augenblicks in ihrem Kopf aufzublitzen, aber die Worte, die dann aus ihrem Mund kamen, während sie noch immer abgewandt war, lauteten: »Nein, ich nehm das für meine Tochter mit.« Dann verstummte sie und wünschte, sie könnte im Boden versinken.

Doch Didi reagierte anders, als Milly es von ihr erwartet hatte. Sie sagte: »Warum nimmst du dazu eine Plastiktüte? Die ganze Sauce sickert doch durch … Nimm eine *Tiffin-Box* und bring sie einfach morgen zurück.« Und zwei Tage darauf: »Milly, wenn du Essen für deine Kinder mit nach Haus nehmen möchtest, nimm's einfach. Du brauchst es dir nicht von deiner Portion abzusparen.«

Milly wackelte mit dem Kopf zum Zeichen, dass sie die Erlaubnis registriert hatte, wandte sich aber nicht von ihrem Abwasch ab und Didi zu. Erst viel später, nachdem sie gelernt hatte, die Großzügigkeit und Freundlichkeit dieser Familie wahrzunehmen und richtig zu deuten, Dinge, nach denen sie niemals Ausschau gehalten oder sich auch nur insgeheim gesehnt hatte, erkannte Milly, was sie da tatsächlich erhalten hatte: so etwas wie Freiheit. Sie brauchte Zeit, um sich darin zu entspannen. Eingedenk ihrer Zeit in Jamshedpur hatte Milly angenommen, dass je größer die Stadt, desto strenger die Strafen wären, mit denen Fehler und Missgeschicke geahndet wurden, als sie also bei Sen Didi eine Teekanne zerschlug, legte sie gleich ein Geständnis ab und bat, dass der Schaden ihr vom Lohn abgezogen würde.

Didi lachte. »Das ist doch nur eine Teekanne, das macht nichts«, sagte sie. »Sie hat nicht viel gekostet, mach dir keine Gedanken.«

Tulika Sen erhöhte Millys Lohn nur in langsamen Schritten und führte dann immer irgendeine zusätzliche Pflicht oder eine viertel oder halbe Stunde Extraarbeit ein, damit Milly nicht dachte, sie bekäme Almosen. Sie war es auch, die Milly von Volkshochschul-Abendkursen in der St Mary's Church erzählte – der Kirche, die Milly jeden Sonntagmorgen besuchte – und ihr sanft zuredete, daran teilzunehmen; du darfst da sogar Mallika mitbringen, sagte sie. Kurz nach der Geburt ihres Jungen, Amit, stieg Millys Lohn bei den Sens auf fünftausend Rupien an. Wie in Mumbai üblich, bekam sie zu *Diwali* in jedem Haus, in dem sie arbeitete, eine Gratifikation in Höhe eines Monatslohns. Dieses Geld – insgesamt zwölftausend Rupien, und sobald Amit ein Jahr alt wurde, sogar vierzehntausend – zahlte Milly in voller Höhe auf ein Sparkonto ein.

Sie hatte festgestellt, dass das Girokonto, das sie gehabt hatte, das, worauf Hemali Vachani jeden Monat ihren Lohn eingezahlt hatte, keineswegs auf Anordnung der Vachanis von der Bank eingefroren oder von ihnen leer geräumt worden war. Als die Leute vom »Sea Crest« sie am Ende ihres ersten Monats bar bezahlt hatten, hatte sie ihnen von ihren Befürchtungen bezüglich des Kontos und des ganzen Geldes erzählt. Milly hatte nicht gedacht, dass sich die Sache so einfach regeln lassen würde. Aber Mrs Chandmal vom »Sea Crest« hatte sie aufgefordert, ihre Lebensmittelkarte mitzubringen, und hatte sie zur örtlichen Filiale der Bank begleitet. Und dort erfuhr Milly, dass es ein Ding namens »Sparbuch« gar nicht mehr gab; jetzt war alles in einer Maschine. Sie bekam einen Jahresauszug ausgedruckt. An dem Tag erkannte sie auch, dass ihr Geld sicher war; niemand außer ihr konnte es anrühren. Eine Woche später besaß sie auch das, was Hemali Didi vermutlich als »Sparbuch« bezeichnet hatte – einen neuen Formularblock für Einzahlungen.

Zusätzlich zu ihrer und Binays Gratifikation bunkerte sie von ihren eigenen Monatslöhnen so viel, wie sie konnte, auf dem Sparkonto – manchmal tausend Rupien im Monat, manchmal ein bisschen mehr oder weniger. Pünktlich jeden Monat schickte sie Budhuwa und ihrer Mutter Geld. Nach allen diesen Ausgaben blieb für Essen, Kleidung, Handy-Abo, Mallikas Schuluniform, Schulbücher, Hefte nicht mehr allzu viel übrig.

Mallika besuchte die örtliche katholische Schule, St Catherine of Siena: nur eine kleine wohltätige Institution, was Ressourcen und Leistungsniveau betraf, aber mit einem großen Pausenhof, und sie nahm Straßenkinder und Kinder aus armen und armutsgefährdeten Familien auf. Dieser letzte Faktor, dass so viele Kinder aus den unteren Schichten kamen, war zugleich ein Vor- und ein Nachteil, aber Menschen in Milly und Binays Situation hatten keine allzu große Auswahl: entweder eine extrem rudimentäre staatliche Einrichtung, in der nur Marathi und Hindi unterrichtet wurde, oder gar keine Schule, was für Kinder in dieser *jhopri* tatsächlich die häufigste Lösung darstellte. Wer hatte schon den Weitblick, den Willen oder die Unerschrockenheit, Kinder auf eine Privatschule zu schicken, selbst eine karitative? Außerdem brauchte man Kinder als Mehrer, nicht als Verzehrer des Familieneinkommens – sie sollten so früh wie nur irgend möglich anfangen, zu arbeiten und in der Familie mitzuhelfen. Millys Konfession versetzte sie in eine günstige Lage, da die St Catherine's katholische Kinder bevorzugt aufnahm. Der größte Pluspunkt der Schule war die Tatsache, dass die Unterrichtssprache Englisch war.

Millys Bemühungen, an den Abendkursen für Erwachsene der St Mary's teilzunehmen, blieben sporadisch; die Arbeit und die anschließende Betreuung der Kinder verschlangen ihre ganze Zeit. Eine Sache war es, ein fünf- oder sechsjähriges Mädchen zum Kurs mitzunehmen und dafür zu sorgen, dass es eine Stunde lang still saß, während der Zeit vielleicht sogar seine Hausaufgaben machte, aber mit zwei Kindern zu erscheinen, von denen eines noch kaum laufen konnte, war unmöglich.

Als Mallika älter wurde, musste Milly anfangen, sich Gedanken über eine weiterführende Schule zu machen, da ihre momentane Schule nur bis zur 4. Klasse ging, bis zum Alter von zehn Jahren, wenngleich die Klassenstufe in Wirklichkeit keinerlei Rückschlüsse auf das Alter der jeweiligen Schüler zuließ – Mallika war ein seltenes Beispiel einer St-Catherine's-Schülerin, deren Alter und Klassenstufe übereinstimmten. Es gab keine Möglichkeit, sie auf eine größere, bessere Schule zu schicken, ohne mehr, erheblich mehr bezahlen zu müssen, und das wiederum kam nicht in Betracht, ohne dass Milly eine vierte Stelle annahm. Die Schule, die ihr vorschwebte, war die Carmel auf der Hill Road, eine Mädchenschule, für die eine monatliche Gebühr von zweitausend Rupien anfallen würde. Milly hatte bereits herausgefunden, dass die Gebühr lediglich eine ungefähre Vorstellung davon lieferte, wie viel sie tatsächlich zu bezahlen haben würden: Zusätzliche Ausgaben würden für Schuluniform und Bücher und in Form der horrenden Aufnahmegebühr von fast zehntausend Rupien anfallen.

Als sie das Thema Binay gegenüber ansprach, war er skeptisch. »Was soll sie machen, lernen, zur Schule gehen? Das können wir uns nicht leisten.«

»Ich kann mir eine Stelle in einem weiteren Haus suchen.«

»Aber sie ist ein Mädchen, wozu soll so viel Bildung bei ihr gut sein? Jetzt haben wir den Jungen, an den wir denken müssen.«

»Sie werden beide zur Schule gehen.«

»Aber das können wir uns nicht leisten, zwei Kinder auf die höhere Schule zu schicken«, wiederholte er. »Sie kann lesen und schreiben. Wenn sie mit dieser Schule fertig ist, wird sie genug wissen.«

»Nein.« Milly blieb hart. »Sie wird weiter zur Schule gehen.«

»Aber sieh dich doch selbst an, du bist nicht zur Schule gegangen, du verdienst vierzehn- bis fünfzehntausend im Monat ... Wenn du wirklich einen weiteren Haushalt übernehmen willst, dann spar das Geld lieber für Amits Schule.«

Milly hatte sich, ohne sich dessen bewusst zu sein, bereits mit der Tatsache abgefunden, dass sie selbst die 12. Klasse nie, nicht einmal auf dem informelleren Weg der Abendschule erreichen und die Abschlussprüfung ablegen würde. Jetzt, wo sich die Notwendigkeit einer vierten Putzstelle abzeichnete, sah sie dieser Tatsache offen ins Auge.

Der allgegenwärtige Lärmbrei des Slums, dem sie ständig ausgesetzt waren, ohne sich je dadurch gestört oder belästigt zu fühlen – er war das Substrat ihres Lebens, wie die Luft, und wer schenkt schon der Luft als solcher Beachtung? –, nahm für Milly urplötzlich eine eigenartige Klarheit an, sodass jedes einzelne Geräusch scharf umrissen hervortrat. Aus etlichen Fernsehgeräten gellte gerade der Erkennungssong von *Balika Vadhu* mit der glockenhellen Stimme des kleinen Mädchens: »*Chhoti si umar, parnai ho babasa …*« Die Frau von nebenan kreischte ihren wieder einmal betrunkenen Mann an: »*Churail!* Eine *churail* ist sie! Ich werde ihr eigenhändig die Augen auskratzen, dann werden wir ja sehen, ob ich nicht die Tochter eines einzigen Vaters bin!« Dann: ein Knall und zerklirrendes Glas, gefolgt von Schluchzen. Eine Gruppe von Jungen schlenderte vor ihrer Haustür vorbei und zog den Song, der auf einem ihrer Handys lief, wie eine Schleppe hinter sich her: »*Why this kolaveri kolaveri kolaveri di?*« Der Song verhallte allmählich, während sich die Jungen immer weiter entfernten. Mallikas Kopf war über ihre Hausaufgaben gebeugt. Milly konnte ihr Gesicht nicht sehen, nur den dichten dunklen Haarschopf, der im Licht der Deckenbirne fast blau in seiner Schwärze glänzte. Wie konnte sie in ihren Büchern etwas sehen, wo sie sich doch mit dem Kopf selbst Schatten machte? Das Mädchen schien von einer unsichtbaren Mauer umgeben zu sein, von etwas, das die Welt in Schach hielt.

Milly sagte: »Sie bleibt bis ganz zum Schluss auf der Schule, bis sie achtzehn ist und die staatliche Prüfung bestanden hat.«

11: EIN EPILOG

Budhuwa ruft sie an. Das ist verwunderlich, denn sonst ist sie es immer, die ihn anruft. Ihr erster Gedanke ist, dass etwas Schlimmes passiert sein muss. Das Timing ist ungünstig: Es ist sieben Uhr abends und Mittwoch, und sie ist auf dem Heimweg, nachdem sie Mallika von der Schule abgeholt hat, weil ihre Tochter mittwochs an einem dreistündigen Computerkurs teilnimmt, den die Schule für interessierte Schüler von der 7. Klasse aufwärts anbietet. Dafür muss Milly monatlich fünfhundert Rupien extra bezahlen. Bevor sie ihre rechte Hand von der linken ihrer Tochter lösen und auf den grünen Knopf drücken kann, hat er schon aufgelegt; vielleicht war es Absicht und er wollte nur signalisieren, dass sie zurückrufen soll. Das böse Vorgefühl vertieft sich. Sie wählt ihn sofort an.

»Was?«, fragt sie.

Er kommt gleich zur Sache. »Soni ist gestorben.«

Sie braucht ein, zwei Sekunden, um zu begreifen, von wem er redet; das Leben hier ist sehr weit von dem entfernt, das sie hinter sich gelassen hat.

»Was? Wie?«, flüstert sie, als die Bedeutung einschlägt.

»Das weiß keiner. Die Paramilitärs kommen neuerdings wieder, in Massen. Das könnten sie gewesen sein, oder es könnten auch ihre eigenen Leute gewesen sein. Man hört alle möglichen Geschichten. Einige sagen, sie war ein Polizeispitzel geworden, und ihre Leute haben das herausgefunden und sie umgebracht. Einige sagen, sie wurde dabei erwischt, wie sie versuchte, sich von ihrem Trupp abzusetzen – warum sonst wäre ihre Leiche gleich hinter der Dorfgrenze gefunden worden?«

»Wo haben sie sie denn gefunden?« Irgendetwas muss sie sagen; das ist das Einzige, was sie zustande bekommt. Ohne in Mallikas Richtung zu sehen, sucht sie mit der freien Hand nach der Hand ihrer Tochter und verflicht ihre Finger mit den ihren.

»Beim großen Mangobaum nach der Abzweigung von der Straße.«

Sie bringt es nicht fertig, die nächste Frage zu stellen, nicht in Mallikas Hörweite jedenfalls, aber Budhuwa scheint sie erraten zu haben.

»Kugeln, keine Machete«, sagt er. Dann fügt er hinzu: »Ich selbst habe die Leiche nicht gesehen.«

Sie zuckt zusammen. Sie möchte nicht, dass Mallika mitbekommt, wovon sie reden, aber sie möchte sie auch nicht von der Hand lassen.

Budhuwa redet weiter: »Die Militärsachen, die sie anhatte, alle sagen, dass das eine CRPF-Uniform war. Anscheinend hatten die Guerillas die als Restposten irgendwo auf dem Markt gekauft.«

Sie möchte so viele Dinge fragen, kann es aber in Gegenwart ihrer Tochter nicht. Sie sagt, sie meldet sich später noch mal.

All die Dinge, die Soni ihr auf dem Spaziergang im Wald gesagt hatte, schießen ihr durch den Kopf. So viele Fragen ... Bevor sie die eine völlig fertiggedacht hat, springen ihre Gedanken schon zur nächsten. Plötzlich flammt etwas auf, was Soni gesagt hatte, wie ein Licht, von dessen Existenz, gleich um die Ecke, sie nichts geahnt hatte: »Dein Leben liegt in Scherben – ein Teil hier, ein Teil dort. Ein Jahr in Dumri, das nächste Jahr woanders, dann das nächste Jahr schon wieder woanders ...« Milly widerspricht wortlos, lautstark. Ihr Leben ist kein Scherbenhaufen. Für sie hat es Einheit und Geschlossenheit. *Sie* verleiht ihm diese Eigenschaften. Wie sollte ein Ortswechsel mich zerbrechen? Bin ich vielleicht eine Keramikpuppe, die beim Transport so leicht zu Bruch geht? Aber Soni kann sie die Antwort, die ihr so viele Jahre später eingefallen ist, nicht mehr geben.

FÜNF

JEMAND DESSEN NAME IHM JETZT nicht mehr einfällt einer von ihnen vielleicht oder ein Polier von einer anderen Baustelle erzählt ihnen eines Abends eine Geschichte wie sie gerade ihren *aadha* oder *pauwa Toofan* trinken was für eine Menge sich eben jeder leisten kann da sagt also einer zu denen ihr seht diesen Taj Mahal der große Mogulkaiser Shah Jahan hat ihn für seine tote Frau gebaut Hunderte von Bauarbeitern wie wir Tausende von unseresgleichen Jahre und Jahre hat der Bau gedauert und als er fertig war da sah der Kaiser er war so schön dass er nicht wollte dass irgendjemand diese Perle zu übertreffen versuchte oder sie kopierte nicht einmal einzelne Teile davon also hat er jedem dieser *mazduurs* den Daumen der rechten Hand abschneiden lassen jetzt stellt euch bloß vor ihr baut dieses Riesenhotel und am Ende geht ihr ohne euren rechten Daumen wieder nach Haus *bas kheel khatam* ihr könnt nie wieder arbeiten und müsst betteln und euer Leben wird damit enden dass die Hunde euer Fleisch fressen

aber vor den Hunden frisst noch etwas anderes sein Fleisch auf das Fleisch an der Innenseite seiner Brust weil wenn der Husten kommt fühlt's sich so an wie wenn sich sein Inneres in genau so einen wolkigen wolligen Staub verwandelte wie er damals herauskam als er Yards über Yards von welligen grauen Dachplatten stückweise abtragen musste in Stücke zerschlagen sollte er das Zeug die die Frauen vom Bau auf dem Kopf würden wegtragen können nur dass die Übertragung dieses Staubs in ihn dessen Entsprechung in Menschenfleisch ist also stellt er sich so etwas wie rote schaumige Wolle vor da wo sein Brustkasten ist und es war alles bestens es fing langsam an nur ein leichter Schnupfen und Husten und wie es dann weniger klein wurde ist er in einen *dawaakhaana* und hat sich eine rote Mixtur in einer Flasche geben lassen auf der weiße Kästchen auf der Ecke standen eine ganze lange Reihe davon Ecke an Ecke die zeigten wie viel er davon jeden Tag nehmen sollte aber das wurde davon nicht besser also hat er in einem größeren *dawaakhaana* dem mit *angrezi* Medizin mehr bezahlt und hat ein Fläschchen mit einer dicken grünen Flüssigkeit drin bekommen die gar nichts bewirkt hat außer vielleicht dass er davon gut schlafen konnte bis dann ein anderer *mazduur* meinte dass die Kombination von der grünen Medizin und *Shokeen* oder *Toofan* dem Alkohol-Dusel eine schöne Tiefe verlieh aber alles was er davon kriegte war das Gefühl ein Stein zu sein und einen Schlaf wie Ertrinken unmöglich am Morgen da wieder nach oben zu kommen um sich zu den anderen *mazduurs* in die Schlange zu stellen damit man vielleicht für einen Tag Arbeit bekam und manchmal hat er sich's überhaupt gespart aufzustehen oder hat sich nicht dazu aufraffen können rechtzeitig aus Stein wieder Mensch zu werden und einfach den Tag Arbeit sausen lassen Schlaffheit und Schmerz wie eine gigantische Schlange die sich um ihn gewickelt hat und nicht loslässt bevor sie nicht den letzten Tropfen Luft aus ihm gequetscht hat und dann ist er Spreu und wo würde er dann sein in der Schwebe wohl auf und davon in der Brise

aber die grüne Arznei wirkte nicht und einer sagte ihm dass die nur den Rachen beruhigte und sein Husten kam von weiter unten aus seiner Mitte und jetzt ist noch das Fieber dazugekommen ein *chhip-chhup bukhar* wie man dazu sagte nie so hoch dass es dich umwirft nie so niedrig dass du das Gefühl hast mit dir wäre alles in Ordnung es verbrennt dich nicht aber brodelt so vor sich hin wie ein gluckernder Abfluss unter der Hautoberfläche und irgend so ein *lafanga mazduur* der neben ihm schläft auf dem Gehsteig in der

Nähe von dem großen *chauk* sodass sie gleich nach dem Aufwachen in der Schlange stehen statt laufen zu müssen mit einem dröhnenden Kopf die erdrückende Last fühlt sich komisch an da oben auf der leicht bibbernden Schwerelosigkeit seines übrigen Ichs dieser *lafanga* also meint wenn du hustest siehst du mit deinem Gesicht wie ein bellender Fuchs aus also neu ist das nicht schon wenigstens zwei *mistris* haben ihn ausgelacht und gefragt wie viel Beine sein Vater denn hatte und einer von denen wollte ihn nicht nehmen weil Füchse einer Baustelle Unglück bringen hat er gesagt ist das hier ein Verbrennungsplatz oder was dass hier Füchse in Menschengestalt herumstreunen hat er gesagt

er dachte er könnte der Schande seines Aussehens entkommen indem er seine Heimat weit hinter sich ließ aber nein sein Gesicht ist überall da wo er ist aber nein das war nicht der Grund warum er gegangen ist nicht im Ernst obwohl als er ein Kind war da hatte er oft daran gedacht einfach nur deswegen wegzulaufen und als er dann erwachsen war haben gewichtigere Gründe diesen Kindeszorn nach unten verdrängt oder vielleicht ist die Wut zu was anderem geworden so wie ein Samen zu einem Baum wird der Früchte trägt mit Samen darin aus denen dann wieder der gleiche Baum wächst aber der ursprüngliche Elternbaum denkt er der den ersten Samen der Wut erzeugt hat ist immer nur eins Geld und keine Arbeit um welches zu verdienen und wie lange konnten er und sein Bruder wohl noch ein Eckchen Boden von der Größe vom Garten eines *raiis admis* bestellen das kaum eine Mahlzeit am Tag abwarf ein Jahr lang für zwei Männer mit Frauen und Kindern geschweige denn einen Überschuss produzierte den man für Geld verkaufen könnte für die ganzen Dinge abgesehen vom reinen Essen für die man Geld braucht und oft auch fürs Essen selbst weil dieses Stück Land drei Wintermonate lang nichts hervorbrachte und Geld um Geld zu machen wie sein Vater sagte als sie klein waren Geld macht Geld so wie Katzen und Hunde Kätzchen und Hündchen bekommen die dann groß werden und selbst weitere Kätzchen und weitere Hündchen bekommen aber man muss irgendwo anfangen und sein Vater wollte mit einer Stelle beim Staat anfangen bis das Feuer ihn verschluckt hat der ganze Wald in Flammen und das unheimliche Geräusch der Vögel mitten in der Nacht lauter als das Brausen und Knistern des Feuers und er sah das Gesicht seines Zwillings glühen als ob ihn das Feuer von innen her leuchten ließe aber er würde nicht den Weg gehen den sein Vater einzuschlagen versucht hatte er wollte sein Dorf verlassen weil da nichts war nichts gab es da alles war in den Städten im Bau im Hausbau wo jemand sagte sie bräuchten ständig Leute einen endlosen Nachschub an Leuten wie wenn man ein Feuer speiste so wie sein Vater und sein Wald ein Feuer gespeist hatten und er konnte da so viel Geld verdienen dass er Geld nach Haus schicken könnte und sparen und dann eines Tages da würde er genug *punji* haben um ein Geschäft aufzuziehen und *punji* ist das was man brauchte wenn man wollte dass Geld Kinder kriegt Geldkinder und Geldenkelkinder so wie Katzen und Hunde

und sieh dir an was passiert ist wie viele Jahre in großen Städten zwei drei vier er ist beim Zählen durcheinandergekommen wie viele Jahre er gegraben Steine geklopft Schotter Ziegel Schutt geschleppt hat und Sand und Steine und Zement und Säcke auf dem Kopf auf dem Buckel getragen und gegraben und zwei oder drei Leitern mit Strick zu einer verschnürt und das lange Bambusgestänge für die Ständer und die Waagerechten des Baugerüsts zu einem riesigen Kreuzraster gebunden und die lange Übung die nötig war bis man es richtig machte Bambus und Planken und Stoffbahnen korrekt miteinander verband und sie außen am Rohbau befestigte und zwar so dass keiner herunterfallen oder nichts sich lösen und auf einen anderen *mazduur* fallen konnte der unten arbeitete und der Bambus hatte eine sanft schaukelnde Nachgiebigkeit wiegte ihn ganz sanft wenn er auf diesem Holz-Skelett war eine einlullende wohltuende Bewegung eine Dünung die ihn fast tröstete und die Welt unten vergessen beinah vergessen machte schwindlig machte es ihn nach unten zu sehen besser nach vorne lehnen und die Verbindung zur Wand zwei drei Zoll vor ihm mit den Fingern aufrechterhalten und streichen oder schaben oder hämmern dieses fast unmerkliche Schaukeln Hin-und-her-Wippen zwischen Behagen und Schrecken die behutsame Seitwärtsbewegung diese Ahnung von Spannkraft in dem Bambus wie auf dem schwingenden Ast eines Baumes zu sitzen ist das das Gefühl das Vögel haben dieses zeitweilige bisschen Festigkeit zwischen der unteren und der oberen Luft oder fühlen auch sie sich wie Spreu und vielleicht wenn er Glück hatte konnte er Ziegel auf Ziegel auf Ziegel legen und den dicken Klacks feuchten Zement dazwischen oder drinnen arbeiten eine Wand verputzen Estrich legen es streichen es glätten

das alles weit besser im Grunde gar kein Vergleich als die Tage wo er auf der Straße in einem Basar oder auf einem *chauk* herumsaß drauf wartete genommen zu werden manches Mal nehmen sie dich manches Mal nicht es werden nicht so viele gebraucht und er gehört nicht zu denen die gebraucht werden am Ende ist es nicht die Verzweiflung die dich umbringt sondern die Hoffnung wenn er zu anderen Zeiten ausgewählt wird kann es Arbeit für einen Tag oder drei Tage oder Wochen bedeuten dann gibt's wieder Tage wo es nichts gibt nur Warten nur Zeit und Hunger am Ende ist es nicht die Verzweiflung die dich umbringt sondern die Hoffnung am Anfang wurde er mit der Verheißung von hundertfünfundzwanzig Rupien am Tag gelockt bekam aber nur fünfundsiebzig und als er schüchtern nachfragte hieß es er könnte ja gehen wenn ihm das was er kriegte nicht passte es gäbe immer andere die es machten also gab er sich mit fünfundsiebzig Rupien zufrieden für zehn Stunden lang Zwanzig-Kilo-Säcke Zement auf den Buckel laden und nassen Zement auf dem Kopf drei vier sieben Stockwerke hochtragen und Steine klopfen jeden Tag dieselbe Wiederholung derselben Tätigkeiten und trotzdem jeder Tag einmalig das Ziel die Kollegen selbst die Arbeit selbst jedes Mal ein winziges bisschen anders und doch immer dieselbe und acht zehn Stunden lang in der Sonne schippen wo dir schon die bloße Hitze im Freien das Blut verdunsten und dich zu einer anderen Sorte Spreu werden lassen konnte waren fünfundsiebzig Rupien immerhin etwas

ja etwas das man in die Dreifachinnentasche stecken konnte die hatte er sich auf Anraten ein paar anderer *mazduurs* die sich das auch machen ließen an die Innenseite seines einzigen Hemdes nähen lassen weil Geld nirgendwo sicher war einem waren die Schuhe von den Füßen geklaut worden während er wie ein Toter schlief denn so schläfst du nach *mazduuri* Arbeit dann die freundliche Umarmung des *Toofans* und in seinem Fall die zusätzliche Liebkosung der ekelsüßen grünen Medizin da könnte man dir den Kopf abnehmen und du würdest es nicht merken aber was war das schon groß für eine Sicherheit wenn man dir das Hemd vom Leib reißen konnte oder geschickt mit einem Messer aufschneiden und du würdest nichts mitbekommen denn du würdest wie ein Toter schlafen und er bewahrt's in dem Plastikbeutel auf wo auch die Lebensmittelkarte steckt zweimal zusammengefaltet damit sie geschützt ist vor Feuchtigkeit Regen seinem eigenen Schweiß das Geld mit dazu in diesem bläulichen Plastikbeutel und am Anfang als er noch die Bande der Heimat spürte und die Gesichter seiner Frau und seiner Kinder und seines Bruders in ihm hochkamen als er sich noch Hoffnungen machte *punji* anzusparen und auch Geld nach Hause zu schicken beides gleichzeitig das kommt ihm jetzt nur noch lachhaft vor aber damals da hatte er noch Hoffnungen und was dich umbringt ist die Hoffnung am Ende schickte er Gott weiß wie viel vor Gott weiß wie lange drei oder vier Male waren's vielleicht insgesamt tausend Rupien nichts eigentlich Säuglingspipi schließlich musste er ja von was leben und wie sollte man von fünfundsiebzig Rupien am Tag leben können wenn dieses Einkommen vom Zufall abhing und unsicher war der Gedanke davon etwas zu sparen zurückzubehalten zu retten da kann er nur lachen ein Lachgebell gleich nennt ihn wieder jemand einen Fuchs und zu retten wäre nur eines er selbst

und wie sollte er das bitte wohl anfangen

wenn sein frühester Traum für sich selbst das Einzige was er sich wünschte zu sein der verhätschelte Sohn eines Reichen war der in Autos herumfuhr und die Welt durch eine Glasscheibe betrachtete die sich heben und senken ließ je nachdem wie viel Welt man nun wollte an- und abstellen ließ sie sich wie ein Wasserhahn diese Welt hätte er gern um sie ganz nach Belieben an- oder abstellen zu können genau so einen Jungen sah er mal in seinem Dorf sie müssen ungefähr im selben Alter gewesen sein und der Junge in dem Auto hatte ihn und seinen Zwilling angesehen und ein paar ihrer Schulfreunde wie sie am Rand der engen Straße herumstanden und nichts taten und den Wagen anstarrten der stehen geblieben war und wieder anzufahren und die Haarnadelkurve hinauf zu dem großen neuen Haus zu nehmen versuchte in dem der Junge und sein Vater den Sommer verbrachten der hatte sie angesehen der Junge und ihre Blicke waren aneinander hängen geblieben und er hatte was zu seinem Vater gesagt und dann war das Fenster heruntergegangen und der Junge hatte die Hand rausgestreckt und ihnen allen Mandarinen aus einem Beutel im Auto gegeben kein Wort war gefallen er und sein Zwilling waren näher ans Auto getreten und hatten die Mandarinen genommen und dann war das Fenster wieder hochgegangen und wie sie sich dann auf einen Stein gesetzt und die Früchte geschält hatten da hatten sie festgestellt dass sich zwischen den größeren kleine Schnitze wie Knoblauchzehen *chhora* versteckten und da sagte jemand zu ihm und seinem Zwilling dass die Seele ihrer toten Mutter sie heimlich da für sie reingesteckt hatte woher er das wusste der Junge dass sie keine Mutter hatten und jetzt auch noch einen Vater der vom Feuer verschluckt worden war der Junge er war nicht von hier er weiß nicht ob er sein Von-diesem-Jungen-Besessensein von dem Tag herhat er hat ihn nie wiedergesehen aber er wollte er sein der Junge in einem Auto sein mit seinem Vater auf dem Weg zu einem großen neuen Haus und Mandarinen verteilen an Kinder am Straßenrand und das Gesicht dieses Jungen kam nach so vielen vielen Jahren in den komischsten Augenblicken unaufgefordert wieder heraufgeschwebt und selbst jetzt kann er es vor sich sehen die großen Augen die ihn anschauen die Mandarinen in seiner Hand ihre Form und ihr stumpfes gelbgrünliches Leuchten

oh im nächsten Leben als ein Junge wiedergeboren zu werden der in einem Auto sitzt neben seinem Vater

wo blieb diese ganze Zeit wenn er sie ganz wiederbekäme und er wieder in dem Alter wäre würde er dann hier sein wieder genau an dem Punkt ein *mazduur* auf den Straßen oder würde er könnte er einen anderen Weg einschlagen und am Ende dieser Junge von damals sein dann lächelt er lächelt und denkt er kann nicht am Ende des Weges dieser Junge sein denn der Junge ist inzwischen erwachsen wie er aber er könnte das sein was der Junge jetzt ist und was war er kein *mazduur* auf den Straßen das mit Sicherheit nicht aber er brauchte es nicht zu versuchen sein Vater hatte einen Wagen in dem er herumfuhr und das restliche Leben blieb draußen und das war alles was zählte man musste in das Leben-da-drinnen geboren werden

denn ohne das bist du nichts so wie er nichts ist für die riesige Welt-da-draußen die unter ihm ausgebreitet liegt die Bäume so viele Bäume von hier oben sehen sie aus wie eine Kolonie von grünen Tieren die in Gestalt von riesigen Klecksen aufragen und manchmal sehen sie aus wie ein gestrichelter grüner Fluss der hier und da aufschäumt zwischen der Streuung von Bauten wie eine Spielzeugstadt und die Autos wie Spielautos die in einer Reihe entlangfahren aber häufiger in einer dünnen Schlange von Dutzenden Autos die draußen feststeckt gestaut und einige darauf warten dass die vorn ins

Hotel einbiegen sodass sie weiterfahren können zu ihrem jeweiligen Ziel die ist ihm immer aufgefallen diese manchmal reglose manchmal vorwärtskriechende Schlange von Autos vor dem großen Hotel und er hat sich manchmal gefragt ob eines der Autos einen Jungen und seinen Vater ins Hotel befördert wie ein riesiger Palast aus Geschoss über Geschoss über Geschoss wie es innen wohl aussieht wie sehen die Zimmer wohl aus gebaut von einem wie ihm der niemals zu sehen bekommen wird wie es da drinnen wirklich aussieht jemand hat ihm mal gesagt dass die Anzahl der Menschen in seinem Dorf bequem hundert Mal in ein einziges Geschoss von so einem Gebäude passen würde er bekommt nie zu sehen wie es aussieht wenn's fertig ist und Leute drin wohnen nicht Leute wie er obwohl er oder *mazduurs* wie er es gebaut haben nicht sie wenn er den Kopf ein bisschen herumdreht dann weiß er sieht's aus wie eine Schachtel aus Stein und Glas die ein gigantischer Vogel im Flug fallen gelassen hat und er denkt wenn an einem der Hunderte Fenster wer steht und ihn sehen kann wie sieht er wohl für ihn aus kann er ihn überhaupt sehen eine Ameise auf der Flanke eines riesigen Berges

während er die luftgepeitschte Welt nur aus dem Augenwinkel betrachten kann andernfalls bekommt er dieses seltsame Gefühl dieses Ziehen das im Mastdarm entsteht und sich aufwärts bewegt wie soll er denn jemals den Sims entlangbalancieren kaum so breit dass ein Vogel drauf landen kann um die Bambus-und-Stoff-Takelage um die Ecke herum zu befestigen denn anders kommt man nicht dran und dann von außen die Fensterrahmen zu streichen wie soll er das je hinbekommen auf den biegsamen wippenden Rippen aus Bambus zollweise vorwärts auf nackten Sohlen sich vorwärtszutasten tief unten die Welt ausgebreitet und dazwischen viel Luft so viel Luft zwischen ihm und der Welt wie soll ihm das jemals gelingen er hat mal gehört dass bei so hohen Bauten das Gesetz sagt dass die *mazduurs* außen an der Fassade auf jeder Etage auf breiten Plattformen aus Planken arbeiten sollen und es Maschinen gibt die einen hinauf- und hinunterbefördern und man trägt einen Helm aber wo ist das alles er hat es noch nirgends gesehen wo bleibt das Gesetz und wer denkt schon an Gesetze wo die *mazduurs* doch nichts sind ihr Leben noch weniger als nichts

er wird nicht nach unten sehen wird er nicht

er steht da und fröstelt die Sonne ist auf der anderen Seite er kann nicht erkennen ob es wieder das Fieber ist er muss es hinter sich bringen ein anderer macht's nicht und sie haben ihm heute zweihundert Rupien versprochen seine Finger an der Wand und hinter und unter ihm Luft diese flatternden Planen was treiben sie da er geht ein Schrittchen zur Seite und noch eins der schwankende Bambus der nächste an dem er sich festhalten kann ist einen Fuß weiter oder zwei vielleicht er kann es nicht abschätzen sein Kopf ist so nah an der Wand er muss diesen Punkt erreichen er zittert vor Angst er kann nicht daran denken zweihundert Rupien wenn er's fünf Tage lang macht dieses Vogelsein spielen dann ist das ein Tausender er kann die Hälfte davon nach Haus schicken dann wieder dieses Aufkribbeln innen nein es geht nicht es geht nicht bevor er diesen Punkt einen oder zwei Fuß weiter erreicht hat aber er kann nichts dagegen tun vielleicht wenn er einmal kurz hustet gibt das Tier innen endlich Ruhe und steigt nicht mehr weiter herauf das Tier das das Innere seines Brustkastens frisst das zu *kima* geworden ist er spürt's einen Hustenstoß er hat keine Wahl er muss raus und er lässt ihn hinaus und die Brust explodiert

in einem einzigen Atemzug sein Leben sein ganzes in einem einzigen Atemzug denn alles ist Luft alles strömt aufwärts um den schießenden Pfeil den er reißt durch die Luft ungehemmt ihre kurze Umarmung er ist Spreu natürlich er ist endlich

DANK

Dieses Buch hätte ohne einen fünfwöchigen Aufenthalt in der MacDowell Colony nicht geschrieben werden können. Diesem »himmlischen Refugium« (Maureen McLanes Worte) bin ich zutiefst dankbar.

Alexander Cappelen und Bertil Tungodden ermöglichten es mir, drei Wochen im schönen Bergen zu verbringen, wo die letzte Tranche des Textes entstand. Ich möchte ihnen für ihre Großzügigkeit und Freundlichkeit danken.

Jean Drèze, *sine qua non.*

Devashri Mukherjee.

Poppy Hampson, Penny Hoare.

Clara Farmer, Peter Straus.

Ellen Barry, Rohini Pande.

Kartick Satyanarayan & Geeta Seshamani von Wildlife SOS India, Lis Key von International Animal Rescue.

Jill Bialosky, Meru Gokhale, Mandy Greenfield, Dominic Leggett, Vestal McIntyre, Fran Owen, Mrinal Pande, Aakar Patel, Tushita

Patel, Sharmila Sen, Tarini Uppal, Edmund White, Anumeha Yadav, Mari Yamazaki.

Dafür, dass sie mir ein Zuhause in der Ferne geboten haben, noch einmal: Arpita Bhattacharjee & Archishman Chakraborty, Devashri & Udayan Mukherjee, Mrinal & Arvind Pande, Matthew Rabin.

Suzanne Dean.

M. John Harrison und Sjón dafür, dass sie gezeigt haben, wie man es macht.

Matt Phillips für seine schönen Gemälde.

Renu Jena, Mili Kerketta.

Ohne Matthew Rabin hätte dieses Buch nicht fertiggestellt werden können. Ich bin ihm für vieles dankbar, aber vor allem dafür, dass er mich mit List und Tücke dazu gebracht hat, ihm die letzten zehn Jahre lang sämtliches Modellieren abzunehmen.

GLOSSAR

(Wenn nicht anders angegeben, stammen die indischen Wörter und Wendungen aus dem Hindi; ansonsten bedeuten die Abkürzungen: A(rabisch), B(engali), K(umaoni), M(arathi), Mu(ndari), P(ersisch)

Aadha: halb; Hälfte; Hohlmaß, entspricht etwa einem halben Liter.

Aanchol: (B) das sichtbare Ende des Saris, das über die Schulter gelegt wird und, je nachdem, wie der Sari gewickelt wird, vorn oder hinten hinabhängt, aber auch wie eine Kapuze über den Kopf gezogen werden kann.

Aar: (B) Rain, Umfassung (der einzelnen Parzellen) eines Reisfeldes.

Achchha: gut; okay, stimmt, aha, also schön usw.

Adhikaar: Recht, Anrecht; Besitz; Herrschaft.

Agra Gate: (hier) eines der neun Stadttore von → Fatehpur Sikri; die übrigen heißen Delhi Gate, Lal Gate, Birbal's Gate, Chandanpal Gate, Gwalior Gate, Tehra Gate, Chor Gate und Ajmer Gate.

Akbar: (A) »der sehr Große«, eigentlich Jalaluddin Muhammad (1542–1605), dritter »Kaiser« (Großmogul, *padshah*) von Indien, großer Feldherr, Förderer der Künste und der Wissenschaften; gilt als einer der bedeutendsten Herrscher, die das Land je hervorgebracht hat.

Almira: (großer, wuchtiger, stabiler Holz- oder Metall-)Schrank.

Angrezi: englisch; Engländer.

Arbi: Taro (*Colocasia esculenta*), eine Pflanze aus der Familie der Aronstabgewächse; der Wurzelstock ist stärkehaltig und wird gekocht oder geröstet verzehrt.

Aree: Interjektion, die als saloppe Anrede verwendet werden oder je nachdem Erstaunen, Ablehnung oder Zustimmung ausdrücken kann.

Baai: 1) Dame; 2) Prostituierte; 3) Hausangestellte, Dienstmädchen.

Baanj: eine Eichenart (*Quercus leucotrichophora*).

Baba: ehrerbietige/liebevolle Anrede und Bezeichnung für den eigenen Vater (auch allg. einen älteren Mann).

Babu: Herr.

Babu-sa'ab: (*babu-sahab*) doppelt ehrerbietige Anrede/Bezeichnung für eine höhergestellte männliche Person; wörtlich »Herr Herr«.

Bachha: Kind.

Bajra ki roti: Hirsefladen.

Balika Vadhu: »Kindliche Braut«, eine beliebte indische Seifenoper.

Bandra: Stadtbezirk von Mumbai; Zentrum der Bollywood-Industrie und begehrtes Wohnviertel.

Bandra-Worli Sea Link: 2010 fertiggestellte, achtspurige Schrägseilbrücke über die Mahim-Bucht, verbindet → Bandra mit dem südlich davon gelegenen Vorort Worli.

Band Stand: auch Bandstand, Bandra Bandstand, Viertel im südwestlichen Teil von → Bandra, benannt nach einem Podium (dem eigentlichen »Bandstand«), auf dem während der Kolonialzeit Militärkapellen spielten; die von dort nach Norden verlaufende Promenade wird ebenfalls so genannt.

Ba-parab: (Mu) wörtlich »Blumenfest«, andere Bezeichnung für → Sarhul.

Bari: Haus.

Barringtonia (asiatica): bis zu 20 m hoher immergrüner Baum, der an den Küsten des Indischen Ozeans und des Westpazifiks gedeiht, mit großen ledrigen Blättern, duftenden weißen Blüten und giftigen Früchten.

Bas kheel khatam: »das Spiel ist aus«.

BDO: *Block Development Office*; für die wirtschaftliche und sonstige Entwicklung eines »Blocks« (in manchen Bundesstaaten werden überwiegend ländliche, rückständige Distrikte in »Blocks« unterteilt) zuständige Behörde.

Bechaara: armer Teufel.

Ber: Indische Jujube (*Ziziphus mauritiana*), ein bis zu 15 m hoher immergrüner Obstbaum.

Beta: Sohn; als Anrede »mein Sohn«.

Bhaalu: Bär (der »Baloo« in Kiplings *Dschungelbuch*).

Bhaang: aus den Blättern und Knospen des Indischen Hanfs (*Cannabis sa-*

tiva) zubereitete Paste, die dann meist in einer Flüssigkeit aufgelöst genossen wird; auch das Getränk selbst kann so genannt werden.

Bhaiyya: Bruder (als Anrede unter Geschwistern oder auch allgemein unter Gleichaltrigen).

Bhajan: (melodisch einfacher) Gesang zu Ehren einer hinduistischen Gottheit; der Text besteht in der Regel nur aus (ständig wiederholten) verschiedenen Namen, Beinamen und lobpreisenden Attributen der betreffenden Gottheit.

Bharta: Brei, Püree.

Bisleri: (ursprünglich italienische, seit 1966 indische) Marke für Sodawasser und andere alkoholfreie Getränke.

Bombil: (M) Bombay duck, *Harpadon nehereus,* ein Raubfisch aus der Familie der Eidechsenfische.

Bongas: (Mu) Naturgeister, die nach dem Glauben der → Mundas in verschiedenen Waldbäumen leben.

Bori: (B) eine Paste aus → *urid dal* und Wachskürbis, entweder zu Kügelchen geformt und frittiert; oder aber mithilfe eines Spritzbeutels zu kunstvollen Mustern ausgezogen und getrocknet, die als *naksha-* oder *gahana-b.* (»Schmuck-b.) bezeichnet werden. Der im Westen Westbengalens gelegene Distrikt Purba Medinipur (in dem diese Episode spielt) ist berühmt für sein *naksha-bori.*

Borivili: (auch Borivali, Borivli) im Norden der Insel Salsette gelegener Vorort von Mumbai.

Brinjal: Aubergine.

Budhuwa: von *budhwaar*, »Mittwoch«.

Burjua: bourgeois, bürgerlich.

Burunsh: *Rhododendron arboreum*; erreicht eine Wuchshöhe von bis zu 20 m.

Chal, mera beta, chal, chal, mera Raju, mera chhotu, chal, chal: »Geh, mein Sohn, geh, geh, mein Raju, mein Kleinchen, geh, geh.«

Chalo: Geh! Los!

Chammak challo: (eigentlich *chhammak-chhallo*, »Ringe-Klimpererin«) Hindi-Slangausdruck für »heißer Feger« o. Ä.; der erwähnte Song stammt aus dem Bollywoodfilm *Ra. One* (mit Shah Rukh Khan und Kareena Kapoor).

Chana dal: Kichererbsen.

Chana garam: »scharfe Kichererbsen« – gekocht, platt geschlagen, frittiert und scharf gewürzt.

Chapati: ohne Fett in der Eisenpfanne gebackener dünner Fladen aus Weizenmehl und Wasser.

Chappal: hinten offene Sandale mit Zehensteg, traditionell aus Leder, inzwischen aber meist aus Gummi/Kunststoff (Flipflop).

Charkha: Spinnrad.

Charpai: einfaches Bett, Gurtbett.

Chataai: Matte, (dünne) Matratze.

Chatni: richtige Schreibung von »Chutney«.

Chauk: (viereckiger) Platz; Markt.

Chay-paani: (wörtl. »Tee-Wasser«) leichtes Frühstück, leichter Imbiss; Trinkgeld.

Chhip-chhup bukhar: »heimliches (unauffälliges) Fieber«.

Chhora: (Knoblauch-) Zehe.

Chhoti si umar, parnai ho babasa: erste Zeile eines (durch Film und Fernsehen berühmt gewordenen) Volksliedes aus Rajasthan, in dem ein junges Mädchen den Vater fragt, warum er beschlossen hat, es schon als Kind zu verheiraten und von zu Hause fortzuschicken.

Chicken Manchuri: ein indo-chinesisches Gericht: frittierte Hühnerhackbällchen in einer (für indische Begriffe) nur mittelscharfen Sauce.

Chir: Emodi-Kiefer (*Pinus roxburghii*), ein immergrüner Nadelbaum mit meist 25 bis 30 cm langen Nadeln und 10 bis 15 cm langen Samenzapfen. Das natürliche Verbreitungsgebiet sind die Himalaja-Regionen, die im Einflussbereich des Monsuns liegen.

Chulha: Ofen; Feuerstelle.

Churail: weibliches Gespenst, Dämonin; Hexe.

Colaba: südlichster Zipfel (ursprünglich eine Insel) der Halbinsel, auf der Mumbai liegt.

CRPF: Central Reserve Police Force, paramilitärische Sicherheitskräfte der indischen Zentralregierung, die direkt dem Innenministerium unterstehen.

Da, dada: (auch B) älterer Bruder; auch (respektvolle) Anrede für eine (relativ) ältere männliche Person.

Dal: allgemein eine Hülsenfrucht; dann ein daraus zubereitetes Gericht, Bestandteil jeder indischen Mahlzeit (und für die unteren Schichten oft einziger Proteinlieferant).

Damru: kleine Sanduhrtrommel, an deren »Taille« zwei jeweils in einer Holzperle endende Schnüre befestigt sind; dreht man die Trommel rasch zwischen Daumen und Zeigefinger hin und her, knallen die Kügelchen gegen die Felle und erzeugen dadurch ein hartes trommelwirbelartiges Geräusch.

Danda-gilli: (auch *gilli-danda*) ein in ganz Indien sehr beliebtes Straßenspiel, eine Art Schlagball ohne Ball, für das lediglich ein längerer Stock (*danda*) und ein ca. 10 cm langes (idealerweise an beiden Enden zugespitztes, spindelförmiges) Stück Holz (*gilli*) benötigt werden. Der Schlagmann muss die auf dem Boden liegende *gilli* durch einen Stockhieb etwa mannshoch auffliegen lassen, um sie dann mit einem zweiten, kräftigen Schlag möglichst weit weg zu befördern. Solange die *gilli* fliegt (und noch nicht von einem Gegenspieler »gefangen« worden ist), kann der Schlagmann versuchen, ein bestimmtes, abgesprochenes Ziel (Mal) zu erreichen.

Dawaakhaana: Apotheke; Ambulanz; Poliklinik.

Dhur: (B) unübersetzbarer Ausdruck der Geringschätzung oder des Spotts.

Di, didi: (auch B) ältere Schwester; als solche wird auch die Hausherrin von der Dienerschaft angeredet (und dementsprechend der Hausherr als → *dada*).

Diwali: am Neumondtag des Mondmonats *kartik* (etwa Mitte Oktober bis Mitte November) gefeiertes, hinduistisches Lichterfest.

Diwan-e-Am: (P) öffentliche oder große Audienzhalle.

Diwan-e-Khas: (P) private oder kleine Audienzhalle.

Dugga dugga: (B) volkstümlicher bengalischer Abschiedsgruß, eigentlich eine Anrufung der Göttin Durga und eine implizite Bitte um ihren Schutz.

Dupatta: Schal, Schleier.

Eekdam bachha hai: »(er/sie/es) ist nur ein Kind«.

Fatehpur Sikri: 1569 von → Akbar in der Nähe der Einsiedelei des Sufi-Heiligen Salim Chishti gegründete prächtige Residenzstadt, die allerdings bereits kurz nach dem Tod des Kaisers wieder verlassen wurde.

Gamchha: (B) Allzwecktuch des armen Mannes, sehr dünn, grob und grundsätzlich rot-weiß kariert.

Ganesh: (auch Ganpati) der elefantenköpfige Gott der Gelehrsamkeit und des guten Gelingens.

Ganesh-Chaturthi: der (vor allem in Maharashtra) am 4. Tag der hellen Hälfte des Mondmonats *bhadrapad* (August/September) durch ein mehrtägiges Volksfest gefeierte Geburtstag Ganeshs, der mit der feierlichen Versenkung seines Bildnisses in einem Fluss, Teich oder – so in Mumbai – dem Meer endet.

Gangasagar-Mela: religiöses Volksfest (*mela)*, mit dem am 14. Januar (→ Sankranti) die Wallfahrt auf die ca. 100 km südlich von Kolkata in den Sundarbans, an der Hugli-Mündung gelegenen Insel Gangasagar (»Ganges-Ozean«) endet; bis zu 500.000 Menschen baden dann dort in der (als besonders heilig geltenden) Mündung des Ganges in den Golf von Bengalen.

Gaon: Dorf.

Garam masala: Gewürzmischung – Zimt, Chili, Koriander, Kardamom, Kreuzkümmel, Fenchel, Senfsaat, Pfeffer und Nelken werden erst geröstet und dann zu Pulver gemahlen.

Ghar: Haus; Zuhause.

Ghee: geklärte Butter, Butterfett.

Golu: in Kumaon (Uttarakhand) verehrter Volksgott (bzw. vergöttlichter Held), der als Inkarnation Shivas gilt.

Graam-sabhaa: Dorfrat.

Gulmohar: Flammenbaum (*Delonix regia*), auch Flamboyant, ein 12 bis 17 m hoher Baum aus der Unterfamilie der Johannisbrotgewächse, in den Tropen immergrün.

Gutka: leicht berauschendes Genussmittel; eine Mixtur aus Betelnuss, Tabak, Katechu, Löschkalk und Aromen, die in kleinen Portionspäckchen verkauft und ähnlich wie Kautabak konsumiert wird. Färbt den Speichel rot.

Haan: ja.

Haan, haan, bhaalu hai: Ja, ja, es ist ein Bär.

Haji Ali('s Tomb): vor der Küste von Worli (Mumbai) gelegenes, über einen nur bei Ebbe begehbaren Dammweg erreichbares Felsen-Inselchen mit dem Grabmal (*dargah*) eines muslimischen Heiligen und einer kleinen Moschee.

Hanuman: der affengestaltige Gott H. sollte einmal für den verwundeten Bruder Ramas (einer Inkarnation Vishnus) ein Heilkraut holen, das auf einem bestimmten Berg im Himalaja wuchs; da er nicht sicher war, wie das Kraut aussah, nahm er kurzerhand den ganzen Berg mit.

Haq: Recht, Rechtsanspruch; Wahrheit.

Haraamzada: Bastard, Mistkerl, Hurensohn.

Hindifilm: im Westen besser bekannt als »Bollywoodfilm«.

Hing: Asa foetida, Asant.

Hota und hoti, karta und karti: Präsenspartizipien der Hindi-Verben »sein« und »machen«, jeweils im Maskulinum und Femininum; da das Bengali kein grammatisches Geschlecht kennt, kommen Bengalen, wenn sie Hindi reden, leicht mit den Genera durcheinander und machen gern Fehler nach der Art von »die schwarzes Hund« usw.

Hühnchen Chettinad: berühmtes Gericht aus Tamil Nadu.

IIT: Indian Institute of Technology, eine 1950 gegründete Eliteuniversität in Kharagpur (Westbengalen).

Izzat: Ehre, Ansehen.

Jali: ein den Raum begrenzendes oder teilendes senkrechtes Bauelement mit einer durchbrochenen, gitterartigen Struktur. Jalis fungieren als Fenster, Balkonbrüstung oder Raumteiler und bestehen häufig aus fein gearbeiteten geometrischen Ornamenten oder aus floralen Motiven.

Jaggery: unraffinierter, brauner Rohr- oder Palmzucker.

Jal, jamiin und jangal: Wasser, Boden (Land, Grund, Ackerscholle) und Dschungel.

Jaldi: Schnelligkeit, Geschwindigkeit; »Beeilung!«, »rasch!«

Jangtopa: (Mu) bei den → Mundas jährliches Opferfest für die Ahnen, anlässlich dessen die Gebeine der im vergangenen Jahr Verstorbenen feierlich unter dem → *sasandiri* bestattet werden.

Jay, Golu Devta ki jay: (sinngemäß) »Hoch lebe die Gottheit → Golu!«

Jharkhand: im Jahr 2000 aus Bihar ausgegliederter und neu gegründeter indischer Bundesstaat.

Jhopri: wörtl. Hütte, Häuschen; in manchen indischen Großstädten werden die Slums so bezeichnet.

Jodha Bai: (1542–1623) Hindu-Prinzessin, einflussreiche Gemahlin → Akbars und Mutter des späteren Thronfolgers Jahangir, nach dessen Geburt sie den Ehrennamen Mariam uz-Zamani (»Maria des Zeitalters«) erhielt.

Junal: (K) Mais.

Kaaphal: *Myrica esculenta*, ein kleiner Baum bzw. großer Strauch, der in den Bergen Nordindiens und Nepals gedeiht.

Kadhaai: Pfanne.

Kalonji: (B) Schwarzkümmel (*Nigella sativa*).

Kasundi: (B) in Bengalen äußerst beliebte, scharfe Senfzubereitung.

Kayasth: Angehöriger einer hinduistischen Gemeinschaft (»Kaste«), die traditionell die Rolle der Schreiber und Beamten innehatte; (Angehöriger der) »Schreiberkaste«.

Kendu: (B) *Diospyros melanoxylon*, ein Ebenholzgewächs; die Blätter enthalten verschiedene antibakterielle Wirkstoffe.

Khaskhas: Mohn(-blüte, -saat).

Khukri, Khukuri: ein aus Nepal stammendes schweres gekrümmtes Messer mit in der Mitte verbreiterter Klinge, vor allem bekannt als die traditionelle Blankwaffe der Gurkhas.

Kima: Hackfleisch.

Kofta: gebratenes Bällchen aus Fleisch-, Fisch- oder Gemüsehack.

Kraanti: Revolution, Umsturz.

Krishna-bhajan: ein → *bhajan* zu Ehren Krishnas, der wohl beliebtesten Inkarnation Vishnus (die meist als eigenständiger Gott verehrt wird).

Kror: *crore*, 10 Millionen.

Kulo: (B) Worfel, Getreideschwinge.

Kurkure: Markenname für ein industriell gefertigtes Snackprodukt aus Reis-, Mais- und Kichererbsenmehl und Aromastoffen.

Kyonki Saas Bhi Kabhi Bahu Thi (»Weil auch eine Schwiegermutter einmal eine Schwiegertochter war«): erfolgreiche Seifenoper, von der von 2000 bis 2008 1833 Episoden ausgestrahlt wurden.

Laddu: Süßigkeit in Form von kleinen Bällchen aus Weizengrieß, Kichererbsenmehl, Zucker und anderem mehr, in → *ghee* gegart; Lieblingssüßigkeit → Ganeshs.

Lafanga: schurkisch, spitzbübisch, gemein.

Lassi: Getränk aus Joghurt und Wasser, gesüßt oder herzhaft.

Lathi: als Waffe verwendeter Stock, in der Regel aus Bambus.

Litti: auf offenem Feuer gebackener gefüllter Teigkloß oder dicker Fladen.
Lohar: Schmied.
Lower Parel: Viertel im Norden des Südzipfels von Mumbai.
Lungi: traditionelles männliches Kleidungsstück: ein um die Hüften gewickeltes, bis zu den Knöcheln reichendes Stück Stoff.
Lutkum Haram und Lutkum Buria: als Gottheiten verehrte mythische Ureltern der → Mundas.
Maalik: Herr.
Maalkin: Herrin.
Maama: Onkel (Bruder der Mutter).
Mahim: Stadtbezirk von Mumbai; die zweitnördlichste der sieben ehemaligen Inseln, auf denen die Stadt erbaut wurde.
Mahua: *Madhuca longifolia*, ein Laub abwerfender Baum aus der Familie der Sapotengewächse, der eine Höhe von 20 m erreicht. Im April trägt er dichte Büschel von cremefarbenen kugeligen, fleischigen Blüten. Die essbaren Blüten sind süß und haben einen charakteristischen Duft. Sie werden roh oder in der Sonne gedörrt gegessen und dienen außerdem zur Herstellung einer hochprozentigen ländlichen Spirituose.
Mandua: Fingerhirse (*Eleusine coracana*).
Manglu: von *mangalwaar*, »Dienstag«.
Marwari: wörtlich »aus Marwar stammend«, einem ehemaligen Fürstenstaat im heutigen Rajasthan; Angehörige(r) einer ursprünglich von dort stammenden Händlerkaste.
Mazduur: Arbeiter.
Mazduuri: zu einem *mazduur* gehörig, für ihn charakteristisch.
Medinipur: ländlicher Distrikt von Westbengalen.
Mistri: Meister; Vorarbeiter; Polier.
Mundas: ein indigenes Volk (»Stamm«) in Indien, vor allem in → Jharkhand, daneben auch in Bihar, Westbengalen, Chhattisgarh und Orissa. Sie gehören nicht dem hinduistischen Kastensystem an. Ihre Sprache, Mundari, ist mit keiner der größeren nordindischen Sprachen verwandt. Ihre traditionelle Religion kennt einen Schöpfergott, *Sing Bonga*, eine mit der Erde und der Natur identifizierte Muttergöttin sowie einen »Weltenbaum«, der mit dem → Sal identifiziert wird; daneben spielen verschiedene Naturgeister (→ Bongas) sowie die Geister der Ahnen eine große Rolle.

Etwa ein Viertel der Munda-Bevölkerung bekennt sich mittlerweile zum Christentum.

Mumtaz (Mahal): (A, P) die »Ausgezeichnete des Palasts«, eigentlich Arjumand Banu Begum (1593–1631), Lieblingsgemahlin → Shah Jahans.

Muri-beguni: (B) *muri* = Puffreis, *beguni* = frittierte Auberginenscheiben.

Nam Pla: thailändische Fischsauce.

Namaste: Grußformel und Form der Begrüßung, bei der die Hände flach aneinandergelegt werden (und eine mehr oder weniger tiefe Verbeugung vollführt wird).

Nanda Devi: zweithöchster, vollständig in Indien liegender Berg, 7816 m hoch, in Uttarakhand.

Nath-Sekte: (auch Nath-Pantha) auf den Yogi Gorakshanatha (vermutlich 7. Jh.) zurückgehende Gemeinschaft von shivaitischen Asketen, vor allem in Nordindien und Nepal.

Naxalbadi/-vadi: (B) naxalitisch, Naxalit, nach dem Ort Naksalbari (Distrikt Darjeeling, Westbengalen), wo 1967 ein unter der Führung einiger Mitglieder des linken (maoistischen) Flügels der Communist Party of India (Marxist) stattfindender Bauernaufstand von der Polizei niedergeschlagen wurde.

Nili-gulmohar: Palisanderholzbaum (*Jacaranda mimosifolia*), ein Laub abwerfender Baum, der Wuchshöhen von 5 bis 20 m erreicht.

Nukkad: (»Straßenecke«) eine beliebte Hindi-Seifenoper, die 1986–87 ausgestrahlt wurde.

Oi je: (B) unübersetzbarer Ausruf, der je nach Kontext, Miene und Ton Erstaunen, Verwunderung, Überdruss und anderes mehr ausdrücken kann.

Oi to: (B) (etwa) »ja doch«, »klar doch«.

ONGC: Oil and Natural Gas Corporation Limited, ein indisches Erdgas- und Mineralölunternehmen mit Firmensitz in Dehradun.

Oree: (B) bengalisch für → *aree*.

Paaltu: zahm, gezähmt.

Paan: Genussmittel, das meist nach dem Essen gekaut wird: ein Blatt des Betelpfeffers (*Piper betle*) mit darin eingewickelten Stückchen Betelnuss (Frucht der Betelnusspalme, *Areca catechu*), gelöschtem Kalk und verschiedenen Gewürzen.

Paathshaala: (hier:) Grund-, Elementarschule; Dorfschule.

Pachisi: Brettspiel für vier Spieler, bei dem es darum geht, die Spielsteine auf eine bestimmte Weise über ein kreuzförmiges Spielbrett zu bewegen und möglichst als Erster das zentrale Feld zu erreichen. Die Anzahl der jeweils erlaubten Schritte wird traditionell durch »Würfeln« mit Kaurischnecken ermittelt.

Pagal: Verrückte(r), Irre(r).

Pahaan: (Mu) Priester (bei den → Mundas).

Paisa (Pl. *paise*): ein Hundertstel einer Rupie.

Pajama: gerade geschnittene, weite, an der Taille mit einer Zugschnur geraffte Männerhose.

Pakora: in Kichererbsenteig getauchte und in Öl oder → *ghee* frittierte Gemüse-, Fleisch- oder Käsestückchen; beliebter Snack.

Panchphoron: bengalische Fünf-Gewürze-Mischung. Sie besteht zu gleichen Teilen aus Bockshornklee, Fenchel, Kreuzkümmel, Schwarzkümmel und Senfsamen.

Pao bhaji: (M) besonders in Mumbai beliebter Snack: scharf gewürztes, weich geschmortes Gemüse, zu dem Weißbrot (*pao*, aus dem Portugiesischen) gegessen wird.

Pauwa: Hohlmaß, entspricht etwa einem Viertelliter.

Phiij: »dorfbengalisch« für »fridge« (Kühlschrank).

Pishi: (B) Tante (Schwester des Vaters).

Poush: (B) 10. Monat des indischen Mondkalenders, etwa Mitte Dezember bis Mitte Januar.

Pranaam: ehrerbietiger Gruß mit tiefer Verbeugung und (oft nur angedeutetem) Berühren der Füße des Begrüßten.

Pratham Kiran: »Erster (Licht-)Strahl«.

Puja: 1) (tägliche) rituelle Verehrung einer Gottheit, zu Hause oder im Tempel; 2) einmal im Jahr stattfindende, mehrtägige volksfestähnliche Großveranstaltung zu Ehren einer bestimmten Gottheit (in Bengalen v. a. zwei Aspekte der Gemahlin Shivas: Durga Ende September/Anfang Oktober und Kali im November).

Pujo: (B) gemeint ist hier die Durga-puja (→ Puja 2).

Punji: Kapital.

Punjipati: Kapitalist.

Puri-aalu: beliebter Snack – in Öl oder → *ghee* gebackene kleine Weizenfladen (*puri*) und würzig geschmorte Kartoffeln.

Purohit: Tempelpriester.

Qalandar: Sufi-Wanderasket (bes. im Panjab); auch volkstümliche Bezeichnung für jemanden, der mit einem dressierten Affen oder Bären herumzieht; muslimische Volksgruppe, deren Angehörige sich ihren Lebensunterhalt traditionell mit dem Vorführen von Tanzbären verdienen.

Raam naam satya hai: »Ramas Name ist die Wahrheit«.

Raiis admi: reicher (vornehmer, aristokratischer) Mann.

Rajma: Kidneybohne, rote Gartenbohne (*Phaseolus vulgaris*).

Ramakrishna-Mission: 1897 vom hinduistischen Mönch und Gelehrten Swami Vivekananda (1863–1902) in Kalkutta gegründete Organisation, deren Anliegen es ist, nicht nur die Lehre des Meisters zu propagieren, sondern auch durch die Errichtung von Schulen, Krankenhäusern, Waisenhäusern, Klubs und Bibliotheken kulturelle und vor allem soziale Arbeit zu leisten.

Ration Shop: (offizielle Bezeichnung »Fair Price Shop«) unter staatlicher Aufsicht privat betriebenes Geschäft, in dem Bezugsberechtigte (Bedürftige) u. a. Reis, Weizen, Zucker und Petroleum bis zu einer festgelegten monatlichen Höchstmenge zu stark vergünstigten Preisen kaufen können. Derzeit gibt es in Indien rund 500.000 solche Geschäfte.

Rawas: (M) *Eleutheronema tetradactylum*, ein Meeresfisch aus der Familie der Fadenflosser, der eine Länge von bis zu 2 m erreicht.

Roti: »Brot(fladen)«, in der Regel gleichbedeutend mit → *chapati.*

Rui: (B) Rohu (*Labeo rohita*) ein südostasiatischer Karpfenfisch.

Sabzi: Gemüse; Gemüsegericht.

Sadri: eine Bihari-Sprache.

Sal: Sal-Baum (*Shorea robusta),* erreicht eine Höhe von bis zu 30 m und eine Stammdicke von 2 bis 3 m. Er wächst relativ langsam und besitzt ein dementsprechend hartes Holz. Die (bis zu 24x40 cm) großen Blätter werden, getrocknet, als Essgeschirr verwendet. Die → Mundas verehren ihn als Verkörperung des »Weltenbaums«.

Sala: relativ harmloses Schimpfwort (wörtlich »Schwager«).

Salaam, ji: höflicher, respektvoller als bloß *salaam.*

Salman Khan: (*27. Dezember 1965) beliebter Schauspieler und Sänger.

Samaaj-sewi: »Diener der Gesellschaft«; Sozialarbeiter.

Samosa: (in der Regel dreieckige) unterschiedlich (aber immer herzhaft) gefüllte frittierte Teigtasche.

Sandesh: eine bengalische Süßigkeit aus gesüßtem und je nach Rezept unterschiedlich aromatisiertem »Hüttenkäse«.

Sankranti: kurz für Makara-Sankranti, »Eintritt (der Sonne) in den Steinbock« – das in Indien am 14. Januar gefeierte Ende des Wintersonnwend-Monats, ab dem die Tage also wieder länger werden.

Sarhul: (Mu) Neujahrsfest der → Mundas, bei dem die Verehrung des → Sal-Baums eine zentrale Rolle spielt.

Sasandiri: (Mu) bei den → Mundas eine Steinplatte, unter der die Knochen aller Mitglieder einer Sippe oder eines Klans bestattet werden; das »Haus der Ahnen«.

Shabaash: bravo! Gut so!

Shaheb: (B) Herr.

Shahenshah: (P) »König der Könige«, Titel der Mogulherrscher.

Shah Jahan: (1592–1666) »König der Welt« (sein ursprünglicher Name war Khurram), Enkel → Akbars; fünfter, bedeutender Mogulherrscher, Förderer der Künste, Erbauer des Taj Mahals.

Shalwar-kurta: Ensemble aus Pluderhose (*shalwar*) und oberschenkellangem, geschlossenem Hemd (*kurta*).

Sharbat: Scherbett, Sorbet.

Shataranchi: ein dicker, in der Regel vielfarbiger Baumwoll-Webteppich.

Shokeen: ein billiger einheimischer Whisky.

Shyambazar: Stadtbezirk von Kolkata.

Siddhivinayak: Shree Siddhivinayak Ganapati Mandir, ein dank großzügiger Spenden sehr wohlhabender → Ganesh-Tempel in Prabhadevi, einem exklusiven Wohnviertel in Süd-Mumbai.

Sukh Niwaas: »Residenz des Glücks«.

Tagar: Schmetterlingsgardenie (*Tabernaemontana divaricata*), ein weiß blühender Strauch aus der Familie der Hundsgiftgewächse.

Tangi: (B) kleine Axt.

Tansen: (1506–1589) Hofmusiker → Akbars; er gilt als Vater der heutigen nordindischen Kunstmusik und als einer der bedeutendsten indischen Musiker überhaupt.

Tawa: Pfanne; Backblech.

Thakur: »Herr«; in Bengalen traditionelle Anrede für (u.a.) einen Koch aus der Brahmanenkaste, im weiteren Sinne für jeden Koch.

Thiik hai: wörtlich »es ist gut«; »in Ordnung«, »abgemacht«.

Thoran: Gericht aus Kerala – fein geraspeltes Gemüse (wie Kohl), mit Schalotten, Chili, geriebener Kokosnuss und Gewürzen pfannengerührt.

Tiffin-Box: einem Henkelmann vergleichbar, aber nicht mit der Arbeiterklasse, sondern eher mit der Mittelschicht assoziiert.

Til: Sesam.

Toofan: ein billiger einheimischer Whisky.

Trishul: »Dreizack«; Shivas Waffe und Name eines 7120 m hohen Berges in Garhwal (Uttarakhand).

Uparwala: Herr; Gott.

Upma: (ursprünglich südindisches, mittlerweile in ganz Indien verbreitetes) würziges Grießgericht, das vor allem zum Frühstück gegessen wird.

Urid dal: Urd-, Mung-Bohne (*Vigna mungo*).

Vada pao: (M) beliebter Straßen-Snack aus Maharashtra – eine frittierte würzige Kartoffel-»Frikadelle«, die mit Weißbrot/in einem weißen Brötchen serviert wird.

Vaishnava: Verehrer(in) Vishnus; jemand, der Vishnu als höchsten/einzigen Gott verehrt.

Vikaas: Entwicklung.

-wala: (oft »wallah« geschrieben) Suffix zur Bildung einer Herkunfts-, Berufs- oder sonstigen Zugehörigkeits-Bezeichnung (z.B. Riksha-wala: »Rikscha-Fahrer/-Zieher«, Paan-wala: »→ Paan-Händler« usw.)

Why this kolaveri kolaveri kolaveri di: (Tamil-Englisch) »Warum diese Mordswut, Mordswut, Mordswut, Kleine?« – äußerst erfolgreicher Song aus dem Tamil-Film *3*.

Die Übersetzung aus dem Englischen wurde mit Mitteln des Auswärtigen Amts unterstützt durch Litprom e.V. – Literaturen der Welt

Die Originalausgabe erschien unter dem Titel »A State of Freedom«
bei Chatto & Windus, London 20117
Umschlaggestaltung: lowlypaper, Marion Blomeyer

Typografie und Satz: frese-werkstatt.de
Druck & Bindung: CPI – Clausen und Bosse, Leck
ISBN 978-3-95614-254-3